Sif Sigmarsdótti

Das dunkle Flüstern der S

ISBN 978-7432-0721-9
1. Auflage 2020
Die Originalausgabe ist 2019 unter dem Titel *The Sharp Edge of a Snowflake* erschienen.
Published by arrangement with Hodder Children's Books,
an imprint of Hachette Children's Group, part of Hodder and Stoughton.

Aus dem Englischen übersetzt von Ulrich Thiele
Umschlagfotos: © Willing-Holtz/plainpicture.com,
© Guille Faingold/stocksy.com, © Ani Dimi/stocksy.com
Umschlaggestaltung: Suse Kopp
Redaktion: Cara Berg
Printed in the EU

www.loewe-verlag.de

Sif Sigmarsdóttir

DAS DUNKLE FLÜSTERN DER SCHNEE-FLOCKEN

Aus dem Englischen von Ulrich Thiele

Loewe

snow·flake *n*

1. Schneeflocke *f*; federleichter Eiskristall, meist von einer zarten sechsfachen Symmetrie

2. *abwertend, informell*; übermäßig empfindliche, leicht zu beleidigende Person; Person, die von sich glaubt, aufgrund vermeintlich einzigartiger Eigenschaften einen Anspruch auf besondere Behandlung zu haben

Foto: In einem engen Flur steht zwischen lauter Schuhen ein pinkfarbener Koffer.
Filter: Clarendon

Mögliche Bildunterschriften …

Option 1: Auf ins exotische Abenteuer #myglamorouslife
Option 2: Dieses Gepäckstück hat mir mein Dad gerade gekauft. Kennt der mich überhaupt?
Option 3: Mein ganzes Leben passt in einen einzigen Koffer. Mums Asche passt perfekt auf den Kaminsims.
Option 4: Ich habe ein Verbrechen begangen und werde nun dorthin geschickt, wo die Verdammten ewig für ihre Taten büßen.

Tatsächliche Bildunterschrift …

Macht's gut, und danke für den Fisch.

♥ **38**

1

HANNAH

Im Moment der Landung ziehe ich mein Handy aus der Tasche. Eine neue Nachricht von Daisy.

Vermisse dich jetzt schon!

Und eine von Dad.

Musste länger arbeiten, komme ca. 20 Minuten später.

Typisch für ihn.

Dad wollte mich unbedingt vom Flughafen abholen. Ich habe ihm gesagt, ich könne auch gerne den Bus nehmen, kein Problem. Ich fahre immer mit dem Bus. Aber diesmal ist es anders.

Langsam rollt das Flugzeug über die vereiste Piste zum Terminal. Es schliddert ein bisschen, was aber anscheinend niemanden stört. Verglichen mit den Turbulenzen während des Sinkflugs, als die Windböen auf den Flieger eingeprügelt haben wie die unsichtbaren Fäuste eines gigantischen Boxers, ist das ein Klacks.

Meine Sitznachbarin sieht mich immer wieder an und lächelt.

Sie will mich in ein Gespräch verwickeln, das merke ich genau. Ich starre auf mein Handy. *Ich will nicht reden.* In den letzten drei Wochen, zwei Tagen und sechs Stunden habe ich das so häufig gesagt, ich sollte es mir als Motto auf ein T-Shirt drucken lassen.

Auf dem Handy-Display ploppen von oben nach unten Benachrichtigungen verschiedener Apps auf, Zahlen in Blasen, die mir mit der Autorität eines Stoppschilds befehlen: *Egal, was du machst, du klickst mich jetzt sofort an.* Die üblichen Gefühle steigen in mir auf, eine Mischung aus Vorfreude und Aufregung, Grauen und Bestätigung, die süchtig macht. Natürlich sollte ich das alles nicht empfinden. Natürlich lasse ich mich dadurch von gierigen Konzernen ausnutzen, denen es allein um Klickrate und Kontostand geht. Doch in meiner Situation ist das einfach mal eine schöne Abwechslung, denn sonst will ich mich immer nur auf den Boden legen und darauf warten, dass es vorbeigeht.

Ich überfliege die Zahlen in den Blasen, die ewigen Gezeiten der Wertungen und Urteile, denen wir in Wirklichkeit so gleichgültig sind wie die Küste dem Meer: *Wie sehr wirst du heute geschätzt? Wie stark geliebt, wie viele Menschen suchen deine Nähe? Mag dich denn überhaupt irgendwer? Hast du neue Freunde? Wie sieht's mit Followern aus?*

Zuerst tippe ich auf Gmail. Abgesehen von Newslettern und Benachrichtigungen verschiedener sozialer Netzwerke habe ich genau zwei neue E-Mails. Eine stammt von einer gewissen Stacey Callaghan, und obwohl mir der Name rein gar nichts sagt, habe ich so eine Ahnung, worum es gehen könnte. Der Betreff lautet: »Mein Beileid«. Ich schiebe die Mail zu den ganzen anderen in den Später-Lesen-Ordner. Die andere Mail ist von Granny Jo. Sie will einfach nicht kapieren, wie man Textnachrichten schreibt, und schickt mir stattdessen immer kurze Botschaften in der Betreffzeile: »Bring auf dem Heimweg Milch mit« oder »Muss bis spät arbeiten, bestell dir eine Pizza«. Diesmal steht dort: »Ruf an, wenn du bei deinem Dad bist.« Ich öffne die E-Mail, auch wenn das Textfeld sowieso jedes Mal leer ist. Ist es in diesem Fall aber nicht.

> **Mein liebes Mädchen, ich hoffe, du bist sicher gelandet. Ich wollte dich nur darum bitten, nein, ich flehe dich an, nicht einfach zu vergessen, was ich dir heute Morgen gesagt habe. Du bist jetzt nur noch für dich selbst verantwortlich und für niemanden sonst. Gestatte dir, frei zu sein. Bitte, Hannah. Noch ein vergeudetes Leben halte ich nicht aus.**
>
> **In Liebe**
> **Granny**

Ich tue mein Bestes, nicht in Tränen auszubrechen.

Vor nicht einmal fünf Stunden habe ich mich von Granny Jo verabschiedet. Irgendwie kommt es mir schon jetzt vor wie eine Ewigkeit.

Dass sie mir vor meinem Abschied noch eine Ansage machen würde, hatte ich mir denken können. Aber mit so etwas hatte ich nicht gerechnet. Das war zu viel verlangt. Ich könne nicht einfach so neu anfangen, erklärte ich ihr, mein Leben sei keine Geschichte in einem Word-Dokument, das ich mal eben löschen und durch ein neues ersetzen könne. Wenn das jemand wissen sollte, dann sie.

Ein Druck auf den Home-Button meines Handys und Grannys Nachricht verschwindet. Ich stecke den Kopf in den virtuellen Sand. Ich kann mich damit jetzt nicht beschäftigen.

Zur Ablenkung gehe ich auf Facebook. Nichts Neues bei mir außer einer einzigen Freundschaftsanfrage von jemandem, der mit ziemlicher Sicherheit nicht real, sondern ein Bot ist. Doch ich brauche jetzt dringend eine Dosis digitale Liebe, also schnell Instagram öffnen.

Schon besser. Mein Koffer-Foto hat bereits 38 Likes und einen Kommentar. Der stammt von Daisy: »Was für ein traumhaft schönes Gepäckstück!«

Ich spüre ein leichtes Kribbeln. 38 ist nicht schlecht. Über dem Durchschnitt.

Die Frau neben mir lehnt sich immer weiter herüber. Sie strahlt ein verzweifeltes Mitteilungsbedürfnis aus. Sie ist wie ein prall gefüllter Ballon kurz vor dem Platzen. Ich tue so, als hätte ich es nicht mitbekommen, doch es gibt Leute, die merken einfach gar nichts.

»Ich besuche hier meine Enkel«, flötet sie und rückt mir dabei so dicht auf die Pelle, dass ihr Atem über meine Wange streicht. Er riecht nach Knoblauch und Minze.

Meine Antwort sollte einerseits gerade so höflich ausfallen, dass die Frau mich nicht für eine psychopathische Menschenfeindin hält, andererseits aber so knapp, dass mein verschwindend geringes Interesse an einer Unterhaltung mit ihr deutlich wird. Ergebnis: »Wie schön.«

Die Frau hat entweder null Gespür für Zwischentöne oder sie ignoriert meine Signale mit Absicht. Sie bietet mir eine Lutschtablette an. »Auch eine?«

Ich schüttele den Kopf.

Sie steckt die Hustenbonbons wieder in ihren abgewetzten Rucksack zu ihrer Brille und ihrer Reiselektüre, einem typischen düsteren Skandinavien-Thriller, neuerdings ein Muss im Gepäck eines jeden trendbewussten Menschen. Auf dem Cover prangt die unvermeidliche Schneelandschaft, gesprenkelt von geschmackvoll arrangierten Blutstropfen. Minimalistischer Mörder-Chic. Wieso verbringen so viele Leute ihre Freizeit mit ausgedachten Horrorgeschichten? Ist die echte Welt nicht schon schlimm genug?

Die Frau deponiert ihren Rucksack auf dem Boden, richtet sich dann wieder in ihrem Sitz auf und lässt ihre gelblichen Zähne aufblitzen, wie um mich vorzuwarnen: Gleich geht es weiter mit dem Small Talk.

»Sind Sie zum ersten Mal hier?«

Ich stecke mein Handy ein. Es sollte mich von der Außenwelt abschotten. Es hat mich enttäuscht. »Nein.«

»Machen Sie hier Urlaub?«

Unwillkürlich stöhne ich leise auf. Wieso sollte man hier Urlaub machen? Wer kommt auf die Idee, freiwillig ans bitterkalte

Ende der Welt zu reisen? Was ich sagen sollte: *Nein, ich mache hier keinen Urlaub.* Was ich sagen sollte: *Ich bin zur Strafe hier. Ich bin Gefangene meines beschissenen Schicksals.* Doch ich sage bloß: »Ja, klar.« Niemand will die Wahrheit hören, auch wenn das immer alle behaupten. Die Wahrheit ist selbst sogenannten Profis unangenehm – das ist mir schnell klar geworden.

Einen Tag nach Mums Tod klopfte der Pfarrer der örtlichen Kirche bei uns an. Wie er darauf kam, weiß ich nicht, vermutlich hatte ihm jemand aus der Nachbarschaft von uns erzählt. Wir gingen nie in die Kirche. Weder Granny Jo noch ich hatten den Mann, der jetzt auf dem bröckelnden Bürgersteig vor unserer Tür stand, je gesehen.

»Sind Sie vom Lieferdienst?«, fragte Granny und musterte ihn von Kopf bis Fuß. Trotz seiner hohen Stirn wirkte er einigermaßen jung und noch dazu trug er Jeans und eine dicke Daunenjacke gegen die Septemberkälte, die gerade über uns hereingebrochen war. Man konnte ihn wirklich leicht für einen Fahrer von Ocado halten, der uns wie immer unseren Wocheneinkauf vorbeibringen sollte.

»Ich bin Dominic Johnson«, sagte der Mann mit einem fein austarierten Gesichtsausdruck – ohne Lächeln, aber doch mit der klaren Botschaft, dass er in Frieden komme. »Ich bin von der Christ Church. Darf ich eintreten? Ich würde mich gerne ein bisschen mit Ihnen und Ihrer Enkeltochter unterhalten.«

Granny seufzte demonstrativ. Alles, was mit Gott zu tun hatte, ging ihr gehörig auf die Nerven. Und das war noch untertrieben.

Mit einer Mischung aus Neugier und dunkler Vorahnung folgte ich ihr und dem bedauernswerten Kerl ins Wohnzimmer. Granny bat ihn bestimmt nicht ohne Hintergedanken, in ihrem Lesesessel am Erkerfenster Platz zu nehmen. Im Regal gleich über seinem Kopf stand nämlich eines ihrer Lieblingsbücher, quasi ihre Bibel, was man aber nur sagen sollte, wenn man sie ärgern will. Vom Cover der prächtigen Hardcover-Ausgabe strahlte der kompromisslose Titel: *Der Gotteswahn.*

Grannys Blick senkte sich auf ihre graue Jogginghose, die sie ausschließlich zu Hause trug. Sie fuhr sich durch ihr schulterlanges Haar, strich es glatt. Es war grau mit kastanienbraunen Strähnen, genau anders herum als noch vor Kurzem.

Sie ärgerte sich nicht nur wegen der Sache mit Gott. Sie mochte außerdem keine Überraschungsbesuche. Eine Ausnahme machte sie nur bei Daisy, ansonsten wollte sie immer im Voraus wissen, wann wir Gesellschaft zu erwarten hatten. Wenn Besuch kam, gab sie sich stets Mühe, tauschte die Jogginghose gegen eine elegante Stoffhose mit Bluse, wenn nicht sogar gegen ein Kleid, und sorgte dafür, dass wir schmackhafte Kekse im Haus hatten. Früher hatte das aber auch an Mum gelegen. Granny wollte das Bild einer ganz normalen Familie vermitteln, von Mutter, Tochter und Großmutter, die glücklich vereint unter einem Dach wohnen. In ein normales Leben passte meine Mutter jedoch so gut wie eine gemütliche Teestunde auf die Startbahn eines Flughafens. Wenn spontan jemand an der Tür klingelte, dann konnte man nie wissen, in welchem Zustand sich Mum gerade befand.

Granny setzte sich gegenüber vom Pfarrer auf das Sofa. »Hannah«, bellte sie mich an. »Mach dem Mann einen Tee.«

»Nicht nötig«, sagt er. Seine Daunenjacke hatte er nicht ausgezogen. »Ich will nicht stören …«

»Haben Sie doch schon.«

Es war mir dermaßen unangenehm, dass ich froh war, in die Küche fliehen zu können. Als ich wieder zurückkehrte, staunte ich allerdings. Die beiden unterhielten sich über die geplante Umgestaltung des nordöstlichen Teils von Highbury Fields, dem Park in unserer Nähe, und waren sich absolut einig: Mit ihrem Vorhaben richtete sich die Stadtverwaltung wie üblich allein nach den Interessen von Bauunternehmern, die nur in Beton und Geld dachten, und der Park sollte lieber so bleiben, wie er war.

Ich setzte mich neben Granny.

»Und wie geht es dir, Hannah?«, fragte der Pfarrer, nachdem er einen Schluck Tee getrunken hatte.

Granny richtete sich kerzengerade auf und reckte die Nase in die Höhe – die wachsame Alarmbereitschaft einer Hyäne, die den ersten Hauch eines Tierkadavers wittert.

Ich zuckte mit den Schultern. Ich wollte nicht reden.

Als der Pfarrer sich nach vorne lehnte, sah man die kahle Stelle oben auf seinem Kopf. »Auch wenn sie nicht mehr da ist, wird sie trotzdem immer bei dir –«

»Tut mir leid«, unterbrach Granny Jo ihn. »Ich will ja nicht unhöflich sein …« (Das war eine glatte Lüge. Sie nahm aus Prinzip kein Blatt vor den Mund und hatte großen Spaß daran, andere Leute durch ihr forsches Auftreten aus dem Konzept zu bringen.) »… aber in meinem Haus kann ich solches Gerede leider nicht dulden.«

Der Blick des Pfarrers wanderte von mir zu Granny und er hob die Augenbrauen. Eingeschüchtert wirkte er nicht, kein bisschen. »Was für Gerede meinen Sie?«

»Gerede über Dinge, über Orte, die es nicht gibt.« Granny Jos Miene verhärtete sich. »Hören Sie, Reverend –«

»Nennen Sie mich Dom.«

»Okay, Dom. Hier bei uns wird der Tod nicht kleingeredet, als wäre er kein Abschied für immer. Der Tod hat eine Funktion. ›Er ist der dunkle Hintergrund, ohne den man in einem Spiegel nicht das Geringste sehen würde‹, hat ein kluger Mann einmal gesagt.«

Ich wusste nicht, wie oft ich das schon gehört hatte, irgendwann hatte ich aufgehört zu zählen. Und ich konnte mir denken, wie es weiterging.

»Die Endlichkeit des Lebens verleiht ihm erst seinen Wert. Sie schärft den Blick und treibt uns dazu, alles aus unserem Dasein herauszuholen. Wieso sollte man ausgerechnet heute in ein Abenteuer aufbrechen, wieso sollte man in den Urlaub fahren, eine neue Sprache lernen, ein Buch lesen, sich gerade jetzt verlieben, wenn es sowieso immer weitergeht? In der Ewigkeit kann man alles erreichen. Ergo kann alles warten.« Granny Jo sog ihre Wangen ein, um ein triumphierendes Grinsen zu unterdrücken. Sie war offensichtlich hochzufrieden mit sich. »Deswegen lasse ich nicht zu, dass Sie in diesem Haus den Tod schlechtmachen.«

Der Pfarrer lächelte. »Ein schöner Vortrag war das. Ich wette, das haben Sie irgendwo gelesen.«

Grannys Mund öffnete sich leicht. Ein empörtes Zischen, ein Blick, als hätte er ihr eine Ohrfeige verpasst. 32 Jahre lang hatte sie als Bibliothekarin in der Islington Central Library gearbeitet. Grob geschätzt würde ich vermuten, dass wir uns zu siebzig Prozent über Zeug unterhielten, das sie irgendwo gelesen hatte.

Mühsam zog sich der Pfarrer aus den Polstern des Lesesessels nach oben, trank noch einen Schluck Tee und stellte Tasse und Untertasse auf den Sofatisch. »Lassen Sie mich Ihnen eines sagen – und ich spreche aus Erfahrung: In der Praxis ist der Tod so viel komplizierter als in der Theorie.«

Granny spitzte die Lippen. Sie war berüchtigt dafür, eine schlechte Verliererin zu sein. »Mag sein. Dann werden wir schon auch noch dahinterkommen. Schließlich bleibt uns nichts anderes übrig.«

Der Pfarrer neigte das Haupt, gab sich geschlagen.

»Dann lasse ich die Damen mal in Frieden.« Er stand auf, zückte eine Visitenkarte und legte sie neben seine noch fast volle Teetasse, den Blick auf mich gerichtet. »Ein paar Leute aus der Nachbarschaft haben darüber nachgedacht, ob Sie vielleicht drüben in der Christ Church einen kleinen Gedenkgottesdienst für Ellen abhalten wollen. Wenn das etwas für Sie wäre, melden Sie sich bei mir. Sie finden mich gleich um die Ecke.«

Granny erhob sich vom Sofa, um den Pfarrer hinauszubegleiten. Noch war sie ihn aber nicht los. Als er in der Wohnzimmertür stehen blieb, ließ sie vor Enttäuschung den Kopf hängen.

»Hannah«, sagte er und wandte sich an mich. »Deine Mum ist ab und zu auf einen kurzen Schwatz in der Kirche vorbeigekommen. Ich weiß, sie hatte mit ihren Dämonen zu ringen, aber an guten Tagen war sie ein echter Sonnenschein.«

Ein Gefühl, das ich nur zu gut kannte, füllte mich vollständig aus: abgrundtiefe Scham. Ich wünschte von ganzem Herzen, ich könnte einfach in den Sofakissen versinken und verschwinden. Auf die Außenwelt hatte Mum während ihrer Hochs immer ganz reizend gewirkt, nur für Granny und mich waren sie ein grelles Warnsignal in der Dunkelheit ihrer verworrenen Realität. Höhenflüge und Höllenqualen, das waren bei Mum zwei Seiten einer Medaille.

»Es tut mir sehr leid für dich, mein Kind. Gott sei mit dir.«

Dieser letzte Satz brachte für Granny das Fass zum Überlaufen. Hätte er sich den doch nur gespart, wäre der Pfarrer noch mal glimpflich davongekommen.

»Ich sage Ihnen jetzt, was Gott ist. Gott ist ein Meme – Sie wissen schon, diese albernen Bildchen im Internet – und zwar ein hoch ansteckendes. Gott ist ein kultureller Virus, der kaum auszurotten ist. Schönen Dank auch, aber Darwin ist mir persönlich viel lieber als Ihr Virus-Meme.« Und damit schob sie ihn buchstäblich aus der Tür.

Das Flugzeug hält am Terminal. Neben mir schwafelt die Frau darüber, mit ihren Enkelkindern am Teich Enten füttern zu wollen. Ich ertrage es nicht mehr. Nicht dass sie das persönlich nehmen müsste, von den glorreichen Belanglosigkeiten anderer

Leute bekomme ich nun mal Atemprobleme. Wahrscheinlich liegt das an der Trauer. An der Trauer um das, was ich verloren habe, aber mehr noch um das, was nie war. Mein größtes Ziel im Leben ist Normalität. Für mich wäre etwas hirnabstumpfend Belangloses reinster Luxus. Langeweile ist meine Perfektion.

Wieder hole ich mein Handy raus, um mich vom Gequatsche der Frau abzuschirmen. Soll sie mich doch für ein unverschämtes Gör halten.

Wenn man sich meinen Instagram-Feed so anschaut, könnte man Folgendes über mich denken:

Ich habe glattes, glänzendes rotes Haar und makellose Haut.
Ich koche gern.
Ich mag die Natur.
Ich bin total gern mit meinen lustigen Freundinnen unterwegs.
Ich bin normal.

Nichts davon wäre wahr.

Foto: In einer grauen Londoner Straße steht ein Mädchen mit langem dunklem Haar und pinkfarbenem Blumenkleid, auf den Lippen ein strahlendes Lächeln, wie der einzige Sonnenstrahl an einem verregneten Tag.
Filter: Rise

Bildunterschrift: Sommer ist eine Einstellungssache.

♥ **1253**

Wie die Bildunterschrift hätte lauten sollen …

Option 1: Was siehst du auf diesem Foto? #glück #glamour #liebedasleben #instamega
Option 2: Lass dich nicht von Äußerlichkeiten täuschen #fake
Option 3: Für das Posten dieses Bildes auf Instagram habe ich 2.000 Pfund erhalten #werbung
Option 4: Dieses Foto hat keinen Bezug zur Realität #instalüge

2 FÜNF WOCHEN ZUVOR IN LONDON

IMOGEN

Imogen Collins betrachtet sich im Spiegel. Ihre Haut sieht heute wirklich gut aus, kein Vergleich zu noch vor einem Jahr. Da hat sie jeden Morgen damit verbracht, Pickel und Unreinheiten mit einer Foundation zuzukleistern, die dick wie Wandfarbe war. Ob die Nachtcreme für unreine Haut, die sie von den L'Oréal-Leuten zugeschickt bekommen hat, tatsächlich die Lösung war? Oder liegt es an weniger Stresshormonen und größerem Abstand zwischen ihr und dem Monster?

Shit. Da ist es wieder. Das Monster. Andauernd schleicht es sich an und drängt sich ungefragt, gegen ihren Willen in ihre Gedanken. Ein Jahr ist seitdem vergangen und trotzdem will sein Schatten nicht verschwinden, nicht einmal an einem sonnigen Tag wie heute. Vielleicht sollte sie sich doch Hilfe suchen. Sich ein paar Tabletten besorgen oder so.

Draußen knarren Bodendielen. Auf der anderen Seite ihrer geschlossenen Zimmertür hört Imogen Schritte – leise, behutsame Tapser. Das kann nur Anna sein. Wenn Steph und Josh früh aufstehen, denken sie nie daran, dass andere eventuell noch schlafen. In fünf Minuten ist also der Kaffee fertig. Anna macht immer auch eine Tasse für Imogen. Imogen liebt Anna. Wäre Anna ein Mann, würde Imogen sie daten. Ach was, sie würde sie heiraten. Mit keinem anderen Menschen lebt es sich so angenehm wie mit Anna. Sie ist ruhig, sie kocht gerne, sie kann einen heftigen Mojito mixen. Der perfekte Partner. Was will man mehr?

Ein bisschen was würde Imogen schon einfallen: Augen, die irre braun und durchdringend sind; ein freches Lächeln, dessen Strahlen Stoff für ganze Nächte aus leicht peinlichen erotischen Träumen bietet; und steinharte Bauchmuskeln (die sie versehentlich gestreift hat, als sie beide gleichzeitig an die Latzugmaschine im Fitnessstudio wollten).

Heute Abend ist ihr Date mit Callum. Imogen hat ihn gefragt, nicht andersherum. Sie kennt ihn nicht wirklich. Im Gym haben sie sich ein paarmal kurz unterhalten, und seitdem ist Imogen sich ziemlich sicher, dass sie nicht das Geringste gemeinsam haben. Er arbeitet abends als Barkeeper und tagsüber als freiberuflicher Tätowierer. Doch sie will nach vorne blicken, endlich aus dem Schatten treten. *Hör auf damit, Imogen.* Wieso muss sich immer alles um ihn drehen? Wieso muss er immer alles besudeln? Kann ein Date nicht einfach ein Date sein und kein Versuch, *nach vorne zu blicken, zu vergessen, neu anzufangen, einen neuen Weg zu finden* oder sonst irgendein Scheiß? Eigentlich geht es ihr doch gut. Sie sollte glücklich sein. Ständig erklärt ihr irgendwer, was für ein fantastisches Leben sie doch habe. »Ich wünschte, ich könnte es dir nachmachen«, sagen sie, legen den

Kopf schief und lächeln dabei, als würden sie sich unendlich für sie freuen, während sich in ihren eiskalten Augen unbewusst der Neid spiegelt.

Erst gestern ist sie in Covent Garden auf der Straße von einem staunenden Fan angesprochen worden.

»Bist du Imogen Collins?«, fragte das Mädchen. Es war höchstens zehn Jahre alt und in Begleitung einer erwachsenen Frau unterwegs, vermutlich seiner Mutter.

»Ja, ich bin Imogen«, antwortete Imogen und schenkte dem Mädchen ein professionelles Lächeln, das sie sich extra antrainiert hatte, um a) Offenheit auszustrahlen (weil es ebenso wichtig ist, bestehende Follower zu binden wie neue zu gewinnen), b) Überraschung auszudrücken (um das Mädchen glauben zu machen, sie wäre etwas ganz Besonderes, nämlich der erste Mensch überhaupt, der Imogen auf der Straße erkannt hat) und c) nett zu wirken (denn wer folgt schon gerne dem perfekten Leben einer arroganten Bitch?).

»Können wir ein Selfie machen?«, fragte das Mädchen.

Imogen war auf dem Rückweg von einer längeren Mittagspause und hatte es eilig, ins Büro zu kommen. »Aber natürlich, Süße.«

Als sie danach weiter die King Street hinunterlief, hörte Imogen die Mutter noch fragen: »Wer war das denn?«

Imogen legt die Hände flach auf den Schminktisch und atmet tief ein, eine Methode der Angstbewältigung, von YouTube. Manchmal funktioniert sie, manchmal nicht. Doch Imogen mag das Gefühl der kühlen Holzplatte unter ihrer feuchten Haut. Sie liebt ihren Schminktisch. Er ist aus Walnussholz gefertigt, passt aber trotzdem gut in die heutige Zeit: ein Spiegel ohne Rahmen, Schubladen ohne Griffe. Anna, Josh und Steph hat Imogen erzählt, sie habe ihn in einem Trödelladen entdeckt. Tatsächlich hat sie ihn von Heal's und 3.299 Pfund dafür bezahlt. So viel verdienen die anderen nicht mal in zwei Monaten. Imogen kann es sich leisten. Sie könnte es sich beinahe leisten, allein in dem Vier-Zimmer-Haus in Bloomsbury zu wohnen statt mit drei anderen. Doch sie hat gerne Gesellschaft. Sie braucht Gesellschaft. Alleinsein bekommt ihr nicht mehr so gut. Sobald sie allein ist, wächst der Schatten, wird dunkler –

Hör auf damit. Hör einfach auf.

Imogen öffnet eine der Schubladen und entnimmt ihr eine Dose mit Puder, einen Pinsel und Wimperntusche. Alle glauben, sie würde sich jeden Morgen stundenlang zurechtmachen, sich schminken, Kleidungsstücke auswählen. Tut sie nicht. Tatsächlich interessiert sie sich gar nicht so sehr für Make-up und Klamotten, oder jedenfalls nicht mehr als alle anderen auch. Ihre Social-Media-Karriere hat sie nur aus einer Laune heraus gestartet, dann drehte sich die Spirale immer schneller und Imogen verlor die Kontrolle, wie so oft in ihrem Leben. Was sie auch tut, irgendwie gerät sie jedes Mal in eine solche Spirale.

Aus der Küche ist ein schrilles Piepen zu hören. Eins, zwei, drei, Kaffee ist fertig. Eilig schmiert Imogen sich die Wimperntusche drauf. Das Zeug klumpt. Egal. Die Instagram-Fotos für diese Woche sind alle schon gemacht.

Imogen greift zu ihrem Flakon *Coco Mademoiselle* und sprüht sich eine großzügige Ladung auf die Haut – das Einzige, was in ihrer Morgenroutine nicht fehlen darf, ohne geht sie nicht aus dem Haus. Dann klappt sie ihren Laptop auf und stellt ihn vorsichtig auf den Schminktisch.

Sie will jeden Tag möglichst zwei Posts platzieren, einen vor der Arbeit und einen am Nachmittag. Gestern Abend hat sie vor dem Schlafengehen das Bild für heute Morgen ausgesucht und die Bildunterschrift verfasst. Es ist ein bezahlter Beitrag. Auf dem Foto steht Imogen an einem grauen Regentag auf einer belebten Londoner Straße, in ein schönes pinkfarbenes Sommerkleid von Topshop gehüllt. Die Bildunterschrift lautet: »Sommer ist eine Einstellungssache.«

Das Bild stammt vom letzten Wochenende. Auf dem Foto lächelt Imogen. Es sieht aus, als würde sie einen tollen Tag erleben, aber sie weiß noch, wie elend ihr zumute war. Ihr war kalt und sie hatte einen üblen Kater, weil sie am Vorabend zu viele von Annas Mojitos erwischt hatte. Auf dem Foto schirmt Imogen sich mit einer Ausgabe des *Guardian* von den dicken Regentropfen ab – als sie wieder zu Hause war, war von der Zeitung nur noch ein unlesbarer Klumpen Papierpampe übrig gewesen. Imogen kauft sich jeden Samstag den *Guardian*, er erinnert sie an zu Hause. Daran, wie Mum und Dad sich immer um den Kulturteil gestritten haben. Mit ihren Eltern hat sie … wie lange nicht mehr gesprochen? Jetzt ist August. Ihr epischer Skype-Streit war im März. Also: März, April, Mai, Juni, Juli … Mit ihren Eltern hat Imogen seit fünf Monaten nicht mehr gesprochen. Wow. Dass es schon so lange her ist, hätte sie nicht gedacht.

Auch das hat das Monster ihr genommen. Ihre Eltern hatten kein Verständnis für ihre Entscheidung. Imogen wollte es ihnen nicht erklären. Ergebnis: Stillstand.

Und wenn schon. Sie hat ein fantastisches Leben. Jede junge Frau würde liebend gern mit ihr tauschen. Alle wollen es ihr nachmachen. Sie hat Glück. Sie ist stark. Sie ist nicht kaputt.

Doch wenn sie sich nicht beeilt, wird sie trotzdem gefeuert. Verlässt sie nicht in spätestens acht Minuten das Haus, kommt sie zu spät zur Arbeit. Zu Fuß braucht sie 17 Minuten. Zur Hauptverkehrszeit, wenn auf den Straßen besonders viel los ist, sogar 20.

Imogen steht von ihrem Stuhl auf, einem zum Schminktisch passenden Walnussholzmöbel von Heal's. Sie müsste nicht arbeiten gehen. Instagram allein bringt ihr doppelt so viel ein, wie sie bei London Analytica verdient. Doch der Influencer-Job kann keine echte Karriere ersetzen, zumindest nicht auf Lebenszeit. Es ist wie beim Fußball: Nach ein paar guten Jahren ist man fertig und raus. Heute ist man ein Star, morgen weiß niemand mehr, wie man eigentlich heißt. Aber darauf bereitet Imogen sich vor und deshalb hat sie alles unter Kontrolle. Es fühlt sich jedenfalls so an.

Die Türen ihres Kleiderschranks stehen offen. Er ist so voll, dass sie nicht mehr richtig zugehen. Seit Imogen in Sachen Follower die Millionen-Marke geknackt hat, schicken ihr die ganzen Firmen bergeweise Klamotten. Wahrscheinlich wird sie nie wieder waschen müssen.

Imogen wählt nach dem Zufallsprinzip ein Oberteil aus: eine

weiße Schluppenbluse mit roten Blumen drauf. Sie reißt das Etikett ab, schlüpft hinein und sammelt schnell ihre Jeans vom Boden auf.

Wie sie sich auf den Kaffee freut, auch wenn sie ihn wahrscheinlich to-go trinken muss. Vor einem Monat hat sie auf Instagram ein Foto von ihrem alten Thermobecher gepostet, einem chromfarbenen Bodum-Teil, das sie vor den A-Levels von ihrer Mum geschenkt bekommen und mit Aufklebern verziert hatte, die offenbarten, was ihr damals, vor gefühlt ewig langer Zeit, noch nicht peinlich gewesen war: etwa ihre unsterbliche Liebe zu One Direction, Hello Kitty und Taylor Swift. Seit diesem Post schicken ihr Hersteller aus aller Welt neue Thermobecher.

Gerade als Imogen ihre Jeans zuknöpft, durchbricht ein kaum hörbares Summen die morgendliche Stille. Über Nacht stellt sie ihr Handy immer auf schwache Vibration. Sie hat Fans auf der ganzen Welt, auch etliche in Australien und den Vereinigten Staaten. In manchen Nächten bekommt sie mehr als eintausend Benachrichtigungen.

Imogen scrollt durch die Meldungen. In der Zeitung hat sie mal gelesen, dass die Anzahl der Likes, die man auf Social Media erhält, Einfluss auf das Selbstwertgefühl habe. Das hat ihr sofort eingeleuchtet. Ihr Post von gestern Abend, ein Foto ihrer Bettlektüre, war ein Erfolg. Sie spürt, wie sich ihre Stimmung aufhellt, wie sich der Schatten abschwächt.

Das Beste an ihrer Zufallskarriere auf Instagram sind nicht die Geschenke. Auch auf das Geld kommt es ihr nicht so sehr an. Das Beste ist das Kribbeln beim Aufwachen, das Gefühl, gesehen zu werden, gehört und geliebt. Es wirkt belebender als jeder Kaffee und es macht genauso abhängig.

Wann immer sie inmitten all der Botschaften von Instagram, TikTok und WhatsApp, diesem endlosen Strom aus Liebe und Anerkennung, eine vereinzelte Benachrichtigung von Gmail entdeckt, denkt Imogen zuerst: *Wie putzig.* Abgesehen von der Arbeit kontaktiert sie eigentlich niemand mehr per Mail und diese Mail ging nicht an ihre Arbeitsadresse, sondern an ihre private. Also ist der Absender alt. Nur alte Leute schreiben noch E-Mails. Die Generation 35 plus.

Sie liest den Namen – und ihre Freude über diese aus der Zeit gefallene Flaschenpost im digitalen Ozean wird von einem finsteren Tsunami verschlungen. Für einen Moment hält sie es für möglich, dass sie allein durch die Gedanken an ihn seinen Geist heraufbeschworen hat. Mit Vernunft hat das natürlich nichts zu tun. Aber das hat er aus ihr gemacht.

Was will er? Und wieso jetzt, nach über einem Jahr? Was will er ihr denn noch nehmen?

Sie kann die E-Mail nicht öffnen. Sie wird sie nicht öffnen.

Doch in der Benachrichtigung ist der Betreff zu lesen.

Jugend + Verunsicherung = scheiße viel Geld

Was soll das bedeuten? Es ergibt überhaupt keinen Sinn. Will er sie verhöhnen?

Hör auf damit, Imogen. Hör auf. Sie weigert sich, seinetwegen zusammenzubrechen. Er hat ihr alles genommen. Dass sie trotzdem nicht umgekippt ist, ist alles, was sie noch hat. Das Einzige, worauf sie wirklich stolz ist. Alles andere, die Massen von Gratisklamotten, die schicken Möbel, das dicke Bankkonto, die vielen fremden Bewunderer, die unzähligen hübschen Fotos, all das würde sie opfern, wenn dafür nur alles wieder so wäre wie früher, als sie von ihren Eltern jede Woche ein mageres Taschengeld zugeteilt bekam. Wenn dafür nur alles wieder so wäre wie vor zwei Jahren, bevor sie auf die Uni gegangen und ihm begegnet ist – ihm, dem Monster.

Foto: Am Rand einer zugeschneiten Straße stehen drei Streifenwagen mit blinkendem Blaulicht. Dahinter erstreckt sich ein weites Lavafeld.
Filter: Nicht nötig

Mögliche Bildunterschriften …

Option 1: Und so trete ich meine Haftstrafe an … Nur ein Scherz, die suchen jemand anderen. Also, soweit ich weiß.
Option 2: Irgendwie wäre es mir fast lieber, sie würden nach mir suchen – im Gefängnis ist es bestimmt angenehmer als da, wohin die Reise für mich geht.
Option 3: Wieso denke ich wie eine Besessene darüber nach, was für ein Verbrechen hier geschehen sein mag?

Tatsächliche Bildunterschrift …

Düsterer Skandinavien-Thriller in echt.

♥ **12**

3

HANNAH

Wie Speichelgeschosse klatschen die nassen Schneeregenflocken auf die Windschutzscheibe. *Willkommen in Island, Hannah*, hauche ich lautlos und kneife mir in den Oberschenkel, damit ich nicht schreie oder, was noch schlimmer wäre, in Tränen ausbreche.

Draußen herrscht eisige Kälte. Im Auto ist es trotzdem warm wie in einer Sauna. Mir hat noch nie eingeleuchtet, wieso man freiwillig in die Sauna geht, aber hier tun das eine Menge Leute (zum Glück rollen sie hinterher nicht nackt im Schnee herum wie so manch andere Skandinavier). In der heißen, stickigen Saunaluft fühle ich mich immer, als würde mir irgendwer ein unsichtbares Kissen aufs Gesicht pressen, und genauso fühle ich mich in diesem Auto.

Mein Blick zuckt zu dem Mann, der sich neben mir an das lederbezogene Lenkrad klammert.

Dad, nenne ich ihn.

Direkt ansehen kann ich ihn irgendwie nicht, da käme ich mir unhöflich vor, als würde ich einen Fremden anglotzen. Was jetzt im Prinzip gar nicht so weit von der Wahrheit entfernt ist. In manchen seiner Gesichtszüge erkenne ich mich zwar jedes Mal wieder, etwa in den schmalen grauen Augen und in ihrer Art, einen so durchdringend anzustarren, dass einem ganz anders wird, weil man nie weiß, ob er einem nun tief in die Seele blickt und die intimsten Gedanken entziffert oder einfach geradewegs durch einen hindurchschaut; auch in seinen Grübchen, die frech gegen seine stets bitterernste Miene rebellieren, und in seinen wilden dunkelblonden Augenbrauen. Im Ganzen ist er mir aber ziemlich fremd.

Seit zehn Minuten sind wir unterwegs und wir haben noch immer kein Wort miteinander gesprochen. Für die Fahrt vom Flughafen Keflavík zu Dads Haus in Fossvogur, einem Stadtviertel von Reykjavík mit Vorort-Flair und Einfamilienhäusern, die genauso gleichförmig sind wie ihre Bewohner, sollten wir ungefähr eine Stunde brauchen. Unter diesen Umständen ist eine Stunde eine Ewigkeit.

»Wie geht's Rósa?« Ich versuche, durch ein bisschen Small Talk die Stimmung aufzulockern. Kein guter Plan.

»Sei nicht so, Hannah«, keift Dad und feuert einen durchdringenden Blick ab, den aber hauptsächlich der Schneematsch auf der Straße abbekommt.

»Wie bin ich denn?« Zugegeben, Rósa ist ein heikles Thema. Aber ich wollte wirklich nur wissen, wie es ihr geht. Glaube ich jedenfalls.

»Es ist dein Ton.«

Na gut, dann wird eben geschwiegen.

Gott, wie mir London fehlt. Wie mir Granny Jo fehlt. Wie mir …

Ich darf nicht einmal an sie denken. Trotz allem fehlt sie mir so sehr.

Am Ende ist Mum dann doch nicht vom Fluch dahingerafft worden (auch wenn wir alle fest damit gerechnet hatten). Am Ende hat sie etwas viel Banaleres kleingekriegt. Krebs. Und auch noch die häufigste Variante davon, nämlich Brustkrebs. Nichts Besonderes.

Wenn man bedenkt, wie oft sie diese Welt hinter sich lassen wollte, hat sie sich dann doch überraschend verbissen dagegen gewehrt. Zu *ihren* Bedingungen wäre sie freiwillig gegangen, aber so stemmte sie sich mit aller Macht dagegen. Für sie musste immer alles exakt nach ihren Vorstellungen ablaufen.

Mein Handy summt. Ich ziehe es aus der Tasche. Eine WhatsApp von Daisy.

DAISY Schon da?

HANNAH Leider ja.

DAISY Ach komm. Lass die negativen Gedanken nicht gewinnen. Du solltest das Ganze als Abenteuer betrachten.

Daisy ist ein Mensch, der Vorträge über positives Denken hält, ohne je davon gehört zu haben, dass es so etwas offiziell gibt. Meiner Theorie nach hat sich ihre Mum in der Schwangerschaft zu viele Selbsthilfebücher reingezogen. Daisy und ich sind seit der Vorschule befreundet und meistens finde ich ihre lebensbejahende Haltung toll. Manchmal will ich sie dafür aber erdrosseln.

HANNAH Keinen Bock auf Abenteuer. Denk nur an Alice.

DAISY Alice? Die Pickelige mit der Zahnspange, die früher bei KFC bedient hat?

HANNAH Nein, die hieß Alison. Ich meine die Alice ... im Wunderland.

DAISY Ach die. Aber die hatte doch Spaß, oder?

HANNAH Sie wäre um ein Haar von einer verrückten Königin ermordet worden und fast in ihren eigenen Tränen ertrunken.

DAISY Ah okay. Hmm. Aber dein Kaninchenbau führt bestimmt nicht ins Wunderland.

HANNAH Da hast du auch wieder recht. Mein Kaninchenbau führt direkt in die Hölle.

Das ist gar nicht mal übertrieben. Oder nicht sehr. In alten Zeiten glaubte man tatsächlich, das Tor zur Hölle befände sich in Island.

DAISY Konzentrieren wir uns auf das Positive. Zum Beispiel: Es sind nur noch genau zwei Monate bis Weihnachten!

Das ist mal kein leerer Motivationstrainer-Spruch. Das ist ein echter Lichtblick. Nicht wegen des Weihnachtsmanns oder Jesus oder weil es dann bei Boots drei Parfüm-Geschenkboxen zum Preis von zweien gibt oder was man an Weihnachten sonst so großartig finden soll. Nein, an Weihnachten kommt Daisy mich in Island besuchen.

Am selben Tag, an dem ich über meinen baldigen Umzug nach Island informiert wurde, hat Daisys Mum ihr das Flugticket gekauft. Ich fürchte, für das nun folgende Geständnis sollte ich auf ewig in der Hölle schmoren (danke, ich finde alleine hin, weit kann es ja nicht sein), aber auch eine unaussprechlich schreckliche Wahrheit ist immer noch wahr: Mein ganzes Leben lang habe ich mir insgeheim ausgemalt, wie es wäre, wenn Daisys Mum meine Mum gewesen wäre. Daisys Mum, mit ihren sanft geschwungenen Hüften, den selbst gemachten Pfannkuchen, dem warmen Lächeln und dieser Aura nichtssagender Normalität, fast als wäre sie einer Zeitschrift für »die gute Hausfrau« aus den 1950er Jahren entsprungen. Seit Mums Tod fühle ich mich deswegen erst recht wie eine Verräterin.

Das Handy in meiner Hand summt und ich zucke zusammen. Fast rechne ich mit einer Nachricht von meiner Mum, mit einem Anpfiff aus dem Grabe heraus, weil ich so schlecht über sie rede.

DAISY Bald ist Dezember und ich freue mich schon so darauf, dich zu sehen … dich und diese Polarlichter natürlich. Okay, muss weiterlernen. Jetzt willst du nicht mehr mit mir tauschen, was?

Doch, will ich trotzdem. Daisy lernt für ihre A-Levels am Highbury College. So wie ich bis vor einer Woche.

Daisy fehlt mir.

Ich stecke das Handy wieder ein. Ich wünschte, ich würde auch in London für meine A-Levels lernen. Aber dass ich das eben nicht tue, ist ausnahmsweise nicht Mums Schuld. Das habe ich ganz allein hingekriegt.

Eigentlich hatte ich die Schülerzeitung, die *Highbury Gazette,* nur als Ausrede gegründet, um nach dem Unterricht nicht immer gleich nach Hause gehen zu müssen. Doch dann habe ich mich ein bisschen hineingesteigert.

Zwanzig Leute schrieben regelmäßig für die Zeitung, wir trafen uns zweimal pro Woche in der Redaktion (sprich: in der Schulbibliothek) und diskutierten über den Inhalt der wöchentlichen Ausgabe. Daisy umgarnte als Chefin der Marketingabteilung per Telefon Geschäfte aus der Gegend, bis sie bei uns Anzeigen schalteten. Mit der Zeit sprachen mich immer öfter Leute auf dem Gang an, um über ihre Lieblingsartikel zu plaudern. Und bald wollten sogar immer mehr von ihnen mitmachen.

Ich fand es toll. Ich fand es toll, herumzuschnüffeln und nach lohnenswerten Themen zu suchen: der mäßige Nährstoffgehalt mancher Mahlzeiten in der Schulmensa, die Highlights der neuesten PISA-Studie oder das Zerwürfnis in der Theatergruppe – die eine Hälfte wollte eine modernisierte Version von *Hamlet* auf die Bühne bringen, die andere wollte die Aufführung traditionell halten. Ich fand es toll, Schüler zu interviewen, die an irgendeinem interessanten Ort gewesen waren oder irgendetwas Bemerkenswertes geleistet hatten, und den größten Kick gaben mir meine langen Enthüllungsstorys, etwa über die feuchten Wände in einigen Klassenzimmern, die sich tatsächlich als übler Schimmelbefall und damit als Gefahr für die Gesundheit von Schülern und Lehrern entpuppten.

So wurde die *Highbury Gazette*, anfangs ein bloßer Zeitvertreib, zu meinem ganzen Stolz. Ich war nicht mehr nur Hannah, das ziemlich unscheinbare Mädchen, das sich im Nebenjob um seine komische Mutter kümmerte, eine Frau, die hin und wieder im Nachthemd und mit einer halb geplatzten Tesco-Plastiktüte voller Bierdosen in der Hand am Schultor auftauchte. Plötzlich war ich Hannah, Herausgeberin der Schülerzeitung und Verkünderin der Wahrheit, ich war knallhart drauf und kein Niemand mehr.

Knapp eine Woche nach Mums Tod brauchte ich dann dringend eine Ablenkung. Ein Artikel aus dem *Guardian*, den Granny Jo jeden Morgen kaufte, brachte mich auf die Idee: Eine Radiomoderatorin der BBC hatte herausgefunden, dass ihre (männlichen) Kollegen für die gleiche Arbeit fünfzig Prozent mehr Gehalt bekamen.

Für ihre Marketing-Telefonate durfte Daisy ab und zu das Büro des Rektors benutzen, ich durfte dort Interviews führen.

Bei einer dieser Gelegenheiten hackte ich mich in seinen Computer – so hat er es hinterher zumindest genannt. Ich finde, man kann nicht von »hacken« sprechen. »Hacken« ist nicht das Gleiche wie simples Einloggen und man muss gar nichts »hacken«, wenn der Benutzer den Vornamen seiner Gattin als Passwort eingestellt hat (worauf ich übrigens beim dritten Versuch kam). Innerhalb von zwei Minuten hatte ich die Gehaltslisten aufgespürt. Dann öffnete ich den Browser, ging auf Gmail, meldete mich an und schickte die Excel-Tabelle als Anhang an mich selbst.

Zu Hause rechnete ich das Ganze durch. Das Gehalt der männlichen Lehrkräfte an unserer Schule lag 23 Prozent über dem der weiblichen.

In dem Korrekturbogen, den ich meiner Englischlehrerin Ms Thackeray vorlegen musste, bevor die neue Ausgabe an die Druckerei ging, war meine große Enthüllungsstory noch nicht enthalten. Erst nachdem sie alles abgenickt hatte, tauschte ich die Titelseite aus.

Die Hölle brach los. Die Eltern rasteten aus. Die Schulaufsicht auch. Der Rektor musste sich öffentlich für das Gehaltsgefälle entschuldigen und geloben, es in Ordnung zu bringen. Die Schüler jubelten über das Chaos.

Ich wurde der Schule verwiesen.

Dads Blick zuckt für einen Moment zu mir. »Ich habe eine Überraschung für dich.«

Ein Flugticket nach London?, hätte ich fast erwidert, aber ich kann mir gerade noch auf die Zunge beißen. Das wird ein Friedensangebot sein. Ich sollte es annehmen.

»Ich habe dir schon einen ersten Auftrag organisiert.«

Ach, das.

Wenn man bedenkt, wieso ich der Schule verwiesen wurde, hat meine Strafe eine gewisse Ironie, die meinen ehemaligen Rektor vermutlich ziemlich auf die Palme bringen würde: Ich wurde zu einem Praktikum bei der Zeitung meines Dads verdonnert.

Mein Blick zuckt zu ihm. Er schaut starr auf die Straße. Es ist kaum jemand unterwegs und unsere Geschwindigkeit liegt deutlich über dem Tempolimit.

»Was für ein Auftrag?«

Jetzt blickt er etwas milder drein. »Ein Interview.«

Okay. Okay, das könnte ganz gut werden. Interviews machen mir Spaß.

»Mit einer sehr bekannten Influencerin.«

Irrtum. Es wird eine Qual.

»Ich hasse Influencer.« Mit Wucht lasse ich mich gegen meine Lehne fallen. Mir doch egal, wenn ich mich aufführe wie eine schmollende Vierjährige, die keinen Lolli bekommen hat. »Influencer sind so dumm. Wegen denen steht meine Generation als lauter Hohlköpfe da. Als würden wir alle glauben, Duckface-Machen wäre ein echter Job, Belfies auf Instagram wären ein wichtiger Aspekt der Selbstfindung und Erfahrungen im Photoshoppen von Thigh Gaps wären ein großes Plus im Lebenslauf.«

Dad überhört meine Schimpftirade. »Sie heißt Imogen So-und-So. Schon mal von ihr gehört?«

»Millionen Menschen bilden sich ein, sie wären Social-Media-Stars. Wieso soll ich ausgerechnet von der gehört haben?«

»Na ja, sie ist genau wie du …«

Ist sie sicher nicht.

»Sie kommt aus Großbritannien, ist aber gerade nach Island gezogen.«

Mein Blick zuckt zu Dad. Da ist doch was faul. Das stinkt zum Himmel.

»Diese Imogen macht bei Cool Britannia 2.0 mit, einer Konferenz an der britischen Botschaft zur Stärkung der kulturellen Beziehungen zwischen dem Vereinigten Königreich und dem Rest der Welt. Sie spricht da über Mode oder Make-up oder Selbstverwirklichung … irgendwas in der Richtung.«

Irgendwas in der Richtung?

»Und dafür, dass wir ein Interview mit ihr bringen, hat sie sich bereit erklärt, dir unter die Arme zu greifen.«

Da ist sie schon, die Ursache des fauligen Geruchs: Mein Dad hat Hintergedanken und die stinken schlimmer als Harðfiskur, diese isländische Delikatesse aus getrocknetem Fisch, die den Duft eines alten Müllsacks verströmt.

»Sie soll mir wobei unter die Arme greifen?«

»Beim Einleben. Beim Ankommen in einem neuen Land.«

»Ich brauche keinen Babysitter. Ich habe jeden Sommer meines Lebens in Island verbracht.«

Das will Dad mit einem lässigen Schulterzucken abtun, es wirkt aber wahnsinnig steif und bemüht. Ihm ist durchaus bewusst, wie dumm sein Plan ist. »Es ist alles vorbereitet. Das Interview soll morgen über die Bühne gehen. Dann kannst du mal mit jemandem über alles reden. Nutz die Chance.«

»Nicht zu fassen. Du hast irgendeine blöde Social-Media-Tussi bestochen, sich mit mir zu unterhalten? Es ist kaum zu glauben.«

»Mein Gott, ich wollte dir einen Gefallen tun.«

»Dann lass mich ein richtiges Interview führen. Das wäre was gewesen.«

»Das ist ein richtiges Interview.«

»Ist es nicht. Es ist Werbung. Genau genommen bezahlt diese Imogen dafür, dass du ihren Auftritt in deiner Zeitung promotest, zwar nicht mit echtem Geld, aber mit einem Beratungsgespräch – und deshalb ist dieses Interview kein echter Journalismus, sondern eine Werbeanzeige.«

»Warum musst du immer alles so verdrehen?«

»Ist es nicht verboten, Werbung als echten journalistischen Inhalt auszugeben? Also zu Hause in Großbritannien darf man das nicht.«

Jetzt ist es Dad, der sich krachend gegen die Lehne fallen lässt. »Wie du das immer wieder hinkriegst, Hannah.«

Der Schneeregen ist zu richtigem Schnee geworden. Die Scheibenwischer schrubben wie wild über das Glas und kommen trotzdem kaum hinterher.

»Was? Was kriege ich immer wieder hin?«

Dads Gesicht färbt sich rot. »Du kriegst es immer wieder hin, dass sich alle schlecht fühlen.«

Uff. Das ist – selbst für seine Verhältnisse – hart. »Willst du jetzt wirklich darüber reden? Ich würd's mir überlegen.« Irgendwo in meinem Hinterkopf droht der gesammelte Giftmüll aus 16 Jahren Bitterkeit zu explodieren.

»Worüber reden?«

Ich weiß genau, was ich ihm zu sagen habe. Ich habe meinen Vortrag ewig geübt. »Dass du nicht mit dir selbst klarkommst, ist nicht meine Schuld.«

Ich zögere. Will ich wirklich so in mein sogenanntes neues Leben aufbrechen? Ganz klar: Nein, will ich nicht. Doch meine Worte sind wie ein Felsbrocken, der einen Abhang hinunterrollt: Sie haben sich zu ihrem Ziel aufgemacht und ganz egal, was sie unterwegs zerquetschen, es steht nicht mehr in meiner Macht, sie aufzuhalten.

»Auch wenn dich die bloße Tatsache, dass es mich gibt, an deine Unzulänglichkeiten, deine moralischen Defizite und deine Selbstsucht erinnert, hast du kein Recht, mir die Schuld daran zu geben. Mum zu verlassen, war deine Entscheidung. Mich mit ihrer Scheiße allein zu lassen, war deine Entscheidung. Dafür bist nur du verantwortlich. Du fühlst dich schuldig? Dann mach das gefälligst mit deinem Gewissen aus und lass mich in Ruhe.«

Es ist raus. Endlich. Eine Mischung aus Wut, Angst und Erleichterung lässt mein Herz pochen.

Jeden Moment wird Dad mich anschnauzen.

Oder auch nicht.

Sekunden verstreichen. Werden zu Minuten. *Scheiße.* Die Stille im Wagen dröhnt mir in den Ohren. Ich sehne mich beinahe danach, angeschnauzt zu werden.

Bin ich zu weit gegangen? In Gedanken lasse ich meinen Vortrag noch einmal ablaufen. Und noch mal und noch mal. Mit jeder Wiederholung wirken meine Worte lauter und schärfer, gehässiger. Die ersten Schuldgefühle regen sich, aber warum eigentlich? Wieso sollte *ich* mich schuldig fühlen?

Ich ertrage Dads ausdruckslosen Blick nicht mehr. Das ist typisch mein Vater. Nie stellt er sich den Problemen. Immer wartet er ab, während sich das Unausgesprochene aufstaut, während es gammelt und fault und zu einem Höllengestank wird, der sich nie wieder aus der Welt schaffen lässt.

Will er das? Kann er haben. Ich wende mich ab, drehe mich zum Seitenfenster.

Ein Panorama, das kaum weniger hart und kalt ist als Dads Schweigen, nimmt mich in Empfang. Es heißt manchmal, die Fahrt vom Flughafen Keflavík nach Reykjavík führe durch eine magische Landschaft, man fühle sich wie auf den Mond versetzt (dieser Spruch kann eigentlich nur aufs Konto des Fremdenverkehrsamts gehen). Ich sehe bloß eine Einöde aus rauen, kahlen Lavafeldern, die Hinterlassenschaft von Vulkanausbrüchen vor Hunderten von Jahren.

Dass hier überhaupt jemand lebt, muss man als Wunder bezeichnen. Seit vor über eintausend Jahren die ersten Menschen nach Island gekommen sind, hat sich die Insel redlich bemüht, sie wieder umzubringen. Im Lauf der Zeit ist sie immer und immer wieder nur knapp daran gescheitert, den Homo sapiens durch eisiges Wetter, brodelnde Lava, Erdbeben, Überschwemmungen, Lawinen oder Seuchen von diesem Brocken aus Vulkangestein knapp unter dem nördlichen Polarkreis zu vertreiben.

Im 18. Jahrhundert, nachdem eine Reihe von Naturkatastrophen einen erheblichen Teil der Bevölkerung ausgelöscht hatte, hat man sogar darüber nachgedacht, das ganze Land nach Dänemark zu verlegen.

Hätte man das doch nur getan.

Dad schweigt stur. Was soll ich hier eigentlich? Hier ist für mich nichts zu holen. Niemand will mich hier haben. Dad nicht. Rósa bestimmt nicht. Die Zwillinge nehmen kaum Notiz von mir und Grandma Erla und Grandpa Bjarni werden bei meinen Besuchen jedes Mal etwas blass um die Nase. Ich glaube, in mir sehen sie meine Mum. Und für sie wird Mum immer die Frau sein, die um ein Haar das Leben ihres Sohns zerstört hätte.

Inzwischen fällt der Schnee dichter und dichter. In Island ist Schnee eine echte Gefahr. Selbst auf den Straßen der Hauptstadt erfrieren immer noch Menschen.

Der Verkehr verlangsamt sich. Höchstens einen Meter vor uns, durch die wirbelnden Flocken nur schemenhaft zu erkennen, taucht ein Auto auf.

»Diese verdammten Touristen«, knurrt Dad und steigt auf die Bremse. Aus 130 Stundenkilometern werden binnen Sekunden 30. »Wenn sie keine Ahnung haben, wie man bei Schnee fährt, wieso nehmen sie nicht das Shuttle?«

Die Wange ans Fenster geschmiegt, lasse ich den Blick über die träge vorwärtskriechende Autoschlange schweifen. *Na super.* Jetzt dauert die Fahrt des Grauens noch länger.

Ein paar Wagen weiter vorne entdecke ich etwas am Straßenrand. Ein blaues Blinken. Ich würde sagen, in diesem Fall stockt der Verkehr nicht wegen der mangelnden Fahrkünste irgendwelcher Touristen.

Wir rollen weiter. Jetzt sind die Streifenwagen klar zu erkennen, gleich drei davon parken am Straßenrand. Die Luft ist erfüllt vom Heulen einer Sirene. Aus der Gegenrichtung nähert sich ein Rettungswagen dem Ort des Geschehens.

In Island gibt es kaum Verbrechen, aber jetzt ist mal was los. Ich zücke mein Handy und schieße ein Foto.

Urplötzlich macht unser Auto einen Schlenker nach rechts. Dad muss auf dem Eis die Kontrolle verloren haben. In Todesangst klammere ich mich ans Armaturenbrett.

Genauso abrupt hält Dad an, stellt den Schalthebel auf Parken und öffnet die Tür. Den Motor lässt er laufen.

Ich wundere mich. »Wohin willst du?«

»Bin gleich wieder da.« Er knallt die Tür zu.

Ich beobachte, wie er zu den Streifenwagen eilt. Er muss sich gegen heftigen Wind stemmen. Es sieht aus, als wollte er mit dem Kopf durch eine Backsteinwand.

Mein Blick fällt auf vier Polizisten und zwei Sanitäter, die gemeinsam eine Trage über das Lavafeld zur Straße schleppen. Ohne weiter darüber nachzudenken, ziehe ich am Türöffner und springe aus dem Wagen. Eine Windbö presst mir die Luft ins Gesicht, keuchend renne ich Dad hinterher. Seine Haare, normalerweise oberhalb der sauber rasierten Schläfen akkurat zur Seite gekämmt, wehen trotz der großen Portion Gel, die er sich bestimmt immer noch jeden Morgen genehmigt, wild durcheinander.

Ich habe ihn fast eingeholt, da steigt vor ihm eine Frau aus einem der blau blinkenden Wagen. Sie trägt eine schwarze Daunenjacke mit dem Wappen der isländischen Polizei am Oberarm, einem gelben Stern.

»Zurück.« Sie fuchtelt mit den Händen. Ihr rundes Gesicht hat sich in der Kälte gerötet, ihr blonder Pferdeschwanz flattert im Wind.

Dad hört nicht auf sie, er hört auf niemanden. »Was ist hier vorgefallen?«

»Bitte einen Schritt zurücktreten, Sir. Das gilt auch für dich, Miss.«

Dad fährt herum. »Ich habe dir doch gesagt, du sollst im Auto bleiben.«

Wieso soll ich auf dich hören, wenn du nicht mal auf die Polizei hörst? Aus meiner Sicht wäre das eine absolut schlüssige Argumentation.

Vielleicht kann ich Dad ablenken, indem ich ihn auf die Truppe mit der Trage aufmerksam mache. »Schau mal.«

Es klappt, er wendet sich wieder an die Polizistin. »Hat es hier einen Unfall gegeben?«

»Bitte zurücktreten, Sir«, wiederholt sie bloß.

Die Polizisten und Sanitäter klettern die geschotterte Straßenböschung hinauf, über den frischen, lockeren Schnee. Auf der Trage liegt jemand, abgedeckt mit einem burgunderroten Tuch. Die Polizistin hat alle Hände voll zu tun, Dad aufzuhalten. Ich nutze die Gelegenheit und husche an ihm und ihr vorbei zu ihren Kollegen, die sich immer noch die Steigung hinaufquälen.

»Hey!«, ruft die Polizistin.

So unauffällig wie möglich schiebe ich die Hand in die Tasche, ziehe mein Handy hervor und knipse ein paar Fotos von den Leuten mit der Trage.

Die Frau reißt mich an der Schulter herum. »Entweder ihr zwei verschwindet sofort von hier oder ich lasse euch hier und jetzt festnehmen.«

Ich ernte einen bösen Blick von Dad, als dürften wir nur meinetwegen nicht bleiben, und wir trollen uns.

Zurück im Auto, fischt Dad sein Handy aus der Innentasche seines dunkelblauen Slim-Fit-Sakkos. Man kann nicht behaupten, dass er dem Wetter entsprechend gekleidet wäre, aber darauf achtet hier kein Mensch. Sonst müssten die Isländer das ganze Jahr über in Daunenjacken und Skihosen herumlaufen, und so modebewusst, wie sie sind, siegt im Zweifel immer die Eitelkeit über den Komfort. Wer in Wanderschuhen durch Reykjavík stiefelt, kann nur ein Tourist sein. Ich habe Rósa auf 15 Zentimeter hohen Absätzen über spiegelglattes Eis spazieren sehen.

»Eiríkur hier«, meldet sich Dad am Handy. »Ich bin auf der Reykjanesbraut unterwegs. Hier ist Polizei. Sind bei euch irgendwelche entsprechenden Meldungen reingekommen?«

Am anderen Ende sagt irgendjemand irgendetwas. Ich spitze die Ohren, der Ton ist aber zu leise. Wäre er lauter, würde ich die Antwort verstehen, denn ich spreche fließend Isländisch, Dad und ich unterhalten uns immer in der Landessprache. Manchmal ärgere ich mich fast darüber, dass ich das kann. Wie viel kostbaren Platz diese Sprache, die nur rund 300.000 Menschen sprechen, in meinem Gehirn einnimmt! Es wäre so viel nützlicher, Deutsch oder Spanisch zu können, oder meinetwegen Chinesisch. Andererseits wurde ich nun für meine Verbrechen zu einem Leben in der Verbannung verurteilt und hierhergeschickt wie ein ungezogener Russe nach Sibirien und da ist es vielleicht doch ganz praktisch, mit den Einheimischen kommunizieren zu können.

»Okay«, erwidert Dad. »Ruf unseren Kontakt bei der Hauptstadtpolizei an. Ich bin in einer Stunde wieder im Büro, hoffentlich.«

Er wird also nicht den Tag mit mir verbringen, mir dabei helfen, mich einzurichten, mich in den Arm nehmen und mir versprechen, dass alles gut wird und dass er immer für mich da sein wird. Wer hätte das gedacht.

»Halt mich auf dem Laufenden.« Damit legt er auf.

Dad legt den Gang ein und steuert in einer scharfen Kurve zur Straße.

Wir reihen uns wieder in den zähen Verkehr ein. Ich ziehe mein Handy aus der Tasche und öffne die Fotos von den Leuten mit der Trage.

»Und, wissen die was?« Jetzt kommen wir direkt an dem abgesperrten Bereich am Straßenrand vorbei, also blicke ich noch einmal von meinem Handy auf. Drüben schieben Polizisten und Sanitäter die Trage in den Rettungswagen.

»Nein.«

»Was glaubst du, was da passiert ist?«

»Wahrscheinlich hat sich nur irgendein Tourist wehgetan. Hat angehalten, um Fotos zu machen, hat sich zu weit rausgewagt und ist auf dem Eis ausgerutscht.«

»Aber da war kein Auto.«

»Was?«

»An der Straße stand kein Auto. Da waren nur die Polizei und der Rettungswagen. Und ein Tourist wäre doch mit einem Mietwagen unterwegs gewesen, oder?«

Dad wirft einen Blick über die Schulter.

Seine Theorie hat sogar noch andere Schwachstellen. Ich begutachte noch einmal meine Handyfotos. Zoome die Trage heran. Das burgunderrote Tuch wurde über ihre ganze Länge gebreitet. Von dem Menschen darunter ist nicht das Geringste zu sehen. So deckt man keinen Verletzten zu. So deckt man eine Leiche ab.

Ich wische zum nächsten Foto. Auf den ersten Blick unterscheidet es sich nicht vom ersten. Dann fällt mir ganz am Rand des roten Tuchs etwas Weißes auf. Irgendetwas guckt darunter hervor. Ich vergrößere es. Der gemusterten Webkante nach zu urteilen ist es ein Handtuchzipfel. Und da sehe ich sie. Mir kommt die Galle hoch. Unter dem Handtuch sehe ich dunkelblaue Finger hervorragen. *So ergeht es einem also, wenn man erfriert?*

Der Verkehr fließt allmählich wieder im üblichen Tempo. Durch die Fahrbewegung wird mir immer schlechter, je länger ich auf das Foto starre. Ich stecke das Handy ein, doch die blauen Finger kriege ich nicht aus dem Kopf. Mein Gehirn ist längst dabei, immer neue Erklärungen für diesen Vorfall zu konstruieren. Und wie ein Suchhund, der sich hechelnd, sabbernd, atemlos auf die Jagd macht, wird es nicht aufgeben, bis es am Ziel ist.

Statistisch betrachtet hat es fast immer denselben Grund, wenn sich hierzulande so viel Polizei an einem Ort versammelt: den tragischen Kältetod eines verirrten Touristen. Doch irgendetwas stört mich an der Sache. Vielleicht, dass kein Suchtrupp zu sehen war, kein Einziger der Freiwilligen, die normalerweise zuerst verständigt werden, wenn Gäste auf Abwege geraten. Oder dass die Polizistin so ein großes Interesse daran hatte, uns schleunigst vom Ort des Geschehens zu entfernen.

Das Verlangen zu wissen, wie es wirklich war, ergreift Besitz von mir. Es ist ein Gefühl, das ich kenne und liebe. Ich spüre einen Energieschub, als käme ich direkt aus dem Fitnessstudio (nicht dass ich jemals eines betreten hätte). Für einen Moment, und wenn er nur von kurzer Dauer ist, bin ich wieder ich selbst, mein wahres Ich, bin ich genau da, wo ich hingehöre, und tue ich genau das, was ich kann.

Woher kommt dieser Drang, immer alles wissen zu wollen? Warum gibt es mir so viel, die Wahrheit aufzudecken?

Ob es wirklich Mord gewesen sein kann? Wohl kaum. Praktisch nirgendwo auf der Welt ist die Mordrate so niedrig wie hier. In Island wird so gut wie nie ein Mensch umgebracht. Doch was *so gut wie nie* vorkommt, passiert hin und wieder – sehr selten – eben doch. Das ist reine Statistik.

Ich muss an meine Sitznachbarin im Flugzeug denken, an ihre Reiselektüre. Ein düsterer Skandinavien-Thriller mit blutbesudelter Schneelandschaft auf dem Cover. Wieso lesen die Leute so gerne Geschichten über Mord und Totschlag? Gibt es ihnen vielleicht auch einen Kick, der Wahrheit auf die Schliche zu kommen? So wie es mir in meiner Zeit bei der Schülerzeitung ging?

Bei meinem Rauswurf habe ich dem Rektor erklärt, ich hätte aus Überzeugung gehandelt. Wenn ich tief in mich hineinschaue, glaube ich allerdings, ich hatte eher andere Gründe. Welche das sein könnten? Da bin ich mir selbst nicht so sicher.

Foto: Auf einem Konferenztisch steht ein Silbertablett mit einer Flasche *Voss Artesian Water* und einigen auf Hochglanz polierten Gläsern.
Filter: Juno

Bildunterschrift: Auf der Arbeit. Vorbereitungen für eine Präsentation. Aufregend! #liebemeinleben

♥ **2409**

Wie die Bildunterschrift hätte lauten sollen …

Option 1: Die Welt ist voller Trigger. Heute war es ein Glas Wasser. Morgen wird es etwas anderes sein.
Option 2: Ich dachte, ich kann selbst über mein Leben bestimmen, kann selbst darüber entscheiden, welchen Weg ich gehen will. War das ein Irrtum?
Option 3: Heute sieht mein Gefängnis aus wie ein Aquarium, aus dem irgendwer das Wasser gelassen hat, und ich bin der Fisch.

4

IMOGEN

Imogen hat schon so oft zugehört, wie ihre Chefin die Vorzüge der Agentur anpreist, dass sie den Vortrag auswendig kennt. Zum Glück, muss man sagen. Seit Wochen wurde dieses Meeting vorbereitet, es ist ein wichtiger Bestandteil von Ms Kendricks Masterplan, das Geschäftsfeld auf die Lebensmittelbranche auszuweiten. Doch Imogen kann sich beim besten Willen nicht auf das Geschehen im offiziellen Konferenzraum konzentrieren, einem stickigen Glaskäfig.

»Wir von London Analytica nehmen eine echte Vorreiterrolle ein.« Ms Kendrick steht vor einem großen Flachbildfernseher mit einer sorgfältig gestalteten PowerPoint-Folie. Weiße, futuristische Schrift auf stahlgrauem Grund, insgesamt fünf Stichpunkte:

Offenheit für Erfahrungen
Gewissenhaftigkeit
Extraversion
Verträglichkeit
Neurotizismus

Ms Kendrick trägt eine eng anliegende, maßgeschneiderte schwarze Hose und einen Tweed-Blazer von Chanel – ihr Markenzeichen. Sie besitzt einige davon, alle im klassischen Cardigan-Schnitt. Dieses Exemplar, eine Kombination aus grauer, schwarzer und pinkfarbener Wolle und goldenen Knöpfen, stammt aus der neuesten Kollektion. Offenbar läuft die Agentur gut. Imogen hat im Netz nach dem Blazer gesucht, er kostet fünf Riesen.

»Mit ein und derselben Botschaft auf alle Kunden abzuzielen, das ist Marketing von gestern«, fährt Ms Kendrick fort, um dann mit effektvoll aufgerissenen Augen hinzuzufügen: »Aus dem letzten Jahrhundert. Hier bei London Analytica finden Sie die Zukunft des Marketing.«

Am anderen Ende des langen Konferenztisches, gegenüber von Imogen und Ms Kendricks Stellvertreter Mark, sitzen die Kunden. Zwei Männer, CEO und COO eines Anbieters von Tiefkühlfisch. Beide sind kahl, haben fahle Haut und kratzen bestimmt schon an der 60. Zwei schlecht sitzende Anzüge, zweimal mürrisches Stirnrunzeln. Den Typ Mann kennt Imogen. Geschäftsleute, deren Firmen schon lange ihren Zenit überschritten haben, die jetzt aber noch einen letzten verzweifelten Versuch unternehmen, den alten Glanz wiederherzustellen. Angeblich sind sie bereit, sich auf die Zukunft einzulassen, einen großen Schritt ins 21. Jahrhundert zu wagen, ihr Gesichtsausdruck sagt aber etwas anderes. Am liebsten würden sie es sich tief in den 1950er Jahren gemütlich machen und ihre Werbeanzeigen weiter in einer anständigen Papierzeitung drucken lassen, um sie dann bei einer schönen Tasse Tee zu bewundern, während die Gattin eine Portion Fischstäbchen in den Ofen schiebt.

»Wir bieten Ihnen psychografisches Targeting – ein revolutionäres Verfahren, das es ermöglicht, jeden einzelnen potenziellen Kunden direkt durch maßgeschneiderte Botschaften anzusprechen.« Ms Kendrick tritt von einem Fuß auf den anderen. Die offensichtliche Skepsis der beiden Männer lässt sie nicht kalt.

Es läuft nicht optimal. Imogen ist aber zu abgelenkt, um mit ihrer Chefin mitzufühlen. Sie denkt pausenlos an die E-Mail. Kurz vor Beginn des Meetings hat sie sie geöffnet. Ihr war bewusst, dass ihre Konzentration darunter leiden würde. Doch zuvor, als sie sie noch nicht geöffnet und noch keine Ahnung gehabt hatte, was sie enthielt, hatte sie an diesem Arbeitstag rein gar nichts auf die Reihe gebracht.

»Immie«, sagt Ms Kendrick vorne. »Immie?«

Erst nach einer Weile begreift Imogen, wer gemeint ist. Im Büro heißt sie Immie. Sie hasst den Spitznamen, der ihr an ihrem ersten Arbeitstag verliehen wurde. Sich dagegen zu wehren, kam trotzdem nicht infrage. Auch Ms Kendrick heißt Imogen und irgendwie müssen die Kollegen zwischen ihr und der Frau an der Spitze unterscheiden. Mit dem Vornamen der Chefin treibt man keine Spielchen.

Ms Kendrick sieht Imogen über den Rand ihrer Cateye-Brille hinweg an. Wie oft hat sie schon nach ihr gerufen?

»Schön, dass du bei uns bist. Wenn du bitte nach vorne kommen und den Herren einen Überblick über die technischen Aspekte unseres Angebots geben könntest?«

Imogens Aufgabe ist es, das Fünf-Faktoren-Modell vorzustellen. Das FFM ist der wichtigste Eckpfeiler ihres Geschäftsmodells. Dabei ist es eigentlich nichts Neues. In der Psychologie kennt man es seit Jahrzehnten, ein Klassiker. Auch Imogen hatte schon vor ihrem Job bei London Analytica davon gehört, es tauchte in der Vorlesung »Einführung in die Psychologie« an der Uni Cambridge auf. Sie fand das Fünf-Faktoren-Modell großartig. Dann fand sie es schrecklich. Er hat es ihr kaputtgemacht.

Sie zwingt sich, nicht daran zu denken, an die E-Mail, die Vergangenheit, das Monster. Das muss warten. Solange das Meeting läuft, muss sie sich zusammenreißen.

Imogen steht auf. Neben ihr sitzt Mark, sein Stuhl ein bisschen zu dicht an ihrem. Als sie sich daran vorbeischiebt, bleibt sie mit dem Fuß an einem Stuhlbein hängen und gerät ins Stolpern.

»Alles okay, Immie?« Mark fasst sie an der Hand und verhindert so, dass sie auf die Nase knallt.

Mark ist Mitgründer von London Analytica. Anders als Ms Kendrick ist er durch den Erfolg der Firma aber nicht unglaublich steif und humorlos geworden. Anders als sie erinnert er nicht an eine frisch ausgestopfte Katze.

»Ja, alles prima. Danke, Mark.« *Alles prima.* Wie kommt sie darauf, so etwas zu sagen?

Am Konferenztisch entlang geht Imogen nach vorne zum Flachbildfernseher. Sie schwitzt. Im Sommer ist es in diesem Raum, den alle nur »das Aquarium« nennen, furchtbar heiß und stickig. Ob sie wohl einen Schweißfleck vorne an der Bluse hat?

Imogen will nicht nachsehen. Im Zweifel würde sie so bloß die Aufmerksamkeit darauf lenken.

Jetzt steht sie neben Ms Kendrick, die ihr die Fernbedienung für die PowerPoint-Präsentation in die Hand drückt. Dabei zieht Ms Kendrick ihre schmalen, mit scharfem Strich aufgemalten Augenbrauen hoch. Es ist eine unmissverständliche Botschaft: Verkack es nicht.

»Vielen Dank, Ms Kendrick«, sagt Imogen in überraschend fröhlichem Ton – also in Anbetracht dessen, dass sie in Wirklichkeit am liebsten nach Hause rennen und in ihren Pyjama schlüpfen würde, um sich Pizza und Netflix reinzuziehen und nie wieder aus dem Haus zu gehen. Statt diesem Drang nachzugeben, dreht sie sich mit einem strahlenden Lächeln zu den Kunden.

Sie hat den Eindruck, ihr würden zwei Mumien entgegenstarren. Oh Mann. Das wird ein langer Tag.

»Ich bin Imogen Collins, Social-Media-Kampagnenmanagerin bei London Analytica. Ich erzähle Ihnen jetzt etwas über die Technik hinter unserer täglichen Arbeit – die Zaubertricks hinter der Magie, wenn man so will.«

Immer noch kein Lächeln, nicht mal eine Andeutung.

»In der Psychologie hat man erkannt, dass die Persönlichkeit des Menschen durch fünf voneinander unabhängige Dimensionen ausgeleuchtet werden kann: Offenheit für Erfahrungen, Gewissenhaftigkeit, Extraversion, Verträglichkeit und Neurotizismus. Das sind die sogenannten Big Five – beziehungsweise die fünf Aspekte des Fünf-Faktoren-Modells, kurz FFM.«

Imogen kennt ihren Text Wort für Wort auswendig. Sie führt ihren Teil der Präsentation auf wie eine Schauspielerin, die eine selbstbewusste, aufstrebende junge Frau verkörpert, ausgestattet mit einer fast altmodischen Klugheit, aber dennoch mit dem Finger am Puls der Zeit. Manchmal hat sie das Gefühl, von früh bis spät als Figur auf einer Bühne durch ihr Leben zu laufen, in der Rolle der jungen Frau, die alles hat und der keiner etwas vormachen kann. Dabei hat sie keine Ahnung, was sie hier eigentlich tut, wohin sie will oder was sie an diesem Ort soll.

»Bis vor Kurzem hat sich zielgerichtete Werbung ausschließlich an demografischen Daten orientiert. Diese Praxis, ganze Marketingkampagnen an demografischen Kriterien auszurichten und etwa alle Frauen nur aufgrund ihres Geschlechts mit ein und derselben Botschaft anzusprechen, ist jedoch schlicht lächerlich.

Im Gegensatz zu den meisten Werbeagenturen, die sich zur Vermittlung der Botschaften ihrer Kunden immer noch der Demografie bedienen, setzen wir auf Psychometrie.

Wir von London Analytica haben anhand des FFM ein einzigartiges Modell zur Berechnung der Persönlichkeit fast jedes einzelnen Verbrauchers im Vereinigten Königreich entwickelt. Wir kennen die Träume und Hoffnungen, die Ängste und Bedürfnisse der Menschen und können ihr mutmaßliches Verhalten voraussagen. Also …«

Imogen legt eine Atempause ein. Nur eine kurze, sie will den Vortrag schnell hinter sich bringen. »Jetzt stellen Sie sich wahrscheinlich zwei Fragen: Wie? Und wieso?

Beginnen wir mit dem Wie. Unser Modell basiert auf handfester wissenschaftlicher Forschung. Mithilfe von Big Data vermessen wir den digitalen Fußabdruck einer Person und schließen daraus auf deren Persönlichkeit. Aus simpelsten Handlungen im Internet kann man erstaunlich präzise Schlüsse ziehen: Bei männlichen Facebook-Nutzern ist ein Like für die Musikgruppe Wu-Tang Clan etwa ein sehr deutlicher Hinweis auf eine heterosexuelle Orientierung. Wer der Sängerin Lady Gaga folgt, besitzt höchstwahrscheinlich ein extrovertiertes Wesen, während Freunde der Philosophie eher introvertiert sind.«

So perplex, wie die beiden Kunden dreinschauen, haben sie noch nie vom Wu-Tang Clan oder von Lady Gaga gehört.

»Einzelne Informationen reichen nicht aus, um eine zuverlässige Aussage zu treffen. Durch die Kombination von zehn, Hunderten oder Tausenden von Informationen erhält man jedoch Ergebnisse von bemerkenswerter Qualität.

Wie sich herausgestellt hat, kann man eine Person allein auf der Grundlage von zehn Facebook-Likes besser einschätzen als ein durchschnittlicher Arbeitskollege. Bei 70 Likes schlägt man sich besser als die Freunde der betreffenden Person. Bei 150: besser als die Eltern. Bei 300: besser als der Partner oder die Partnerin. Bei noch mehr Likes kann man sogar das übertreffen, was die Person über sich selbst zu wissen glaubt.«

Einer der Anzugträger fängt an zu husten. Imogen muss um die Aufmerksamkeit ihres Publikums kämpfen. Aber sie hat ohnehin nur ein einziges Ass im Ärmel: noch mehr aufgesetzte Begeisterung.

»Vielleicht fragen Sie sich jetzt, was das Vermessen der Persönlichkeit einzelner Personen mit Ihrem Geschäft zu tun haben soll – dem Verkauf von tiefgefrorenem Fisch. Ich sage es Ihnen: Alles!« Imogen merkt, dass sie in die schrille Stimmlage einer überdrehten Zeichentrickfigur verfallen ist. Aber was bleibt ihr anderes übrig?

»Und wieso? Weil sich das Verfahren umkehren lässt. Man kann nicht nur anhand von Datensätzen Persönlichkeitsprofile erstellen. Man kann auch in Datensätzen nach bestimmten Profilen suchen. Mithilfe des Modells, das wir hier bei London Analytica erarbeitet haben, können wir uns gezielt nach überlasteten Müttern mit Schlafmangel umschauen und diese mit einer Botschaft ansprechen: ›Das Abendessen von morgen ist kein Grund, heute schlecht zu schlafen.‹ Oder mit einer anderen Message auf introvertierte, fettleibige Männer abzielen: ›Schmeckt wie im Imbiss um die Ecke, nur bei dir zu Hause.‹«.

Der eine Kunde hustet wieder. Lauter diesmal. Sein dickes Gesicht färbt sich rötlich.

Imogen ist sich unsicher, wie sie reagieren soll. Sie entscheidet sich fürs Weitermachen. »Im Kern haben wir mit unserem Modell also eine Suchmaschine für Menschen entwickelt und die ermöglicht es –«

Der hustende Kunde hebt die Hand. »Entschuldigen Sie.« Noch ein Huster.

Imogen ist verstummt. Sie glaubt, er hat eine Frage. Hat er aber nicht. Beziehungsweise doch – aber es ist eine andere Frage, als sie erwartet hat.

»Wären Sie so lieb, mir ein Glas Wasser einzuschenken?«

Es ist, als würde sich die Welt um Imogen herum verlangsamen, als hätte sich das sogenannte Aquarium in ein echtes verwandelt. Sie will den Arm heben, kann ihn aber kaum bewegen. Ihr Gehirn befiehlt ihr, einen Schritt nach vorne zu machen, ihr Körper gehorcht aber nicht. Sie öffnet den Mund, hört aber keinen Ton. Sie ertrinkt.

Sie gibt sich Mühe, versucht, sich zu beruhigen. Die offensichtlich sündhaft teuren Mineralwasserflaschen – *Voss Artesian Water* – stehen direkt vor dem Kunden. Die Gläser ebenfalls. Er könnte ohne Weiteres zugreifen und sich selbst einschenken. Imogen ist keine Bedienung. Sie ist nicht zum Kaffeekochen bei London Analytica. Sie ist Social-Media-Kampagnenmanagerin, verdammt noch mal. Sie wurde nicht angestellt, um arroganten alten Säcken, die selbst zu faul dafür sind, ein Getränk zu kredenzen.

Der Konferenzraum rotiert vor ihren Augen. Oder ist es sie selbst, die sich dreht, gerät sie wieder in die Abwärtsspirale? *Beruhig dich, Imogen. Es ist doch halb so wild. Er will doch nur ein Glas Wasser.*

Alle starren sie an. Innerlich schäumt Ms Kendrick bestimmt schon.

Durch die Aquariumswände sieht Imogen, wie einige Kollegen das Großraumbüro verlassen. Mittagspause. Am Rand ihres Blickfelds entdeckt sie jemanden, der unmittelbar vor dem verglasten Konferenzraum stehen bleibt. Nur, um sie anzuglotzen, um nicht zu verpassen, wie sie sich zum Affen macht? Gucken die da draußen etwa alle zu und lachen sich kaputt? Weil sie sowieso der Meinung sind, dass Imogen nur wegen ihres Aussehens eingestellt wurde, wegen ihres langen dunklen Haars, ihrer schmalen Arme und ihres Dekolletés? Dass sie nie die nötigen Qualifikationen hatte und deshalb nur auf ganzer Linie versagen kann?

Hör auf damit, Imogen. Wie sie weiß, geht es hier längst nicht nur um den Kunden und seine Bitte um Wasser. Wie immer geht es um die E-Mail, um früher, um das Monster.

Kurz nach dem Öffnen der E-Mail ist ihr klar geworden, dass diese gar nicht für sie gedacht war.

Als sie die Stelle bei London Analytica bekommen hat, der heißesten Agentur für datengetriebenes Marketing weit und breit, hielt Imogen es für einen Wink des Schicksals, dass die Gründerin den gleichen Vornamen hat wie sie. Kein Zweifel, dieser Job war ihre Bestimmung, Teil eines großen göttlichen Plans. Es war die richtige Entscheidung, ihr Studium der Psychologie und Verhaltensforschung nach nur einem Jahr wieder abzubrechen. Es war die richtige Entscheidung, ihr Zuhause in Cambridge hinter sich zu lassen und mit drei Fremden in ein baufälliges Haus in London zu ziehen. Es war die richtige Entscheidung, den Plan aufzugeben, den sie ihr Leben lang verfolgt hatte, und, statt Kinderpsychologin zu werden, eine Karriere im Marketing anzustreben. Und als Influencerin zu arbeiten, um ihr Einkommen aufzubessern und ihren Namen bekannter zu machen, war auch die richtige Entscheidung.

Wie hätte sie ahnen können, dass sie 19 Jahre, nachdem ihre

Eltern ihre neugeborene Tochter aus einer Laune heraus Imogen genannt hatten, nur wegen einer eigentlich bedeutungslosen Namensgleichheit plötzlich den Boden unter den Füßen verlieren sollte?

Die E-Mail war nicht für sie gedacht, sondern für ihre Chefin Imogen Kendrick.

Deren Stimme reißt Imogen jetzt aus ihrer Erstarrung. »Immie? Hast du den Herren nicht verstanden? Schenk ihm ein Glas Wasser ein.«

Mark springt auf. »Ich mache das schon«, sagt er und begibt sich auf den Weg zu dem Tablett mit den Gläsern und Wasserflaschen, obwohl er von allen Anwesenden am weitesten entfernt sitzt.

Imogen sieht zu, wie er den gesamten Tisch umrundet, bis er schließlich bei dem Kunden ankommt.

»Still oder mit Sprudel, Sir?«, fragt er.

»Mit Sprudel«, antwortet der Kunde. Inzwischen hustet er nicht mehr.

Mark greift an ihm vorbei, schraubt eine der zylinderförmigen Flaschen auf, füllt ein Glas und stellt es vor ihm auf den Tisch.

Der Kunde nimmt es in die Hand. »Danke.« Er drückt den Rand gegen seine dünnen Lippen. In seinen Mundwinkeln kleben weiße Speichelbläschen. Er schüttet das halbe Glas in sich hinein. Von der zischenden Kohlensäure tränen seine gelblichen Augen.

»Gern geschehen«, erwidert Mark und neigt den Kopf, eine fast schon übertrieben untertänige Geste.

Imogen fragt sich, ob das eine kleine Boshaftigkeit sein sollte – gegen den Mann, der zu wichtig ist, sich selbst ein Glas Wasser einzuschenken, oder gegen sie, weil sie ihm die Bitte verweigert hat? Auf dem weiten Rückweg zu seinem Platz gibt Mark ihr die Antwort: Am Tischende angekommen, sieht er Imogen an, verdreht die Augen und deutet mit einem leichten Nicken auf den Kunden, der gerade den letzten Schluck trinkt. Dann lächelt Mark sie an.

Sie hat einen Kloß im Hals.

Mark ist immer so nett zu ihr. Ganz im Gegensatz zu Ms Kendrick und den beiden anderen Mitgründern, die sie kaum wahrzunehmen scheinen. Wer so weit oben in der Befehlskette steht, hat offenbar Schwierigkeiten, Imogen auch nur zu sehen. Für die drei ist sie bloß ein Punkt in der Ferne. Aber Mark ist anders, er gesellt sich auch mal dazu, wenn die Angestellten in der kleinen Küche Kaffee trinken und den neuesten Büroklatsch austauschen. Er lacht mit ihnen, erzählt Witze, erträgt sogar den grausigen Instantkaffee, auf den man hier als Koffeinjunkie angewiesen ist. Ms Kendrick lässt sich zweimal am Tag einen Kaffee von *Pret a Manger* kommen.

An Imogens erstem Tag bei London Analytica sagte Mark ihr, dass sie ihn ruhig fragen könne, wenn sie etwas brauche. Ein paar Tage später konnte sie dann den Drucker nicht zum Laufen bringen. Sie war als junger Mensch mit Technikkenntnissen angeheuert worden, weil es davon in jeder Firma mindestens einen braucht, und jetzt war sie nicht in der Lage, ein einseitiges Dokument auszudrucken – peinlich. Doch Mark kam einfach vorbei und scherzte, der Drucker sei fast so alt, dass er noch mit Dampf betrieben werde, und die ordnungsgemäße Bedienung einer Dampfmaschine falle nun wirklich nicht in Imogens Aufgabenbereich.

Obwohl Mark immer so nett zu ihr ist, achtet Imogen genau darauf, seine Freundlichkeiten nicht zu erwidern. Sie ist nicht unhöflich, sie verhält sich nur professionell. Kein Lächeln, nie lachen oder scherzen. Diese Lektion hat das Monster sie gelehrt, unter anderem. Diese Narbe hat sie ihm zu verdanken, unter anderem. Sie kann das Gefühl nicht hinter sich lassen, dass sie irgendwie selbst schuld war. Dass sie neue männliche Bekannte nicht ermutigen sollte.

Ms Kendrick räuspert sich, ein geräuschvolles Abhusten von Schleim, das Imogen nur auf sich selbst beziehen kann. »Könntest du bitte fortfahren, Immie? Damit Mark noch dazu kommt, über die finanzielle Seite zu sprechen.«

Mark setzt sich. Nickt ihr aufmunternd zu.

Imogen öffnet den Mund, um ihren Vortrag fortzusetzen. Es kommt kein Laut heraus. Sie probiert es noch mal. Nichts.

Fische, hat sie mal gehört, atmen unter Wasser, indem sie es ins Maul ein- und durch die Kiemen wieder ausströmen lassen. So geht der Sauerstoff ins Blut über und gelangt in die Körperzellen. Wie sie so dasteht und ihren Mund öffnet und schließt, sich am Rande der Verzweiflung abquält, um die Worte irgendwie über die Lippen zu bekommen, sieht sie wahrscheinlich aus wie ein Fisch auf dem Trockenen, der noch für ein paar letzte Minuten nach Luft schnappt.

Imogen kann so nicht mehr leben.

Sie lässt die Fernbedienung für die PowerPoint-Präsentation fallen. Mit einem hohlen Aufprall landet sie auf dem Boden, das typische Klappern von Billigplastik auf edlem Massivholz.

»Imogen«, hört sie Ms Kendrick sagen, während sie den Menschen am Konferenztisch den Rücken zukehrt. Seit ihrem Vorstellungsgespräch hat Ms Kendrick sie nicht mehr so genannt. »Imogen, wir haben einen Zeitplan einzuhalten.«

Imogen stolpert dorthin, wo die Tür ungefähr sein müsste. Wo sie sich genau befindet, ist bei einer Wand aus Glas, Glas und noch mehr Glas nicht so leicht auszumachen.

»Tut mir leid«, murmelt sie und tastet ungeschickt nach dem Türknauf. Erwischt ihn, packt zu, spürt den kalten Stahl in ihrer Hand.

Sie dachte, sie hätte sich richtig entschieden. Dachte, es wäre ein Zeichen innerer Stärke, den Mund zu halten. Doch wann immer sie in der U-Bahn von irgendeinem Typen schweigend angegafft wird, wann immer sie einem alten Sack wie dem, der gegenüber am langen Tisch sitzt, einen Kaffee holen soll – oder ein Glas Wasser einschenken, egal – immer dann stürzt alles wieder auf sie ein.

Sie hat einen Fehler gemacht. Einen Riesenfehler.

Imogen reißt die Tür des Konferenzraums auf und flieht aus dem Aquarium.

Foto: Ein Foto eines Fotos, eines alten Schnappschusses von einer Frau, der flammend rotes Haar über die Schultern fällt und auf deren Gesicht ein Lächeln strahlt wie die Sonne. Im Arm hält sie ein Neugeborenes.
Filter: Time

Wünschenswerte Bildunterschriften …

Option 1: #liebe
Option 2: Du fehlst mir.
Option 3: Mutter und Tochter – die stärkste Verbindung.

Mögliche Bildunterschriften …

Option 1: Wenn ich mich doch nur daran erinnern könnte.
Option 2: Wenn ich doch nur behaupten könnte, du wärst mein Fels in der Brandung gewesen.
Option 3: Wenn ich doch nur niemals werde wie du. #sorrymum

Tatsächliche Bildunterschrift …

Es war einmal.

♥ **9**

5

HANNAH

Ein Facebook-Freund von mir, ein Typ, den ich kaum kenne, der aber auf meine Schule geht – auf meine ehemalige Schule, muss man wohl sagen – hat gerade seinen Großvater verloren. In einem herzerwärmenden Post schildert er, was ihm sein Opa bedeutet hat, wie viel er von ihm gelernt hat und wie schlimm er ihn vermissen wird. Wenn ich so etwas lese, fühle ich mich wie eine Verräterin. Ich habe meiner Mum nie auf Social Media gedacht.

Wollte ich das nachholen, könnte ich in etwa schreiben: *Ich habe gerade meine Mum verloren. Sie hinterlässt eine unvorstellbar große Lücke in meinem Leben. Seit sie nicht mehr da ist, fühle ich mich so leer.*

Soweit würde alles der Wahrheit entsprechen. Wie es danach weitergehen soll, das wäre allerdings ein bisschen knifflig. Ich könnte schreiben: *Meine Mutter war mein Fels in der Brandung, mein Vorbild, mein größter Fan.* Das wäre gelogen.

Um bei der Wahrheit zu bleiben, müsste es ungefähr so weitergehen: *Mit meiner Mum ist der Mittelpunkt meines Daseins verloren gegangen.* Klingt doch schön, oder? Ja, das entspricht den Erwartungen. Das danach nicht unbedingt: *Seit meinem zwölften Geburtstag habe ich mich um meine Mum gekümmert. Die meisten von euch haben keine Ahnung davon. Ich habe diesen Teil meines Lebens, so gut es ging, vor der Außenwelt versteckt. Und jetzt, wo Mum weg ist, weiß ich buchstäblich nichts mehr mit mir anzufangen. Was soll ich mit meiner Zeit anfangen, wenn ich nicht mehr für sie kochen, einmal am Tag mit ihr spazieren gehen oder ihr mitten in der Nacht ein Glas Wasser bringen muss, weil sie wieder brüllt, dass die Stimmen in ihrem Kopf aufhören sollen? Wenn ich nicht mehr ihre Klamotten waschen muss, damit sie, wenn sie aus dem Haus geht, nicht nach dem Alkohol stinkt, den sie sich im Suff über ihr Top gekippt hat? Wenn ich sie nicht mehr überreden muss, ihre Tabletten zu nehmen oder vom Dach runterzusteigen, statt zu springen?*

Die Social Media wurden nicht erfunden, um andere Menschen am wahren Leben teilhaben zu lassen. Kein Mensch verfasst Twitter-Posts über seine Seelenqualen, kein Mensch berichtet auf Facebook von seinen tiefsten Leiden, kein Mensch lädt auf Instagram ein Foto von neulich hoch, als er zwei Stunden lang den Badezimmerboden schrubben musste, den seine Mum vollgeschissen hat, weil sie vor lauter Benebelung nicht mehr zur Toilette gefunden hatte.

Deshalb mache ich es so: Ich knipse ein Foto von dem gerahmten Foto von Mum und mir, das ich aus London mitgenommen habe, und stelle es auf Instagram. Das ist meine schönste Erinnerung an Mum. Streng genommen kann es keine richtige Erinnerung sein – auf dem Foto bin ich nur ein paar Tage alt und wer erinnert sich schon an seine ersten paar Tage. Aber ich gönne es mir, trotzdem so zu tun, denn manchmal macht sich im Leben einfach so viel Realität breit, dass man nur noch mit ein bisschen Selbsttäuschung durchkommt.

Es ist sieben Uhr früh. Ich sollte mich fertig machen, liege aber noch im Bett. Zum ersten Mal seit Ewigkeiten habe ich geschlafen wie ein Stein. In meinem ganzen Leben habe ich nie in einem gemütlicheren Bett gelegen als hier in Dads Gästezimmer, auf der Matratze mit Visco-Schaum und unter der mollig warmen, aber federleichten Decke aus isländischen Eiderdaunen.

Bei meinen Besuchen übernachte ich immer im Gästezimmer. Es ist ein kleiner Raum mit Bett, schmaler Kommode und winzigem Flachbildfernseher. Diesmal hat Dad, oder wahrscheinlich war es Rósa, aber versucht, ein bisschen Leben reinzubringen. Auf der Kommode stehen neuerdings zwei Teelichthalter aus moosgrünem Glas. Auf dem Bett lag eine Tagesdecke. Über dem Fernseher hängt jetzt ein gerahmter Kunstdruck von den Mumins.

Es ist schön geworden, das muss ich zugeben. Es sieht nicht mehr unbedingt nach Gästezimmer aus, sondern mehr nach einem Zimmer, in dem jemand auf Dauer wohnt.

Auf Dauer. Der Gedanke trifft mich wie ein Faustschlag, der die Panik wellenartig durch meinen Körper schwappen lässt und mich so aus meinem friedlichen Halbschlaf reißt. Zum ersten Mal wird mir wirklich klar: *Hier bin ich jetzt zu Hause.*

Ich kann hören, wie Dad, Rósa und die Zwillinge ein Stockwerk höher Frühstück machen. Es wird in einer Pfanne gekratzt, es wird mit Besteck geklappert und gelacht. Es riecht nach Speck. Ein heimeliges Bombardement der Sinne, von dem ich mich irgendwie in die Defensive gedrängt fühle. In meinem alten Leben habe ich normalerweise bloß eine Schüssel Frühstücksflocken heruntergeschlungen, bevor ich zur Schule aufgebrochen bin, während Granny Jo ihren Kaffee meistens erst unterwegs getrunken hat. Meine Mum ist nur selten vor zwölf aus dem Bett gekommen.

Andererseits glaube ich kaum, dass in diesem Haus immer so ausgiebig gefrühstückt wird. Da oben laufen die Vorbereitungen für meine Willkommensparty. Die soll um 7.30 Uhr steigen. Im Wochenablauf der Familie, der mit Arbeit, Schule und den überaus zahlreichen außerschulischen Aktivitäten der Zwillinge vollgestopft ist, hat sich kein anderes Zeitfenster finden lassen.

Ich stehe auf, ziehe mich an und gehe um Punkt 7.30 Uhr hoch zur Küche. Zunächst bemerken mich die anderen nicht und von der Tür aus verschaffe ich mir einen Überblick. Rósa steht vor der lärmenden KitchenAid-Küchenmaschine, die kaum in Betrieb ist, aber als Ausdruck von Rósas Gespür für modernes Design stets auf der Arbeitsplatte thront. Dad platziert Erdbeeren in einer Glasschale mit breitem Stiel, einer Art Pokal. Ich erkenne, dass es sich um ein Produkt von Iittala handelt. Von dieser Designer-Glasschmiede ist Rósa derart begeistert, dass man das Haus fast mit deren Fertigungshalle verwechseln könnte. Jede Wette, dass die Teelichthalter in meinem Zimmer ebenfalls von Iittala sind.

Die Zwillinge sitzen jeweils mit einem iPad in der Hand am Küchentisch. Und Alda ist auch da. Mein Herz macht einen Hüpfer. Endlich ein freundliches Gesicht. Alda ist Dads große Schwester und soweit ich es beurteilen kann, können sich die beiden nicht ausstehen. Vielleicht sind Mum und Alda deswegen trotz allem immer so gut miteinander ausgekommen.

Alda, die bisher Zeitung gelesen hat, sieht hoch und bei meinem Anblick breitet sich auf ihrem komplett ungeschminkten Gesicht ein Strahlen aus.

»Hey!«, ruft sie und springt auf. »Schaut mal, wer aufgewacht ist!«

Sie stürmt auf mich zu und drückt mich so fest, dass ich definitiv eine Rippe krachen höre. Dabei haben wir uns erst vor ein paar Wochen gesehen. Aus Dads Familie ist nur Alda bei Mums Einäscherung aufgetaucht.

»Wie geht es dir?«

Ich zucke bloß mit den Schultern. Das ist leichter, als zu antworten: *Meine Mum ist gerade gestorben und jetzt soll ich ausgerechnet hier am Abgrund der Hölle leben, aber ansonsten ist alles supi.*

»Morgen, Hannah«, sagt Rósa, stellt die Küchenmaschine ab und dreht sich zu mir, ein gequältes Lächeln auf den Lippen. So lächelt man einen Wildfremden an, den man dabei ertappt, wie er einen auf der Straße anstarrt, damit er einen bloß nicht auch noch anspricht, sondern schön abhaut.

Alda wendet sich an die Zwillinge. »Und, wie findet ihr es, dass eure große Schwester jetzt endlich bei euch wohnt?«

Die Zwillinge machen sich nicht mal die Mühe, von ihren iPads aufzublicken, aber das sollte ich wohl nicht auf mich beziehen. Sie sind zwölf. Ísabella und Gabríel. Heimlich nenne ich sie Wednesday und Pugsley, denn sie sehen aus wie die Kinder aus der *Addams Family*, nur in blond. Schon als die beiden richtig klein waren, habe ich mich von ihnen immer ein bisschen eingeschüchtert gefühlt.

»Ihr könnt froh sein, dass ihr jetzt eine große Schwester habt, die auf euch aufpasst«, fügt Alda hinzu, obwohl die Zwillinge ihr allem Anschein nach nicht zuhören. »So wie ich auf euren Dad aufpasse. Jeder braucht eine große Schwester.«

Dad schnaubt. »Behauptest du.«

Alda ignoriert ihn.

Er stellt die Schale mit den Erdbeeren auf den Küchentisch. Dessen Oberfläche glänzt so weiß, dass es fast in den Augen wehtut. Das Zuhause von Dad und Rósa besteht praktisch nur aus weiß glänzenden Flächen, klaren Linien und Chrom. Der pure Minimalismus. Man fühlt sich eher wie in einem Ausstellungsraum als wie in einem Haus, in dem echte Menschen wohnen.

Dad sieht mich an. »Willst du so ins Büro gehen?«

Ich trage ein weißes T-Shirt, eine Lederjacke und eine Skinny-Jeans. In der Talkshow auf BBC habe ich neulich eine Journalistin in einem ähnlichen Outfit gesehen. Cooler Look, fand ich.

»Und diese violette Strähne in deinen Haaren …«, setzt Dad erneut an. »Rósa hat gesagt, sie nimmt dich gerne zu ihrem Friseur mit, um das in Ordnung bringen zu lassen.«

Jedes Mal, wenn ich Mut fasse und mir sage *Hey, so schlimm wird es schon nicht werden*, haut Dad so einen Spruch raus. Am liebsten würde ich ihn anschreien, aber nicht vor den Zwillingen.

»Dir ist schon klar, dass die Strähne Absicht ist?« Ich zwinge mich zu lächeln. »Ich war ja nicht eines Tages spazieren und plötzlich hat mir eine Taube eine Ladung Intensivtönung auf den Kopf gekackt, die zufällig zu einem Streifen verlaufen ist.«

Das tut Dad ständig. Dauernd mäkelt er an meinem Aussehen herum. Er spricht es nicht direkt aus, macht aber abfällige Bemerkungen oder mustert mich mit einem Ausdruck stillen Grauens.

»Ganz wie du willst.« Damit wendet er sich ab, um die übrigen Speisen aufzutragen, als wäre das alles keine große Sache, als hätte ich auf einen harmlosen Vorschlag vollkommen überreagiert.

Die violette Strähne hat mit meiner Suche nach mir selbst zu tun, genauer gesagt mit der Suche nach meinem eigenen Stil. In den letzten paar Jahren habe ich bewusst verschiedene Richtungen ausprobiert. Die erste war ein harter Beinahe-Gothic-Look. Ich färbte mir die Haare schwarz und malte mir immer, also wirklich immer, die Lippen rot. Dann kam der Nerd-Look. Ich holte mir eine runde Fensterglasbrille von Topshop und zog einen karierten Rock und Kniestrümpfe an. Danach probierte ich etwas aus, das ich inzwischen »Clown-Look« nenne. Die Idee hatte ich von ein paar Leuten auf Instagram. Sie trugen einen Mischmasch aus Klamotten, der streng genommen überhaupt nicht zusammenpasste, aber insgesamt trotzdem ein fantastisches Outfit für Augenblicke ergab, in denen man lässig an Straßenecken posierte, egal ob auf Fotos in den Social Media oder im

Now Magazine. Wenn man aber auf dem Bahnsteig stand und auf die nächste U-Bahn wartete, machte man sich mit diesem Look einfach nur lächerlich.

Dad kehrt mit einem riesigen, mit Rührei und Räucherlachs beladenen Servierteller zum Tisch zurück.

»Setzt euch doch.« Er stellt den Teller ab. »Ich habe bei der Arbeit angerufen und Bescheid gesagt, dass Hannah und ich eine Stunde später kommen.«

Wow. Er gibt sich wirklich Mühe und das ist nicht ironisch gemeint. Dads Job ist sein Ein und Alles. Für ihn ist es ein großes Opfer, eine Stunde Arbeitszeit aufzugeben, höchstens vergleichbar mit einer Organspende. Dads und Rósas Streits drehen sich immer um seine Arbeit. Er ist nicht zur vereinbarten Zeit nach Hause gekommen. Sie hat extra einen Babysitter besorgt, aber sie haben trotzdem die Aufführung von Mahlers Zweiter im Harpa-Konzerthaus verpasst (Dad hasst klassische Musik und ich habe den Verdacht, dass Rósa auch nicht viel davon hat, doch sie besteht darauf, jeden zweiten Monat dem Isländischen Sinfonieorchester zu lauschen, denn wer kultiviert und wichtig erscheinen will, trifft dort auf andere Leute, die kultiviert und wichtig erscheinen wollen).

Ich setze mich neben Ísabella, die immer noch gebannt in ihr iPad glotzt. Alda nimmt gegenüber von mir Platz. Dad trägt immer mehr Essbares auf: Schweineleberpastete, Brotaufstrich aus Lammfleisch, Speck, Skyr mit Blaubeeren, Müsli. Auf isländischen Partys muss es immer zehnmal so viel geben, wie es braucht, um alle Gäste satt zu bekommen.

»Und, Alda, findest du, ich sollte Rósas Angebot annehmen und sie zu ihrem Friseur begleiten?« Um Dads große Geste zu würdigen, schlage ich einen versöhnlichen, fröhlichen Ton an.

Alda zuckt nur mit den Schultern. »Mach ruhig. Oder auch nicht. Ist egal.« Wenn man sich den struppigen grauen Haarwust, der ihr vom Kopf bis zur Hüfte hängt, ihre senffarbene Strickweste und ihre knittrige Bluse so ansieht, war sie wahrscheinlich in ihrem ganzen Leben noch nie beim Friseur oder in einem Geschäft, in dem kein Second-Hand-Kram für den guten Zweck verkauft wird.

»Ich meine, ich will ja hier reinpassen.« Was ich zur Hälfte ehrlich meine, was zur anderen Hälfte aber Dads unbedingten Willen zur Konformität befriedigen soll. »Vielleicht sollte ich das Ganze als Chance sehen, mich neu zu erfinden. Hier kennt mich niemand. Ich kann sein, wer ich will.«

Alda stöhnt auf. »Warum sind die jungen Leute von heute alle so besessen davon, wer sie sind? Statt immer irgendwer sein zu wollen, könntest du doch einfach mal nur sein. Lass deine verschiedenen Ichs durch dich fließen. Lass sie nacheinander zum Vorschein kommen, von alleine, ganz natürlich, wenn ihnen danach ist. Du darfst nicht ständig versuchen, irgendwer zu sein. Du musst lernen, niemand zu sein, das ist die Kunst.«

Alda greift nach der braunen Lederaktentasche auf dem Boden. Die hat sie, seit ich denken kann, und wüsste ich es nicht besser, würde ich ihr unterstellen, damit ihren Status signalisieren zu wollen: Professorin der Geschichte an der Universität Island. Aber natürlich hat sie sich die Tasche ohne Hintergedanken ausgesucht. Für Alda haben Äußerlichkeiten, wie Kleidung und Accessoires, keine Bedeutung.

Aus einem silbernen Etui nimmt sie eine Zigarette und steckt sie zwischen die Lippen. Sie kommt aber nicht dazu, sie anzuzünden – Dad schreitet ein.

»Wie oft denn noch? Bei uns wird nicht geraucht.«

»Ist ja gut.«

Dad trägt die Schlagsahne, die Rósa vorhin gemacht hat, zum Tisch. »Dass du überhaupt noch rauchst! Hast du nicht mitbekommen, welches Jahrhundert wir haben? Hat dir niemand gesagt, dass man daran sterben kann?«

Alda zieht eine Grimasse. »Du redest wie Dad.«

»Woher willst du wissen, wie Dad heutzutage redet? Wann hast du unsere Eltern das letzte Mal besucht?«

»Halt's Maul, Eiríkur.«

Mein Körper verkrampft sich. Völlig grundlos, wie ich weiß. Das ist noch gar nichts. Das ist ein ganz normales Gespräch zwischen Dad und Alda. Und trotzdem ist da dieses Gefühl, weil ich bin, wo ich bin, und wegen der Erinnerung an das ewige Geschrei zwischen meinen Eltern, als ihre Liebe zu Ende ging und Mum und ich von hier wegzogen, von Island zurück nach London, ich mit meinen vier Jahren.

Ich muss der angespannten Atmosphäre entkommen. Als Vorwand schnappe ich mir ein leeres Glas vom gedeckten Tisch und stehe auf.

»Ich brauche was zu trinken.«

Ich gehe zum Wasserhahn und hole mir etwas. Doch auf dem

Rückweg rutscht mir das elegant geformte Glas irgendwie durch die Finger und landet auf dem Boden, wo es mit einem Knall in eine Million Stückchen zerschellt.

Jetzt habe ich meinen Willen: Es wird still. Alle sehen mich an. Dad, Alda, Rósa, die vor der Kaffeemaschine steht, einen Löffel frisch gemahlenen Kaffee in der knapp über dem Filterhalter erstarrten Hand. Sogar die Zwillinge blicken von ihren iPads auf.

»Tut mir leid, es tut mir so leid.« Überall auf dem grob gemaserten Parkettboden aus hübscher Weißeiche haben sich Wasser und Scherben verteilt. Gebückt klaube ich die ersten Teile mit spitzen Fingern auf und lege sie in meine Handfläche.

»Nicht!« Rósa eilt zu mir. »Du schneidest dich noch.« Sie dreht meine Hand herum, das aufgesammelte Glas fällt wieder herunter. »Ich hole den Staubsauger.«

Ich weiß, was sie alle denken: Das ist der Fluch.

Ich kenne die Symptome: Halluzinationen, Selbsttäuschung, Verwirrtheit, Rückzug aus dem sozialen Umfeld, Antriebslosigkeit, irrationales Denken, Wahnvorstellungen, Stimmen im Kopf. Ich kenne die Fakten und Statistiken: Im späten Jugend- und frühen Erwachsenenalter liegt die Wahrscheinlichkeit eines Ausbruchs des Fluchs am höchsten. Bei 40 Prozent der Männer und 23 Prozent der Frauen, die vom Fluch betroffen sind, tritt er noch vor dem 19. Geburtstag in Erscheinung. Und über die Ursachen weiß ich ebenfalls Bescheid: Der Fluch kann sowohl vererbt als auch durch Umweltbedingungen begünstigt werden.

Doch ich kann noch so lange recherchieren – ob ich verflucht bin oder nicht, werde ich so nicht herausfinden.

Als ich vom Highbury College geflogen bin, hat Dad es zwar nicht laut gesagt, aber er hat es ohne Zweifel gedacht: Es ist so weit. Es geht los. Der Schule verwiesen zu werden, genau so ein Desaster wäre auch Mum zuzutrauen gewesen.

Dass Mum so spontan und sprunghaft war, dass man bei ihr immer mit allem rechnen musste, das hatte Dad so gut gefallen, als sie sich kennengelernt hatten. Später jagte sie ihm deswegen Angst ein. Noch später hasste er sie deswegen. So hat Granny Jo es mir zumindest geschildert.

Rósa kehrt mit dem Staubsauger zurück.

Ich starre auf die Glasscherben in der Wasserpfütze. Sie sehen aus wie Eisschollen auf einem weiten Meer. Auch Tollpatschigkeit ist ein erstes Anzeichen des Fluchs.

Mit einem riesigen Knäuel Küchenpapier wischt Rósa das Wasser auf.

Dad streckt die Hand nach dem Radio am Tischende aus, schaltet es ein.

»Dad«, sagt Ísabella mit nöliger Stimme, »kannst du mir das neue iPhone kaufen? Sandra hat das neue iPhone schon und Guðrún auch.«

Gabriel fischt eine Erdbeere aus der Glasschale mit Stiel. »Wenn Ísabella ein neues Handy kriegt, will ich ein neues Fahrrad.«

»Schhhh!« Zischend zeigt Dad auf das Radio. Es ist acht Uhr, die Nachrichten fangen an. Wenn Dad Nachrichten hört, wird nicht gesprochen.

Mein Hals schnürt sich zu. Von der merkwürdigen Geruchsmixtur aus süßen Erdbeeren und rauchigem, ein bisschen angebranntem Speck wird mir übel. Ein leichtes Brennen in meiner rechten Handfläche. Ich öffne die Hand. Sie blutet. Ich habe mich an einer Scherbe geschnitten.

Dad dreht das Radio auf. Es dröhnt, als hätte er mir eine Bohrmaschine an den Kopf gesetzt. »Premierminister Sigmundur Benediktsson hat auf Vorwürfe reagiert, seine Familie habe versucht, ein Millionenvermögen auf Offshore-Konten zu verschieben.« Wieso muss Dad die Nachrichten immer in maximaler Lautstärke hören?

»Weiter zu den Meldungen aus aller Welt«, brüllt der Nachrichtensprecher oder so kommt es jedenfalls bei mir an. »Vom militärischen Nachrichtendienst Großbritanniens konnte ein russischer Cyberangriff auf das britische Ministerium für Gesundheit und Soziales verhindert werden.«

Ich muss definitiv möglichst schnell hier raus. Ich gehe auf mein Zimmer. Doch als ich mich gerade auf dem Absatz umgedreht habe, verstummt der Sprecher. Erst nach einer kurzen Pause geht es weiter.

»Es gibt neue Erkenntnisse zu dem Toten, der gestern in einer Felsspalte in Hvassahraun aufgefunden wurde.«

In der Küchentür bleibe ich stehen. Ein Toter in Hvassahraun? Da sind wir auf der Fahrt vom Flughafen vorbeigekommen, an dem Lavafeld.

»Die Leiche wurde inzwischen identifiziert. Es handelt sich um den 42-jährigen Mörður Þórðarson.«

»Nicht zu glauben!«, platzt Alda heraus. »Den kenne ich. Er

arbeitet auch an der Universität. Hat ein eigenes Forschungslabor, das heißt DataPsych oder irgend so was Albernes.«

»Schhhh«, macht Dad.

Der Nachrichtensprecher fährt fort. »Þórðarson lebte in Reykjavík. Er hinterlässt seine Ehefrau und zwei kleine Kinder. Die Polizei zieht die Möglichkeit in Betracht, dass es sich nicht um einen natürlichen Tod gehandelt haben könnte.« Noch eine Pause. »Und nun zum Wetter.«

Ich gehe zum Küchentisch und setze mich wieder hin. *Das heißt doch, es war Mord, oder?* Wieso sollte man sonst diese »Möglichkeit in Betracht ziehen«?

Der Gestank des angekokelten Specks und das Dröhnen des Radios stören mich nicht mehr. Ich achte nicht mehr darauf, wie verbissen Alda ihr Nikotinkaugummi bearbeitet, ich blende das Gezänk der Zwillinge aus. Es ist, als hätte ich einen Krimi aufgeschlagen: Um mich von meinen eigenen Sorgen abzulenken, versuche ich, Zusammenhänge herzustellen und der Wahrheit näherzukommen, bis der Mörder entlarvt ist, und begrabe so mein Leid unter dem Leid anderer.

Foto: Auf einer abgenutzten Tischplatte steht ein leeres Whiskyglas.
Filter: Gingham

Bildunterschrift: Wenn dir das Leben Zitronen gibt … dann bestell dir besser einen Whisky Sour.

♥ **937**

Wie die Bildunterschrift hätte lauten sollen …

Option 1: Auf meinem ersten Instagram-Foto überhaupt war ein Pint Bier zu sehen, das ich in der Union Bar in Cambridge getrunken habe. Das Bier war lauwarm und der Tisch, an dem ich mit lauter anderen Erstsemestern saß, war alt und wackelig. Aber es war ein Gefühl, so frisch wie die ersten Blätter im Frühling.
Obwohl ich nur zwanzig Follower hatte, ploppte schon Sekunden nach dem Posten des Fotos mein erstes Instagram-Like auf. Als die Benachrichtigung mit dem kleinen roten Herz aufleuchtete, spürte ich ein angenehmes Kribbeln in meinem eigenen Herzen.
Ich wurde gesehen. Ich wurde gehört. Durch diese Anerkennung von außen wirkte der Moment irgendwie

größer. Er hatte Bedeutung. Er war fast realer. Schon diese allererste Dosis Insta-Liebe machte mich abhängig.

Option 2: Bin ich süchtig nach Bestätigung durch Menschen, die ich nicht kenne?

Option 3: Oder geht es mir nur ums Geld?

6

IMOGEN

Mit jedem tiefen Schluck Whisky Sour wächst Imogens Überzeugung, die richtige Entscheidung getroffen zu haben. Sie wird die E-Mail einfach löschen und so tun, als hätte sie sie nie bekommen. Das Ganze ist nicht ihr Problem. Als sie zur Zielscheibe wurde, ist ihr auch niemand zur Hilfe geeilt. Wieso sollte sie für Menschen, die sie überhaupt nicht kennt, alles aufs Spiel setzen?

Imogen sitzt an einem wackeligen Tisch im *Freud*, einer Cocktailbar in einem bunkerartigen Keller in der Shaftesbury Avenue, ein Stück unterhalb des Bürgersteigs. Sie ignoriert die Sonne, die draußen scheint, und wartet auf Callum. Fast hätte sie das Date abgesagt, dann ist sie doch lieber schon früher gekommen, um sich vorab ein paar Drinks zu genehmigen. Sie muss Mut fassen und ihren schrecklichen Arbeitstag vergessen.

Nach dem Meeting hatte Ms Kendrick sie aufgesucht. »In mein Büro. Jetzt.«

Kaum hatte Imogen die Tür hinter sich geschlossen, brüllte ihre Chefin los. »Was zur Hölle sollte das?«

Imogen murmelte irgendetwas von wegen plötzlichem Unwohlsein. »Ich muss was Falsches gegessen haben«, fügte sie hinzu.

»Du bist doch bitte nicht schwanger?«, keifte Ms Kendrick.

Das war ein Schock für Imogen. Für wen hielt die sich? Für ihre Mutter? Durfte sie als Vorgesetzte überhaupt eine solche Frage stellen?

Imogen schwieg. Dass sie schwanger war, konnte sie ausschließen. Doch es ging ihre Chefin nichts an, wie es in ihrer Gebärmutter aussah.

Es war Ms Kendrick, die das unangenehme Schweigen schließlich brach.

»Ich will stark hoffen, dass sich das nicht wiederholt«, sagte sie und schickte Imogen zurück an ihren Schreibtisch.

Am späteren Nachmittag kam Mark vorbei.

»Mach dir keine Gedanken wegen des Meetings«, sagte er mit einem wegwerfenden Schulterzucken. »Jeder verkrampft mal. Und die beiden waren solche Arschlöcher.«

Imogen machte sich aber Gedanken. Sie durfte ihren Job nicht verlieren. Ihr Job bedeutete ihr alles. Nur wegen ihres Jobs stand sie jeden Morgen auf. Ihr Job war echt, viel realer als ihre Influencer-Karriere, die ihr irgendwie immer vorkam, als würde sie nur so tun als ob. Ihr Job war das Fundament ihres Selbstwertgefühls, die Grundlage ihrer Selbstachtung. Wenn sie ihre Arbeitskleidung anlegte, eine Bluse, vielleicht einen Blazer und zum Büro lief, spürte sie so etwas wie innere Würde. Und wenn sie in einem Meeting eine gute Präsentation vor den anderen gab, also nicht wie heute, dachte sie sich manchmal sogar: *Vielleicht lag er falsch. Vielleicht bin ich doch keine dumme, wertlose Schlampe, die zu nichts zu gebrauchen ist.*

Imogen schießt ein Foto von ihrem – inzwischen so gut wie leeren – Glas auf der abgenutzten Tischplatte. Darunter blättert die schwarze Farbe vom Holz ab. Eine gelungene Aufnahme. Irgendwie künstlerisch. Sie geht auf Instagram und postet sie mit der Unterschrift: »Wenn dir das Leben Zitronen gibt … dann bestell dir einen Whisky Sour.«

Dann scrollt sie durch ihre eigenen Beiträge. Fotos von ihr selbst, wie sie in diversen Outfits posiert, wie sie Accessoires zur Schau trägt, weil sie dafür bezahlt wurde, Bücher in der Hand hält, die sie nie gelesen hat, in Restaurants auf attraktive Speisen deutet, die sie nie bestellt hat, und etliche Fotos von Imogen mit ihrer Mitbewohnerin Anna und den Jungs. Die älteren Schnappschüsse wirken verspielter: Bäume, Blumen, ein Bild von ihren schlammverschmierten Gummistiefeln. Die hatte sie noch zum Spaß gepostet und nicht für Geld.

Während sie diese gefilterte Version ihrer letzten paar Jahre überfliegt, stolpert Imogen über ein Foto von sich selbst, wie sie sich vor dem Büro von London Analytica in Pose wirft. Anna hat es geschossen, an Imogens erstem Arbeitstag. Sie erinnert sich noch an ihre Aufregung, so glücklich war sie seit ihrem Abschied von der Uni nicht mehr gewesen. Diese Freude, das weiß sie, war echt. Sie spiegelt sich auf dem Foto wider. Von den anderen erkennt es niemand, aber Imogen kann ihr echtes Lächeln von ihrem Fake-Lächeln unterscheiden.

Imogen wirft einen Blick auf die Uhr. Es ist sieben. Als sie wieder hochschaut, schiebt Callum sich gerade durch die Eingangstür der Bar.

Bis jetzt ist er Imogen immer nur im Sportoutfit, völlig verschwitzt und ausgepowert begegnet. Sie wusste nicht, was sie zu erwarten hatte, aber er sieht gut aus. Sein kastanienbraunes Haar hat er nach hinten gekämmt, das Gesicht ist glatt rasiert. Er trägt hellgrüne Chinos, Slipper aus braunem Wildleder und ein weißes Polohemd von Ralph Lauren. Ob er vielleicht doch Imogens Typ ist?

Da fällt ihr Blick auf das Tribal-Tattoo, das unter seinem Hemdärmel hervorlugt, und sie erinnert sich an die monumentale Drachentätowierung auf seinem ganzen rechten Bein. Sie erinnert sich, dass er als Barkeeper jobbt, dass er nie studiert und vermutlich kein einziges A-Level zustande gebracht hat, dass er … *Hör auf damit, Imogen.* Wenn sie so ist, kann sie sich selbst nicht leiden – wenn sie zu ihrer Mutter wird, zu einem überheblichen Snob.

Callum hat sie entdeckt. Er lächelt. Er hat ein schönes Lächeln. Und sehr weiße Zähne. Vielleicht ein wenig zu weiß, Bachelorweiß. *Hör auf damit, Imogen.*

Imogen steht auf. Das nervt sie bei jedem Date: die Begrüßung. Wie soll man es anstellen, mit einer Umarmung oder einem flüchtigen Wangenkuss? Und wenn man sich für Letzteres entscheidet, küsst man einmal oder zweimal?

Je näher Callum dem Tisch kommt, desto verzweifelter wird sie. Jeden Moment ist er da. *Was tun? Umarmen? Küsschen geben? Umarmen? Küsschen geben?*

Imogen kann sich nicht rühren. Ihre Unfähigkeit, sich zu entscheiden, lässt sie versteinern.

»Wie geht's?«, fragt Callum und legt ihr eine Hand auf die Schulter.

Alle Zeichen stehen auf Küsschen. Wollte er sie umarmen, hätte er sie bestimmt mit beiden Händen an den Schultern gefasst. Oder? Sie lehnt sich nach vorne, macht einen Kussmund und visiert seine rechte Wange an.

Aus irgendwelchen Gründen blickt sie ihm auf einmal frontal ins Gesicht. Was macht er da? Zielt er etwa auf ihre linke Wange? Wer fängt denn mit der linken Wange an? Genauso gut könnte man jemandem die linke Hand schütteln. Das tut man einfach nicht.

Am Ende prallen ihre Gesichter irgendwie aufeinander, während sie sich jeweils ein unbeholfenes Küsschen auf den Mundwinkel drücken.

Ach du Scheiße. Wenn das nicht die schlimmste Begrüßung der Menschheitsgeschichte war. Imogen spürt, wie ihr das Blut in die Wangen schießt. Auch Callum wird ein bisschen rot.

»Also«, sagt er und klatscht in die Hände, als wollte er den peinlichen Moment schnell abhaken. »Was kann ich dir bringen? Ich habe gehört, der Daiquiri hier haut richtig rein.«

Imogen schaut auf ihr Glas. Es ist praktisch leer. Das heißt, sie hat schon zwei Cocktails getrunken. Noch einer wäre keine gute Idee. Doch dann denkt sie wieder daran, was für ein Tag hinter ihr liegt.

»Daiquiri hört sich super an.«

Als Callum an der Theke auf die Bedienung wartet, mustert Imogen ihn von hinten. Kann sein, dass die beiden Whisky Sours dabei eine Rolle spielen, aber sie findet ihn absolut umwerfend. Er ist groß, selbstbewusst und hat breite Schultern. Sollte er auch, so oft wie sie ihn im Fitnessstudio an der Schulterpresse gesehen hat.

Callum dreht sich um. In den Händen hält er jeweils ein Cocktailglas, zwischen den Zähnen eine Chipstüte.

Whisky hin oder her, er *ist* umwerfend. Und Imogen hat dummerweise immer noch die verschwitzte Bluse von der Arbeit an. Zu blöd, dass sie nicht mehr dazu gekommen ist, sich umzuziehen.

Irgendwie transportiert Callum die Gläser zum Tisch, ohne etwas zu verschütten, und stellt eines vor Imogen. Ein gelblicher, nach Zitrone duftender Drink. Imogen hat keine Ahnung, woraus sich ein Daiquiri zusammensetzt, und es ist ihr egal. Alkohol ist Alkohol. Mit jedem kleinen Schluck versinkt der schreckliche Tag tiefer im Nebel der Gleichgültigkeit.

»Schön, dich mal woanders als im Studio zu sehen«, sagt Callum und nimmt gegenüber von ihr Platz.

»Geht mir genauso«, antwortet Imogen. »Cheers.« Sie hebt das Glas und nippt am Cocktail. Er ist zugleich süß und sauer und der Alkohol – wahrscheinlich Rum – brennt in der Kehle. Ein Gefühl der Wärme macht sich in ihr breit, vom Gaumen bis in ihre Seele.

»Okay, Callum.« Imogen nimmt eine entspanntere Haltung an. Hoffentlich merkt er es nicht, aber für sie ist das hier ein großer Schritt: ihr erstes Date seit der Sache mit dem Monster. Sie trinkt noch einen Schluck Daiquiri. Gut, dass sie die Verabredung nicht abgesagt hat. »Erzähl ein bisschen was von dir. Ich weiß so gut wie nichts über dich, außer dass du gerne Fitness machst.«

Callums wundervolles Lächeln lässt den ganzen Raum aufleuchten – oder liegt es nur an den Zähnen? *Hör auf damit.*

»Ich bin in Reading aufgewachsen. Einzelkind. Meine Mum ist Musiklehrerin, mein Dad Softwareentwickler. Vor zwei Jahren bin ich dann nach London gezogen.«

»Nach dem GCSE?«

»Nein.«

»Nach den A-Levels?«

»Nein. Nach der Uni.«

Hat er also doch studiert.

»Ich habe an der Bath Spa Kunst studiert. Jetzt habe ich ein kleines Atelier in Hackney und verkaufe auf unabhängigen Kunstmessen meine Bilder. Die Rechnungen kann ich davon aber nicht bezahlen, daher der Barkeeper-Job und der im Tattooladen.«

Imogen lehnt sich zurück. »Wie alt bist du eigentlich?«

»23. Und du?«

»19.«

»Ich dachte, du bist älter.«

»Na, vielen Dank auch.«

»So war das nicht gemeint.« Wieder wird Callum rot. »Du wirkst so …« Er denkt länger über seine nächsten Worte nach.

Anscheinend hat er begriffen, dass er sich in die Klemme manövriert hat. »Ich weiß nicht, so … so weise.«

»Weise!?«

»Okay, das war vielleicht das falsche Wort. So eigenständig. So souverän. Als wüsstest du genau, was du tust und wohin du willst. Ergibt das irgendeinen Sinn?«

Imogen lacht schallend auf. »Vielen Dank für das Kompliment, das hört man gerne. Aber ich will dir auch eins machen: Du wirkst keinen Tag älter als 21.«

»Autsch. Und ich hatte extra meinen weltgewandten Erwachsenenlook ausgepackt …«

»Dann sind wir jetzt wohl quitt.«

Callum stützt die Ellenbogen auf den Tisch. Das schelmische Blitzen in seinen Augen gefällt Imogen sehr – man hat den Eindruck, er nimmt das Leben nicht allzu ernst. Genau das braucht sie im Moment.

»Und bei dir?«, fragt er. »Du hast mal erwähnt, dass du gerade eine Pause von Cambridge einlegst?«

So soll sie es genannt haben? Imogen kann sich kaum an all die Geschichten erinnern, die sie irgendwann einmal erzählt hat. Ihrer Erfahrung nach sollte man vor allem deswegen nicht lügen, weil es so schwierig ist, den Überblick über die ganzen Unwahrheiten zu behalten.

»Ich habe ein Jahr lang Psychologie und Verhaltensforschung studiert. Ich fand es super. Aber dann hat mich einer meiner Profs einer wahnsinnig innovativen Firma hier in London empfohlen. Das war eine große Chance, die konnte ich mir nicht entgehen lassen.« Hoffentlich ist das überzeugend rübergekommen. Es ist zwar nicht wahr, aber einigermaßen nah dran.

»Wow. Das klingt ja spannend. Und was macht diese Firma?«

»Es ist eine Marketingagentur.«

Callum hebt die Augenbrauen. »Ach, ich dachte, es wäre was Innovatives.«

Der Ärger, der in ihr hochkocht, überrascht Imogen selbst. »Oberflächlich betrachtet macht London Analytica wirklich nur Marketing.« Eigentlich hat sie keinen Grund, ihre Arbeit in Schutz zu nehmen, doch es ist eine alte Gewohnheit. »In Wirklichkeit beschreiten wir aber ganz neue Wege im Bereich der Psychologie, der Datenanalyse, der angewandten Informatik ...«

Imogen verstummt. Wen will sie damit überzeugen, Callum oder sich selbst? Oder ihre Mum.

Sie greift nach ihrem Glas und trinkt einen Schluck. Das beruhigt. Sie lächelt Callum an.

»Tatsächlich erstellen wir mittels Datenanreicherung und Zielgruppensegmentierung für verschiedene Unternehmen psychografische Analysen ihrer potenziellen Kunden.«

Callum schließt die Augen und massiert sich leidend die Schläfen, wie um Kopfschmerzen zu simulieren. »Ihr macht was mittels was?«

Er ist also süß und auch noch witzig.

Imogen stößt ein Lachen aus, das frech und charmant klingen soll, aber leider ziemlich viel vom Schnauben eines Schweins hat. »Es klingt komplizierter, als es ist. Sagen wir, dein Unternehmen verkauft ... was weiß ich ... Fischstäbchen.« Sie hätte sich ein anderes Beispiel einfallen lassen sollen. Seit dem heutigen Treffen fröstelt sie, sobald sie an Fischstäbchen denkt. »Und da natürlich nicht jeder Mensch zum Kauf von Fischstäbchen neigt, musst du deinen Kundenkreis eingrenzen.

Also wer kauft Fischstäbchen? Gestresste Mütter, alleinstehende Männer … da bleibt aber immer noch eine riesige Menge von Menschen übrig. Bei London Analytica identifizieren wir durch die Erstellung von Persönlichkeitsprofilen deine potenziellen Kunden. Und das ist nicht alles: Wir helfen dir außerdem, diese Individuen durch maßgeschneiderte Botschaften zielgerichtet anzusprechen.«

»Maßgeschneiderte Botschaften? Was soll das heißen?«

»Personen, die sich oberflächlich betrachtet sehr ähnlich sind, haben oft ganz unterschiedliche Bedürfnisse und springen entsprechend auf unterschiedliche Reize an. Gleichzeitig haben Personen, die oberflächlich betrachtet nichts gemeinsam haben, manchmal genau die gleichen Wünsche und Sehnsüchte. Wir schauen unter die Oberfläche und decken auf, was ihnen wirklich wichtig ist. Man könnte sagen, wir kartografieren ihre Identität als Orientierung für das jeweilige Unternehmen.«

»Und wozu der ganze Aufwand? Nur um ihnen etwas zu verkaufen?«

»Ja!«, ruft Imogen begeistert. Erst eine Sekunde später dringt Callums sarkastischer Tonfall zu ihr durch.

»Ihr macht also die Schwachstellen der Leute ausfindig, ihre Hoffnungen und Träume und Ängste, nur um sie hereinzulegen und ihnen etwas anzudrehen.«

Macht es dir eigentlich Spaß, mich mit Scheiße zu bewerfen?

»Wir sprechen dabei von verhaltensbasiertem Targeting.« Indem sie ihrer Arbeit ein scheinbar hochwissenschaftliches Etikett aufklebt, hofft Imogen, ein bisschen Selbstachtung zurückzugewinnen.

Denn Callum hat einen Nerv getroffen. Wie ist sie überhaupt zu ihrem Job gekommen? Sie dachte, sie wüsste es:

- *Er* hat ihr das Vorstellungsgespräch besorgt.
- Die Agentur hat ihr ein Angebot gemacht.
- Sie konnte es nicht ablehnen.

Seit einiger Zeit fragt sie sich jedoch, ob sie diesen Schritt wirklich aus freien Stücken gemacht hat oder ob sie gestoßen wurde. So wie er es damals darstellte, tat er ihr einen Gefallen. Aber hatte sie überhaupt eine Wahl?

Gegenüber sitzt Callum und schweigt. Er schmollt. Imogen muss das Thema wechseln.

»Wusstest du das schon? Es gibt Studien, dass Erinnerungen nicht im Gedächtnis gelagert werden wie Bücher in einer Bibliothek, sondern dass sie jedes Mal, wenn man sie hervorholt, neu zusammengesetzt werden.« Das hat sie erst heute Morgen gelesen.

Callum lächelt gekünstelt. Er versucht, Interesse zu heucheln, langweilt sich aber offensichtlich. Das war's wohl mit dem Date.

»Das heißt, Erinnerungen können sich jedes Mal verändern und das Erinnern selbst wird durch verschiedene Faktoren beeinflusst, durch Wissen, Glauben, Ziele, die geistige Verfassung, Gefühle, die Menschen um dich herum, die Umgebung, die Fantasie …« Was soll dieser Laberflash jetzt? *Halt den Mund, Imogen.*

Callum kippt seinen Drink herunter.

Imogen starrt auf den Tisch. Die rissige Farbe sieht aus wie eine Landschaft mit lauter verborgenen Schluchten. Hat sie diesen Schritt aus freien Stücken gemacht? Wurde sie gestoßen? Auf die Erinnerung ist kein Verlass. Inzwischen würde sie jedoch wetten, dass sie gestoßen wurde.

Callum stellt sein leeres Glas ab. »Faszinierend«, sagt er. An seinem verkniffenen Schmollmund kann sie ablesen, was er wirklich denkt.

Aber das ist ihr eigentlich egal. Ihr geht schon genug im Kopf herum. Was hat sie aus ihrem Leben gemacht? Sie hat mit der Psychologie angefangen, weil sie anderen Menschen helfen wollte. Jetzt fügt sie ihnen beruflich Schaden zu.

Wie kann man ernsthaft darüber nachdenken, so etwas zu tun? Kapieren die nicht, wie falsch das wäre?

Die E-Mail. Imogen hat doch schon beschlossen, sie zu löschen. Sie zu vergessen. Trotzdem kreisen ihre Gedanken ununterbrochen um das, was sie darin gelesen hat.

Dass sich das Monster per E-Mail an Ms Kendrick wendet, hätte sie nicht überraschen sollen. Schließlich hat ihr das Monster auch das Vorstellungsgespräch bei London Analytica beschafft. Ihr ist nicht neu, dass die beiden regelmäßig zusammenarbeiten.

Zu Beginn ihres Studiums hatte Imogen noch nicht einmal von der Psychometrie gehört, der Wissenschaft des psychologischen

Messens. Doch sie war fasziniert von der Vorstellung, Menschen durch Big-Data-Analyse besser kennenlernen zu können, als diese sich selbst kennen. Schon nach den ersten paar Seminarsitzungen stand für sie fest, dass sie ihre Abschlussarbeit über ein Thema aus der Psychometrie schreiben würde.

Das Monster unterstützte sie, wo es nur konnte. Es bot an, ihr als Mentor zur Seite zu stehen. Es bezog sie in seine Forschung ein, in die Suche nach neuen, effizienteren Methoden zur Auswertung der gigantischen Datensätze, zu denen es kürzlich Zugang bekommen hatte.

Alles, was man tat, egal ob on- oder offline, hinterließ eine Spur im Digitalen. Jeder Kauf mit EC- oder Kreditkarte, jede Suchanfrage auf Google, jede Bewegung mit dem Handy in der Tasche, jedes Like auf Facebook wurde abgespeichert. Sie, Imogen und das Monster, hatten die Aufgabe, Zusammenhänge herzustellen und Schlüsse zu ziehen.

Eines Tages erzählte ihr das Monster nach dem Seminar von seiner Zusammenarbeit mit einem Start-up im Londoner In-Viertel Shoreditch. Ziel sei es, datengetriebenes Marketing auf der Grundlage seiner Modelle anzubieten. Ob sie dabei mithelfen wolle, das Ganze in Gang zu bringen?

Imogen fühlte sich unfassbar geschmeichelt. Da hatte sie gerade erst mit ihrem Studium angefangen und wusste trotzdem schon, wo ihr Platz in der Welt sein sollte. Sie hielt sich für unglaublich smart. Für unglaublich kompetent. Unglaublich erwachsen. Tatsächlich war sie bloß eingebildet. Wie arrogant es war, sich für etwas so Besonderes zu halten. Wie naiv, zu glauben, sie wäre mehr als ein albernes Mädchen ohne Berufserfahrung, ohne Qualifikationen und außergewöhnliche Kenntnisse.

Callum streckt die Hand aus, legt sie auf Imogens. »Es tut mir leid. Ich wollte deine Arbeit nicht irgendwie schlechtmachen. Ich finde so etwas bloß nicht so gut.«

Er sagt seine Entschuldigung in derart angewidertem Ton auf, dass es im Grunde gar keine Entschuldigung ist. »Wie, so etwas?«, fragt Imogen.

»Marketing, Markengeilheit, du weißt schon … die ganze Herrschaft des Konsums.«

Imogen muss sich ein Lachen verkneifen. So redet der Typ mit dem Polo-Hemd von Ralph Lauren, das nur wegen der Marke zehnmal so viel kostet wie ein anderes.

Und er ist noch nicht fertig. »Im Marketing geht es doch nur darum, die Leute fertigzumachen. Und dann eilt irgendein Unternehmen zur Rettung und macht einen Haufen Geld, indem es ihnen etwas verkauft, das alles wieder in Ordnung bringt. Dabei war immer alles in bester Ordnung.«

Imogen dreht sich der Magen um. Nicht auszuschließen, dass sie sich übergeben muss. Sie hat zu viel getrunken. Aber es steckt noch mehr dahinter.

Was das Monster in der E-Mail vorgeschlagen hat – das geht über reines Marketing hinaus. Das ist gefährlich. Das könnte Tote geben.

Imogen hat eine Antwort aus zwei Wörtern geschickt: »Falsche Imogen.« Darauf kam nichts mehr. Sie konnte sich denken, dass er seine Mail einfach noch einmal absenden würde, diesmal an die richtige Imogen, an Ms Kendrick. Kurz vor Feierabend hatte sie dann die Bestätigung. Zum zweiten Mal am heutigen Tag trat Ms Kendrick in ihr Büro.

»Du musst für mich ein Weilchen ins Ausland gehen. Für ein neues Projekt. Slimline.«

Um ein Haar hätte Imogen vor Begeisterung geschrien. Sie wollte schon immer beruflich unterwegs sein.

»Du musst für mich ein paar Monate nach Island und unseren Big-Data-Spezialisten unterstützen.« Ms Kendrick hielt inne. »Ach, den kennst du ja schon. Du hast doch in Cambridge bei Mörður studiert, oder?«

Im Bruchteil einer Sekunde schlug Imogens Euphorie in blanke Panik um. Das konnte nicht wahr sein. Das durfte nicht wahr sein. Die Angst jagte durch sie hindurch wie ein Gift, das von ihrem Herzen in ihren Körper gepumpt wurde und ihre Adern versengte, verätzte, in Fetzen sprengte.

»Das geht nicht.« Sie würde es nicht ertragen, ihn wiederzusehen. Sie hatte geglaubt, ihn nie wiedersehen zu müssen. Sie musste einen Ausweg finden.

Ms Kendrick kniff die Augen zusammen, offensichtlich wütend. Die massive, für ihr schmales Gesicht viel zu große Cateye-Brille ließ sie wie eine Raubkatze aussehen.

»Wegen meiner Mum«, log Imogen. »Sie ist krank. Ich muss mich um sie kümmern.«

Das nahm Ms Kendrick ihr anscheinend ab. Jedenfalls hakte sie nicht weiter nach.

In Gegenwart der Chefin behielt Imogen sich noch im Griff,

doch kaum hatte Ms Kendrick das Büro verlassen, brach alles über sie herein. Die Welt um sie herum schien zu verdunsten und Imogen reiste in der Zeit zurück, in ihren Albtraum hinein. Sie spürte wieder, wie sie von der Hand an der Hüfte gepackt und gegen die harte Betonwand geschoben wurde. Es war keine echte Hand, es war nur die Erinnerung daran, aber die Wirkung, die war real. Das Herz schlug ihr bis zum Hals, das Blut dröhnte ihr in den Ohren, sie fühlte, wie die Hand unter ihr Oberteil kroch und seitlich an ihrem Körper hinaufwanderte, über ihre Rippen, zu ihrer linken Brust. Das Kneifen. Imogen brüllte auf. *Halt den Mund, sonst hört dich noch jemand.* Sie konnte sich nicht rühren, konnte nicht atmen …

»Ich hole mir noch was zu trinken.« Callum ist aufgestanden. »Willst du auch noch einen?«

Einen Drink? Den braucht sie jetzt. »Ja, bitte.«

»Was darf es sein?«

»Egal.«

Imogen sieht zu, wie Callum sich durch den Pulk von Gästen vor der Theke quetscht.

Plötzlich brodelt es in ihr. Es ist Wut, Wut auf sich selbst. Sie sollte die Geschichte einfach vergessen. Was will sie denn mehr? Sie lebt in London, einer der großartigsten Städte der Welt, sie ist auf einem Date mit einem süßen Typen, sie hat einen Job, um den sie von allen beneidet wird, einen Schrank voller Edelklamotten, eine Schminktasche mit den neuesten Kosmetikprodukten, eine Million glühender Fans auf Instagram … sie hat alles.

Oder auch nicht. Der Druck, täglich zwei Fotos posten zu müssen, schnürt ihr die Luft ab wie eine Galgenschlinge. Sie zermartert sich das Hirn, welche Pose sie einnehmen, welche Kleidung sie tragen, welches Image sie anstreben soll. Obwohl sie mit drei anderen in einem Haus wohnt, fühlt sie sich so allein wie noch nie. Früher wusste sie, wohin sie in ihrem Leben wollte, sie hatte Ziele. Sie wollte ihr Studium durchziehen und danach in die klinische Psychologie gehen, als Therapeutin arbeiten, vielleicht sogar in der Forschung. Blickt sie jetzt nach vorne, sieht sie keinen Weg mehr. Sie lebt von einem Tag zum anderen und es ist kein Sinn in Sicht.

Eines mochte sie aber immer: ihren Job. Bis heute. Auch diesen Teil ihrer Realität hat ein anderer für sie konstruiert. Als sie heute Vormittag diese E-Mail gelesen hat, ist es ihr aufgegangen. Sie will das nicht tun. Was die von ihr verlangen … Imogen kann es nicht mal in Worte fassen. Es stößt sie zu sehr ab.

Das Monster hat sie vernichtet. Es hat sich ihre Jugend und ihre Unsicherheit zunutze gemacht, um sie in die Falle zu locken und zu zerstören. Jetzt plant es, mithilfe der gleichen Manipulationstechniken das Leben Tausender Mädchen in ganz Großbritannien, auf der ganzen Welt zu zerstören, mit tatkräftiger Unterstützung von London Analytica und Imogen.

Irgendwer muss das Monster aufhalten.

Imogen kommt eine Idee. Ihre Oberschenkelmuskulatur spannt sich an. Sie macht Anstalten, von ihrem Stuhl aufzustehen, und überlegt es sich wieder anders. Sie kann das nicht. Dem Monster gegenüberzutreten – das wäre ein Gefühl, als würde sie sich selbst die Pistole auf die Brust setzen.

Ihr Blick fällt auf einen Typen an der Theke. Er sieht sie an. Ganz automatisch lächelt sie höflich. Da steckt sich der Typ den Finger in den Mund und zieht ihn langsam wieder hinaus, zwinkert ihr zu.

Imogen wird speiübel.

Ja, irgendwer muss das Monster aufhalten. Aber mehr noch: Irgendwer muss es bestrafen. Was es getan hat, muss Folgen haben. Harte, dauerhafte Folgen.

Sie steht auf. Kurz entschlossen zieht sie ihre in der Lehne verhakte Jacke vom Stuhl.

Imogen sieht Callum an der Theke stehen und warten. Sie verabschiedet sich nicht.

Als sie die Stufen hinaufsteigt, aus der dunklen Kellerbar in die hellen und belebten Straßen von London, fühlt sie sich ganz leicht. An diesen Augenblick wird sie sich erinnern. Das ist ihr Wendepunkt. Es ist entweder der Anfang vom Rest ihres Lebens … oder der Anfang vom Ende.

Foto: Auf einem schneeweißen Tisch liegt ein nigelnagelneues Notizbuch, daneben ruht ein Kugelschreiber.
Filter: Moon

Mögliche Bildunterschriften …

Option 1: Mein erster Tag im Büro #myfabulouslife #traumjob #news #journalismus #ichhabsgeschafft
Option 2: Als ich heute Morgen aufgewacht bin, dachte ich noch, ich hätte wenigstens eine große Stärke. Jetzt weiß ich: Ich habe gar keine.
Option 3: Wie es weiterging? Das lesen Sie morgen in Ihrer Zeitung.

Tatsächliche Bildunterschrift …

Tabula rasa.

♥ **13**

7

HANNAH

Auf der Autofahrt zum Büro überfliege ich meine Notizen zu Imogen Collins. Heute ist mein erster Tag in meinem ersten richtigen Job und vor lauter Nervosität bin ich drauf und dran, das komplette Willkommensfrühstück aus Eiern, Speck und Waffeln mit reichlich Marmelade und Schlagsahne wieder hochzuwürgen.

Ich hätte nicht so viel essen sollen, aber es hat einfach zu gut geschmeckt.

»Im Auto soll man nicht lesen«, tadelt mich Dad. »Davon wird einem schlecht.«

Na, dann hätte er mir mal mehr Zeit zur Vorbereitung auf das Interview geben sollen, anstatt vor nicht einmal 24 Stunden damit um die Ecke zu kommen.

Das sage ich aber nicht laut. Er soll nicht denken, ich wäre nicht die Richtige für den Job. Journalismus ist ein atemloses Geschäft, in dem man schnell liefern muss. Eine Neuigkeit ist nur ungefähr fünf Minuten lang wirklich neu, danach interessieren sich die Leute schon wieder für etwas anderes, für den nächsten Skandal, die Cellulite einer anderen Promitante, die nächste Tragödie, den nächsten Mord. Apropos … war es Mord? Ich blättere zu dem Steckbrief von Imogen Collins, den ich gestern vor dem Schlafengehen angefertigt habe.

Imogen Collins: Influencerin mit über einer Million Followern auf Instagram. Alter: 19. Geburtstag: 29.11. Aufgewachsen in Cambridgeshire. Eine jüngere Schwester. Mutter Hausärztin, Vater Buchhalter. Besuch einer Mädchenschule im Zentrum von Cambridge, danach ein Jahr Studium an der University of Cambridge, auf Eis gelegt zugunsten eines Jobangebots von einem aufstrebenden Start-up in London – einer kleinen, aber feinen Marketingagentur namens London Analytica, deren Angebote auf neuesten wissenschaftlichen Erkenntnissen in den Bereichen der datengetriebenen Psychologie und der künstlichen neuronalen Netze basieren …

Was auch immer das heißen soll. Es hört sich an wie aus einer lächerlich pseudowissenschaftlichen Werbung für Gesichtscreme: inspiriert von DNA-Technologie.

Ich habe versucht, Imogen Collins' Aufstieg zur Internet-Berühmtheit zu verstehen. Woran lässt sich ihr ganz eigener Look festmachen? Wie lautet ihre Botschaft?

Auf jeder Internetseite mit Tipps für den Start einer Influencer-Karriere heißt es, man brauche eine Nische und ein Markenzeichen. Dabei hat man die Wahl zwischen Themen wie Mode, Make-up, Bücher, Einrichtung, Reisen und Selbstoptimierung. Wie es aussieht, deckt Imogen einfach alles ab.

Man findet ein Foto von ihr in einem wunderschönen weißen, bodenlangen Kleid, das offensichtlich für einen Sommerurlaub am Strand gedacht ist, das sie aber auf einer grauen Londoner Straße trägt; ein Foto von ihr, wie sie mit einem Lächeln im Gesicht im Restaurant sitzt und zwei in Butter und Knoblauch gebadete Froschschenkel Ballett tanzen lässt; ein Foto von ihr beim Schminken; ein Foto von einem Buch auf dem Nachttisch; ein Foto von einem meisterhaft gearbeiteten Schminktisch aus Walnussholz; ein Sonnenuntergangsfoto mit darüber gelegtem Zitat: »*In zwanzig Jahren wird die Enttäuschung über das, was du nicht getan hast, schwerer wiegen als die über das, was du getan hast.*« – Mark Twain; ein Foto von einem Stück Apfelkuchen mit einem weiteren Zitat: »*Wer einen Apfelkuchen von Grund auf selbst machen will, der muss zunächst das Universum erschaffen.*« – Carl Sagan.

Filter wählt Imogen nach dem Zufallsprinzip aus. Generell verstößt sie gegen jede Regel für den Social-Media-Erfolg. Der einzige rote Faden sind die Bildunterschriften, die sind scharfzüngig und ironisch. Wenn ich die lese, wird sie mir fast schon sympathisch.

Beim Imogen-Collins-Googeln gestern Abend bin ich außerdem auf zwei Erwähnungen in den alten, analogen Medien gestoßen. Schon vor einiger Zeit ist sie in der *Times* in einem Listicle mit der Überschrift »Die Top Ten Influencer, die man im Auge behalten sollte« aufgetaucht, im *Guardian* in einem Artikel mit dem Titel »Die sozialen Medien und der Untergang der Kreativität«. Darin wird sie wie folgt zitiert: »Ich glaube nicht, dass die Social Media an sich eine Gefahr für die Kreativität darstellen. Wie üblich ist es eine Frage der Dosis. Zu viel, egal wovon, ist nie gut. Ich wette, man kann auch an zu viel Brokkoli sterben.«

Varsity, die Studentenzeitung der Uni Cambridge, hat ein Interview mit Imogen gebracht. Anlass war, dass sie von allen Studentinnen und Studenten die meisten Instagram-Follower hatte.

Sie bildete sich aber offenbar nicht viel darauf ein. »Ich mache das nur zum Spaß«, sagte sie. »Ich habe nicht das Ziel, zum Social-Media-Phänomen zu werden. Wenn ich mir denn etwas vorgenommen habe, dann durch meine Posts die Absurdität der Social Media zum Vorschein zu bringen, die allumfassende Falschheit dieser Welt. Meine Beiträge sind als Parodie zu verstehen.«

Dass Imogen es zur erfolgreichen Influencerin gebracht hat, war also bloßer Zufall … Und schon kann ich sie nicht mehr leiden. Für mich sieht es aus, als wäre ihr alles auf dem Silbertablett serviert worden.

Tief in meiner Tasche summt mein Handy, was ich nur gerade so mitbekomme. Ich trage Rósas MaxMara-Wollcape über meiner Lederjacke. Darauf hat Rósa bestanden, weil es draußen sieben Grad minus sind, und durch den dicken Stoff ist das Vibrieren des Telefons nur minimal zu spüren.

Ich ziehe das Handy hervor. Eine Nachricht von Daisy. Gestern Abend habe ich sie angerufen, um ihr von meinem ersten Tag in der Hölle und auch von dem Interview mit Imogen zu berichten. Daisy, die eine Schwäche für Social Media hat, wusste genau, von wem ich spreche, und wollte mich gleich bei der Recherche unterstützen.

DAISY Morgen. Hast du das schon gesehen?

Sie schickt einen Link zu einem Thread auf Twitter. Ich klicke ihn an:

Julius Thornton @j_thorn

Gerade gehört: Man muss nur mit seinem Prof schlafen und zack! bekommt man einen Job bei einem schicken Start-up in London. So viel zum Thema Leistungsgesellschaft. @Cambridge_Uni.

Oliver B. Johnson @ollie_the_awesome

Von welchem Flittchen ist die Rede? @j_thorn

Alexa Sanders @alexa_02

Wie kommst du darauf, dass es eine Frau ist? @ollie_the_awesome

Oliver B. Johnson @ollie_the_awesome

Ist es doch immer.

Julius Thornton @j_thorn

@ollie_the_awesome Es handelt sich um eine gewisse Social-Media-Queen mit üppigem Dekolleté und wohlgeformtem Gesäß. Der Gewinner bekommt 1000 Punkte.

Alexa Sanders @alexa_02

@j_thorn @ollie_the_awesome Kapiert ihr nicht, wie daneben das ist?

A.C. Robinson @acrobinson

@j_thorn »Wohlgeformtes Gesäß«. Schön, dass dein Dad dir das Literaturstudium doch nicht umsonst finanziert.

Julius Thornton @j_thorn

Fick dich.

A.C. Robinson @acrobinson

Herrlich, diese Eloquenz.

Oliver B. Johnson @ollie_the_awesome

Zurück zum Flittchen: Ist es @susanna_shines?

Julius Thornton @j_thorn

Leider falsch.

Oliver B. Johnson @ollie_the_awesome

Ist es Theresa Reid?

Julius Thornton @j_thorn

Leider falsch.

Oliver B. Johnson @ollie_the_awesome

Ist es Imogen Collins?

Julius Thornton @j_thorn

Treffer.

Alexa Sanders @alexa_02

Ich dachte, die hat die Uni abgebrochen, weil sie in der einen Prüfung durchgefallen ist.

A.C. Robinson @acrobinson

Hab gehört, sie hat mit mehreren Dozenten geschlafen und wurde dann rausgeworfen.

Oliver B. Johnson @ollie_the_awesome

Wusste ich es doch. Die ist ´ne Schlampe.

Wow. Es ist doch immer wieder erstaunlich, wie barbarisch es im Internet zugeht. Begreifen die Leute nicht, dass andere mitbekommen, was sie da so schreiben? Begreifen sie nicht, dass die Außenwelt genauso darüber urteilt, als hätten sie ihre Gemeinheiten laut ausgesprochen? Wieso tun alle so, als wäre das Internet das eine und die echte Welt etwas ganz anderes? Wieso verhalten sie sich, als wäre es ein Schutzraum, in dem man noch ungestört Arschloch sein darf? Jetzt habe ich fast schon Mitleid mit Imogen. Doch zugleich erwacht tief in mir die Neugier. Was ist da passiert?

Mein Handy vibriert erneut.

DAISY Ich wette, das ist alles gelogen. Du weißt ja, wie rasend schnell sich solche Gerüchte im Internet ausbreiten.

HANNAH Hast wahrscheinlich recht. Aber super recherchiert!

Oder ist da doch etwas dran? Von Weitem gibt Imogen Collins ein blitzsauberes Bild ab, doch in der »allumfassenden Falschheit« der Social Media, wie sie es selbst genannt hat, hat die Wahrheit einen schweren Stand.

Dad hat angehalten. Wir stehen vor dem Hauptquartier des *Dagblaðið*, man kommt sich aber vor wie mitten im Nirgendwo. Die Redaktion ist in den Außenbezirken Reykjavíks untergebracht, in einem riesigen Gebäude am Rand eines menschenleeren Sumpfgebiets.

Der Bau wirkt wie aus gigantischen Betonlegosteinen und Glasscheiben zusammengesetzt. Die Legosteine sind einerseits in verschiedenen Grüntönen gehalten, also in Salbei-, Mint- und Smaragdgrün, andererseits in Grau. Im Sommer verschmelzen sie mit den gedämpften Farben der kargen Vegetation aus Gräsern, Flechten und Moosen, doch im Winter, wenn die Natur unter einer Schneedecke schlummert, erinnert ihr Leuchten an die kommenden Jahreszeiten.

»Bist du so weit?« Für Dads Verhältnisse ist das eine ungewohnt liebe, einfühlsame Frage. Vielleicht ist es ihm doch nicht egal, wie es mir geht.

Wie sich herausstellt, habe ich da zu viel hineininterpretiert.

»Musst du unbedingt in Doc Martens ins Büro gehen?«, fügt er sogleich hinzu. »Es kommt auch aufs Äußere an. Ein seriöserer Auftritt wäre mir daher wirklich lieber.«

So kenne ich ihn, so … na ja.

Ich öffne die Beifahrertür und mein Körper versteift sich unter dem Ansturm einer frostigen Brise. In Island weht ein anderer Wind als anderswo: Hier will er einen ersticken. Er bläst einem in Nase und Mund, als bekäme man einen Eimer Eiswasser ins Gesicht, und das mit der Power eines Düsenjets. Man kriegt keine Luft. In der isländischen Sprache gibt es über hundert verschiedene Wörter zur Umschreibung des Windes. Für den Schnee gilt dasselbe.

Dad und ich rennen zur Glastür an der Gebäudefront. Schnell gleitet sie auf, schnell schließt sie sich wieder. Endlich drinnen. Vor Erleichterung seufzen wir beide auf.

Am Empfang, hinter einem geschwungenen Schreibtisch, der an die Inneneinrichtung eines Raumschiffs erinnert, sitzt eine Frau. »Morgen, Eiríkur.«

In Island spricht jeder jeden mit dem Vornamen an. Nie mit dem Nachnamen, ohne Ausnahmen. Selbst der Präsident wird nur Guðni genannt und nicht Mr Jóhannesson.

»Morgen, Sigríður«, antwortet Dad, das Lächeln der Frau erwidert er aber nicht. Wir laufen an ihr vorbei zur Treppe, gehen hoch und gelangen in ein weitläufiges Großraumbüro: Schreibtische mit Holzplatten und höhenverstellbaren Stahlbeinen, so weit das Auge reicht. Es ist wie in einer Fabrik, nur dass die Menschen an Desktop-Rechnern sitzen und tippen, statt am Fließband zu stehen.

Dad marschiert zu seinem Büro. Ich folge ihm. Niemand würdigt uns auch nur eines Blickes.

»Normalerweise beginnt der Tag um neun mit der Redaktionssitzung. Dort wird über den Inhalt der morgigen Ausgabe entschieden und ich verteile die jeweiligen Aufgaben«, erklärt Dad, ohne sich umzudrehen. »Heute hat das meine Vertretung übernommen, weil wir so spät gekommen sind, aber morgen nimmst auch du an der Sitzung teil.«

»Mit seriösem Schuhwerk an den Füßen«, versuche ich einen Scherz, aber Dad lacht nicht.

Seit zwölf Jahren ist er Chefredakteur des *Dagblaðið*, einer altmodischen Papierzeitung, und ihrer nur unwesentlich moderneren Website dagbladid.is. Ich werde weder für die eine noch für die andere schreiben. Ich wurde als zweites Crewmitglied von *IceNews* angeheuert, einer Seite in englischer Sprache, die erst vor Kurzem online gegangen ist und sich hauptsächlich an Touristen, aber auch an die zahlreichen Einwanderer richtet.

Wir wollen gerade in Dads Büro einbiegen, da ruft jemand hinter mir meinen Namen. Ich drehe mich um.

»Hannah!«

Über der Großraumbüro-Einöde schießt auf einmal eine Hand nach oben. Kurz darauf folgt ein Kopf. Ein Mann steht auf. Nein, ein Junge. Nein, ein Mann. Er hat schmutzig blonde, leicht verwuschelte, vorne zu einer Tolle gestylte Haare, trägt eine Brille mit dickem, eckigem Gestell und trumpft außerdem mit einem äußerst sorgfältig gestutzten Dreitagebart auf.

Jetzt kommt er auf mich zu. Wenn ich doch nur wüsste, wer das ist.

»Lange nicht gesehen!«

Ich starre ihn bloß an.

Der Junge/Mann lächelt.

»Ich bin's. Kjarri. Erkennst du mich nicht mehr?«

»Oh Gott.« Es ist Kjartan. Kjartan Tómasson. »Wir haben uns … wie lange nicht mehr gesehen? Zehn Jahre?«

»Acht. Wir sind vor acht Jahren aus Fossvogur weggezogen.«

Kjartan, kurz Kjarri, war früher, als ich noch jünger war und jeden Sommer zwei Monate bei Dad verbringen musste, mein bester isländischer Freund. Er, seine Eltern und seine kleine Schwester wohnten nebenan von Dad und Rósa. Nur durch Kjarris Gesellschaft waren die Sommer in Island einigermaßen zu ertragen. Doch eines Tages kam ich bei Dad an und Kjarri war mitsamt seiner Familie verschwunden. Ich bat Dad, mir bei der Suche nach ihm zu helfen. Dad sagte, er werde sich darum kümmern, sobald er Zeit habe, also nie.

»Wow.« Ich kann nicht anders, als Kjarri ausgiebig zu mustern. Er hat sich verändert.

Früher waren seine Haare blonder. Und extrem widerspenstig – ich weiß noch, wie seine Mum sich immer beschwert hat, dass sie sie ihm nie schneiden durfte. Früher war Kjarri klein, kleiner als ich, jetzt ist er baumlang. Seine Zähne waren immer einen Tick zu groß für seinen Mund, jetzt passen sie perfekt hinein. Seine Augen sind noch dieselben, sie sind blau, aber durchzogen von vorwitzigen Spuren aus Grau, wie Wellen, die an einem sonnigen Tag das ansonsten spiegelglatte Meer kräuseln. Sein freches Lächeln ist auch noch das alte. Als Kinder haben wir allen möglichen Unsinn angestellt. Wir haben Spinnen durch den Briefschlitz der Nachbarn gesteckt oder sind mit dem Bus in die Stadt, ohne es irgendwem zu sagen, weshalb Kjarris Mum einmal sogar die Polizei gerufen hat, so sicher war sie sich, dass wir entführt worden waren.

Aus irgendwelchen Gründen muss ich ans Kirschkuchenbacken denken. Früher habe ich öfter einen für Mum gemacht. Während man das Rezept in die Tat umsetzt, also mehr schlecht als recht die Kirschen entsteint, mit dem Teig kämpft, der andauernd am Nudelholz kleben bleibt und später, wenn man ihn behutsam in die Form transferiert, natürlich trotzdem in Stücke zerfällt, hat man das Gefühl, dass dabei bestenfalls die Karikatur eines Kuchens herauskommen kann. Doch nach fünfzig Minuten im Ofen, wenn sich oben eine goldbraune, krümelige Kruste gebildet hat, durch deren Risse sich der süße Kirschsaft seinen Weg bahnt, vereinen sich wie durch ein Wunder doch noch alle Zutaten zu einem gelungenen Ganzen. Kjarri ist erwachsen geworden. Er ist wie ein ofenfrischer Kuchen, der genau richtig geworden ist.

Mir wird bewusst, wie lange ich ihn jetzt schon anstarre, und ich spüre, dass ich rot werde. Früher oder später muss ich etwas sagen, sonst wird es zu peinlich. »Wa… was machst du hier?«

Seine Lippen öffnen sich und ein begeistertes Lächeln bahnt sich seinen Weg. *Er ist wirklich genau wie ein Kirschkuchen.* »Ich arbeite hier.«

»Wirklich?«

»Dein Dad ist echt der Hammer.«

Wirklich?

»Ich war ein Jahr an der Menntaskólinn í Reykjavík –«

»Hey, da soll ich auch hingehen!« Dieses Gymnasium, die Menntaskólinn í Reykjavík, kurz MR, haben sowohl Dad als auch Grandpa Bjarni besucht. Gegründet im Jahr 1056 ist es laut Dad die beste Schule des Landes. Der Gedanke, selbst dort hinzugehen, macht mir Angst, aber ich will meine A-Levels zu Ende bringen.

»Mir hat es schon gefallen an der Schule, aber irgendwie habe ich mal eine Pause vom Lernen gebraucht. Und vor ein paar Monaten ist mir dein Dad über den Weg gelaufen und hat mir erzählt, dass das *Dagblaðið* eine englischsprachige Nachrichtenseite aufmacht und noch Leute sucht, die dafür schreiben. Ich habe ein paar Jahre in den Staaten gelebt, also nachdem wir aus Fossvogur weggezogen waren, weil Mum in Boston einen Master in Finanzwesen gemacht hat. Daher spreche ich fließend Englisch. Ich glaube ja, sie haben mich nur deswegen eingestellt. Gibt noch viel zu lernen, aber ich würde sagen, so langsam habe ich den Bogen raus.«

Kjarri grinst Dad an, der in der Tür zu seinem Büro steht und auf seinem Handy tippt.

»Stimmt doch, Boss?«, fragt Kjarri.

Dass Dad ihm nicht zuhört, scheint Kjarri nicht halb so sehr zu stören wie mich. Er unterhält sich einfach weiter mit mir.

»Manchmal erstelle ich auch Artikel und Interviews für die richtige Zeitung, meistens für den Lifestyle-Teil. Und das heißt, wir führen das Interview mit Imogen Collins zusammen.«

Ich runzele die Stirn. »Zusammen?«

»Ja, hat dir dein Dad nichts davon gesagt? Wir interviewen sie zu zweit. Ich schreibe das Ganze dann auf Isländisch für die Zeitung und für *dagbladid.is* zusammen und du machst die englische Fassung für *IceNews.is*.«

In mir mischt sich Erleichterung mit Frust. Traut Dad mir das nicht alleine zu? Glaubt er, ich brauche jemanden, der mir das Händchen hält? Auf der anderen Seite muss ich mir dadurch nicht mehr so viele Sorgen machen. Immerhin ist das mein erster Auftrag, und es ist kein kleiner. Sollte ich es vermasseln, kann es ein anderer wieder geradebiegen.

Kjarri wirft einen Blick auf die große, altmodische Wanduhr an der nackten Betonmauer am Ende des Redaktionsraums. »Imogen kommt in einer Stunde. Wie wär's, wenn ich dich kurz herumführe und dann holen wir uns in der Cafeteria einen Kaffee und überlegen uns gemeinsam ein paar Fragen für das Interview?«

Ich drehe mich zu Dad. Er ist in sein Büro gegangen, sitzt bereits am Schreibtisch, telefoniert per Headset und tippt dabei am

Computer. Wie so oft ist er in seine eigene Welt abgetaucht. Gut möglich, dass er mich schon wieder vergessen hat.

Also wende ich mich wieder an Kjarri. Ich bin so froh, dass er da ist – er ist mein Rettungsring in einem Meer aus gefühlskalter Gleichgültigkeit und fast springe ich einfach auf ihn drauf und schlinge ihm die Arme um den Hals, damit ich nicht untergehen muss. Nur gut, dass ich mich noch zügeln kann. Ich werde ihm schon noch genügend Gründe liefern, an meiner geistigen Gesundheit zu zweifeln, da muss ich es jetzt nicht überstürzen. Ich zucke also bloß mit den Schultern und antworte so lässig, wie ich es als wirklich schlechte Schauspielerin hinbekomme: »Klar. Klingt cool.«

Dafür hätte ich einen Oscar verdient.

Kjarri und ich sitzen im Besprechungsraum und warten auf die Ankunft von Imogen Collins. Drei von vier Wänden bestehen aus steingrauem Beton, die dritte ist eine Glasscheibe vom Boden bis zur Decke. Es ist, als wären wir Schauspieler auf einer Bühne, die ein Journalistenduo darstellen sollen, während uns die Leute, die draußen den langen Flur hinunterlaufen, interessiert dabei zusehen.

»Ich habe das mit deiner Mum gehört«, sagt Kjarri aus heiterem Himmel. »Das tut mir leid.«

Ich will etwas erwidern, irgendwas, als auf dem runden Konferenztisch plötzlich Kjarris Handy summt.

Er springt auf. »Sie ist da. Ich hole sie schnell vom Empfang ab.«

Ich warte ein paar Minuten. Und noch ein bisschen. Da taucht Kjarri am Ende des Flurs wieder auf, nun in Begleitung unseres Interviewgastes. Ohne Eile laufen sie in Richtung Besprechungsraum. Sie sagt etwas. Er lacht. Aus unerfindlichen Gründen werde ich stinkwütend. *Ach, nur meinetwegen müsst ihr euch doch nicht hetzen.*

Noch kann ich ihre Gesichtszüge kaum erkennen, und doch wird mir schon klar, wie schön Imogen ist. Sie leuchtet. Sie hat lange Beine, eine extrem schmale Taille und wallendes Haar, und sie bewegt sich mit der geschmeidigen Anmut sachte heranrollender Wellen an einem sonnenbeschienenen Mittelmeerstrand. Ich kann sie schon jetzt nicht leiden.

Als sie hereinkommen, bringt Kjarri anscheinend gerade eine lustige, aber natürlich auch beeindruckende Geschichte zum Abschluss. »Ich hatte gerade den ersten Akkord gespielt, da ist die Bühne umgekippt und ich bin mitten in einen Kuhfladen geplumpst.«

Er spricht Englisch mit starkem amerikanischem Akzent. Wirklich süß.

Aber Imogen lacht nicht. Stattdessen wirft sie einen Blick über die Schulter. Eine leichte Röte legt sich auf Kjarris Wangen wie zwei kleine Miniatursonnen.

Ich stehe auf. Auch aus der Nähe strahlt Imogen Collins' Schönheit nicht weniger. Ganz im Gegenteil. Sie trägt einen Bleistiftrock aus Leder und einen weißen Blazer mit einem einfachen hautfarbenen Top darunter, eine bescheidene und gerade dadurch überwältigende Eleganz. Ihre Wangenknochen wirken höher als der Mount Everest. Im Braun ihrer Augen verbirgt sich ein smaragdgrüner Glanz. Ihr dunkles Haar schimmert so verlockend, dass ich fast in Versuchung gerate, mit den Fingern darüber zu streichen, als ich ihr zur Begrüßung die Hand entgegenstrecke.

»Hi. Ich bin Hannah.«

Sie gibt mir nicht die Hand. Sie dreht sich schon wieder um und starrt durch die Glasscheibe in den Flur. Dort steht ein Mann und blickt ins Handy.

»Wer ist das?«, fragt sie. »Was macht der hier? Ist er uns nicht schon auf der Treppe gefolgt?«

Der Mann trägt ein Karohemd, das er sich unten in seine übergroße Jeans gestopft hat.

»Es kann nicht angehen, dass mir hier jemand hinterherschleicht. Ich dachte, in diesem Gebäude wäre ich sicher. Das ist nicht hinnehmbar.«

Was hat die denn für ein Problem? Zugegeben, der Typ sieht leicht gammelig aus. Aber wir sind hier in einer Zeitungsredaktion, da ist *leicht gammelig* der Standardlook.

Ich spähe zu Kjarri hinüber. Seine Munterkeit ist einer peinlich berührten Miene gewichen. Er schwitzt.

»Ähhh … ich k… kann … ich ka- «

Und mir fällt wieder ein: Wenn er als Kind nervös geworden ist, hat er auch immer gestottert.

»Ich kann mir nicht vorstellen, dass er uns gefolgt ist«, bringt er beim dritten Versuch heraus.

Auf einmal habe ich das Gefühl, Kjarri beschützen zu müssen.

Wofür hält sich diese Imogen eigentlich? Glaubt sie ernsthaft, der Typ auf dem Flur wäre ein durchgedrehter Imogen-Fan? Danach sieht er wirklich nicht aus. Meinetwegen ist sie im Internet unglaublich berühmt, aber doch nicht in der echten Welt. Ist ja nicht so, dass sie täglich gleich neben den Kardashians in der *Daily Mail* erwähnt würde.

Imogen greift in die Lederhandtasche, die sie über der Schulter trägt. Ich bin keine herausragende Markenexpertin, aber die müsste von Birkin sein. Sie angelt ein iPhone X in Roségold heraus. »Ich finde, wir sollten die Polizei verständigen.«

Diese Drohung befreit Kjarri aus seiner konfusen Selbstblockade. Er kriegt sich tatsächlich wieder in den Griff und geht zur Tür. »Ich bin mir ziemlich sicher, dass der Mann hier arbeitet. In der Anzeigenabteilung, glaube ich. Fragen wir ihn doch einfach.«

Kjarri tritt auf den Flur und wechselt ein paar Worte mit dem Mann, der nach einem langen Blick in den Besprechungsraum, auf Imogen und mich, in Richtung Redaktion abzieht.

Schon ist Kjarri wieder zurück. »Ich lag richtig. Das war Daði. Er ist sogar der Leiter der Abteilung.«

Imogen lässt das Telefon sinken und atmet durch. Ich rechne mit einer Entschuldigung, mit irgendeiner abwegigen Erklärung für ihr sonderbares Benehmen – Stress, Müdigkeit oder so. Es kommt anders.

Sie knallt ihre Handtasche auf den Konferenztisch, zieht einen Stuhl zurück und lässt sich theatralisch seufzend fallen. »In einer Stunde habe ich den nächsten Termin. Bringen wir es hinter uns.«

Von der Seite blickt Kjarri mich an, die Augen weit aufgerissen.

Kaum zu fassen, hauche ich lautlos.

Imogen Collins ist genau, wie ich sie mir vorgestellt hatte. Sie ist wunderschön, stylish, elegant und eine dumme Kuh.

Kjarri und ich setzen uns. Auf dem Tisch liegen unsere handschriftlichen Notizen, einige Kugelschreiber und ein Stapel brandneuer Notizbücher mit *Dagblaðið*-Logo.

Wir ziehen beide unsere Handys hervor. Vorhin hat Kjarri gefragt, ob er uns ein digitales Aufnahmegerät besorgen soll, aber ich habe dankend abgelehnt. Auf meinem Telefon ist noch die Diktier-App von meinem Job bei der *Highbury Gazette* installiert. Die öffne ich jetzt, drücke auf *Record* und lege das Handy auf den Tisch. Ich schnappe mir ein Notizbuch und den nächstbesten Stift.

Kjarri platziert sein Telefon neben meinem. »Herzlichen Dank, dass Sie sich die Zeit für ein Gespräch mit uns nehmen.« Von seinem Stottern ist nichts mehr zu hören. Er ist wieder er selbst. »Es freut uns sehr, mit –«

»Ich habe wirklich nicht viel Zeit«, keift Imogen.

Kjarris Gesicht verzerrt sich merklich, doch er bewahrt die Ruhe. »Also, unsere erste Frage muss einfach lauten …« Auf seinen Lippen blitzt sein unverwechselbares Frechdachs-Grinsen auf. »… wie gefällt es Ihnen in Island?«

Unwillkürlich verdrehe ich die Augen. Diese Frage ist wie ein Zwang, jeder Isländer muss jedem Ausländer damit kommen. Ich weiß nicht, ob dieser fast schon krankhafte Drang von den

Minderwertigkeitskomplexen einer winzigen Nation herrührt oder von Größenwahn, aber egal, wer die Frage stellt, so gut wie jeder erwartet eine überschwängliche Lobrede über die fantastische Natur, die urigen Städtchen, das Spektakel der Nordlichter und die Gastfreundschaft der Einheimischen.

Imogen zuckt die Achseln. »Es ist schön hier. Ruhig.«

Ihre knappe Antwort erwischt Kjarri offensichtlich auf dem falschen Fuß. Ich nutze sein Zögern, um in das Gespräch einzusteigen.

»Viele träumen von einem Leben, wie Sie es führen – von einer Karriere als Influencerin. Wie ist es zu Ihrem Erfolg gekommen?«

»Ich wollte nie Influencerin werden.«

Ich warte darauf, dass Imogen das etwas weiter ausführt, ein wenig ins Detail geht, aber sie versinkt nur in beleidigtem Schweigen.

Dann bin ich wohl wieder dran, denke ich. Noch kann ich meinen Frust halbwegs verbergen. »Aber jetzt, wo der Erfolg da ist, genießen Sie Ihre Arbeit mit den Social Media bestimmt sehr?« Ich setze ein Lächeln auf.

»Es hat seine Vorteile, ja.«

Das war's? Mann, was soll das denn? Ich beiße die Zähne zusammen. »Zum Beispiel …?«

»Wie soll ich sagen?« Imogens Blick wandert zu der Birkin-Handtasche auf der weiß glänzenden Tischplatte. Mit einem Zucken ihres Kinns deutet sie darauf. »Zum Beispiel diese Tasche. Die kostet über 10.000 Pfund und wer sie kaufen will, muss sich erst auf eine Warteliste setzen lassen. Ich habe sie gratis bekommen. Ohne zu warten. Das könnte man als Pluspunkt bezeichnen.«

Imogen Collins ist ein wandelnder Albtraum von einem Interviewgast. Ich würde zu gerne einfach abbrechen. Den Stift beiseitelegen, aufstehen und das Zimmer verlassen. Diesen Luxus kann ich mir aber natürlich nicht leisten, denn selbst wenn mir alles andere egal wäre, dürfte ich Dad nicht noch einen Grund geben, an mir zu zweifeln.

Okay. Nächste Frage.

»Worüber wollen Sie bei Ihrem Vortrag im Harpa-Konferenzzentrum sprechen?«

»Na, ich werde wohl erzählen müssen, wie man zu einer erfolgreichen Influencerin wird. Nur deshalb ist das Event doch bereits ausverkauft, oder? Weil heutzutage alle berühmt werden wollen.«

»Haben Sie denn irgendwelche Tipps für angehende Influencerinnen?«

Zum ersten Mal in diesem Gespräch erweckt Imogen den Anschein, zumindest einen Moment lang über eine Antwort nachzudenken. »Ich glaube, wenn man Erfolg haben will, Erfolg im Leben generell, ist eines am wichtigsten: Man muss lieben, was man tut. Und wenn man noch so hart arbeitet, wenn man noch so berechnend vorgeht und strategisch denkt, wenn man noch so viele Excel-Tabellen auswertet und immer macht und sagt, was die anderen mutmaßlich sehen und hören wollen – am Ende ist Erfolg Zufall. Niemand weiß, wo der Blitz als Nächstes einschlagen wird. Im Leben ist der Weg das Ziel, darauf kommt es an. Und wer liebt, was er tut, der hat schon Erfolg.«

Ich bekomme Gänsehaut. Ich spüre ein Kribbeln, es zischt durch meine Adern und bis hinauf ins Gehirn wie nach einer etwas zu schnell heruntergekippten Dose Red Bull. Jetzt bin ich hellwach. Mehr als hellwach. Ich bin voll da. Ich bin zur rechten Zeit am rechten Ort und ich weiß genau, was ich hier soll. Das war eine gute Antwort, eine interessante Antwort. Mit dieser Antwort kann ich arbeiten. Ohne in meine Notizen geschaut zu haben, kommt mir wie durch göttliche Eingebung die nächste Frage in den Sinn.

»Als ich mir Ihren Instagram-Account angesehen habe, habe ich keinen Eindruck einer klaren Identität gewonnen. Ich kann in Ihren Posts kein zentrales Motiv ausmachen. Welche Nische wollen Sie besetzen? Welche Botschaft Ihren Followern vermitteln? Wofür stehen Sie? Wer ist Imogen Collins?«

»Identität ist eine Illusion.«

»Wie meinen Sie das?«

»Identität ist ein fiktionales Konstrukt. Jedenfalls im weiteren Sinne.«

Den Mund zu einer Schnute verzogen, denkt Imogen nach. Ihre Wangen bekommen Farbe, ihre Stirn glättet sich. Sie starrt nicht mehr so verbissen geradeaus. Es sieht aus, als würde sie allmählich lockerlassen.

»Wenn ich zum Beispiel hier und jetzt zum Handy greife«, fährt sie fort, »und ein Selfie mache – das wäre ich in diesem einen Moment. Oder wenn ich einen Song schreibe, ein Gedicht.

Das wäre ich, meine Gedanken und Gefühle, in diesem einen Moment. Fünf Minuten später bin ich wieder eine andere. Wir sind in ständigem Wandel begriffen, wir verändern uns ununterbrochen, ob zum Guten oder zum Schlechten oder weder noch. Meine Follower an diesem Wandel teilhaben zu lassen, das ist noch die beste Möglichkeit, ihnen die wahre Imogen zu zeigen.«

Kjarri wedelt mit dem Stift, er will eine Frage einschieben. »Imogen, könnten Sie mir vielleicht sagen –«

Dazu lasse ich es nicht kommen. Ein guter Journalist sollte erkennen, wann ein Gespräch in Gang gekommen ist, eine bestimmte Richtung eingeschlagen hat. Man unterbricht ein Interview, das ganz natürlich auf ein noch unbekanntes, aber offensichtlich hochinteressantes Ziel zusteuert, doch nicht mit einer vorgefertigten Frage.

»Man könnte meinen, Sie sehen Ihre Rolle als Influencerin nicht uneingeschränkt positiv«, werfe ich schnell dazwischen. »Bereitet Ihnen der immer größere gesellschaftliche Einfluss der Social Media Sorgen?«

»Nicht wirklich. Ich finde es engstirnig, Social Media nur als Bedrohung aufzufassen. Das Neue wird immer verteufelt. Es gab Zeiten, da galten Romane als Gift für die Jugend. Es gab Zeiten, da galt Radiohören als schädlich, dann Fernsehen, dann Videos gucken und jetzt ist das Smartphone dran. Irgendwas ist immer.«

»Aber wie stehen Sie zu dem Persönlichkeitskult, der durch Apps wie Instagram aufgekommen ist? Halten Sie diese starke Selbstbezogenheit nicht für ungesund?«

Ich will sie ein bisschen reizen, Imogen springt aber nicht auf den Köder an. Sie versteht meine Frage nicht, wie sie gemeint ist: als Angriff auf sie.

»Ich wüsste nicht, was daran so problematisch sein soll. Schon in uralten Zeiten haben die Menschen ihrem Leben durch Mythen Bedeutung verliehen. Durch Apps wie Instagram schaffen sie sich jetzt eben ihre ganz persönlichen Mythen. Wir konsumieren und erschaffen Mythen. Inwiefern ist das schlimmer, als zu einem Gott aufzuschauen, zu Schauspielern, Autoren oder Philosophen – beziehungsweise eine Predigt vor einer Gemeinde zu halten oder ein Buch zu schreiben, das andere lesen sollen?«

»Sie haben also keinerlei Skrupel in Bezug auf die Social Media?«

»Keine Frage, sie haben auch ihre unschönen Seiten. Man kann die sozialen Netzwerke aufs Schlimmste missbrauchen und auf schlimme Abwege geraten.« Imogen blickt an mir vorbei und durch die Glaswand in den Flur. »Man kann sie benutzen, um Menschen zu manipulieren, zu kontrollieren und auszubeuten –«

Auf einmal stützt Kjarri sich auf den Tisch, drängt sich in Imogens Sichtfeld. »Ich unterbreche nur ungern, aber da unsere Zeit knapp ist, möchte ich unbedingt noch eine Frage stellen: Was hat Sie nach Island geführt?«

Imogen zuckt zurück, als hätte sie ganz vergessen, dass er auch noch da ist. Oder als hätte er ihr an einem entlegenen Feldweg hinter einem Busch aufgelauert.

Das bekommt Kjarri mit. »Entschuldigung, ich wollte Sie nicht erschrecken …«

Sie blickt von ihm zu mir. Ihre Augen verschatten sich, ihre

Pupillen weiten sich. »Was war da gerade? Haben Sie das auch gehört?«

Warum ist sie so angespannt?

Mit einem Blinzeln dreht sie sich zu Kjarri. »Tut mir leid, wie war die Frage?«

»W… was… äh … was Sie nach Island geführt hat?«

Imogen drückt den Rücken durch. Ihre Gesichtszüge sind wieder versteinert. »Die Arbeit.«

Es wird still.

»Äh … was für eine Arbeit?«

»Marketing.«

Schon wieder Stille. Es ist eine Qual.

»Äh … okay …« Kjarri kämpft erfolglos gegen die Panik an. Er atmet schnaufend und streicht sich hektisch über seine Bartstoppeln, anscheinend ein nervöser Tick. »Sie arbeiten für eine Londoner Firma, nicht wahr?«

»Das stimmt«, sagt Imogen und wirft einen Blick auf ihre Armbanduhr, eine goldglitzernde Damenuhr von Michael Kors.

»Wie kommt eine Londoner Firma dazu, eine Angestellte ausgerechnet nach Island zu schicken?«

Imogen seufzt auf und betrachtet Kjarri mit der gereizten Miene eines Kleinkinds, das sich nun doch dazu durchringt, dem Flehen seiner nervigen Eltern nachzugeben, sein Zimmer aufzuräumen und seinen Brokkoli zu essen.

»London Analytica nimmt eine Vorreiterrolle in der Nutzbarmachung moderner Technologien und neuer wissenschaftlicher Erkenntnisse ein, wobei wir natürlich stets die ganze Welt im

Blick haben. In Island kooperieren wir mit einem der weltweit angesehensten Datenpsychologen und dessen Team, um unseren Kunden einen einzigartigen Zugang zu ihrem Publikum zu ermöglichen.«

Diese Lobpreisung ihres Arbeitgebers trägt Imogen so feurig und begeistert vor wie ein Kidnapping-Opfer, das mit vorgehaltener Waffe zum Verlesen eines Texts gezwungen wird.

»Das hochkarätige Team des DataPsych Research Lab wertet in unserem Auftrag Daten mittels eigens für Marketingzwecke entwickelter Algorithmen au- «

»Moment!« Es dauert ein bisschen, aber dann begreife ich doch noch, wieso mir dieses Forschungslabor so bekannt vorkommt. »Wie war das? DataPsych?«

Imogen schweigt.

»Kannten Sie Mörður Þórðarson?«

Sie starrt auf den Tisch und presst ihre Lippen aufeinander.

Kjarri massiert seine Bartstoppeln mit doppelter Kraft. »Sollten wir nicht lieber beim Thema bleiben?«

Im Zeitungsgeschäft braucht man einen guten Riecher, und der fehlt Kjarri offenbar komplett. Ich überhöre seine Bitte. »Sie müssen Mörður gekannt haben.«

Imogen blickt verbissen auf den Tisch. Fast als wollte sie ihn mit einer Salve Laserstrahlen aus ihren Augen in Stücke schneiden. »Meine Tätigkeit bei London Analytica sollte hier nicht das Thema sein. Mein morgiges Event sollte das Thema sein.«

»Also kannten Sie ihn wirklich!«, platze ich triumphierend heraus. »Wissen Sie, wie er gestorben ist?«

Endlich schaltet auch Kjarri. »Sprechen wir etwa von dem Typen, der in Hvassahraun gefunden wurde? Das war doch ein Professor oder so ähnlich?«

»Er war Privatdozent«, faucht Imogen.

Sieht aus, als hätte ich einen empfindlichen Punkt getroffen. Oh ja, sie kannte ihn. »Haben Sie irgendeine Ahnung, wie er umgekommen sein könnte?«

»Wie gesagt, mein morgiges Event sollte hier das Thema sein.«

»Sind Sie über die laufenden Ermittlungen informiert? Hat die Polizei schon mit Ihnen gesprochen?«

Jetzt blickt Imogen auf. Die glühenden Laserstrahlen zielen auf mich. »Wieso sollte die Polizei mit mir sprechen?« Sie spuckt mir die Worte förmlich entgegen.

Dadurch lasse ich mich nicht von der Fährte abbringen. »Ich meinte, ob sie schon mit Ihnen und den anderen Mitarbeitern des Toten gesprochen hat. Wissen Sie, unter welchen Umständen Þórðarson umgekommen ist? Was haben die Angestellten von DataPsych von ihm gehalten? War er beliebt? Hatte er Feinde auf der Arbeit?«

Kjarri sieht mich an wie eine Durchgeknallte.

Und Imogen atmet langsam ein und wieder aus. »Ich muss in ein paar Minuten los«, sagt sie übertrieben höflich. »Dein Dad wollte, dass ich mich mit dir über deinen Umzug von England nach Island unterhalte. Ich bin zwar nicht wirklich hierhergezogen, ich bleibe nur ein paar Monate, aber ich kann dir gerne sagen, womit ich in der ersten Zeit so meine Probleme hatte – zum Beispiel, welche Milch man kaufen kann, welcher Käse noch am ehesten mit Cheddar zu vergleichen ist, wie das Bussystem funktioniert –«

Ich schüttele den Kopf. »Ich brauche keine Ratschläge. Ich bin halbe Isländerin. Ich war fast mein ganzes Leben jeden Sommer hier. Der Käse ist meine kleinste Sorge.« So billig kommt sie mir nicht davon. »Wenn ich Ihnen noch ein paar Fragen zu Mörður und DataPsych stellen dürfte ...«

»Ich muss jetzt wirklich ...«

Imogen schiebt ihren Stuhl zurück.

»Warten Sie!«

Beim Aufstehen schwankt sie leicht.

Ich erschrecke. »Alles okay?«

Sie stützt sich am Tisch ab. Dann greift sie sich ihre Tasche, eilt zur Tür und reißt sie auf.

Ich kann nur noch zusehen, wie sie sich halb taumelnd durch den Flur tastet und im Treppenhaus verschwindet.

Ich hatte ausführlich recherchiert. Ich hatte mir ein mentales Bild von Imogen Collins zusammengebaut, mir eine Meinung über sie gebildet. Aber jetzt geht das Ganze irgendwie nicht mehr auf. Irgendein Puzzleteil fehlt. Wer ist Imogen Collins? Influencerin, Social-Media-Star, natürliche Schönheit, dumme Kuh. Ja, all das trifft auf sie zu. Dahinter verbirgt sich jedoch noch eine andere, größere Geschichte, das habe ich im Gefühl. Imogen Collins ist ein Rätsel und irgendwer muss es lösen.

Da fällt mir etwas ein: Kjarri. Ich sehe mich um und entdecke ihn an der Tür, mit dem Rücken zu mir, die Hände in den Haaren vergraben, als würde er daran herumzerren. Ich werde ihm ein bisschen beibringen müssen, wie das mit dem Journalismus funktioniert. Vor dem Interview war ich so froh, dass er mir bei meinem ersten Auftrag zur Seite stehen würde. So kann man sich irren. Er sollte sich bei mir bedanken, dass ich ihm zur Seite gestanden habe.

Plötzlich fährt Kjarri herum und sieht mich mit großen Augen an. Seine Wangen leuchten feuerrot, wodurch seine Bartstoppeln ungewohnt hell erscheinen. Seine Lippen öffnen sich. Gleich wird er mir für meine tolle Arbeit danken. Ich stelle mir vor, wie er sagt, dass er schwer beeindruckt von mir sei, ich sei offensichtlich ein Naturtalent mit einer großen Zukunft im Journalismus und er werde meinem Dad davon berichten, wie toll ich mich geschlagen habe.

So kann man sich täuschen.

Seine Worte sind scharf wie Nadeln und schmerzen wie ein Hundebiss.

»Was. Zur. Hölle. War. Das?«

Foto: Ein Mädchen in Unterhose, dickem Wollpullover und dazu passenden Wollsocken lehnt sich dicht zu einem Spiegel, zieht eine Schnute und bestreicht diese mit kirschrotem Lippenstift.
Filter: Juno

Bildunterschrift: Die lieben Leute von Studio X haben mir einen neuen Lippenstift zum Ausprobieren geschickt – die perfekte Farbe für mein nächstes Abenteuer. Der Tag kann kommen. #traumhaft #makeup #werbung #instaschön

♥ **2936**

Wie die Bildunterschrift hätte lauten sollen …

Option 1: Wie fühlst du dich beim Betrachten dieses Fotos? Fühlst du dich fett? Hässlich? Unbedeutend? Gibt dir dieses Bild das Gefühl, dass in deinem Leben etwas fehlt? Bringt es dich auf Gedanken wie diesen: »Warum sitze ich zu Hause fest und ertrinke in Schmutzwäsche und Kreditkartenrechnungen, während alle anderen draußen ihren Spaß haben, Freunde treffen, etwas trinken gehen, tanzen, lächeln, einander in den Armen liegen, eine fantastische Zeit erleben und dabei auch noch so einen fantastischen Lippenstift tragen?«
Option 2: So fühle ich mich beim Betrachten dieses Fotos:

Wenn nur bloß niemand die Cellulite an meinen Oberschenkeln bemerkt. Wenn nur bloß niemand sieht, dass ich in den letzten eineinhalb Wochen drei Pfund zugenommen habe. Meine Haare kräuseln sich so komisch. Ich hätte sie glätten sollen. Wölbt sich da an meinem rechten Knöchel etwa das Fleisch über den oberen Rand meiner Socke? Sollte ich mir Botox spritzen lassen? Sollte ich mir an den Knöcheln Fett absaugen lassen? Das könnte ich mir dann in die Brüste oder in die Wangen jagen lassen. Gott, wie widerlich sich das anhört. Aber vielleicht ist es genau das, was mir zur Vollkommenheit fehlt.

VIER WOCHEN ZUVOR IN REYKJAVÍK **8**

IMOGEN

Imogen steht vor der weißen Tür und ringt mit sich. Klopf an, sagt sie sich. In der Hochglanzoberfläche sieht sie ihr eigenes Spiegelbild. Ihr Gesicht wirkt hager, der Umriss verschwommen, nebelhaft, als wäre sie kaum noch anwesend, fast schon aus der Welt verschwunden. Aus irgendwelchen Gründen dachte sie, das hier wäre eine gute Idee. Jetzt fällt ihr kein einziger davon mehr ein.

Hinter ihr hängt eine Uhr an der Wand. Betrachtet man sie in der schimmernden Beschichtung der Tür, sieht es aus, als liefe die Zeit rückwärts. Die Zeit, heißt es, heile alle Wunden. Glaubt man daran, muss sie für Imogen seit einem Jahr stillgestanden haben. Ihre Wunden sind noch so frisch wie eh und je. Es tut noch genauso weh, wenn nicht stärker. Mit der Zeit lerne man, nach vorne zu blicken, heißt es manchmal. In Imogen ist bloß die Wut gewachsen.

Sie hebt die Hand, will anklopfen. Doch dann steht sie nur da und ihr Arm hängt in der Luft.

Vor einer halben Stunde hat sie am Fachbereich Sozialwissenschaften auf dem Campus der Universität Island eine Gruppe von Studenten gesehen, die an ihren etwas ängstlichen, aber auch irrsinnig aufgeregten Blicken leicht als frischgebackene Erstsemester zu erkennen gewesen waren.

Imogen kann sich noch gut an diese Zeit erinnern. Vor nur zwei Jahren hatte sie an ihrer Stelle gestanden – am Beginn einer Reise, über deren Ziel sie nur spekulieren konnte.

Sie schafft das nicht. Die Angst lähmt sie von Kopf bis Fuß. Wie konnte sie sich nur einbilden, sie würde das schaffen?

Der Anblick der Erstsemester hatte Imogen neidisch gemacht. Wie gerne hätte sie sie angeschrien: *Ihr habt doch keine Ahnung!* Ihre Unbekümmertheit gab ihr das Gefühl, uralt zu sein, als wäre sie ihre eigene Mutter. Sie führte Imogen vor Augen, was sie alles verpasste. Was sie verloren hatte und nie zurückerobern könnte.

Imogens Zorn bringt Bewegung in ihren Arm. Zugleich treibt ihr die Furcht Tränen in die Augen. Sie wird ihn nicht damit durchkommen lassen. Irgendwer muss ihn aufhalten.

Ihr Klopfen gerät scharf und aggressiv. Sofort öffnet sich die Tür. Es ist wie so oft im Leben: Auf der anderen Seite verbirgt sich nicht das, was sie erwartet hat.

Als sie in das Gesicht ihres Gegenübers blickt, stolpert Imogen überrascht zurück.

Sie hat sich für die geifernde Fratze eines menschenfressenden Löwen gewappnet. Jetzt steht sie vor einem lächelnden Kätzchen in Menschengestalt.

Das in der Tür, das ist nicht das Monster.

Imogen zwingt ihren Geist, seine festgefügten Erwartungen hinter sich zu lassen und stattdessen die von ihren Augen gelieferten Informationen zu verarbeiten.

Männlich.
Ungefähr in ihrem Alter.
Haare: blond, an der Wurzel dunkler, nicht gerade frisch gewaschen, schulterlang.
Augen: ein wässriges Blau.
Trägt: ein kariertes Holzfällerhemd, nicht zugeknöpft, darunter ein weißes T-Shirt, Jeans.
Schuhe: Doc Martens mit offenen Schnürsenkeln.
Style: Grunge – aber wohl eher aus Zufall; das Hemd scheint tatsächlich ausgewaschen zu sein, statt nur auf einen Used-Look hin designt, und generell sieht der Typ aus, als würde er genau die gleichen Klamotten tragen, auch wenn der Grunge-Style gerade kein Comeback feiern würde und wenn Topman keine zerschlissenen Jeans und keine halb zerfetzten T-Shirts mit Kurt-Cobain-Foto drauf im Angebot hätte.

Der Typ lächelt sie an. Seine durchdringenden blauen Augen verleihen ihm eine gewisse Ähnlichkeit mit dem Kurt Cobain vom T-Shirt. Imogen ist sich bis heute unschlüssig, ob solche Augen auf eine tiefe künstlerische Sensibilität oder nur auf schlichte Frechheit hindeuten.

»Imogen«, sagt der Cobain-Lookalike. »Wie schön, dich kennenzulernen.«

Sie ist verwirrt. Sie muss sich erst noch in der neuen Situation zurechtfinden. »Woher weißt du, wie ich heiße?«

»Ich bin Orri. Wir hatten per E-Mail Kontakt. Ich habe dir mit deiner Unterkunft geholfen.«

Oh mein Gott, denkt Imogen. Jetzt steht sie als Vollidiotin da. Natürlich muss das Orri sein.

Wie sich herausgestellt hat, fallen im Sommer so viele Touristen in Reykjavík ein, dass Unterkünfte nicht leicht zu finden sind. Das erwähnte Imogen in einer der Mails, die sie zur Vorbereitung ihres Aufenthalts an das Labor schrieb, worauf Orri sie kontaktierte und ihr erklärte, seine Mum vermiete ab und zu ihr freies Zimmer an Austauschstudenten. Es sei günstig und nicht weit vom Campus. Imogen griff zu. Diesen Punkt konnte sie von ihrer To-do-Liste streichen.

»Das tut mir so leid«, sagt Imogen und lacht entschuldigend. »Eigentlich bin ich keine paranoide Psychopathin. Ehrenwort.«

»Komm herein, komm herein.« Orri winkt sie mit einer angedeuteten Verbeugung durch die Tür, als würde er ein Mitglied des Königshauses willkommen heißen.

Imogen betritt das Forschungslabor: ein kleiner Raum ohne Fenster, darin drei Schreibtische, jeder ein anderes Modell und jeweils mit einem kompakten Stahlsafe darunter, drei alte Desktop-Rechner, drei Stühle aus schönstem Plastik – sie fühlt sich wie im Zimmer von Tick, Trick und Track, nur als Büro eingerichtet. »Und, wie hast du dich so eingelebt?«, fragt Orri und schließt die Tür hinter ihr.

Imogen ist ihm zutiefst dankbar, dass er einfach in ein normales Gespräch einsteigt, ganz als hätte sie sich gerade nicht wie eine Wahnsinnige verhalten.

»Ja, vielen Dank, dass du mir das Zimmer organisiert hast«, antwortet sie.

»Ich hoffe, meine Mutter benimmt sich einigermaßen.«

»Sie ist wunderbar«, meint Imogen. *Wunderbar und leicht plemplem.* Gleich nach Imogens Ankunft hat die liebe Sigurlína das Mittagessen aufgetischt, eine bunte Mischung aus isländischen Delikatessen: geräuchertes Lamm mit Fladenbrot, Hering mit süßem Roggenbrot. Und danach, beim Kaffeetrinken im Garten hinter dem Haus, hat sie ihr die Elfen vorgestellt. Diese unsichtbaren Wesen leben in einem Felsklotz, der so groß wie ein Auto ist und den Sigurlína von einem Lavafeld gerettet hat, bevor dieses Straßen und Häusern weichen musste.

»Das hier ist dein Schreibtisch«, sagt Orri und zeigt auf ein kleines, klappriges Ding in der Ecke, »das ist meiner.« Er zeigt auf den etwas größeren Tisch daneben. Rund um den Computermonitor sind *Star-Wars*-Figuren aufgebaut.

»Süß«, kommentiert Imogen.

»Na ja, es gibt Tage, da kommt man nur mit der Hilfe eines Eingreiftrupps aus einer weit, weit entfernten Galaxis voran.«

»Und es wäre bestimmt auch nicht schlecht, wenn die Macht mit einem wäre.«

Als Orri sie mit seinen wässrig blauen Augen ansieht, fühlt Imogen sich wie in kaltes Wasser getaucht.

Upps. War das etwa unhöflich von ihr? Wenn ja, war es nicht so gemeint. Sie wollte einen Scherz machen.

Orri setzt die Schreibtisch-Tour fort, die aber plötzlich zur Tortur wird. Irgendwie muss Imogen immer noch an Tick, Trick und Track denken, daran, wie es wäre, als einzige Frau in einem Männerhaushalt wohnen zu müssen.

»Und der hier gehört –«

Vom anderen Ende des Raums dringt ein leises Klicken herüber. Imogen wirbelt herum, als wäre dort ein Schuss losgegangen.

An der hinteren Wand ist eine weitere Tür. Der Knauf dreht sich herum, die Tür öffnet sich einen Spaltbreit. Imogen hört geflüsterte Worte, gedämpft, aber wütend. Es sind zwei verschiedene Stimmen, zwei Männer, die Englisch sprechen. Ein paar Fetzen versteht sie – *das nicht geht, es fest zugesagt war; mir war nicht klar, in welchem Kontext; du kannst jetzt nicht machen Rückzieher* – allerdings bleibt der Zusammenhang unklar. Der eine Mann hat einen Akzent, Imogen würde auf Osteuropa tippen, der andere hört sich nach einem Isländer an. Seine Stimme würde Imogen überall wiedererkennen.

Sie gibt ihr das Gefühl, schmutzig zu sein. Wertlos. Auf einmal spürt sie wieder, wie die Zunge an ihrem Hals hinaufgleitet. Wie sich die fummelnden Stummelfinger an Stellen schieben, wo sie nichts zu suchen haben.

Langsam, ganz langsam öffnet sich die Tür. Imogen hätte nicht hierherkommen dürfen. Sie hat es sich anders überlegt. Sie will sich der Vergangenheit nicht stellen. Sie wird einfach versuchen müssen, sie noch tiefer zu vergraben. Sie wird sich jetzt umdrehen und das Labor verlassen, auf direktem Weg zum Flughafen fahren und nach London zurückkehren. Sie wird fliehen, immer weiter und weiter fliehen und nie stehen bleiben …

Es ist zu spät.

Da ist es. Dort in der Tür steht es. So auffällig unauffällig es im gelben Neonlicht des Labors auch wirkt – das ist der Inbegriff des Bösen. Das ist das Monster.

Der Tag, an dem Imogens Leben in die Brüche gehen sollte, begann wie jeder andere auch. Da sie ihre erste Vorlesung erst um zehn hatte, schlief sie bis zehn nach neun. Ihre Mum und ihr Dad waren schon zur Arbeit gegangen und ihre Schwester zur Schule, in der Küche duftete es aber noch nach Toast und Kaffee. Für Imogen war es herrlich, den Morgen ohne Gesellschaft, aber in dem Gefühl verbringen zu können, die anderen nur knapp verpasst zu haben. So war sie allein und wusste zugleich, dass sie es nicht wirklich war, ein Alleinsein ohne Gefahr der Vereinsamung.

Imogen schaute eine Folge *Friends* auf ihrem Handy und löffelte dabei eine Schüssel Schoko-Weetabix. Dann ging sie hoch, um sich anzuziehen.

Begeistert wie ein Kind, das ein neues Spielzeug geschenkt bekommen hatte, entfernte sie das Etikett von einem gerippten weißen Top mit Blumenstickerei. Das war Anfang der Woche in der Post gewesen. Seit Kurzem bekam sie lauter kostenloses Zeug zugeschickt, das sie auf Instagram promoten sollte – inzwischen hatte sie drei Oberteile, einen Mantel, einen Schal und ein fancy Badehandtuch, das sogar mit ihren Initialen bestickt war. Das

Ganze war noch sehr neu für sie, neu und aufregend. Das morgendliche Anziehen war plötzlich zu einem kreativen Akt mit konkreter Zielsetzung geworden.

Imogen kombinierte das Top mit einer weiten blauen Dreiviertelhose und mit den brandneuen Adidas-Turnschuhen, die sie von ihrer Mum als Glücksbringer für die Prüfungen geschenkt bekommen hatte. Nachdem sie noch ihr übliches Coco Mademoiselle aufgelegt hatte, betrachtete sie sich im Spiegel. Da fehlte noch etwas. Sie schnappte sich den feuerroten Lippenstift vom Nachttisch und schminkte sich die Lippen. Fertig.

Sie griff nach ihrem Handy. Die Vorhänge aufziehen, die Schultern vor dem Spiegel leicht nach links drehen, den Kopf nach rechts neigen und Knips. Schnell öffnete sie Instagram, wählte den Clarendon-Filter aus, schrieb als Bildunterschrift »Das blühende Leben« und tippte auf *Teilen.* So lange dachte Imogen am Anfang über ihre Beiträge nach. Als sie nur zum Spaß postete, machte es ihr auch Spaß.

Danach angelte sie ihren Uni-Rucksack vom Boden und rannte die Treppe hinunter, zog den dicken roten Wollmantel über, dem sie ihren Spitznamen zu verdanken hatte, und machte sich auf den Weg, ohne zu ahnen, dass dem Rotkäppchen tief im Wald schon der große böse Wolf auflauerte.

Zur Uni waren es nur zehn Minuten zu laufen. Ihre Eltern hatten sie davon überzeugt, weiter zu Hause statt im Wohnheim zu wohnen, denn dadurch könne sie etliche Kosten sparen, nicht zuletzt die Miete. Das leuchtete ihr ein, doch manchmal hatte Imogen trotzdem das Gefühl, einen Teil des Studentenlebens zu verpassen, weil sie immer noch so an ihren Eltern klebte. Hatte sie eine Ahnung.

An diesem Tag hatte sie als Erstes Psychologische Fragestellungen und Methoden und zwei Fünfzig-Minuten-Vorlesungen später war es Zeit fürs Mittagessen. Ein paar von den anderen zogen in Richtung Hauptmensa los, doch Imogen hatte sich vorgenommen, im Labor zu helfen.

Mörður war allein. »Imogen!«, begrüßte er sie erfreut, als sie zur Tür hereinkam. Dabei wandte er den Blick nicht vom Computermonitor ab. »Das musst du dir ansehen!«

Sie fand es großartig, in der Forschungsgruppe mitzumachen. Nur fünf Leute unterstützten Mörður bei seinem Projekt: sein wissenschaftlicher Mitarbeiter Dr. Richard Simmons, außerdem Samuel Pearce und Aalia Khan, die beide ihren Doktor machten, und zwei Studienanfängerinnen, Candy und sie. Imogen hatte das Gefühl, an etwas Großem teilzuhaben und durch ihren eigenen Beitrag auch wirklich dazuzugehören. Und die Erfahrung, dass das ganze Zeug aus ihren Vorlesungen und aus den Fachbüchern, die sie andauernd durchackern musste, auch tatsächlich einen praktischen Nutzen hatte, gab ihr einen gewaltigen Kick.

»Hier.« Mörður zeigte auf den Bildschirm.

Imogen stellte sich hinter ihn und blickte ihm über die Schulter.

»Ich probiere gerade eine neue Software aus. Datajuice. Da kann man Rohdaten hochladen, interaktive Analysen erzeugen lassen und sofort online stellen.«

Das war beeindruckend. Im Normalfall dauerte es schon zwei

Tage, die Daten aus dem einen Programm ins andere zu übertragen, und dann ging das Durchführen und Zusammenstellen der Analyse erst los.

»Schau dir das an!«, rief Mörður.

Auf dem Monitor war ein mehrfarbiges Balkendiagramm erschienen. Per Mausklick öffnete Mörður ein Drop-down-Menü und wählte einen anderen Blickwinkel aus und prompt veränderte sich die Grafik.

»Der Benutzer kann ganz ohne besondere Vorkenntnisse mit den Daten herumspielen.«

Das war sogar noch beeindruckender. Imogen hatte Monate gebraucht, um sich in SPSS einzuarbeiten, die Statistiksoftware, die an der ganzen Psychologie-Fakultät für Datenanalysen verwendet wurde, und eigentlich hatte sie es immer noch nicht richtig drauf. Vor SPSS hatten alle Studenten den totalen Horror.

»Stell dir vor, was man damit alles machen kann«, sagte Mörður. »Unsere Kunden werden ausflippen vor Freude. Dadurch können sie ganz neue Einblicke gewinnen. Das wäre perfekt für London Analytica.«

»London Analytica? Was ist das?«

Mörður stand auf und kollidierte dabei aus Versehen mit Imogen. Seine Schulter bohrte sich in ihre Brust.

War das wirklich ein Versehen?

Er ging zu dem Tisch mit dem Wasserkocher und den Teebeuteln, zur sogenannten »Tankstelle«. Mörður trank nie Tee. Meistens kippte er nur Cola light in sich hinein, aber er nahm sich auch Instantkaffee zur Arbeit mit. Der Wasserkocher zischte.

»Das mit London Analytica erkläre ich dir gleich. Willst du auch einen Kaffee?«, fragte er und warf Imogen sein typisches Mörður-Lächeln zu.

»Klar, danke«, sagte sie.

Mörður war kaum jünger als Imogens Dad, sah aber irgendwie deutlich jugendlicher aus. Ob es an seiner Fitness lag, an seiner Schlankheit und seinen Muskeln? An seinem Kleidungsstil, immer Skinny-Jeans oder Chinos und dazu ein enges Shirt, häufig mit einem Superhelden auf der Brust? Oder an seinen auffällig lebhaften Augen, in denen sich stets ein Kichern zu verstecken schien? Seine kurzen blonden Haare waren grundsätzlich mit irgendeinem Mittelchen in Form gebracht und er trug ein süßlich-würziges, nach Zimt und Herbstlaub duftendes Aftershave. Mit den alten, ungelenken Professoren, die überall im schlecht sitzenden Hemd und mit einer Aura angestaubter Arroganz durch die Gänge tapsten, war Mörður nicht zu vergleichen.

»Hast wohl schon genug vom Bücherpauken?«, fragte er, während er zwei Becher mit einer scheinbar zufällig bemessenen Menge an Kaffeegranulat füllte.

»Das würde voraussetzen, dass ich damit schon angefangen hätte«, erwiderte Imogen.

»Autsch.« Als Mörður lachte, breitete sich auf seinem Gesicht ein schelmisches Lächeln aus, von den Augen über die Krähenfüße bis auf die Wangen. »Du machst das schon.«

Imogens Herz schlug schneller. Sie fühlte sich um mehrere Zentimeter größer als noch vor einer Sekunde. Die Selbstzweifel, die pausenlos in ihr rumorten, beruhigten sich. Ein Psychologe von Weltruf traute ihr etwas zu. Ein Wissenschaftler von Weltruf, der über dreißig Paper veröffentlicht und ein ganzes Buch geschrieben hatte, glaubte an sie. An sie. Er würde ihr helfen, ihr Potenzial auszuschöpfen, und mit ihr einen Plan für ihre lange und steile Karriere schmieden. Sie wurde rot vor Stolz.

Ihr letzter Gedanke, bevor sich ihr Leben für immer veränderte, sollte lauten: *Wie kann man nur so viel Glück haben?*

Wie kann man nur so dumm sein.

Es kam aus dem Nichts. So empfand Imogen es zumindest damals. Eben hatte sie noch gedankenverloren an der Tankstelle gestanden, dem Pfeifen des Wasserkochers gelauscht und durch das winzige Fenster auf die sonnenbeschienene Wiese hinter dem Labor gestarrt. Im nächsten Augenblick wurde sie gegen die kalte Wand geschoben, ihr Gesicht gegen den rauen, sauber weiß gestrichenen Beton gepresst.

In den ersten Sekunden begriff sie kaum, was mit ihr geschah. Zuerst glaubte sie, sie wäre gestolpert. Aber wieso hätte sie das tun sollen? Und wieso konnte sie sich nicht mehr rühren? Hatte es ein Erdbeben gegeben? War das Dach eingestürzt, war sie unter Trümmern eingeklemmt? Aber warum wurde sie dann flach gegen die Wand gedrückt?

Auf einmal, ohne dass sie eine bewusste Bewegung gemacht hätte, drehte es sie herum. Als hätte sich die Schwerkraft verschoben, um sie, weil ihr nun einmal danach war, um die eigene Achse zu wirbeln. Mit einem Knall donnerte ihr Rücken gegen die Wand.

Ein Arm legte sich schwer auf ihre Brust, fixierte sie. Es war

Mörður's Arm. Was sollte das? Da spürte Imogen, wie sich etwas Kaltes, Spitzes in ihre Hüfte bohrte. Mörðurs Finger. Die immer so gepflegt aussahen, fast kindlich. Jetzt wurden sie zu Krallen.

Alles, was danach kam, nahm sie nur schemenhaft wahr. Es ging rasend schnell und zog sich unerträglich lange hin.

Seine Hand wanderte an ihrem Körper hinauf und über ihre Brüste, wo seine Finger so fest zupackten, zwickten, dass sie brüllte.

»Halt den Mund! Sonst hört dich noch jemand.«

Die Hand glitt weiter, über die Brust hinweg zu ihrem Gesicht. Ein Geruch nach Salz und Clementinen. Es fehlte nicht viel und Imogen hätte sich übergeben. Mörður stopfte die ganze Zeit Clementinen in sich hinein und ließ die Schalen überall im Labor herumliegen. Früher hatte sie das liebenswert gefunden, jetzt konnte sie sich kaum etwas Ekelhafteres vorstellen.

Seinen Körper der Länge nach an sie gepresst, knöpfte er ihr die Hose auf und machte dann mit seiner eigenen weiter.

Imogen konnte sich nicht wehren. Sie war versteinert, zur Statue geworden. *Wach auf*, sagte sie sich, *wach auf*, doch es war, als wäre ihr alle Kraft entzogen worden. Sie kauerte sich in ihrem Inneren zusammen.

Da öffnete sich die Labortür.

In der Tür stand Samuel Pearce. »Mörður?«

Schnell ließ Mörður sie los.

Und mit einem Schlag kehrte Imogen in ihren Körper zurück. Sie konnte sich wieder bewegen. Als sie sich bückte, um ihre Hose hochzuziehen, wich ihre Scham einer erstickenden Angst, fast als würde Mörður Arm ihr noch immer den Brustkorb quetschen.

Sie richtete sich auf. Samuel stand weiter in der Tür. Die ersten Tränen rannen über ihr Gesicht. Jeder Fleck Haut, den Mörður berührt hatte, brannte wie frisch versengt.

Samuel blickte in ihre Richtung, Imogen in seine. Einen Moment lang sahen sie einander in die Augen. *Hilf mir*, bettelte Imogen stumm. Bisher hatte Samuel die Hand nicht vom Türknauf genommen. Jetzt ließ er ihn los. Imogen glaubte, er würde hereinkommen. Er würde den Leiter des Fachbereichs verständigen. Und dann die Polizei.

Er machte einen einzigen Schritt nach hinten, aus dem Labor hinaus, und war verschwunden. Es war wie ein Zaubertrick. *Wusch* und weg.

Dieser Verrat gab ihr den Rest. Ihre Beine drohten nachzugeben. Sie streckte die Hand nach der Tankstelle aus, wollte sich abstützen, und stieß dabei einen der Kaffeebecher um. Granulat verteilte sich am Boden.

Mörður wich hektisch von ihr zurück und schloss den Reißverschluss seiner Jeans. »Es ist nichts passiert«, fuhr er sie an. Es klang wie ein Vorwurf.

Die Augen niedergeschlagen, stopfte Imogen ihr Top in die Hose. Ein einziger Blick auf Mörðurs rotes, aufgedunsenes, fettiges Gesicht und sie müsste kotzen.

»Wenn du es irgendwem erzählst, sorge ich dafür, dass aus dir garantiert keine Psychologin mehr wird«, zischte er durch die zusammengebissenen Zähne. »Du wirst nie deinen Abschluss machen und nie einen Job bekommen. Du wirst nur gegen verschlossene Türen rennen.«

Ohne vom Boden aufzublicken, schob Imogen sich an ihm vorbei. Sie achtete genau darauf, ihn nicht zu berühren, den Körper abgewandt zu halten.

Mörður packte sie am Arm.

Gegen ihren Willen drang ein leises Jaulen aus ihrer Kehle wie der Schrei eines verwundeten, hilflos in der Falle sitzenden Tiers.

»Davon abgesehen …« Mörður drückte Imogens Arm mit aller Kraft. Sie spürte schon, wie sich blaue Flecken bildeten. »Wenn du es doch irgendwem erzählst, werde ich alles abstreiten. Und dir wird sowieso niemand glauben.«

Zunächst nimmt Mörður keine Notiz von ihr. Er ist in ein Gespräch mit einem stämmigen Mann vertieft, einem Typ mit Trollgesicht und ausgebeulter Lederjacke.

Imogen will den Blick abwenden, gestattet es sich aber nicht. Sie hat zu lange den Kopf in den Sand gesteckt.

Mit einem Mal scheint Mörður ihre Anwesenheit zu spüren wie ein Tier, das Beute wittert. Oder wie eines, das eine drohende Gefahr registriert? Mitten im Satz verstummt er und reckt die Nase in die Luft. Sein Blick zuckt zur Seite, zu ihr. Dann dreht er den ganzen Kopf.

Sie stehen da und starren einander an. Zwischen ihnen hängt eine Stille, die immer weiter anschwillt, von unausgesprochenen Worten pulsiert.

Mörður ist seinem Look treu geblieben: ein eng anliegendes

Superhelden-Shirt, Chinos, schneeweiße Adidas-Turnschuhe mit drei schwarzen Streifen an der Seite. Seit ihrer letzten Begegnung hat er sich aber einen Bart wachsen lassen, keinen Alte-Männer-Bart natürlich, sondern einen, wie ihn Mitarbeiter von Designagenturen in Shoreditch tragen. Und trotz Bart würde man ihn einige Jahre jünger als 41 schätzen. Nein, als 42. Er muss jetzt 42 sein.

»Imogen. Wie schön, dich zu sehen. Gut siehst du aus.«

Jeder andere hätte das als nette Begrüßung aufgefasst. In Imogens Ohren klingt es gequält und angestrengt, die Worte ächzen unter der Last der Vergangenheit.

Mörður wendet sich dem kleinen, offenbar ziemlich aufgebrachten Mann zu, der neben ihm von einem Fuß auf den anderen tritt.

»Stan, das ist Imogen. Sie hilft uns die nächsten paar Monate mit der Datenauswertung. Imogen kommt aus England.«

Ein kurzes Nicken in ihre Richtung, dann dreht Stan sich wieder zu Mörður. »Wir sprechen bald.« Sein Akzent ist nicht zu überhören. Vielleicht ist er Russe?

Mit quietschender Lederjacke eilt Stan an Imogen und Orri vorbei und aus der Tür hinaus.

Zurück bleibt ein kaltes, unangenehmes, bedrohliches Schweigen.

Mörður bricht es mit einem abrupten Räuspern. »Orri, könntest du uns vielleicht ein paar von diesen leckeren Salzkaramell-Muffins aus der Cafeteria holen?«

»Na klar«, antwortet Orri.

»Ich komme mit«, sagt Imogen – einen Tick zu spät. Orri ist schon durch die Tür und plötzlich ist sie allein mit Mörður.

»Gehen wir doch in mein Büro, Imogen.«

Damit verschwindet er im hinteren Zimmer.

Imogen will da nicht rein. Sie kann da nicht rein. Sie muss aber. Sie muss so tun, als wäre alles in Ordnung. Sie darf Mörður keinen Grund geben, Verdacht zu schöpfen.

Mörður hat sich hinter seinem Schreibtisch niedergelassen. Vor ihm stehen zwei Dosen Cola light. Unvermittelt erinnert Imogen sich, wie ihr sein fauliger Atem entgegenschlug, als er …

»Nimm doch Platz.«

Mörður deutet auf einen schmalen, wackeligen Stuhl auf der anderen Seite des Tisches.

»Ms Kendrick hat gesagt, sie hat schon lange keine Berufsanfängerin mit einem so guten Gespür mehr erlebt.« Neben seinem Computer hat Mörður wieder stolz seine Trophäe aufgestellt, den goldenen Löwen – genau wie in Cambridge. »Deshalb hat es mich sehr gefreut, dass sie dich unbedingt zur Unterstützung bei unserem Slimline-Projekt zu uns schicken wollte. Wir können jede Hilfe gebrauchen.«

In Imogens Kopf brüllt es: *Ist dir klar, was du mir angetan hast?* Doch sie presst die Lippen fest aufeinander.

Sie schluckt einen Schwall Galle hinunter und sagt: »Die Freude ist ganz meinerseits.«

Mörður schenkt ihr sein lockeres, jungenhaftes Lächeln. So hatte sie geglaubt, ihn zu kennen: cool, entspannt, freundlich. Ein Hipster-Typ mit Nerdbrille, einem Schrank voller Superhelden-Shirts und einem Herschel-Rucksack. Der einfach nett ist. Harmlos. Witzig. Ein Kerl, der jeder Party guttut. Inzwischen weiß Imogen es besser. Das ist alles nur Show. Es ist eine Tarnung. Mörðurs lässiges Auftreten ist ein Köder, darauf ausgelegt, Vertrauen zu erschleichen.

Diesmal wird Imogen nicht darauf hereinfallen. Diesmal dreht sie den Spieß um.

Imogen erwidert sein Lächeln. Noch weiß sie nicht, wohin ihr Plan führen wird. Ob sich am Ende ein paar der Türen öffnen werden, die sich in ihrem Kopf geschlossen haben. Ob er gegen das Gefühl, etwas Kostbares verloren zu haben, helfen wird. Aber von einem ist sie überzeugt: Sollte ihr Plan aufgehen, ist ihr ihre Rache sicher.

Foto: Zwischen auf dem Boden verstreuten roten und violetten Haaren stehen zwei Füße in schwarzen Dr. Martens.

Filter: Gingham

Mögliche Bildunterschriften …

Option 1: #neuerlook #neuesich #makeover #neuanfang #scheißewerbinicheigentlich

Option 2: Einschleimen bei Dad.

Option 3: Immer noch auf der Suche nach meinem wahren Ich.

Tatsächliche Bildunterschrift …

Beim Friseur.

♥ **22**

9

HANNAH

Einen Tag nach dem Interview mit Imogen Collins stehe ich in einem vornehmen Konferenzsaal der britischen Botschaft in Island. Neben mir hängt ein altmodisches Ölgemälde im prunkvollen Goldrahmen und in der Hand halte ich ein Glas Sekt. Die Dr. Martens habe ich zu Hause gelassen, dafür habe ich mir High Heels und ein Cocktailkleid von Rósa geborgt.

Um dem blöden Gefühl des Allein-auf-einer-Party-Herumstehens zu entkommen, ziehe ich mein Handy hervor. Zwei Benachrichtigungen: Auf Instagram haben drei Leute das Foto geliked, das ich gestern vom Haareschneiden gepostet habe, und ich habe eine E-Mail von Granny Jo mit dem Betreff: »Habe dein Interview gelesen. Klasse gemacht. Dafür solltest du den Pulitzer bekommen.«

Ich öffne die E-Mail. Kein weiterer Text.

Da sehe ich, wie Kjarri sich drüben durch die Partygäste quetscht, und winke ihm. Er stapft herüber und bleibt vor dem Ölgemälde stehen. Darauf ist ein düsterer Berg zu sehen, der noch dazu in Flammen steht, eine richtige Weltuntergangslandschaft. Kjarri bedenkt sie mit einem missbilligenden Blick und lehnt sich dann daneben an die Wand. Sein Gesicht strahlt die gleiche Trostlosigkeit aus wie der aschgraue Ölfarbenhimmel. Er sagt kein Wort. Scheint so, als wäre er immer noch wütend auf mich.

Ich nippe vorsichtig an meinem Sekt. Eigentlich ist das Glas nur Tarnung, um so gut es geht mit der Umgebung zu verschmelzen. Schmeckt nach Hefe. Normalerweise trinke ich keinen Alkohol, ich werde nie Drogen nehmen und ich meide sogar Koffein. Ich will nicht riskieren, dass irgendeine Substanz mein zentrales Nervensystem durcheinanderbringt. Oder mein Gehirn. Ich lasse die Finger von allem, was den Startschuss für meine Verwandlung in eine Kopie von Mum geben könnte.

Am anderen Ende des Saals steht Imogen Collins. Rotwein trinkend unterhält sie sich mit einem ziemlich abgerissenen Typen. In ihrem halblangen roten Scuba-Rock und ihrer weißen Hemdbluse mit Bubikragen macht sie eine großartige Figur. Ihre seriöse Eleganz eignet sich perfekt für den Vortrag, den sie später im Harpa-Konferenzzentrum halten wird.

Ihr Gesprächspartner ist dagegen alles andere als elegant gekleidet. Er ist ungefähr in Imogens Alter und trägt eine schwarze Skinny-Jeans, die unten in offenen Dr. Martens steckt, sowie ein Jeanshemd. Das Auffälligste an ihm sind allerdings seine schulterlangen Haare, gerade in diesem Rahmen. Kein anderer männlicher Teilnehmer dieser Veranstaltung, die man am treffendsten als Snobfestival erster Güte bezeichnen könnte, hat lange Haare. Imogen und der Typ unterhalten sich angeregt über ein allem Anschein nach ernstes Thema, vielleicht über den Internationalen Strafgerichtshof in Den Haag oder über den Klimawandel. Oder sie debattieren darüber, ob man den Erfinder der hautengen Jeans nicht vor ein Tribunal zitieren müsste. Etwas so Unbequemes dürfte gar nicht erlaubt sein.

Kjarri stößt ein übertriebenes Seufzen aus. Er lehnt immer noch neben dem Ölgemälde. Wenn man die beiden so nebeneinander sieht, wirken sie wie ein doppeltes schlechtes Omen. Ich sollte etwas sagen, mich eventuell sogar noch mal bei ihm entschuldigen, bin aber zu gefesselt von dem Gespräch zwischen Imogen und dem Typ. Es wird nämlich hitziger. Sie ballt die Fäuste und faucht ihn an. Er erwidert nichts. Er steht nur da, glotzt auf seine Schuhe und schüttelt fast unmerklich den Kopf.

Imogen ist so vorhersehbar. Sie denkt, nur wegen ihres Erfolgs und ihrer Schönheit kann sie auf allen anderen herumtrampeln. Sie hält sich für so viel besser als den ganzen Rest. Das war schon bei unserem Interview zu spüren.

Das Interview war heute Morgen in der Zeitung. Dad ist sogar bei der Redaktionssitzung um 9 Uhr darauf zu sprechen gekommen, so zufrieden war er damit: »Toll, wie bei der Lektüre das Bild einer innerlich zerrissenen Diva entsteht«, hat er gesagt. »Gut gemacht, Kjarri.«

»Ich kann nichts dafür«, hat Kjarri in beleidigtem Ton geantwortet. »Du musst dich bei Hannah bedanken. Es war ihre Idee, in diese Richtung zu fragen.«

Ich habe mich ja schon bei ihm entschuldigt, aber seinem unentwegten Schmollgesicht nach zu urteilen, hat es nichts gebracht.

Das schrille Piepen einer Rückkopplung lässt die Partygäste zusammenfahren. Da hat jemand ein Mikro eingeschaltet. Hinter dem Buffet-Tisch, auf dem diverse Spezialitäten aus dem Vereinigten Königreich angerichtet sind, also Cocktailwürstchen, labbrige Sandwiches und Chips, steht Gerald Boothby, der britische Botschafter in Island, auf einem kleinen Podest und lächelt schuldbewusst.

»Bitte um Entschuldigung! Entschuldigung!«, ruft er, sein Auftreten hat aber nichts Zerknirschtes an sich. Er redet wie ein Mann, der in einer herrschaftlichen Villa zur Welt gekommen und außerdem entfernt mit der Queen verwandt ist. Beim Großteil der anderen Anzugträger würde man eher darauf tippen, dass sie auf dem Weg zur Arbeit vorbeigekommen sind, zu ihrem eigenen Gebrauchtwagenhandel oder so, doch er besitzt die Ausstrahlung eines Hollywoodstars am Abend der Oscar-Verleihung. Er hat dunkles Haar mit ein paar grauen Strähnen, ein kantiges Kinn und hellblaue Augen, ein schöner Kontrast zu seinen dunklen, buschigen Brauen.

»Die moderne Technik ist mir immer noch ein Rätsel«, gesteht er. »Die Alexa, die ich zu Weihnachten bekommen habe, habe ich wochenlang für einen Briefbeschwerer gehalten.«

Leises Gelächter rieselt durch den Saal.

»Ich will Sie nicht lange aufhalten – wir müssen schließlich bald zur Harpa aufbrechen. Aber ich wollte Ihnen unbedingt noch dafür danken, dass Sie heute zur Auftaktveranstaltung von *Cool Britannia 2.0* gekommen sind. Eine Woche lang wollen wir gemeinsam mit Konferenzen und festlichen Anlässen die britische Kultur- und Kreativwirtschaft, unsere Mode, Musik und Kunst feiern und fördern.

Wie es der Zufall will, war ich 1997 – während der Ära des ursprünglichen Cool Britannia – zum ersten Mal in Island. Ein paar Freunde und ich hatten uns auf den Weg gemacht, um ein Konzert der Band Blur zu besuchen. Dieser Trip wurde zu einer unvergesslichen Erfahrung, zu einem der besten Wochenenden meines Lebens. Ich verliebte mich in diese Insel und schwor mir, eines Tages zurückzukehren ... auch wenn ich mich deshalb von einigen Kollegen aus dem Foreign Office fragen lassen musste, was ich denn verbrochen hatte, dass man mich hierher verschiffte.«

Erneutes Gelächter.

Der Botschafter lächelt. Doch dann verdüstert sich seine Miene.

»Eigentlich sollte nicht ich hier stehen und Ihnen von all den wundervollen Programmpunkten erzählen, die wir für Sie geplant haben, von den vielen Konzerten und Vorträgen, der Modenschau am Freitag, der Lichtinstallation von Damien Rust in der Isländischen Nationalgalerie ... denn hinter all dem steht Sara. Sara Gunnarsdóttir, die diese Veranstaltungsreihe organisiert hat, ist eine wahre Naturgewalt. Es ist ein Jammer, dass sie heute nicht bei uns sein kann. Wie ich vermute, haben viele von Ihnen schon von dem tragischen Vorfall gehört ...«

Dem Botschafter gehen die Worte aus. Als ich mich umschaue, sehe ich die anderen Gäste betreten nicken. Einige senken den Kopf. Ich habe keine Ahnung, wovon die Rede ist, aber in meinem Inneren tut sich wieder diese Leere auf. Eine Lücke, die mit Wissen gefüllt werden will.

»Unsere Gedanken sind bei Sara und ihrer Familie«, sagt der Botschafter.

»Wovon redet der?«, flüstere ich Kjarri zu.

Er zuckt mit den Schultern. So wie er dreinblickt, interessiert er sich nicht sonderlich für die Ansprache des Botschafters.

Da höre ich dicht an meinem Ohr eine Stimme. »Es geht um ihren Ehemann.«

Ich drehe mich zur Seite. Neben mir steht eine alte Dame im pinkfarbenen Satin-Blazer und mit farblich passendem Hütchen auf dem Kopf, in der Hand ein beinahe leeres Glas Erwachsenenbrause.

»Ihr Ehemann?«, frage ich.

Als sie einen spitzen Mund macht, drückt es ihren Lippenstift in die Runzeln rundherum – wie Blut, das in ein trockenes Flussbett einströmt. »Sara ist Mörðurs Frau … war Mörðurs Frau, muss man jetzt wohl sagen. Die Ehefrau des toten Professors aus den Nachrichten.«

Was? Verfolgt der Typ mich etwa? Kurz nachdem seine Leiche aufgefunden wurde, fahre ich am Tatort vorbei. Bei meinem ersten Einsatz als Journalistin interviewe ich eine Mitarbeiterin von ihm. Und jetzt das.

Von der Tür des Konferenzsaals schallen aufgebrachte Stimmen herüber. Die Leute schauen schon. Ich stelle mich auf die Zehenspitzen und sehe wieder Imogen. Sie keift einen kurzgewachsenen, dicklichen Mann an. Er ist um die fünfzig, hat ein rundes Gesicht und trägt eine schlecht sitzende Lederjacke über einem Hemd mit Krawatte. Imogens gammeliger (oder vielmehr sehr trendiger? Ich kann mich nicht entscheiden) Freund steht neben ihr.

Jetzt bemerkt Imogen die Blicke der anderen Gäste. Auf ihr entschuldigendes Lächeln hin drehen sich diese wieder zu dem Podest, wo der Botschafter gerade verkündet, dass die Exportware Kultur bares Geld wert sei.

Ich behalte Imogen und die anderen beiden im Auge. Imogen zieht ihren Mantel über. Der Mann in der Lederjacke sagt ein paar Worte zu ihr, sie starrt ihn dabei nur stumm an. Dann fummelt er einen dicken braunen Umschlag aus seiner Innentasche und streckt ihn ihr entgegen.

Das Gesicht zu einer entsetzten Grimasse verzogen, zuckt Imogen zurück, als hätte er ihr ein Bündel schmutzige Unterwäsche überreichen wollen. Sie nimmt den Umschlag nicht an. Der Mann will ihn ihr trotzdem in die Hand drücken. Daraufhin dreht Imogen sich auf dem Absatz um und verlässt mit langen Schritten den Saal. Ihr abgerissener Freund zischt dem Typen noch irgendetwas zu und läuft ihr hinterher.

Was für eine merkwürdige Szene. Aber irgendwie passt sie zu Imogens Art, zu ihrem kühlen, seltsam distanzierten Auftreten. Sie scheint immer unter Spannung zu stehen. Oder sie hat einen Stock im Arsch, daran könnte es auch liegen. Oder ist sie vielleicht auf Drogen wie angeblich so viele Social-Media-Stars? Wenn man gerade aus einem Kokainrausch erwacht, habe ich mal gehört, soll man äußerst reizbar sein.

Der Botschafter hat seine Rede beendet, die ersten Gäste brechen vom Empfang zum weiteren Abendprogramm auf. Nach dem Interview haben Kjarri und ich von der PR-Agentur, die die Veranstaltung betreut, noch zwei Eintrittskarten für Imogens ausverkauften Vortrag bekommen. Ich hatte keine große Lust darauf, aber Daisy hat mir ausdrücklich verboten, nicht hinzugehen.

Ich wende mich an Kjarri, der an seinem Wein nippt. »Sollen wir dann auch langsam?«, will ich eigentlich fragen, doch beim Anblick seiner beleidigten Miene kommt mir etwas anderes über die Lippen.

»Wieso bist du eigentlich immer noch so angepisst von mir? Ich habe dir doch gesagt, dass es mir leidtut. Ich wollte dir das Interview nicht kaputt machen.«

Er verzieht das Gesicht. »Ich bin nicht angepisst von dir. Ich bin angepisst von mir selbst.«

»Oh.«

»Ich habe hier nichts zu suchen.«

»Also auf so einem schicken Botschaftsempfang fühlt sich bestimmt jeder fehl am Platz. Alle, die nicht gerade auf Downton Abbey oder in irgendeinem anderen Loch in der Art zur Welt gekommen sind, haben hier eigentlich nichts zu suchen.«

»Ich meine nicht genau hier. Ich meine, dass ich immer nur so tue. Ich bin kein Journalist. Ich habe null Ahnung von nichts.«

Offenbar hat Kjarri sich etwas zu viel Gratisalkohol genehmigt. Er lallt ein bisschen.

»Du dagegen …« Er gestikuliert mit seinem Rotweinglas, das

beinahe überschwappt und Rósas schönes schwarzes Trapezkleid ruiniert. »Du legst an deinem ersten Arbeitstag einfach so ein Eins-a-Interview hin.«

Ich habe die Situation wohl falsch eingeschätzt. Ich dachte, aus Kjarris Sicht hätte ich das Interview verkackt.

Er nimmt einen großen Schluck Wein. »Scheiße, was habe ich eigentlich aus meinem Leben gemacht? Mum meint, ich hätte nie die Schule schmeißen dürfen. Aber ich konnte nicht anders. Mir war alles zu viel.«

Irgendwie fühle ich mich für Kjarris Sinnkrise verantwortlich. Also will ich es wiedergutmachen, ihn aufheitern.

»Niemand wird von heute auf morgen zum Journalisten.«

»Du schon.«

»Das war Anfängerglück.«

»Das glaubst du doch selbst nicht.«

»Ich habe ja schon Erfahrung. Von der Schülerzeitung. Das mit dem Journalismus kann man lernen.«

»Ich wollte einfach nur von ihr gemocht werden.«

»Von wem?«

»Von Imogen. Du hast lauter gute Fragen gestellt, richtig scharfsinnige Fragen, und was habe ich getan? Ich habe mir Sorgen gemacht, dass sie mich vielleicht nicht leiden kann. Ich will immer gemocht werden, das ist wie eine Sucht. Ich kann nicht einfach nachbohren und dadurch riskieren, dass irgendjemand von mir genervt ist. Ich bin nicht so skrupellos wie du.«

Skrupellos? Was sollte das sein, ein Kompliment oder eine Kritik?

Kjarri leert sein Glas. »Wenn wir nicht zu spät kommen wollen, müssen wir jetzt los.«

Vor meinen Augen wankt er zur Tür und ich staune plötzlich über diese öffentliche Zurschaustellung seiner Unsicherheit. Bei unserem Wiedersehen gestern hat Kjarri noch so entspannt gewirkt, so zufrieden und selbstbewusst, so glücklich. Aber man soll die Menschen ja nicht nach ihrem Äußeren beurteilen und anscheinend erst recht nicht auf jedes noch so strahlende Lächeln hereinfallen.

Kaum haben Kjarri und ich die Harpa betreten, packt mich jemand am Arm.

»Hey! Gut, dass ihr da seid. Ich habe schon auf euch beide gewartet.«

Ich blicke auf. Ist das eine Halluzination? Vor mir steht Imogen Collins und redet mit mir, als wären wir mindestens gute Bekannte.

»Ich wollte mich entschuldigen«, sagt sie.

Ich starre sie an und bringe keinen Ton heraus.

»Bei unserem Interview war ich ein bisschen …« Imogen sucht nach Worten. »… ein bisschen durch den Wind. Das tut mir so leid. Ich weiß, das war dein erster Auftrag, und ich hoffe, ich habe dir nicht den Start in den Job vermiest. Du machst das nämlich gut. Du solltest unbedingt dranbleiben. Bei mir ist nur gerade ziemlich viel los … Oh Gott, wie blöd sich das jetzt wieder anhört. Noch mal: Es tut mir leid. Es gibt einfach Sachen, über die konnte ich gestern nicht reden. Aber bald wisst ihr Bescheid. Ich sag's dir, nach meinem Vortrag wird euch alles klar sein.«

Sie holt begeistert Luft.

»Ich weiß was. Als Wiedergutmachung dafür, dass ich gestern so eine Bitch war, bekommst du eine Exklusivstory von mir. Wir treffen uns noch heute Abend, okay? Glaub mir, das wird sich lohnen. Das ist ein echter Scoop. Danach hat dich jeder auf dem Schirm. Dein Dad hat mir deine Nummer gegeben. Ich schreibe dir gleich nachher.«

Und genauso plötzlich, wie sie aufgetaucht ist, verschwindet Imogen wieder.

Kjarri holt das Snickers aus der Tasche, das er sich auf dem Weg von der Botschaft zur Harpa besorgt hat, und reißt die Verpackung auf.

Er beißt hinein. »Was war das denn?«

»Frag mich was Leichteres.« Mit den Gedanken woanders beobachte ich, wie Imogen von der immer dichteren Menge im Foyer verschluckt wird. Aber egal, was es war, ich fühle mich dadurch besser.

Denkbar, dass Imogen doch nicht so eine dumme Kuh ist.

Kjarri und ich suchen uns einen Platz im Zuschauerraum. Unsere Sitze sind aus weichem schwarzem Leder, der Boden ist aus geschliffenem Beton, an den Wänden hängen schmale, senkrechte Holzlatten, durch deren Lücken eisblaues Licht schimmert. Uns umgibt eine Atmosphäre geheimnisvoller Eleganz.

Noch fünf Minuten, bis es losgeht, und es ist kein Platz mehr frei. Das Publikum besteht hauptsächlich aus Frauen zwischen

15 und 25. So wie es aussieht, stößt das Thema von Imogens Vortrag bei ihnen auf reges Interesse: »Influencerin aus Zufall: Wie man eine Million Follower sammelt, obwohl es einem scheißegal ist«. Oder liegt es nur daran, dass Imogen selbst als Britin viele Fans in Island hat? Das Internet und die Welt der Social Media halten sich schließlich nicht mit Staatsgrenzen auf.

Ich ziehe mein Handy hervor, knipse die leere Bühne mit dem auf die Rückwand projizierten Thema des Vortrags und schicke das Foto an Daisy. Die Antwort kommt prompt:

DAISY Wow! Sieht ja mega aus! Wäre sooooo gern auch dabei. Viel Spaß :)

Vor der Bühne baut Imogens blonder, leicht gammeliger Kumpel vom Botschaftsempfang ein Stativ mit einer kleinen Kamera auf. Wahrscheinlich soll das Event live auf Imogens Instagram-Account gestreamt werden oder wie man das als glamouröser Insta-Star so macht.

Das Licht wird gedimmt. Ich stelle mein Handy leise. Alle zucken zusammen, als eine Männerstimme aus den Lautsprechern donnert wie die Stimme Gottes aus dem Himmel … nur dass Gott in diesem Fall einen neckischen US-Akzent hat. »Ich bitte um einen herzlichen Applaus für die kluge, witzige und rundum fabelhafte Marketing-Expertin, Trendsetterin und Instagram-Sensation Imogen Collins.«

Musik setzt ein. Imogen tritt auf die Bühne und im Saal bricht tosende Begeisterung aus. Ich spüre einen Stich, einen Anflug von Verärgerung. In ihrem roten Scuba-Rock und ihrer weißen Bluse, die sich kräftig vom kühlen Beton der Bühne abheben, sieht Imogen aus wie eine wunderschöne, seltene Blüte. Ihr Gang wirkt entspannt, ihre Körpersprache offen. Sie sucht den Blickkontakt mit dem Publikum, ein selbstbewusstes, aber bescheidenes Lächeln auf den Lippen. Mit dieser jungen Frau würde man sich nur zu gerne anfreunden. Von der verkrampften, versnobten Diva aus unserem gestrigen Interview ist nichts mehr zu sehen.

»Vielen Dank euch allen für den lieben Empfang«, sagt Imogen und legt sich beide Hände auf die Brust, um aufrichtige Dankbarkeit zu signalisieren. »Es ist mir eine Ehre – eine große Ehre – heute Abend vor euch sprechen zu dürfen.«

Mann, die hat es echt drauf. Denn auf einmal fühle ich mich total klein und unbedeutend. Es ist schon komisch, wie schnell der Erfolg anderer das ganze eigene Leben infrage stellen kann. Als wäre man gerade nur so gut/wertvoll/talentiert, wie die anderen scheiße sind. Granny Jo meint, es sei gesund, sich mit anderen zu vergleichen, es erhalte den Kampfgeist aufrecht. »Immer wenn einer meiner Freunde Erfolg hat, sterbe ich ein kleines bisschen«, sagt sie manchmal, was vermutlich das Zitat irgendeines toten amerikanischen Schriftstellers ist.

Mit gesenktem Blick justiert Imogen das Mikro ihres Headsets. Als sie den Kopf wieder hebt, hat sich etwas verändert. Es ist nicht zu übersehen: Das Lächeln, die freundliche Ausstrahlung sind verschwunden. Imogen starrt mit der Wärme und dem Charme einer Steinmauer ins Publikum.

»Erfolg.« Sie spuckt das Wort aus, als hätte sie einen Bissen von einer fauligen Frucht genommen, den sie schnell wieder loswerden muss. »Ihr alle seid hier, um mich über Erfolg sprechen zu hören. Oder wie es im Programm steht ...«

Sie hebt den Arm und hält ein Hochglanzheftchen hoch, die Broschüre zu *Cool Britannia 2.0*, die am Eingang der Harpa verteilt wurde.

»Hier erfahren Sie, wie Imogen Collins zu einer der erfolgreichsten Influencerinnen des Vereinigten Königreichs wurde – und wie Sie es ihr nachmachen können.«

Imogen lässt den Arm sinken und das Heftchen fallen. Mit einem kläglichen Klatschen landet es auf dem Boden und als Imogen darauf hinabschaut, meine ich, in ihrem Blick so etwas wie Verachtung zu erkennen.

»Ihr wollt wissen, wie man die perfekte Selfie-Schnute zieht. Ihr wollt wissen, mit welchem Filter ihr eure kleinen Makel am besten glattbügeln könnt. Niemand interessiert sich schließlich für die Wahrheit. Niemand will ein Foto von euch sehen, wie ihr im Bett eine ganz Schachtel Dunkin' Donuts fresst, weil euer Freund oder eure Freundin per WhatsApp mit euch Schluss gemacht hat. Niemand will seinen Instagram-Feed mit eurem Leid vollgemüllt haben.«

Kjarri beugt sich zu mir. »Die ist ja richtig fies.«

Es ist, als gäbe es zwei Imogen Collins. Jetzt steht wieder die Imogen vom Interview auf der Bühne.

»Ich will euch meine Geschichte erzählen. Wie es dazu gekommen ist, dass ich hier stehe, auf dieser Bühne in diesem Land.

Und dabei werde ich euch genau das offenbaren, wovon ihr nichts wissen wollt: die Wahrheit.«

Imogen starrt die Leute auf den zur Bühne hin sanft abfallenden Reihen der Ledersitze an. »Was glaubt ihr, was ihr auf meinen Instagram-Fotos seht?«

Es klingt fast wie eine Anklage. Niemand traut sich zu antworten.

»Ich wette, ihr seht eine junge Frau, die in London ein bombastisches Leben lebt, die die feinsten Klamotten trägt, von fantastischen Freunden umschwärmt wird und sich generell prächtig amüsiert. Ich wette, ihr seht ein Leben, das ihr auch gerne hättet.«

Vor mir flüstert eine Zuschauerin ihrer Freundin ins Ohr: »Ich dachte, das soll ein Workshop sein?«

Über das leise Rumoren im Publikum redet Imogen einfach hinweg. »Das sehe ich auch, wenn ich durch meine alten Fotos scrolle. Aber ich weiß es besser. All die Bilder, auf denen ich mit einem knallbunten Cocktail in der Hand dastehe, in einem Outfit frisch vom Catwalk – ich weiß, was das ist. Das sind Lügen. Ich weiß, dass darauf in Wirklichkeit nur ein verwirrtes, verängstigtes, unendlich einsames Mädchen zu sehen ist.«

Imogen holt Luft. Das Tuscheln hat sich gelegt.

»Es wird so viel über die moderne Technik gesprochen. Darüber, was Smartphones bei uns jungen Leuten anrichten. Dass die Social Media eine ganze Generation ruiniert hätten. Dass wir dadurch alle dumm und oberflächlich geworden seien, besessen von uns selbst.

In den letzten zwei Jahren habe ich als Influencerin Karriere gemacht. Das hatte viele schöne Seiten, etwa der Kontakt zu Menschen, die ich sonst nie kennengelernt hätte. Zu Beginn war auch das Fotografieren ein echtes Vergnügen, eine kreative Herausforderung, eine Möglichkeit, mich auszudrücken. Manchmal ist es das immer noch.

Doch das Influencer-Dasein hat auch seine Schattenseiten. Ich habe mich etliche Male in den Schlaf geweint, nur weil ich aufgrund der Anzahl an Herzen für einen meiner Posts überzeugt war, dass mich niemand mehr leiden kann. Mein ganzes Selbstwertgefühl kreiste um Interaktionsraten, Follower-Bindung und steigende oder fallende blaue Linien auf Google-Analytics-Graphen.«

Mittlerweile frisst ihr das Publikum aus der Hand.

Aus einer unsichtbaren Tasche ihres roten Scuba-Rocks zaubert Imogen ihr Handy hervor.

»Ich will euch einen kurzen Ausschnitt aus einem Buch vorlesen, das im Jahr 1898 verfasst wurde.«

Als sich das weiße Display-Licht auf ihr Gesicht ergießt, sieht Imogen aus wie ein Engel.

»Zu den größten Plagen unserer Zeit gehört das übermäßige Schreiben von Briefen«, liest sie. »Jedermann verlangt brüllend nach Aufmerksamkeit. Es wird über Ereignisse berichtet, noch während diese im Gange sind. Fremde drängen sich einem auf und nehmen kostbare Zeit in Beschlag. Über Tausende von Meilen hinweg strapazieren oder streicheln Freund- und Feindschaften die Seele.«

Mit leicht amüsierter Miene blickt Imogen auf. »Kommt einem irgendwie bekannt vor. Hört sich nach Facebook an. Stammt aber vom Ende des 19. Jahrhunderts und aus der Feder der britischen Autorin Amelia E. Barr.«

Sie lächelt ins Publikum. Dort wird vereinzelt gekichert. Die Atmosphäre entspannt sich und von seiner Kamera aus betrachtet Imogens blonder Kumpel sie mit einem schiefen – bewundernden? – Lächeln. Ich würde meinen rechten Arm darauf verwetten, dass er auf sie steht.

Doch mit einem Mal verfällt Imogen wieder in düstere Stimmung. »Wegen der Social Media habe ich mich viel zu oft selbst verabscheut, viel zu viele Tränen vergossen und viel zu viel Schlaf verloren – allerdings habe ich ihnen nicht halb so viel Leid und Schmerz zu verdanken wie einer ganz realen zwischenmenschlichen Begegnung, wie einer Form von Machtmissbrauch, die es seit Menschengedenken gibt. Diese Begegnung hat in der sogenannten echten Welt stattgefunden, die im Gegensatz zum angeblich so kaltherzigen Cyberspace gerne als wundervolles Reich der Güte und Unschuld gepriesen wird. Und dieser Vorfall hat mich hierhergeführt, auf eure kalte und raue, aber so schöne Insel …«

Ich höre, wie sich hinter mir die Saaltüren öffnen, denke mir aber nichts dabei. Doch dann verstummt Imogen. Die Augen mit der Hand vom grell gleißenden Scheinwerferlicht abgeschirmt, blickt sie über die Zuschauer hinweg.

Ich drehe mich um. Einige Personen drängen durch die Türen hinein. Im ersten Moment sind sie nur undeutlich zu erkennen, dann geht die Deckenbeleuchtung an. Es sind Polizisten. Mindestens acht Beamte stürmen die Stufen zum Zuschauerraum hinunter, geradewegs auf die Bühne zu.

In rasendem Tempo greift Panik um sich. Zuschauer springen von ihren Sitzen auf, manche verkriechen sich dahinter.

Ich fasse instinktiv nach Kjarris Arm. Meine Gedanken überschlagen sich. *Ein Feuer? Ein Terroranschlag?*

Über die Tonanlage meldet sich wieder die dröhnende Stimme des Ansagers. »Bitte bewahren Sie Ruhe. Es gibt keinen Grund zur Beunruhigung. Aufgrund technischer Probleme kann die Veranstaltung leider nicht fortgeführt werden. Bitte bleiben Sie bis auf Weiteres auf Ihren Plätzen.«

Die ersten Polizisten betreten die Bühne.

Imogen blickt ihnen entgegen. Ich versuche, ihren Gesichtsausdruck zu entschlüsseln. Weiß sie, was hier vor sich geht? Oder ist sie so ahnungslos wie alle anderen? Es ist nicht zu erkennen.

Eine Polizistin tritt auf sie zu und sagt etwas.

Da sie nach wie vor ihr Headset trägt, ist Imogens Antwort im ganzen Saal zu hören. »Es tut mir leid, aber könnten Sie bitte etwas langsamer sprechen? Mein Isländisch ist nicht so gut.« Fassungslos hört sie sich nicht an. Auch nicht verängstigt. Sie klingt einfach nur … höflich.

Ein Polizist, der noch die Treppe hinuntereilt, dreht sich zu der Menschentraube am Ausgang. »Könnte bitte irgendwer das Mikro abschalten?«

Imogens blonder Kumpel lässt seine Kamera stehen und hastet zur Bühne.

Ich lasse Kjarri los und stehe auf.

Er rutscht auf seinem Sitz nach vorne. »Was machst du da?«

»Ich arbeite.« Ich quetsche mich an den Leuten in unserer Reihe vorbei. »Entschuldigung, Entschuldigung …«

Kjarri ist mir dicht auf den Fersen, das merke ich.

Kurz darauf bin ich auf der Treppe angekommen. Das Mikro ist inzwischen abgeschaltet, Imogens Lippen bewegen sich, man versteht aber kein Wort. Sie ist umringt von Polizisten.

Ihr Kumpel will zu ihr, wird jedoch abgeblockt.

Ich renne die Stufen hinunter und auf die Bühne.

Ein Polizist stellt sich mir in den Weg. »Wer bist du?«

»Ich bin vom *Dagblaðið*.«

»Hier gibt es nichts zu sehen.«

»Offensichtlich doch.« Ich zwänge mich an ihm vorbei. Er will mich noch aufhalten, doch Kjarri trudelt rechtzeitig ein, um ihn abzulenken.

Baumlang, wie er ist, blickt er auf den Beamten hinunter. »Hey Mann, was geht hier eigentlich ab?«

Ich tippe den Blonden an, der immer noch versucht, sich zu Imogen durchzukämpfen. »Weißt du, was die Polizei von ihr will?«

Er schüttelt verzweifelt den Kopf und starrt mich an wie ein erschrockenes Reh im Lichtkegel. Seine hypnotisierenden blauen Augen drohen fast, aus den Höhlen zu springen. »Ich habe keine Ahnung.«

»Hat sie einen Anwalt?«

»Was ist das denn jetzt für eine Frage?«

Er hat ja recht. Wir sind hier nicht in einem Fernsehkrimi. Wieso sollte Imogen einen Anwalt haben?

Der Blonde stellt sich auf die Zehenspitzen, um einen Blick über die Mauer aus Polizisten zu werfen. »Scheiße! Die legen ihr Handschellen an!«

Ich schaue über die Schulter. Kjarri redet immer noch auf den einen Cop ein. Ich versuche, eine Entscheidung zu treffen. Der Blonde steht ja doch nur da und rauft sich die Haare. »Hat Imogen hier Verwandte? Freunde?«

»Ich kann meine Mum anrufen.«

Wieso will er denn seine Mum anrufen? »Nein, wir brauchen jemanden, der wirklich etwas für sie tun kann.«

Da lässt der Blonde von seinen Haaren ab und reißt triumphierend die Arme hoch. »Der Botschafter! Imogen ist britische Staatsbürgerin. Da ist er doch bestimmt verpflichtet, ihr zu helfen.«

»Das ist eine super Idee! Ist er im Publikum?«

»Ich glaube, er ist in Eldborg, dem Saal oben, in der Benjamin-Britten-Oper.«

Wo auch sonst. »Los, geh ihn holen.«

Der Blonde zischt ab.

Als ich beobachte, wie er die Treppe hinaufrennt, sticht mir eines der Gesichter im Saal ins Auge. Es fällt aus einem ganz einfachen Grund auf, so wie auch der Botschafter aufgefallen wäre, hätte er sich statt Benjamin Britten doch lieber das Teenie-Idol angehört: Es ist ein männliches Gesicht in einem zu 90 Prozent weiblichen Publikum. Noch dazu übertrifft der Typ das Durchschnittsalter von 20 Jahren locker, er sieht eher wie 50 aus und seinem sauber gebügelten Hemd und herablassenden Lächeln nach zu urteilen, ist diese Veranstaltung weit unter seinem Niveau.

Und mir wird klar: Den habe ich gerade erst gesehen. Das ist der von der Party. Der, der Imogen den Umschlag in die Hand drücken wollte. Die übergroße Lederjacke hat er zwar abgelegt, aber er ist es trotzdem. Ganz sicher.

Den Blick fest auf Imogen gerichtet, spricht er in sein Handy. Und prustet los, lacht bellend. In mir zieht sich alles zusammen. Was stimmt nicht mit dem? Findet der das witzig? Es gibt Leute, die gibt's gar nicht.

Seine Überheblichkeit ist nicht zu ertragen. Ich wende mich von dem stämmigen Kerl ab, um mich vielleicht doch noch zu Imogen durchzuquetschen. Obwohl die Polizisten sie wie eine Wand von dem Publikum abschirmen, das doch dafür bezahlt hat, seinen Star zu sehen, kann ich einen Blick auf sie erhaschen: Die Frau, die als Erste bei Imogen war, hält sie weiterhin am Arm fixiert. Imogen wirkt dabei erstaunlich gefasst. Sie redet mit ihren Bewachern und nickt mehrmals.

Ich ziehe mein Handy aus der Tasche. Ich muss ein Foto für die Zeitung schießen. Wenn das keinen Artikel wert ist, dann weiß ich auch nicht mehr. Ich knipse ein paar Bilder. Keine Ahnung, ob wenigstens eines etwas geworden ist.

Also drängele ich mich weiter vor und strecke erneut mein Telefon hoch. *Yes!* Das ist definitiv was geworden.

Im selben Moment schwindet alle Farbe aus Imogens Gesicht.

»Was?«, ruft sie. »Ich soll warum festgenommen werden?« Ihre übermenschliche Ruhe ist wie weggeblasen. Sie zittert. »Das habe ich nicht getan!« Sie wird immer lauter, bis ihre Stimme durch den ganzen Saal hallt. »Ich habe niemanden ermordet! Ich könnte das gar nicht! Soll das ein Scherz sein?«

Da fällt ihr Blick auf mich.

»Hey«, sagt Imogen. »Hey, Hannah!«

Dämlich, wie ich bin, winke ich ihr einfach zu.

»Du musst mir helfen. Komm her.«

Ich will ja, aber ich komme nicht an sie heran.

»Hey! Das ist eine Freundin von mir. Lassen Sie sie durch.«

Die Polizisten sehen einander an.

»Eine kurze Umarmung von einer Freundin, das kann unter diesen Umständen doch nicht zu viel verlangt sein.«

Imogen hat eine natürliche Autorität. Trotz Festnahme, trotz Handschellen, kommandiert sie die Polizei herum.

Die irritierten Beamten werden unaufmerksam und das nutze ich aus. Ich schiebe zwei von ihnen beiseite und eile zu Imogen.

Die Polizisten merken gerade erst, dass ihre Barrikade überwunden wurde, da habe ich mich schon bei ihr eingehakt, mich sozusagen an sie gekettet. Wir sind keine Freundinnen, sie will keine Umarmung. Sie hat irgendetwas anderes im Sinn.

Imogen reißt ihren anderen Arm von der Polizistin los, dreht sich zu mir und schmiegt sich eng an mich. Ich umarme sie, drücke sie. Imogens Kopf legt sich auf meine Schulter, ein Flüstern an meinem Ohr: »In meiner Tasche ist mein Handy. Nimm's dir.«

Mir ist klar, dass das keine gute Idee ist. Dass ich mich damit der Unterschlagung von Beweismitteln schuldig mache oder irgendwie so. Als ich mich aus Imogens Umarmung löse, lasse ich die Hand trotzdem in ihre Rocktasche gleiten, ziehe ihr Handy heraus und stecke es in die Handtasche mit den schwarzen Federn, die Rósa mir passend zum Cocktailkleid geliehen hat.

Vor lauter Angst, sofort aufzufliegen, stehe ich da wie versteinert. Doch anscheinend hat niemand die Aktion bemerkt. Der Polizeitrupp setzt sich in Bewegung, die Frau manövriert Imogen am Arm von der Bühne.

Scheiße! Mir fällt gerade etwas ein: Das Handy ist bestimmt durch eine PIN gesichert.

Da blickt Imogen über die Schulter und ruft mir etwas zu: »Wünsch meiner Mum alles Gute zum Geburtstag von mir!«

Yes! Die PIN ist also das Geburtsdatum ihrer Mum.

Das Publikum wird wieder unruhig, immer mehr Zuschauerinnen stehen auf. Viele filmen mit dem Handy, wie Imogen in Handschellen abgeführt wird. Hinten steht immer noch der alte Typ und grinst in sich hinein, die Lederjacke über dem Arm.

Mit Handy am Ohr tritt Kjarri auf die Bühne.

»Wen rufst du an?«, frage ich ihn.

Er bringt mich mit einer Handbewegung zum Schweigen, doch auch so kann ich mir zusammenreimen, dass er meinem Dad Bericht erstattet. »Sie wurde wegen Mordes verhaftet.« Kurzes Schweigen. »Nein, wir wissen nicht, an wem.«

Das stimmt. Wir haben nicht mitbekommen, wen Imogen umgebracht haben soll. Aber für mich ist es sonnenklar.

Foto: Ein Teller mit nicht gerade professionell angerichtetem Rührei, dazu eine angebrannte Scheibe Toast.
Filter: Lark

Bildunterschrift: Lecker.

♥ **1004**

Wie die Bildunterschrift hätte lauten sollen …

Option 1: Einmal habe ich 4.000 Pfund dafür bekommen, dass ich mich in ein Fischrestaurant setze und ein Foto von mir mit einem Teller Muscheln poste. Ich habe keinen Bissen davon gegessen, denn ich bin allergisch gegen Schalentiere. War das falsch?
Option 2: Das ist keine Werbung.
Option 3: Ich habe seit fast zwei Wochen keine Anfrage für einen bezahlten Beitrag mehr bekommen.
Option 4: Ich fühle mich abgelehnt.

10 EINE WOCHE ZUVOR

IMOGEN

Imogen hat sich daran gewöhnt, vom Geklapper in der Küche geweckt zu werden, wenn Sigurlína ein paar Eier von den Hühnern im Garten zu Rührei verarbeitet, und vom Duft angebrannten Toastbrots. Drei Wochen nach ihrer Ankunft wird sie jedoch von lauten Stimmen aus einem traumlosen Schlaf gerissen.

»Es funktioniert nicht!« Das hört sich nach Orri an. Er spricht isländisch. Imogen, die die Sprache gerade zu lernen versucht, versteht langsam ein paar Wörter und Satzbrocken.

»Kapierst du das? Es funktioniert nicht.«

Das kann nicht Orri sein. Dafür klingt die Stimme zu aufgebracht. Seit Imogen und er Kollegen sind – und es sind jetzt schon ein paar Wochen – ist er kein einziges Mal laut geworden. Er hat sich nicht mal über Mörðurs haltlosen Vorwurf aufgeregt, er habe das ganze Slimline-Projekt gefährdet – dabei hatte Mörður selbst ihm den falschen Datensatz zur Auswertung gegeben. Imogen hat Orri im Verdacht, eine geheime Stoiker-Superkraft zu besitzen.

»Ich habe ja versucht, es in mir zu begraben.« Doch, es ist eindeutig Orri. »Wie du gesagt hast. Ich wollte es vergessen. Aber dadurch ist es nur noch schlimmer geworden!«

»Pssst! Imogen schläft noch.« Das ist Sigurlína. Imogen fühlt sich schuldig, als hätte sie absichtlich ein geheimes Gespräch belauscht. Auf der Arbeit tritt Orri immer so selbstbewusst auf. Dass sie diese andere, verletzliche Seite von ihm miterlebt, wäre ihm bestimmt unangenehm.

Schon wieder wird er laut. »Es lässt mich nicht los«, faucht er, oder so versteht Imogen es zumindest.

»Aber Liebling, du kannst doch nicht zulassen, dass das über dein ganzes Leben bestimmt.«

»Gestern Abend war ich mit meinen Freunden was trinken und nach ein paar Bier habe ich auf einmal auf dem Klo gesessen und geflennt wie ein Baby.«

»Ach, Schatz.«

»Ich werde noch zum Psycho deswegen!«

In Sigurlínas beschwichtigenden Tonfall schleicht sich Verärgerung ein. »Ich verstehe einfach nicht, warum du dir das so zu Herzen nimmst.«

Das steigert Orris Wut nur. »Du kannst mir das nicht mehr antun. Du bist doch angeblich meine Mutter. Es sollte dir doch wichtig sein, wie es mir geht. Also warum ist es dir so egal?«

»Es ist mir nicht egal. Das weißt du doch. Ich würde alles für dich tun. Ich würde dir meinen rechten Arm schenken. Du musst nur fragen.«

»Ich will keinen Arm.«

»Ich weiß. Du willst etwas, das ich dir nicht geben kann. Es wäre nicht richtig von mir.«

Als Nächstes hört Imogen einen Knall. Die Haustür.

Sie steht auf und zieht das lange Strick-Cape über, das Sigurlína ihr geborgt hat. Morgens ist es kalt im Haus.

Es ist ein altes, mit leuchtend rot angepinseltem Wellblech verkleidetes Holzhaus, das aussieht wie aus einem Sylvanian-Families-Spielset. Hübsch ist es, praktisch eher nicht, denn der kalte Wind von Island zischelt immerzu durch irgendwelche Spalten. Wenn ein Hauch davon ihre Wange streift, stellt Imogen sich manchmal vor, die Elfen aus dem Felsklotz im Garten würden sie mit ihren langen, dürren Eisfingern streicheln. Sigurlína zufolge handelt es sich bei den Elfen, dem sogenannten Huldufólk, also dem verborgenen Volk, um Wesen von entsetzlicher Schönheit. Sie seien hochgewachsen und voller Anmut, aber zu Grausamkeiten fähig. Dass es hier solche Kreaturen geben soll, findet Imogen zugleich faszinierend und verdammt gruselig.

Sie verlässt ihr Zimmer, geht vier Stufen hinunter und ist schon in der Küche. Das Haus ist auch nur unwesentlich größer als ein Spielzeughaus. Sigurlína sitzt am Tisch und starrt in eine Kaffeetasse aus gelblich verfärbtem Porzellan mit blauen Veilchen darauf – als würden die Blumen nach Jahrzehnten in voller Blüte allmählich doch welk. Imogens Gastgeberin trägt ein goldenes, von chinesischen Schriftzeichen übersätes Seidennachthemd. Das Haar, das ihr bis ins Kreuz fällt, ist so blond wie Orris, in ihrem Fall allerdings durchwirkt von zartem Silbergrau. Sie hat schmale, irgendwie bohrende Augen von einem durchscheinenden Glanz, der ebenfalls an Orri erinnert. Anders als Orris wässrig blaue Augen sind Sigurlínas jedoch hellgrau wie ein ruhiger, aber unendlich tiefer See.

Imogen setzt sich gegenüber von ihr an den Tisch. »Alles in Ordnung?«

Sigurlína hat nicht mitbekommen, wie Imogen das Zimmer betreten hat. Jetzt schaut sie von ihrer Tasse auf und verschüttet dabei ein wenig Kaffee. Sie dachte, sie wäre noch allein. Vor den stillen Kummer, der ihre Züge hatte weich werden lassen, schiebt sich schnell eine Maske aus robustem Stolz. »Natürlich, Liebes. Alles gut.«

Sie tut nur so. »Ich habe euch gehört, dich und Orri.«

»Oh.«

»Ist irgendwas?«

Sigurlína lässt sich gegen die Lehne sinken. »Ich kann nicht verstehen, wie aus meinem Sohn so ein Spießer werden konnte. Ich habe immer versucht, seinen Abenteuergeist zu fördern. Ich habe ihn ermutigt, kreativ zu sein und seiner inneren Stimme zu folgen. Aber die hat ihn anscheinend in eine quadratische Zelle aus mathematischen Gleichungen geführt, wo nur zählt, was man ausrechnen kann.«

»Ist es dir nicht recht, dass er sich für so einen Beruf entschieden hat?«

»Doch, natürlich. Wer mit Computern umgehen kann, hat die besten Chancen auf einen sicheren, gut bezahlten Job. Nein, dass es zwischen uns mittlerweile so oft knirscht, hat andere Gründe … auch wenn ich wirklich keine Ahnung habe, was er eigentlich den ganzen Tag lang macht. Aber nein, das liegt an seiner Besessenheit.«

»Was für eine Besessenheit?«

»Er ist besessen von seinem Vater. Er will unbedingt wissen, wer sein Dad ist.«

»Wieso weiß er das nicht?«, platzt Imogen heraus und bereut die vorlaute Frage sofort.

Sigurlína wirkt weder peinlich berührt noch beleidigt. »Orri ist aus einer kurzen, leidenschaftlichen Affäre entstanden. Es war Liebe, aber es konnte nie von Dauer sein. Sein Dad war frisch verheiratet, das wollte ich ihm nicht kaputt machen.«

»Sein Vater weiß also, dass er einen Sohn hat.«

»Ja. Ich habe ihm damals gesagt, dass ich schwanger bin und das Baby behalten will – aber dass er sich raushalten kann, wenn er will. Er war so jung, jünger als ich, und viele haben ihm eine glorreiche Zukunft prophezeit. Ein uneheliches Kind hätte ihm alles ruinieren können, nicht nur seine Ehe. Ich habe ihm einen Ausweg angeboten und er hat zugegriffen.«

»Und das sieht Orri nicht ein?« Imogen kann es gut verstehen. Ihr ginge es genauso.

»Er sucht nach sich selbst, darum geht es ihm. Er meint, solange er nicht weiß, wer sein Dad ist, wird er auch nie herausfinden, wer er selber ist.« Sigurlína schüttelt den Kopf. »Ich sage ihm jedes Mal, dass das eine nichts mit dem anderen zu tun hat. Er kann sein, wer er will, es ist seine freie Entscheidung. Aber er schnauzt mich immer nur an: ›Schon mal was von Genen gehört, Mum?‹«

Imogen würde gerne etwas Aufmunterndes sagen, so wie: *Er wird es schon noch verstehen.* Aber wie könnte sie, die seit sechs Monaten nicht mehr mit ihren Eltern gesprochen hat, das behaupten? Denkbar, dass sie sie nie wiedersehen wird und dass die beiden erst kurz vor dem Ende von Reue überwältigt werden, weil sie sich nie versöhnt haben.

Selbst hier, in diesem fremden Land, wo sie niemanden kennt, wo es immer windet und stürmt und selbst die Milch ganz anders schmeckt, vermisst Imogen ihr Zuhause nicht. Sie ist seit Langem Profi darin, alle Gedanken an ihre Familie in Cambridge zu verdrängen. Und die große Aufgabe, die vor ihr liegt, nimmt sie so stark in Anspruch, dass London, ihr Büro in Covent Garden, Anna und die Jungs schnell in den Hintergrund gerückt sind. Imogen dämmert etwas Erstaunliches: Sie lebt ihr neues Leben, als wäre es ernst gemeint und nicht nur Mittel zum Zweck.

Sie hat Sigurlína lieb gewonnen. Sigurlína kocht für sie, wäscht ihre Kleidung, überlässt ihr an ihren gemeinsamen Netflix-Abenden großzügig die Fernbedienung. Imogen genießt es, so umsorgt zu werden. Sie hatte fast vergessen, wie das ist, eine Mum zu haben, und sie hat früh gespürt, dass es ein Geben und Nehmen ist – denn Sigurlína hat Freude daran, sich um sie zu kümmern. Jetzt weiß Imogen, warum. Orri entfernt sich von seiner Mum und so ist Sigurlína froh, jemand anderen bemuttern zu können.

Am liebsten würde Imogen den ganzen Tag bei ihr in der kleinen Küche sitzen und plaudern und ab und zu würde Sigurlína in ihr Atelier gehen und malen … aber das ist nicht möglich. Imogen steht auf.

»Du willst los, Liebes?«, fragt Sigurlína.

»Ja, ich sollte nicht zu spät kommen.«

»Ich tue dir ein bisschen Rührei in eine Tupperdose. Dann kannst du im Büro frühstücken.«

Imogen kämpft mit den Tränen. Sie will nicht in die Arbeit. Jeden Tag ins Labor aufzubrechen ist ein Gefühl, als würde sie aufstehen, sich anziehen und das Haus verlassen, um sich aus freien Stücken in eine Folterkammer zu begeben. Oder als würde sie sich ohne jeden Schutz in die Höhle des Löwen wagen, in der verzweifelten Hoffnung, dass schon alles gut gehen wird, und zugleich in Angst, dass das Tier früher oder später doch noch zum Angriff übergeht.

Es ist eigentlich nicht auszuhalten – wäre da nicht die Gewissheit, dass es sich am Ende, wenn Mörður seine gerechte Strafe bekommt, alles lohnen wird. Bis dahin hält Imogen ihre Furcht so weit wie möglich im Zaum und genießt das einzig Gute an ihrer Zeit im Labor: die Gesellschaft von Orri. Es ist, als würden sie sich schon seit Ewigkeiten kennen. In seiner Nähe kann sie sich entspannen, sie selbst sein. Oder beinahe sie selbst. Sie muss sich vorsehen. Sie ist aus einem bestimmten Grund hier. Bevor sie am Ziel angelangt ist, darf sie weder Orri noch irgendwem anders in Island die wahre Imogen zeigen. Sie muss darauf setzen, dass er ihr später wird verzeihen können.

Im Forschungslabor ist Mörður nirgends zu sehen. Imogen

spürt eine Welle der Erleichterung. Er ist weder in seinem Büro, das auch als Besprechungszimmer dient, noch in dem größeren Raum, wo sie alle einen Schreibtisch haben.

»Er arbeitet heute auswärts«, ruft Orri ihr von der »Küche« aus zu, einem Tischchen in der Ecke mit einer Kaffeemaschine, einem angeschlagenen Teller mit Keksen und unreifem Obst und Mörðurs Minikühlschrank darauf. In Letzterem befinden sich ausschließlich Cola-light-Dosen.

Orri nimmt sich einen Keks. Wie Imogen festgestellt hat, isst er ausschließlich die mit Schokoladenüberzug.

Süß.

Solange sie zu zweit sind, ist es im Labor richtig gemütlich. Es gebe mal mehr, mal weniger Mitarbeiter, hat Orri ihr erklärt, je nachdem, wie viel zu tun sei und wie viele Studenten Zeit übrig hätten. Im Augenblick sind sie bloß zu dritt.

»Das kommt in letzter Zeit immer öfter vor«, sagt Orri mit vollem Mund.

»Was kommt immer öfter vor?«

»Auf Isländisch nennt man es *skreppa*. Seit Neuestem ist Mörður ständig unterwegs, er sagt, er hat etwas zu erledigen, was Privates, und ist gleich wieder zurück. Was manchmal erst Stunden später ist. Früher hat er das Büro so gut wie nie verlassen, aber in den letzten Wochen war er mehr weg als in meinen zwei Jahren hier zusammen.«

Vor Imogens geistigem Auge ziehen dunkle Wolken auf. *Hat das etwas mit ihr zu tun? Geht Mörður ihr aus dem Weg? Hat er Verdacht geschöpft?*

»Ich weiß, dass er noch ein Projekt nebenher laufen hat«, fügt Orri hinzu. »Vielleicht sogar mehrere.«

Oder es hat doch nichts mit ihr zu tun.

»Ist das denn erlaubt?«

Orri zuckt mit den Schultern. »Weiß nicht. Mörður hat eine Vollzeitstelle an der Uni und das Labor hat gerade erst noch einen Riesenauftrag von London Analytica angenommen, der ganz bestimmt eine Menge Zeit kostet. Außerdem hat er zwei Kinder, also frag mich nicht, wie er nebenbei noch mehr schaffen will.«

Er hat Kinder. Das hatte Imogen vergessen. Plötzlich wirkt ihr Plan so grausam. So herzlos. Sie schüttelt den Gedanken ab. Nicht ihr Problem, dass er Familie hat. Daran hätte er mal selbst denken sollen, bevor er …

Orri bewahrt sie davor, von der Abwärtsspirale in den Abgrund ihrer Vergangenheit gesogen zu werden. »Sollten wir's nicht ausnutzen, dass der Oberboss heute mal nicht da ist? Und später was trinken gehen oder so? Ab vier ist Happy Hour im *Kaffibarinn*, zwei Bier zum Preis von einem. Wir könnten hinterher sogar noch was essen.«

Leicht verwirrt sieht Imogen ihn an. Fragt er sie nach einem Date?

»Komm schon, du kannst doch nicht jeden Abend mit meiner Mum Netflix gucken.«

Imogen sollte ablehnen. Sie mag Orri. Gerade deshalb würde so etwas nur alles verkomplizieren. Ihre Unaufrichtigkeit würde noch schwerer wiegen.

Doch in ihr rebelliert etwas. Ein Lichtstrahl zwängt sich durch die Dunkelheit. Was bringt die ewige Vorsicht schon?

»Klar«, sagt sie.

Um halb vier steht Orri von seinem Schreibtisch auf. »Wollen wir dann?«

Imogen fährt den Computer herunter. Ja, sie will dann. Unbedingt. Jede Minute in diesem Büro ist eine Qual. Nicht dass ihr eigentlicher Job so schlimm wäre. Es macht ihr Spaß, Zahlen in Geschichten zu verwandeln und endlose Tabellen nach in den Daten verborgenen Dramen abzuklopfen. Unerträglich wird ihre Arbeit erst durch das Wissen darum, welche Wirkung sie entfalten könnte.

Wenn Imogens Plan aufgeht, wird das Projekt zwar nie am Markt eingeführt werden. Aber wenn nicht …

Sie hat bereits zwei Journalisten von zwei verschiedenen Zeitungen zu Hause in Großbritannien kontaktiert. Der eine hat nie reagiert. Der andere hat geschrieben, das sei nicht sein Thema. Heute hat sie eine weitere E-Mail auf die Reise geschickt. *Aller guten Dinge sind drei,* hat sie sich gesagt.

Aber was, wenn es niemanden interessiert?

Diesen Gedanken darf sie in ihrer Situation nicht zulassen. Imogen steht auf. »Dann mal los.«

»Ich muss nur noch kurz bei der britischen Botschaft vorbei«, sagt Orri und streift seine Blousonjacke über. »Das macht dir doch nichts aus?«

»Wieso bei der britischen Botschaft?«

»Ich helfe denen manchmal mit ihren Computern. Die haben davon null Ahnung. Wissen kaum, wie man die Dinger neu startet oder den Drucker einschaltet. Das ist ein netter Job, gut bezahlt und ich kann mir meine Zeit selbst einteilen.«

»Hast du viele solche Nebenjobs?«

»Nur den einen. Bin jetzt seit gut zwei Jahren dabei oder noch länger. Damals habe ich im Pub den Botschafter kennengelernt, der war noch ganz neu hier und hat in der Stadt mit ein paar Mitarbeitern gefeiert. Wir sind ins Gespräch gekommen und wie sich herausgestellt hat, haben die dringendst nach einem Computermenschen gesucht.«

Nachdem sie das Labor abgeschlossen haben, schlängelt Imogen sich mit Orri durch die Studentenscharen auf den Fluren des Fachbereichs Sozialwissenschaften. Sie passieren die Mensa, wo der verlockende Duft von gegrillten Schinken-Käse-Sandwiches und Kaffee in der Luft hängt, und gehen die Treppe hinunter.

Orri stemmt die schwere Holztür auf. »Nach dir.«

Als Imogen in den hellen Nachmittag hinaustritt, scheint vor ihren Augen eine Atomexplosion aufzuflammen. Der Himmel über Island hat eine andere Farbe als der über Großbritannien. Er hat etwas Raues, Drückendes an sich, sein Licht sticht einem in die Augen wie Messerspitzen und legt so einen Schleier über die Welt, eine Art Filter. Bei bewölktem Wetter ist er seltsam weiß, aller Farben beraubt, doch sobald es aufklart, treten sämtliche Farbtöne überdeutlich, scharf wie ein Schrei hervor und jedes Detail wirkt wie vergrößert. Man fühlt sich, als wäre man in ein stark bearbeitetes Instagram-Foto hineingeraten. Wie Imogen bemerkt hat, laufen die Isländer immer mit leicht zerknautschten, mürrischen Gesichtern herum, was ihrer Theorie nach davon kommt, dass sie seit Generationen unter dem erbarmungslosen isländischen Himmel leben müssen.

Schweigend lassen Imogen und Orri das Hauptgebäude der Universität links liegen, einen wuchtigen Steinbau vor einer kreisrunden Wiese mit einem Standbild, das einen Ringkampf zwischen Mensch und Seehund darstellt. Orri ist ein sehr gut aussehender Anti-Schönling. Er redet nicht allzu viel, stattdessen setzt er seine Worte bewusst, als stünden ihm täglich nur so und so viele zur Verfügung. Für gewöhnlich steht Imogen auf extrovertiertere Typen. Also früher jedenfalls. Auf Typen wie Damien, ihren Freund an der Uni, der Mittelpunkt jeder Party war – was in seinem Fall hieß, dass er tatsächlich auf jeder anzutreffen war. Für Damien waren Feiern Pflichtveranstaltungen. Am Ende konnte Imogen da nicht mithalten, weshalb sich ihre Wege nach ein paar Monaten wieder trennten.

Sie überqueren die belebte Straße zwischen Universitätscampus und Altstadt und gelangen so zum Fußweg rund um den hübschen See Tjörnin. Imogen sieht dort oft Kinder beim Entenfüttern.

Orri atmet tief ein. »Das ist schön.«

Was meint er? Die frische Herbstluft, den See, den frühen Feierabend oder dass sie beide zusammen unterwegs sind? Egal. Sie würde ihm in allem zustimmen.

Leicht bergauf geht es weiter nach Þingholt, in eines der ältesten Viertel Reykjavíks. Es besteht aus kleinen, dicht gedrängten und in bunten Farben gestrichenen Holzhäusern, die eigentlich besser in einen Zeichentrickfilm passen würden als in eine echte Stadt.

Das Botschaftsgebäude ist allerdings nichts Besonderes, ein moderner Betonklotz in Weiß, davor drei Fahnenmasten: An einem flattert der Union Jack, an einem anderen die Europaflagge und am dritten die deutsche.

Imogen sieht Orri an. »Wieso Deutschland?«

»Großbritannien teilt sich das Gebäude mit der deutschen Botschaft.«

Sie steigen die kurze Vortreppe zum Eingang hoch, Orri drückt die Klingel.

Mit einem Klicken öffnet sich die Tür.

Imogen folgt ihm zum Empfang im Vorraum, wo sie begrüßt und weiter vorgelassen werden. Sie marschieren durch einen langen Flur, bis Orri abrupt ausschert und durch eine offene Tür in ein Büro tritt.

Die Dame hinter dem Schreibtisch ist ein eindrucksvoller Anblick: vielleicht Mitte vierzig, blonder Bob, roter Lippenstift. Kaum hat sie Orri erspäht, springt sie auf und stürmt ihm entgegen.

»*Takk, takk, takk!*«, ruft sie auf Isländisch. Besonders flüssig spricht Imogen die Landessprache zwar immer noch nicht, aber das hier hat sie gleich am ersten Tag gelernt: »Danke, danke, danke!«

Die Frau schlingt die Arme um Orris Hals und drückt ihm einen Kuss auf die Wange. Auf seiner Haut bleibt roter Lippenstift kleben.

Irgendwo in Imogen zerplatzt ein Bläschen und ein Gefühl strömt durch ihren Körper: Ärger. Feindseligkeit. Ein klarer Fall von Eifersucht. Wie lächerlich. Orri gehört ihr nicht. Außerdem ist die Frau viel zu alt für ihn.

Als sie Imogen die Hand schütteln will, macht die Frau plötzlich einen Sprung nach hinten.

»Oh mein Gott!«, kreischt sie, nun auf Englisch.

Ihre Rechte schlaff in der Luft, steht Imogen verdutzt da.

»Ich kenne dich! Du bist Imogen!«

Imogen will etwas sagen, doch da hüpft die Frau schon auf und ab wie ein aufgekratztes Kind und jubelt. »Sie ist es! Sie ist es wirklich!«

Die Frau dreht sich zu ihrem Schreibtisch und schnappt sich ihr Handy. »Das glauben mir meine Freundinnen nie! Ich brauche ein Beweisfoto.« Sie hält Orri das Telefon hin. »Machst du eins von uns beiden?« Dann überlegt sie es sich wieder anders und zieht die Hand zurück.

»Wie unhöflich von mir. Das tut mir so leid, Imogen. Glaub mir, ich bin nicht verrückt. Ja, ja, man darf nicht einfach fremde Leute fotografieren. Aber meine Freundinnen und ich sind nun mal Riesenfans von dir auf Instagram. Und ich habe gerade einen Kaffee getrunken. Kaffee bekommt mir nicht, ich werde davon ganz hibbelig, aber er schmeckt mir so gut, da kann ich nicht anders. Und meine Kollegen sind so nett, die halten mich trotzdem aus. Und Orri auch. Der hat aber sowieso ein Temperament wie ein buddhistischer Mönch. Den kann nichts aus der Ruhe bringen.«

Orri grinst. »Wenn ich das richtig verstanden habe, folgst du Imogen auf Instagram?«

»Nicht nur ich. Du bist ein Star in Island. Schau dir das an.« Sie krempelt den Ärmel ihres übergroßen schwarzen Sweatkleids hoch und eine goldene Armbanduhr kommt zum Vorschein. »Die habe ich mir gekauft, nur weil du sie getragen hast.«

Imogen erinnert sich daran. Für das Foto mit dieser Uhr am Handgelenk hat sie 3.000 Pfund bekommen. Die Uhr durfte sie behalten, hat sie seitdem aber nie wieder getragen. Sie würde nie Posts zu Produkten bringen, die sie für Schrott hält, und trotzdem: Kann man im Fall eines bezahlten Beitrags noch von einer aufrichtigen Empfehlung sprechen? Aber Geschäft ist Geschäft, sagt Imogen sich. Ihren Fans steht es frei, ihr zu folgen oder auch nicht mehr zu folgen – was in letzter Zeit etwas öfter vorkommt. Mit ihrer Interaktionsrate geht es bergab. Mit ihren Werbeaufträgen auch. Es ist ihre eigene Schuld. Sie postet nicht mehr so regelmäßig, wie sie sollte, seit sie ihr anderes Leben hinter sich gelassen hat und in Island angekommen ist.

Die Frau krempelt den Ärmel wieder herunter. »Aber ich folge dir nicht nur wegen deinem tollen Modegeschmack. Dein Instagram hat so viel mehr zu bieten als Fashion und Lifestyle. Die Bildunterschriften, verstehst du? Dadurch wird es erst richtig interessant. Die sind nämlich gar nicht dumm. Also nicht, dass Influencer normalerweise dumm wären … oh Gott, ich rede mich um Kopf und Kragen. Ich höre mich an wie eine Wahnsinnige, wie eine besessene Stalkerin, oder? Aber ich stalke dich ja nicht, ich folge dir nur. Oh, jetzt wo ich drüber nachdenke – ist das nicht fast dasselbe? Man beobachtet alles, was die Angebetete tut, analysiert ihren Kleidungsstil, ihre Essgewohnheiten, wie ihr Zimmer eingerichtet ist … Uaaah. Okay, ich halte jetzt den Mund. Du hältst mich sowieso schon für total durchgeknallt.«

»Überhaupt nicht«, sagt Imogen und unterdrückt ein Lachen. »Ich fühle mich sehr geschmeichelt.«

Die Frau atmet tief ein. »So. Jetzt bin ich wieder ruhig. Also, was hat dich nach Island geführt, Imogen?«

Die meisten Isländer, ist Imogen aufgefallen, sprechen Englisch mit amerikanischem Akzent, aber bei dieser Frau ist das affektierte British English klar herauszuhören.

»Die Arbeit«, antwortet Imogen. »Ich arbeite bei einer Londoner Marketingagentur.«

»Wow! Wie chic!« Die Ruhe, die sich eben erst über das Gesicht der Frau gelegt hat, ist wieder dahin. »Oh mein Gott. Mir ist gerade eine Idee gekommen. Imogen, ich muss dich etwas fragen. Und du musst Ja sagen. Bitte, bitte, sag Ja.«

Orri legt Imogen leicht die Hand auf die Schulter. »Wenn du leben willst: Renn!«

»Ich organisiere zurzeit eine Konferenz an der Botschaft. Zur Förderung der kulturellen Beziehungen zwischen Großbritannien und dem Rest der Welt. Mit lauter Events, die sich um die britische Kreativwirtschaft drehen, um Musik, Mode und Kunst. Es gibt Ausstellungen, Workshops, Vorträge – alles, was man sich vorstellen kann.« Die Frau fasst Imogen an den Händen. Sie stehen da wie zwei nach langer Trennung wiedervereinte Freundinnen aus dem Viktorianischen Zeitalter. »Würdest du bitte mitmachen?«

Orri lässt Imogen los. »Ich habe dir doch gesagt, du sollst wegrennen.«

Imogen fände es schön, wenn seine Hand noch auf ihrer Schulter läge. Es war eine ganz sanfte Berührung.

»Ich brauche dich, Imogen. Dringend.« Die Frau ist genauso liebenswert wie hartnäckig. »Mein bisheriges Programm ist einfach ein bisschen zu spießig, zu konservativ, zu korrekt und vorhersehbar.« Sie macht ein trauriges Gesicht. »Es wirkt alles so … alt. Wie der Botschafter. Aber das sagt ihr ihm nicht, verstanden?«

»Ist der nicht in deinem Alter?«, fragt Orri prustend.

»Wie kannst du nur? Er ist drei Jahre älter als ich. Außerdem ist Alter nur eine Einstellungssache. Bitte, Imogen!«

Die Frau ist ein Wirbelsturm auf zwei Beinen. Wenn sie nur will, kann sie einen in jede beliebige Richtung pusten.

Trotzdem wird Imogen ablehnen. Sie hat einen klaren Plan für ihren Island-Aufenthalt: schnell hin, schnell wieder weg. Sie will hier niemanden kennenlernen oder gar Freunde finden. Andernfalls würde es ihr zu schwerfallen, mit ihrer Rückkehr nach Großbritannien sämtliche Verbindungen zu dieser merkwürdigen Insel zu kappen.

»Bitte, Imogen. Du musst meine Konferenz retten. Du musst ihr Coolness verleihen – sie heißt nämlich Cool Britannia 2.0, nur paradoxerweise bisher ganz ohne Coolness.«

Andererseits: Was kann es schaden? Orri hat recht, sie kann nicht monatelang jeden Abend auf dem Sofa verbringen und sich von Sigurlína und Netflix Gesellschaft leisten lassen.

Und ehe sie es sich versieht, fängt Imogen an zu nicken. »Ich bin dabei.«

»Danke! Danke!« Die Frau streckt die Hand aus. »Ich bin übrigens Sara.«

Imogen schüttelt ihr die Hand. »Imogen Collins.«

Ja, es ist die richtige Entscheidung. Der heutige Tag entpuppt sich als überraschend schön. Es ist ein Tag mit ungewohnt viel Licht. Als wäre in Imogen eine Glühbirne angeknipst worden, deren zartes Licht die Schatten zurückdrängt.

Sara wendet sich an Orri. »Ich danke dir. Du hast meine Retterin zu mir geführt. Woher kennt ihr euch eigentlich? Seid ihr zusammen? Bitte sag, dass ihr zusammen seid!«

Orri wird rot und streicht sich die blonden Strähnen aus dem Gesicht. »Wir arbeiten beide bei DataPsych.«

»Ah, dann kennst du ja meinen Mann«, sagt Sara zu Imogen.

»Ja? Wie heißt er denn?«, fragt Imogen aus reiner Höflichkeit. Natürlich kennt sie Saras Mann nicht. Sie kennt hier nur Orri und dessen Mum und sonst niemanden.

»Mörður. Mörður Þórðarson.«

Imogen bringt keinen Laut über die Lippen. Mit halb geöffnetem Mund steht sie vor Sara und kämpft gegen ihren Würgereflex. Es sollte so ein schöner, verheißungsvoller Tag werden, doch jetzt ist das Licht in ihr erloschen.

Foto: Unter dem dunklen Himmel der isländischen Nacht drängen sich etliche Menschen vor dem Harpa-Konferenzzentrum zusammen.
Filter: Moon

Mögliche Bildunterschriften …

Option 1: Man sieht rein gar nichts. Wo sind diese Polarlichter, wenn man sie mal braucht?
Option 2: Die Dunkelheit könnte zu meinem Vorteil sein. Ich habe etwas getan, das nicht ans Tageslicht kommen sollte.
Option 3: Habe ich mich gerade strafbar gemacht?

Tatsächliche Bildunterschrift …

Abenteuer im Dunkeln.

♥ **29**

11

HANNAH

Um kurz nach sieben wird die Zeitung durch den Briefschlitz geschoben. Ich renne in den Flur, um sie zu holen. Der Bericht über Imogen ist auf der Titelseite, Schlagzeile: *Social-Media-Star unter Mordverdacht festgenommen.* Dazu ein riesiges Bild von Imogen in ihrem roten Scuba-Rock und ihrer weißen Bluse und mit stirnrunzelndem Schmollgesicht. Zufällig war ein Fotograf der Zeitung vor der Harpa, als sie in Handschellen zum Streifenwagen geführt wurde.

Man hätte auch gleich quer über das Foto drucken können: SCHULDIG.

Mit der Zeitung gehe ich in die Küche und setze mich gegenüber von den Zwillingen hin, die Coco Pops frühstücken und dabei auf dem iPad irgendeine Zeichentrickserie gucken.

»Am Tisch wird nicht Zeitung gelesen«, sagt Ísabella. »Mum sagt, das macht Tintenflecken.«

Ich ignoriere sie und blättere weiter. Eine ganze Doppelseite ist Imogens Festnahme gewidmet, zur Hälfte besteht sie aus Fotos und eines davon – das von Imogen, wie sie auf der Bühne der Harpa mit der Polizei spricht – habe ich mit dem Handy geschossen. Ich bekomme Gänsehaut. Ich war zur rechten Zeit am rechten Ort.

Dann beginne ich zu lesen.

> Vergangene Nacht wurde die britische Social-Media-Influencerin Imogen Collins festgenommen. Sie wird verdächtigt, Professor Mörður Þórðarson von der Fakultät für Psychologie der Universität Island ermordet zu haben.

Wusste ich's doch.

> Imogen Collins lebt seit diesem Sommer in Island. Es heißt, sie sei beim Forschungslabor DataPsych tätig, als dessen CEO das Mordopfer fungierte.

Dad kommt in die Küche. Er ist voll und ganz bereit, in den Tag zu starten: Die Schnürsenkel sind gebunden, die Haare zur Seite gegelt und wo er geht und steht, wabert eine Wolke aus süßlichem Aftershave-Duft.

»In fünf Minuten brechen wir auf.«

Ich stehe auf und eile nach unten, um mich fertig zu machen. Ich kann ja schlecht im Schlafanzug los.

Fast wider Willen habe ich Mitleid mit Imogen Collins. Alle Blicke sind auf sie gerichtet, jeder urteilt über sie. Ich weiß, wie es ist, um jeden Preis in der Menge verschwinden und wie der ganze Rest sein zu wollen.

Mit fünf ist mir aufgegangen, dass meine Mum nicht wie die anderen war. Ein paar Monate zuvor hatten sie und ich Island verlassen und waren zu Granny Jo nach London gezogen. Ich war erst seit Kurzem in der Vorschule, als mich ein anderes Kind ansprach: »Warum ist deine Mum nicht normal?«

Ich ging nach Hause und erkundigte mich bei Granny Jo: »Ist Mum nicht normal?«

»Hannah«, sagte sie in scharfem Ton. »›Normal‹ ist ein hässliches Wort. Es wäre falsch, ausgerechnet ›normal‹ sein zu wollen.«

Doch in den vielen Jahren, in denen ich Mums Verrücktheiten miterleben und deren Folgen regeln musste, wurde genau das zu meinem größten Ziel: normal zu sein.

»Zwei Minuten«, ruft Dad nach unten.

Schnell ziehe ich eine Jeans und ein weißes Shirt über. Bisher habe ich niemandem von Imogens Handy erzählt, denn ich überlege noch, was ich damit anstellen soll. Aber wahrscheinlich sollte ich es zur Polizei bringen.

Gestern Nacht im Bett ist mir ein Verdacht gekommen, von dem mir fast übel wurde: Irgendwo auf dem Handy befindet sich ein Beweis für Imogens Schuld und sie benutzt mich dafür, ihn vor der Polizei zu verstecken.

Das Handy ist immer noch in der Handtasche mit den schwarzen Federn, die ich zu Imogens Vortrag dabeihatte. Ich hole es heraus und versenke es ganz unten in meinem Rucksack. Jetzt weiß ich, was ich in der Mittagspause mache: Ich habe einen Code zu knacken.

Gerade als Dad und ich das Bürogebäude betreten, summt mein Handy. Eine neue Nachricht von Daisy.

DAISY Heute Morgen war Imogen Collins in den Nachrichten.

Kaum waren Dad und ich gestern wieder zu Hause, habe ich Daisy angerufen und ihr erzählt, was bei Imogens Vortrag passiert war.

DAISY Der Typ, den sie ermordet haben soll, war angeblich Professor.

HANNAH So steht es hier auch in der Zeitung.

DAISY Ich kann mir das nicht vorstellen. So eine Hübsche bringt doch niemanden um.

HANNAH Es gibt sicher auch hübsche Mörder.

Ich gehe hoch und sehe Kjarri in unserer gemeinsamen Arbeitsnische auf und ab marschieren. Er trägt eine schmal geschnittene schwarze Strickjacke, ein T-Shirt, Jeans und Turnschuhe. Lässiger als üblich, gefällt mir.

»Stimmt was nicht?« Ich schaue ihn fragend an.

Kjarri zuckt zusammen. Er hatte mich nicht bemerkt.

»Die Polizei war da«, sagt er, stampft mit dem Fuß und feuert einen zornigen Blick auf mich ab, als wäre das irgendwie meine Schuld.

Shit. Am Ende ist es wirklich meine Schuld?

»Sie suchen nach Imogens Handy«, fügt er hinzu.

Mir wird kalt.

»Es gibt Zeugenaussagen, dass sie es gestern Abend auf der Bühne bei sich hatte. Daran erinnere ich mich auch noch, sie hat bei ihrem Vortrag daraus vorgelesen. Aber auf dem Polizeirevier hatte sie es dann nicht mehr bei sich.«

Jetzt wird mir auch noch schwindelig.

»Hast du es, Hannah?«

»Wie kommst du denn darauf?« Ich versuche, mich aus der Affäre zu ziehen, indem ich selbst vorwurfsvoll werde.

»Hast. Du. Es?«

Ich schweige.

»Scheiße, bist du verrückt geworden?«

Dieses Wort tut weh. Ich weiß, es ist nicht so gemeint, aber wenn man in ständiger Angst vor dem Fluch lebt, versteht man es immer so und nicht anders.

»Nein.« Ich starre auf meine Schuhspitzen.

Kjarri kommt richtig in Fahrt. »Hier geht's um Mord, Hannah. Ein Mensch wurde umgebracht. Der lebt nicht mehr. Kapierst du das? Begreifst du, was das bedeutet? Eine Mutter hat ihren Sohn verloren. Eine Frau ihren Mann. Kinder ihren Vater. Wir sind hier nicht in einem Thriller oder in einer albernen Krimiserie. Das ist kein nettes Rätsel, damit du Spürnase spielen kannst. Das ist kein lustiger Zeitvertreib. Das ist ein Mordfall.«

»Willst du noch deutlicher werden oder war's das jetzt?« Es soll aufrichtig empört wirken, doch ich klinge bloß wie ein Ballon, dem die Luft ausgeht.

Ja, er hat einen empfindlichen Nerv getroffen. Nur wegen einer heftigen Ansage schrumpfe ich allerdings nicht gleich in mich zusammen. »Nicht weitererzählen – aber ich hab's.«

Kjarris Mund klappt auf. »Hörst du dich eigentlich reden?«

»Du sollst es ja nur für dich behalten, sonst nichts.«

»Dafür könntest du im Gefängnis landen.«

»Ach, komm.«

»Dafür könnte ich im Gefängnis landen.«

Als Kjarri und ich klein waren, hat seine Mum einmal zu meinem Dad gesagt, sie wolle nicht mehr, dass wir beide miteinander herumhängen. Ich hätte einen schlechten Einfluss auf ihren Sohn. Der Busausflug in die Stadt, der uns zu vermeintlichen Kidnapping-Opfern werden ließ, sei meine Idee gewesen. Da hatte sie vollkommen recht.

Kjarri zerrt seinen Bürostuhl zu meinem Schreibtisch.

»Es dauert wahrscheinlich nicht mehr lange, dann ist die Polizei wieder da. Ich helfe dir.«

Ich falle ihm um den Hals. »Danke, danke, danke!«

»Ich will keinen Dank. Versprich mir lieber, dass du mich später auf Kaution aus dem Knast holst.«

Wir haben keine Zeit zu verlieren. Ich pflanze mich auf meinen Stuhl, grabe in meinem Rucksack nach Imogens Handy und finde es schließlich unter einer angematschten Banane, die Rósa mir in der Früh mitgegeben hat. »Ein stabiler Blutzuckerspiegel stabilisiert die Laune«, hat sie dabei geflötet. Was sollte das nun wieder heißen?

Ohne die Bananenschmiere vom Display zu wischen, drücke ich den Home-Button.

Shit. Akku ist alle.

Ich krame in der Tasche. Da ist es: mein iPhone-Ladekabel. Schnell einstöpseln … und nach ein paar Sekunden erwacht das Handy zum Leben.

Es will eine sechsstellige PIN.

»Okay«, sage ich. »Zuerst müssen wir den Code knacken.«

Kjarri lacht schallend. »Dann mal los, 007.«

»Es ist das Geburtsdatum von Imogens Mum. Aber das kenne ich eben nicht.«

Wortlos streckt er sich nach meiner Tastatur und tippt: *Imogen Collins Facebook.*

Auf dem Monitor erscheint ihre Facebook-Seite. Kjarri klickt auf *Info* und weiter auf *Familie und Beziehungen.*

Annabel Collins

Mutter.

Er klickt erst den Namen an und dann wieder auf *Info.*

»Oh Gott.« Ich staune nicht schlecht. »So einfach kann es doch nicht sein.«

Da steht es. Annabel Collins' Geburtsdatum. Ich drücke noch mal den Home-Button von Imogens Handy. Wird schon schiefgehen. 230464, gebe ich ein.

Und wie durch Zauberhand tut sich auf dem Display eine ganz neue Welt auf. Wir sind drin.

Dicht nebeneinander starren Kjarri und ich auf den Homescreen …

… und sind ernüchtert, denn er sieht aus wie jeder andere auch. Ich weiß nicht, was ich eigentlich erwartet habe.

Außerdem habe ich keine Ahnung, was wir jetzt tun sollen. Wo wir anfangen sollen. Wonach suche ich denn?

»Okay …«, sagt Kjarri. »Und jetzt?«

Wenn man nicht weiß, wie viel Zeit einem bleibt, fällt es schwer, einen Plan zu fassen. Wenn jederzeit die Polizei zur Tür hereinkommen kann, fällt selbst das Denken schwer.

»Sollen wir vielleicht einfach den ganzen Speicher vom Handy auf meinen Computer kopieren?«, schlage ich vor. »Dann können wir ihn später in Ruhe durchgehen.«

»Das hört sich gut an.«

»Weißt du, wie man das beim iPhone macht? Braucht man dazu ein Kabel? Oder eine App?«

»Keine Ahnung. Ich google es schnell.«

»Lass es«, entscheide ich. »Wir können nicht wissen, wie viel Zeit wir haben. Wir dürfen sie nicht mit irgendwas verplempern, das dann doch nicht klappt.«

Wir haben keine Zeit für planvolles Vorgehen. Aufs Geratewohl öffne ich irgendeine App. Instagram. Warum sollten ausgerechnet auf Instagram Hinweise zu einem Mordfall zu finden sein? Und wieder zu damit.

WhatsApp. Ich überfliege die Liste mit den verschiedenen

Chats. Imogen hat eine Nachricht von einer gewissen Sigurlína Ólafsdóttir bekommen. Auf dem Profilbild ist eine Frau mit einer wundervollen grauen Mähne zu sehen.

SIGURLINA Ich dachte, ich mache uns heute vielleicht Hackbällchen zum Abendessen. Wie wäre das?

IMOGEN Das wäre klasse. Bis heute Abend!

Und es gibt eine Nachricht von Anna Tilbury.

ANNA Hey Süße. Hoffe, du hast eine wunderbare Zeit in Island. Hier liegt ein Stapel Post für dich. Soll ich dir das Zeug weiterleiten? Ist aber hauptsächlich Werbung und anderer Müll.

IMOGEN Ich habe eine fantastische Zeit hier. Post weiterleiten ist nicht nötig. Wenn dir irgendwas wichtig vorkommt, mach es einfach für mich auf und schick mir vielleicht ein Foto. Danke, Süße. Und liebe Grüße an Steph und Josh.

Zuletzt hat Imogen mit Orri Sigurlínuson gechattet. Profilbild: Gitarre. Die neuesten Nachrichten stammen von gestern, dem Tag ihrer Festnahme.

ORRI Bin an der Botschaft. Bist du schon da?

IMOGEN Schon drin. Treffen uns an der Bar.

ORRI Okay.

IMOGEN PS: Der gruselige Typ ist da. Versuch dir nichts anmerken zu lassen.

Anscheinend hatten die beiden ein Treffen auf der Cocktailparty vor Imogens Vortrag in der Harpa vereinbart. *Orri.* Könnte das nicht Imogens Kumpel sein? Der, mit dem sie auf dem Empfang war?

Ich lese die eine Nachricht nochmal. *Der gruselige Typ. Der gruselige Typ ist da.*

Damit kann ich nichts anfangen. Aber ich schnappe mir mein eigenes Handy und knipse ein Foto vom Display.

»Gute Idee«, sagt Kjarri.

Um uns herum sind immer mehr Schritte zu hören. Es sind nur die der Kollegen, die in der Redaktion eintreffen, und trotzdem machen sie mich nervös. Ständig stelle ich mir vor, wie plötzlich die Polizei auftaucht und mich festnimmt.

Ich schließe WhatsApp.

Ich habe keinen Plan von nichts.

Als nächstes tippe ich auf Gmail. Ganz oben ist eine ungelesene E-Mail von Mark Reynolds. Ich öffne sie.

Von: mark.reynolds@londonanalytica.co.uk

An: imogen.collins@londonanalytica.co.uk

Hi Immie,

kurzes Update zum Slimline-Meeting. Die Kunden waren begeistert von deiner Arbeit an der Benutzeroberfläche. Einziger Kritikpunkt ist das Farbschema – das müsste man noch etwas besser an die Markenidentität anpassen. Unser Design wirft einen Blick darauf, spätestens nächste Woche bekommst du ein Update mit einer neuen Farbpalette.

Super gemacht, Immie.

Alles Gute für dich,

Mark

Immie? Dort wird sie Immie genannt?

Ich öffne die nächste Mail. Es ist eine Antwort auf eine E-Mail von Imogen an eine Social-Media-Agentur, die ihr anscheinend manchmal Werbedeals vermittelt.

Hi Imogen,

schön, von dir zu hören. Ich hoffe, dir geht's gut. Leider haben wir im Augenblick nichts für dich. Aber wir melden uns, sobald sich etwas ergibt.

Das bringt doch alles nichts. So finde ich nie was. So ganz ohne Plan, aber unter Zeitdruck.

Ich entdecke eine Mail vom Zulassungsbüro der Uni Island.

Betreff: »Dein persönlicher Zugangscode zum DataPsych-Labor«. Ich öffne sie. Der Code lautet 375090. Auch davon mache ich schnell ein Foto.

Dann scrolle ich weiter durch die Mails. Eine sticht heraus.

Sie stammt von einer Victoria King. Der Name kommt mir bekannt vor, aber woher? Im Betreff steht jedenfalls: »Wir bringen die Story nicht. Rufen Sie mich bitte nicht mehr an.«

Kjarri lehnt sich nach vorne. Er riecht gut, nach Seife und Süßigkeiten. »Mach die mal auf«, sagt er.

Von: v.king@theherald.co.uk

An: imogen.collins@londonanalytica.co.uk

Ich weiß, Sie sind enttäuscht. Aber Sie müssen das Ganze vergessen. Ich kann es mir nicht erlauben, daran zu arbeiten. Ich flehe Sie an, hören Sie auf, mich zu belästigen.

Ich werfe einen Blick auf die Signatur ganz unten.

Victoria King

Ressort Technologie, *The Herald*

Daher kenne ich den Namen also. Granny Jo kauft sich manchmal den *Herald*, und ich glaube, ich habe diese Victoria King auch schon bei *Newsnight* oder *Question Time* oder in irgendeiner anderen Sendung gesehen.

In der Signatur steht eine Telefonnummer.

»Ich rufe sie an«, entscheide ich spontan.

»Was? Wieso!?«

Darauf gehe ich nicht ein. Gut möglich, dass Victoria King nichts mit dem Mord zu tun hat. Oder sie hat eben doch etwas damit zu tun.

Ich gebe die Nummer in mein Handy ein und schon beim zweiten Klingeln meldet sich jemand.

»Victoria King.«

»Ja, hallo, hier spricht Hannah Eiríksdóttir vom *Dagblaðið*. Wir sind eine isländische Tageszeitung und wir befassen uns mit dem Mord an Professor Mörður Þórðarson. Nach meinen Informationen standen Sie in Kontakt mit Imogen Collins, daher wollte ich Ihnen eine kurze Frage stel-«

»Rufen Sie mich bloß nie wieder an.«

Sie hat aufgelegt.

Ich drehe mich zu Kjarri. »Hast du das mitgekriegt?«

»Ja. Echt komisch.«

Noch schnell ein Foto von Victoria Kings E-Mail gemacht, dann kehre ich zur Inbox zurück.

Sofort springt mir eine etwas ältere Mail ins Auge. Wieso ist mir die nicht gleich aufgefallen? Der Betreff ist in Großbuchstaben verfasst: »DU SOLLST STERBEN«.

Ich öffne sie.

Von: sara.gunnarsdottir@fco.gov.uk

An: imogen.collins@londonanalytica.co.uk

Ich hoffe, dir ist klar, was du angerichtet hast. Ich hoffe, dir ist klar, dass du mein Leben zerstört hast. Bist du nur deshalb hierhergekommen? Dafür sollst du in der Hölle schmoren.

»Hannah!«

Dads Stimme.

Kjarri ist versteinert. Als würde er glauben, er wäre unsichtbar, solange er sich nur nicht bewegt.

Für einen Moment lähmt die Angst auch mich. Die Angst, dass Dad mich umbringen wird. Aber ich kann sie noch kurz abschütteln und ein letztes Foto machen. Ein Foto von der E-Mail, in der die Frau des Mordopfers der mutmaßlichen Mörderin droht.

Das ist doch was. Das ist sogar einiges.

Ich fühle Dads Nähe schon, dabei hat er noch nicht einmal den ersten Schritt in unsere Arbeitsnische gemacht. Obwohl ich mit dem Rücken zu ihm sitze, spüre ich seinen lodernden Zorn, seine ätzende Unzufriedenheit und seine kalte Panik. Ich weiß, was er denkt: *Das ist er. Der Fluch.*

»In mein Büro, Hannah. Sofort.«

Foto: Aus einem Riss im Asphalt wächst eine zarte gelbe Butterblume, die sich mit ruhiger Kraft kaltem Wind und eisigem Regen entgegenstellt.
Filter: Perpetua

Bildunterschrift: Eine geknickte Blume ist noch lange nicht am Ende. Was oberflächlich betrachtet zerbrechlich erscheinen mag, muss deswegen nicht schwach sein. Ich bin wie diese Blume.

♥ **621**

Wie die Bildunterschrift hätte lauten sollen …

Option 1: Inzwischen flirte ich mit der Wahrheit. Ich weiß, das mögt ihr nicht. Ich weiß, die Wahrheit ist euch unangenehm. Pech gehabt. Ich habe genug von der Schauspielerei.
Option 2: Am gestrigen Tag habe ich 43 Follower verloren.
Option 3: *Where have all the sponsors gone?*

12

IMOGEN

In der Kneipe ist es so dunkel, man sieht den eigenen Drink vor Augen nicht. Gerade erzählt Orri, wie er zu seinem Job bei der britischen Botschaft gekommen ist.

»Das war genau hier, in dieser Bar. Da habe ich den Botschafter kennengelernt.«

Imogen gibt sich Mühe, Normalität auszustrahlen, doch es fällt ihr nicht leicht.

An Schultern und Rücken spürt sie noch Saras feste Umarmung, in ihrer Kleidung hängt der Duft des Parfüms, das er ihr vielleicht selbst gekauft hat, in ihren Geist hat sich Saras dankbares Lächeln eingebrannt.

Orri hat eine Ewigkeit gebraucht, um Saras Computer in Ordnung zu bringen, und die ganze Zeit hat Sara auf Imogen eingeredet. Es ging um Mode, um die heimliche Instagram-Sucht von Sara und ihren »mittelalten Freundinnen« und um ihre Zeit in Großbritannien: »Wir haben in Cambridge gewohnt, so eine wundervolle Stadt.«

Da hat Sara gefragt: »Hast du nicht in Cambridge studiert?«

Imogen musste darauf setzen, dass die Röte ihrer Wangen von

der Foundation kaschiert wurde. »Nur kurz«, hat sie gemurmelt. »Dann bin ich nach London.«

Zum Glück hat Orri ihnen nicht zugehört. Sonst hätte er Sara zweifellos darüber aufgeklärt, dass Imogen und Mörður sich bereits in Cambridge kennengelernt hatten, und auf das dann folgende Gespräch konnte Imogen verzichten.

Sara ist der netteste Mensch der Welt, unter normalen Umständen hätte Imogen sich gerne länger mit ihr unterhalten. Doch in ihrer Gegenwart hatte sie die ganze Zeit das Gefühl, vergiftete Luft zu atmen.

Durch den Gin Tonic gerät der sonst so wortkarge Orri ins Plaudern. »Habe ich dir schon erzählt, dass der Botschafter damals mit seinen Mitarbeitern hier seinen neuen Job gefeiert hat? Das fand ich komisch. Hier sieht's doch nicht aus wie in einem Etablissement für Diplomaten.«

»Riecht auch nicht so.«

Orri lacht. Imogen freut sich jedes Mal, wenn sie ihn zum Lachen bringt. Er lächelt andauernd, lautes Lachen ist aber die Ausnahme. Trotzdem eines aus ihm herauszukitzeln, ist also eine echte Leistung.

»Sara habe ich dann schnell besser kennengelernt. Man hat ja eigentlich gar keine Wahl, ob man sie kennenlernt oder nicht. Na, wem sage ich das.« Ein schiefes Grinsen. »Aber sie ist wirklich toll. Sie hat mir die Stelle im Labor besorgt, bei Mörður. Der wollte erst einen Studenten, der für Credits arbeitet, aber Sara hat ihn überredet, mir ein Gehalt zu zahlen. Nur deswegen konnte ich überhaupt von zu Hause ausziehen. Sie und ich, wir haben uns viel über meine Probleme mit meiner Mum unterhalten.« Orri blickt in seinen Drink. »Mum und ich sind nicht besonders eng miteinander, das hast du ja wahrscheinlich mitbekommen.«

»Falls du euren Streit heute Morgen meinst … ja, den habe ich mitbekommen.«

»Das war noch gar nichts. Früher war es viel schlimmer. Als ich noch zu Hause gewohnt habe, sind wir andauernd aneinandergeraten. Aber ich habe trotzdem Schuldgefühle, weil ich sie alleingelassen habe.«

»Irgendwann zieht doch jeder aus.«

»Ja, schon. Aber wir waren eben immer nur zu zweit. Außer mir hat sie eigentlich niemanden. Ich glaube, seit ich weg bin, ist sie einsam. Sie vermietet mein Zimmer an Austauschstudenten, aber die bleiben meistens bloß ein paar Monate. Sie gibt sich solche Mühe, sie kennenzulernen, sie kümmert sich und dann sind sie einfach wieder weg.«

»Die Blumentapete in meinem Zimmer ist also deine Schuld. Aber stimmt, jetzt wo ich drüber nachdenke – du bist der totale Blümchentyp.«

Orri muss schon wieder lachen. »Als ich ausgezogen bin, hat Mum das Zimmer neu eingerichtet. Sie hat meine ganzen Jugendsünden zutapeziert. Ich war ein großer Poster-Fan, die Wände waren voll von meinen Stars.«

»Ich dachte, so was machen nur amerikanische Teenies in 80er-Jahre-Filmen.«

»Was soll ich sagen? Ich bin ein wandelndes Klischee.«

»Lass mich raten: Taylor Swift, One Direction, Spider-Man und Pamela Anderson.«

»Igitt, die ist ja älter als meine Mum!«

»Okay, nächster Versuch: Nickelback, Justin Timberlake, X-Men und Coldplay.«

»Coldplay? Dann nehme ich lieber Pamela Anderson.«

»Viel Spaß mit ihr.«

Imogen und Orri blicken einander an. Eine Weile schweigen sie. Es ist keine unangenehme Stille. Imogen greift nach ihrem Mojito. Der streng genommen kein richtiger Mojito ist, weil die Minze aus war, aber er schmeckt köstlich, also was soll's.

Orri sieht sie immer noch an. Seine kristallblauen Augen schimmern traurig.

»Denkst du an deine Mum?«, fragt Imogen.

Ein Schulterzucken. »Schon irgendwie.«

Auf einmal will Imogen unbedingt dafür sorgen, dass es ihm wieder besser geht. Es ist ein Instinkt, ein Drang wie der Hunger nach 24 Stunden, ohne einen Bissen zu essen. »Du brauchst kein schlechtes Gewissen zu haben. So was kommt vor. Ich habe seit sechs Monaten nicht mehr mit meinen Eltern gesprochen, weder mit meiner Mum noch mit meinem Dad.«

»Wow. Was ist denn passiert?«

»Nichts. Alles. Man kann es nicht so genau sagen.« *Oder doch.* »Es war ihnen nicht recht, dass ich das Studium abgebrochen habe und zum Arbeiten nach London gezogen bin. Und sie hatten von Anfang an etwas gegen meine Social-Media-Karriere. ›Ich verstehe nicht, wie man sich derart entblößen kann‹, haben sie immer gesagt. Als wäre ich eine Exhibitionistin, die sich zum Spaß auf der Straße nackig macht … Ich war ein ruhiges Kind. Als Teenager habe ich meinen Eltern keinen Ärger gemacht, später bin ich zur Uni und wollte Psychologin werden. Wir waren uns immer in allem einig. Dann waren wir uns plötzlich nicht mehr einig und damit sind sie nicht zurechtgekommen. Sie haben nicht begriffen, dass ich mein eigenes Ding durchziehen muss.«

»Das erinnert mich total an meine Mum. Die kriegt es auch nicht hin, sich mal in wen anders hineinzuversetzen.«

»Ich habe meine Eltern ja lieb. Wirklich lieb. Aber manchmal hat man so unterschiedliche Ansichten, dass man sich einfach gegenseitig wehtut, ob man will oder nicht.«

»Du hast gerade mein Leben auf den Punkt gebracht.«

»Und Geheimnisse sind für jede Beziehung Gift …« Imogen beißt sich auf die Zunge. Sie hatte nie die Absicht, alles offenzulegen. Sie will Orri nur durch einen kleinen Einblick bewusst machen, dass er nicht allein ist, dass es allen geht wie ihm. Doch er ist hellhörig geworden.

»Ihr habt auch Geheimnisse voreinander, du und deine Eltern?«

»Nicht direkt. Aber manches kann man Mum und Dad eben nicht erzählen.«

Orri bohrt nicht weiter nach. Dafür ist Imogen ihm dankbar.

Er sieht sie von unten her an. »Fehlen sie dir?«

Sie sagt nichts. Sie würde gerne eine erwachsene Antwort geben, *Klar, aber c'est la vie* oder so, doch sie kommt nicht gegen den Schmerz in ihrer Brust an. Es ist, als würden zwei ausgehungerte Bestien namens Kummer und Zorn ihr Herz auseinanderreißen wie einen Granatapfel, als würden sie lange, scharfe Zähne in das Fruchtfleisch schlagen und Imogens unbedeutendes Dasein über und über mit blutrotem Fruchtsaft besudeln. Sie sehnt sich nach ihren Eltern und hat zugleich eine Riesenwut auf sie. Sie ist wütend, weil die beiden nicht begreifen, was wirklich in ihrem Leben, in ihrem Kopf los ist. Sie sind doch Mum und Dad, sie sollten doch spüren, dass es ihr nicht gut geht. Und außerdem, so unvernünftig es auch ist – es regt sie unglaublich auf, ihnen nicht sagen zu können, was passiert ist.

Der Geräuschpegel im *Kaffibarinn* steigt. Alle Tische sind besetzt. Typen mit Vollbart und Man Bun, Mädchen mit großen, runden Brillen und schlabbernden Männerhemden stehen aufgereiht an der Theke. Imogen sieht so einige All-Denim-Outfits, eine ganze Herde aus Lederjacken, etliche Turnschuhe zum Sakko. Kein Zweifel, hier versammeln sich die Hipster von Reykjavík.

Man versteht kaum noch, was der andere sagt.

Ein Mädchen spricht Imogen an und bittet sie um ein Selfie. Sie sagt, sie liebe ihr Instagram. Imogen macht lächelnd mit und das Mädchen verschwindet wieder im Getümmel.

Die Ellenbogen auf den Tisch gestützt, beugt Orri sich vor. »Wusstest du, dass Damon Albarn von Blur früher Mitbesitzer von dem Laden hier war?«

»Das wusste ich nicht.«

»Das war in der Zeit des eigentlichen Cool Britannia.«

Sara. Für kurze Zeit hatte Imogen ihr Versprechen vollkommen vergessen. Hätte sie gewusst, wer Sara ist, hätte sie sich nie bereit erklärt, bei dieser Konferenz aufzutreten. Was ist das alles nur für ein Mist.

Eine Kellnerin stellt einen kleinen Teelichthalter aus Glas auf den Tisch, die Flamme taucht Orris Gesicht in warmes Licht. Einer seiner Mundwinkel wandert nach oben.

»Was würdest du sagen, wie stehen die Chancen, dass die Sesselpupser aus den britischen Botschaften in aller Welt die Ära des Cool Britannia von den Toten auferwecken können?«

Damals war Imogen noch gar nicht auf der Welt. Trotzdem hat sie ein Bild davon vor Augen: der Battle of Britpop zwischen Blur und Oasis, Tony Blair mit seinem Grinsekatzenlächeln, Geri Halliwell im Union-Jack-Kleid.

»Wer weiß?«, sagt Imogen. »Zombies sind doch gerade groß in Mode. Was man daraus alles machen könnte. *Shaun of the Dead: Return of the Spice Girls.* Oder Noel und Liam Gallaghers ultimatives Duell in *Zombie Fight Club.*«

Orri lacht laut auf.

Aller guten Dinge sind drei.

Wieder schauen sie einander an. Der Tisch ist so schmal und sie sitzen so dicht beieinander, dass Imogen in Orris Augen ihr eigenes Spiegelbild erkennen kann. Und sie sieht … glücklich aus. Ja, jetzt da sie darüber nachdenkt – sie ist wirklich glücklich, trotz allem.

Da spürt sie, wie ihr Handy vibriert, und hört das erste Klingeln. Es ist eine Nummer aus Großbritannien.

Hoffentlich eine Agentur. Island ist teuer, Imogen muss schon ihre Ersparnisse anknabbern. Seit sie hier ist, pflegt sie ihre Social-Media-Auftritte nicht mehr anständig. Letzten Monat hat sie sogar knapp 500 Follower verloren, eine Katastrophe in der Welt der Influencer. Doch sie hat keine Lust darauf, ihr Leben auf der Insel vor ihren Followern als exotisches Abenteuer zu inszenieren. Sie will endlich zu sich selbst, zur Wahrheit stehen und allen zeigen, was sie durchgemacht hat, das ist der ganze Sinn dieser Reise. Würde sie auf Instagram weiter so tun als ob, würde sie im Grunde gegen sich selbst arbeiten.

»Sorry, da muss ich rangehen«, sagt sie.

Orri lehnt sich mit seinem Drink zurück, damit sie ungestört telefonieren kann.

»Hallo?«, sagt Imogen.

»Spreche ich mit Imogen Collins?« Eine Frauenstimme.

»Ja, hier ist Imogen.«

»Hi, hier ist Victoria King.«

Victoria King? Der Name sagt Imogen nichts.

»Sie haben mir heute Morgen eine E-Mail geschrieben.«

V. King vom Ressort Technologie des *Herald*. Imogen ist automatisch davon ausgegangen, dass sich dahinter ein Mann verbirgt.

»Können Sie gerade sprechen?«, fragt Ms King.

Imogen wirft einen Blick auf Orri. »Äh …«

Seine Backen sind rot vom Gin Tonic. Wie er so im Kneipenzwielicht neben einer von den Jahren gezeichneten Backsteinsäule sitzt, das Kinn in die Hand gestützt, mit seinem Jeanshemd und seinem blonden Haar, das ihm lang über die rechte Wange fällt, gehört er eigentlich auf die Titelseite von *GQ*.

Die Stimme an Imogens Ohr wird ungeduldig. »Imogen? Sind Sie noch dran?«

»Ja, bin ich. Wir können reden. Eine Minute nur.«

Imogen lässt das Handy sinken. Sie bringt die Worte nur mit Mühe heraus und sie auszusprechen, bricht ihr das Herz. »Es tut mir so leid, Orri, aber den nächsten Drink müssen wir auf ein andermal verschieben.«

Foto: Eine Reihe Tacos mit frisch zubereiteter Guacamole, beträufelt mit Sour Cream und bestreut mit Koriander und Granatapfelkernen.
Filter: Sierra

Mögliche Bildunterschriften …

Option 1: #foodporn #foodpic #foodgasm
Option 2: Abendessen mit der Familie.
Option 3: Die Familie – eine lebenslange Haftstrafe ohne Aussicht auf Bewährung.
Option 4: Ich muss hier weg. Vielleicht bringt es was, wenn ich mir die Gabel ins Auge steche?

Tatsächliche Bildunterschrift …

#lecker

♥ **26**

13

HANNAH

Es ist kurz vor fünf. Dad und ich waren den ganzen Tag auf dem Polizeirevier. Auf der Heimfahrt wird geschwiegen.

Ich zücke mein Handy, um Granny Jo eine kurze E-Mail zu schreiben. »Vermisse dich. Rufe dich später an.«

Zu Hause sehen wir schon vom Flur aus, wie Rósa in der Küche hantiert, und es duftet nach angebratenem Hack mit Kümmel und Koriander – mein Tipp: Sie macht ihre weltberühmten Tacos. Meine Augen tränen. Rósa spart nicht an den Gewürzen. Findet außer mir eigentlich niemand, dass Kümmel nach altem Schweiß riecht?

Rósa ist Partnerin in einer Anwaltskanzlei. Wegen der Zwillinge ist sie auf Teilzeit umgestiegen, meistens ist sie also um vier zu Hause, damit sie Ísabella und Gabríel zum Fußballtraining bringen kann und zum Klavierunterricht und zum Karate und zum Ballett und zum Computerkurs und zur Gymnastik und … es nimmt kein Ende. Die Zwillinge behandeln ihre Mutter wie eine Sklavin. Ich kann mir gut vorstellen, dass Ísabella Tacos gefordert hat und Rósa deswegen extra noch mal zum Supermarkt gerannt ist.

Jetzt schauen die Kinder im Wohnzimmer fern. Heute Morgen hat Ísabella mir erzählt, sie und ihr Bruder hätten eine Wette darüber abgeschlossen, wann ich zurück nach London geschickt werde, sodass sie mich nie wiedersehen müssen. Gutmütig, wie er ist, gibt Gabríel mir noch zwölf Monate. Nach Ísabellas Einschätzung bin ich noch vor Jahresende weg.

Ich fürchte, sie könnte recht behalten.

Da Dad die Tür nicht sofort zudrückt, weht noch ein Schwung kalter Luft ins Haus.

Drüben steckt Rósa den Kopf aus der Küche. »Das ist ja eine schöne Überraschung!« Trotz der dicken Make-up-Schicht auf ihrem Gesicht und der Botox-Behandlungen, die sie sich – wie ich vermute – regelmäßig gönnt, kräuselt ein Stirnrunzeln die Maske ihrer Verschönerungsmaßnahmen. Dad macht nie früher Feierabend. Es muss etwas vorgefallen sein.

Statt ihr zu antworten, sieht er mich zum ersten Mal seit unserem Abgang aus dem Polizeirevier direkt an. Seine Augäpfel treten hervor. Und schon bricht der Vulkan aus.

»Ich kann nicht fassen, dass du mir das angetan hast!«

Ihm? Ist das sein Ernst? Als ginge es hier um ihn.

Rósa verzieht sich wieder zum Herd. Aus dem Wohnzimmer ist hämisches Kichern zu hören. Was habe ich den beiden eigentlich getan?

Dad zerrt sein Jackett herunter und pfeffert es auf den Boden. »Begreifst du nicht, was für einen Eindruck das macht?«

Es gibt Momente, da kann ich kaum glauben, dass mein Vater und ich verwandt sein sollen.

»Was tut der Eindruck denn jetzt zur Sache?«

Sein Gesicht färbt sich knallrot. Er denkt, ich will mich über ihn lustig machen. Ja, kann gut sein.

Dann bebt die Erde, bildlich gesprochen.

»Hannah!«, donnert Dad. Das Feixen im Wohnzimmer legt sich. »Begreifst du nicht, was für einen Eindruck es macht, wenn ich meine minderjährige Tochter, die keinerlei Ausbildung oder auch nur Berufserfahrung hat, für ein Praktikum auswähle, auf das sich Hunderte von Universitätsabsolventen beworben haben? Begreifst du nicht, dass ich durch meine Entscheidung für dich meinen Ruf aufs Spiel gesetzt habe? Dass meine Integrität darunter leidet?«

Verwirrt und auch überrascht sehe ich ihn an. So habe ich noch nie über die Sache mit dem Praktikum nachgedacht. Ich bin gar nicht darauf gekommen, dass Dad mir damit einen Gefallen tun will. Dass er nett zu mir sein will. Für mich ist mein Vater der, der mich immer nur bestraft.

Dad liebt seinen Job mehr als alles andere. Wenn er ihn mir zuliebe riskiert hat, bin ich ihm vielleicht doch wichtig.

»Wer weiß noch davon?«, fragt er.

»Von dem Handy? Nur Kjarri.«

»Ich rede mit ihm. Du erzählst niemandem davon.«

Ich starre auf den Boden. Ich fühle mich so leer. So dumm. Meine Arme und Beine hängen schlaff herab, meine Schultern werden von der Schwerkraft nach unten gezerrt. Der Zeitungsjob macht mir Spaß. Ich will ihn nicht verlieren.

Auf dem Revier hat ausschließlich Dad gesprochen. Er hat

meine Verfehlung als Missverständnis zwischen verschiedenen Kulturen abgetan. Er hat erzählt, dass ich erst vor Kurzem nach Island gezogen sei, nach dem Krebstod meiner Mutter, und dass ich noch Probleme mit der Sprache hätte und die Lage daher nicht vollständig hätte überblicken können. Ich wurde mit einer Ermahnung nach Hause geschickt.

Dad zieht die Schultern hoch, bückt sich, hebt sein Jackett auf. Auch er wirkt leer, der Vulkan schlummert wieder. Er sieht mich an und seine Mundwinkel zucken. Ich werde nie erfahren, ob das ein Lächeln werden sollte.

»Wir können nur hoffen, dass wir noch mal davongekommen sind«, sagt er noch, dann bricht er wieder zur Arbeit auf.

Bei der Redaktionssitzung am nächsten Morgen will ich mich von meiner besten Seite zeigen. Ich habe es mir fest vorgenommen, ganz ehrlich.

Es läuft wie immer: Dad verteilt Aufträge, die Mitarbeiter geben ihren Senf dazu ab und schlagen eigene Themen vor. Ich halte den Mund.

Heiða vom Investigativressort, die sich mit dem Mord an Mörður Þórðarson beschäftigt, fasst die Lage für alle zusammen.

Seit Imogens Festnahme sind zwei Tage vergangen. Gestern Abend wurde sie einem Richter vorgeführt, der eine vierwöchige Untersuchungshaft angeordnet hat. Mehr kann auf einen Schlag nicht angesetzt werden.

»Wer vertritt sie?«, fragt Dad.

»Valur Vilhjálmsson«, antwortet Heiða.

Dad schneidet eine Grimasse.

»Ich weiß«, meint Heiða.

Neben mir sitzt Kjarri. Er ist zu spät zur Sitzung erschienen. Seit gestern, als ich von Dad und zwei Polizisten aus unserer Arbeitsnische geführt wurde, haben wir nicht mehr miteinander gesprochen. Kjarri sieht furchtbar aus. Seine Augen sind gerötet wie nach einer schlaflosen Nacht, die dunkelblonden Haare hängen ihm ungegelt in die Stirn, sein Dreitagebart ist zu lang und ohne die dickrandige Brille geht ihm seine sonst so selbstsichere, erwachsene Präsenz irgendwie komplett ab.

»Was ist so schlimm an Valur Vilhjálmsson?«, fragt er.

Heiða ist zu 100 Prozent Reporterin, das Zeitungswesen ist ihr sozusagen ins Erbgut eingeschrieben. Sie hat mit 16 die Schule abgebrochen und mit dem Journalismus angefangen. Sie kennt jeden und weiß alles. Ihr entgeht kein Gerücht und ihr Instinkt verrät ihr, an welchen etwas dran ist und an welchen nicht. Sie hat den perfekten Riecher für Ungereimtheiten und Logiklücken.

»Nichts«, sagt sie mit ausdrucksloser Stimme. Sowohl ihr Äußeres als auch ihre ganze Art wirken verblüffend unaufdringlich. Wäre Heiða eine Farbe, wäre sie Grau. Doch vielleicht ist gerade das der Schlüssel zu ihrem Erfolg – dass sie mit der Umgebung verschmelzen kann, bis man sie kaum noch bemerkt. »Valur ist eine einwandfreie Wahl … wenn einem Steuerhinterziehung vorgeworfen wird oder wenn man mit den Alimentenzahlungen im Rückstand ist.« Heiða wendet sich an Dad. »Die britische Botschaft hat ihn als Anwalt hinzugezogen. Die haben wohl nicht so viel Erfahrung damit, Landsleuten unter Mordverdacht beizustehen.«

Dad greift zu seinem iPad. »Sonst noch was?«

Heiða zuckt die Achseln. »Eigentlich nicht. Nur dass sie angeblich keinen Ton sagt.«

Ich beiße mir auf die Zunge. *Halt den Mund. Halt dich raus.*

Doch ein kleines Wunder geschieht: Kjarri liest meine Gedanken.

»Wieso sagt sie keinen Ton?«, fragt er.

Ich bin so froh, dass er sich einmischt, vielleicht sollte ich ihm ein kleines Dankeschön besorgen.

Für Heiða scheint es ein gigantischer Kraftakt zu sein, den Kopf zu Kjarri zu drehen, und ihr Blick sagt klar und deutlich: *Für derart dumme Fragen habe ich keine Zeit.* »Na, sie muss ja nicht. Sie hat das Recht zu schweigen.«

Dad checkt seine Mails. »Wurde ihre Familie benachrichtigt?«, fragt er und scrollt durch seinen Posteingang wie immer am Ende der Redaktionssitzung. Er hält Ausschau nach relevanten Pressemitteilungen, die noch in letzter Minute eingetrudelt sind.

»Da sie volljährig ist, muss die Polizei ihre Familie nicht kontaktieren, außer auf Ms Collins' ausdrücklichen Wunsch. Und laut Valur will sie sie lieber heraushalten. Sie sagt, sie stehe ihr nicht besonders nahe. Aber ich würde schwer davon ausgehen, dass ihre Eltern trotzdem schon davon erfahren haben. Über ihre Festnahme wurde in den britischen Nachrichten berichtet und das halbe Netz redet davon.«

»Mach sie ausfindig«, befiehlt Dad, ohne von seinem iPad aufzublicken. »Versuch, einen Kommentar von ihnen zu bekommen.« Er hört auf zu scrollen und öffnet eine Mail.

Heiða rückt ihren Stuhl zurück. »Was Interessantes?«

»Nein, nur eine Vermisstenmeldung.«

Alle stehen auf, wollen gehen.

Dad legt das Tablet beiseite, die Vermisstenmeldung noch geöffnet. Es ist ein Foto dabei.

Ich werfe einen Blick darauf. *Oh Gott.* Das Gesicht kenne ich. *Halt dich raus, Hannah!* Mein Herzschlag beschleunigt, ich beuge mich ein wenig vor. Ja, das ist er. Er ist es ganz bestimmt.

»Und darum soll sich niemand kümmern?« Ich setze eine möglichst überzeugende Unschuldsmiene auf.

Dad packt bereits seine Sachen: den Montblanc-Füller, den Rósa ihm zur Beförderung auf den Posten des Chefredakteurs geschenkt hat, sein in Leder gebundenes Notizbuch. »Das ist bloß eine Vermisstenmeldung. Kriegen wir andauernd. Meistens junge Leute, die bei Freunden übernachten und nicht daran denken, ihren Eltern Bescheid zu sagen. Ich wette, der ist schon wieder aufgetaucht.«

Ich starre Dad an. Er hat keine Ahnung. Dann sehe ich mich nach Heiða um. Sie ist schon abgedampft. Kein Mensch hier weiß, wer der Typ auf dem Foto ist. Niemand kapiert, dass das keine Vermisstenmeldung wie jede andere ist.

Dad greift schon nach dem iPad, aber ich kann noch einen kurzen Blick darauf werfen.

Name: Orri Sigurlínuson

Alter: 22

Beschreibung: Blaue Augen. Haare blond, schulterlang. Trug zuletzt einen grünen Parka, schwarze Jeans, ein Jeanshemd und schwarze Stiefel, die Sohle mit gelber Naht abgesetzt.

»Wann wurde er das letzte Mal gesehen?«

Dad schaut auf dem Tablet nach. »Am Montagabend.«

Da wurde Imogen festgenommen. »Das ist zwei Tage her.«

Ein Schulterzucken.

»Kann ich mich darum kümmern?«

»Wir stellen die Meldung auf die Webseite, wie sie ist. Aber gut, es kann nicht schaden, wenn du sie übersetzt und auch noch eine englische Fassung auf *IceNews* stellst.«

»Das heißt, ich soll die Sache übernehmen?« Dad muss es laut aussprechen. Unmissverständlich. Wenn er dahinterkommt, was ich angestellt habe, muss ich ihn direkt zitieren können. »Das ist mein neuer Auftrag?«

»Klar.«

Das wollte ich nur hören.

In unserer Nische wartet Kjarri schon auf mich und ich habe einen Flashback: Es ist wieder gestern, Dads Zorn fegt über mich hinweg wie die Druckwelle einer Explosion und hinter ihm nahen die Polizisten in ihrer schwarzen Uniform, einer Art mittelalterlichem Scharfrichtergewand.

Ich muss etwas sagen. »Es tut mir leid, ich wollte dich da nicht mit reinziehen. Das Handy zu nehmen – das war dumm von mir. Wir haben der Polizei gesagt, dass du nichts damit zu tun hast. Dass ich ganz allein verantwortlich bin.«

Plötzlich greift Kjarri nach meiner Hand. »Ich hätte mir mehr Mühe geben sollen. Mich stärker reinhängen sollen. Ich hätte mir irgendwas ausdenken sollen, wie wir mehr Zeit mit dem Handy rausholen können. Ich hätte darauf kommen sollen, dass wir einfach hier weg und zu mir gehen können. Dadurch hätten wir ein paar Stunden gewonnen.« Kjarri macht eine Pause. »Wenn man hinter die Wahrheit kommen will, darf man es mit Richtig und Falsch nicht immer so genau nehmen. Das ist mir jetzt klar. Manchmal heiligt der Zweck wirklich die Mittel. Und ich … ich habe nachgedacht. Ich will ein besserer Journalist werden. Und dazu muss ich einfach mehr wie du denken, auch mal um die Ecke. Ich muss ein Gleichgewicht finden zwischen dem, was mir beigebracht wurde, was richtig und was falsch ist und so, und dem, was nötig ist. Es ist eben nicht alles schwarz oder weiß.«

Es klingt ehrlich, was er sagt.

»Okay«, antworte ich. »Du kannst mir gleich bei meinem neuen Auftrag helfen. Aber da müssen wir ganz sicher um die Ecke denken.«

Orris Mum ist genauso leicht zu finden wie Imogens. Ich suche auf Facebook nach Orri, klicke auf *Info* und verschaffe mir zunächst einen Überblick.

Angestellt bei DataPsych

Studium an der Universität Island
Wohnt in Reykjavík, Island
Single

Dann klicke ich auf *Familie und Beziehungen.* Dort ist nur eine Verwandte aufgelistet:

Sigurlína Ólafsdóttir
Mutter

Als Nächstes öffne ich die Online-Version des isländischen Telefonbuchs. In Island steht jeder im Telefonbuch. Ohne Ausnahme. Selbst die Premierministerin. Island kann echt niedlich sein.

Und da ist sie auch schon: Name, Adresse, Telefonnummer.

Wir nehmen Kjarris Auto. Bin ich froh, dass ich nicht selbst fahren muss. Es schneit heftig und die Flocken sehen zwar aus wie hübsche Wattebäusche in einem Weihnachtsschaufenster, nehmen einem aber trotzdem vollständig die Sicht. Kjarri scheint das allerdings nicht zu stören. Er meint, er habe seine Führerscheinprüfung während eines Schneesturms abgelegt und bestanden.

Das rote Haus, vor dem Kjarri parkt, wirkt eher wie ein Ferienhäuschen oder wie eine Behausung aus längst vergangenen Zeiten. Es würde gar nicht so schlecht in ein Weihnachtsschaufenster passen.

Auf mein Klopfen öffnet uns eine Frau, die man für eine Kreuzung aus Elf und Hippie halten könnte. Lange graublonde Haare, kein Make-up im Gesicht, stechende graue Augen und ihre wallende goldfarbene Robe erinnert mich an Cate Blanchetts Auftritt in *Herr der Ringe.* Leicht verwirrt mustert sie uns.

Dann fange ich wohl mal an. »Hi, ich bin Hannah Eiríksdóttir. Sind wir hier richtig bei Sigurlína Ólafsdóttir?«

Die Frau nickt.

»Wir kommen vom *Dagblaðið.*« Ich wundere mich beinahe, dass sie uns nicht sofort die Tür vor der Nase zuknallt.

»Ach, natürlich. Du musst Eiríkurs Tochter sein.«

Okay, jetzt bin ich verwirrt.

Ein Lächeln. »Dein Dad und ich waren zusammen auf der Grundschule. Du ähnelst ihm sehr, also als er noch jünger war. Ich habe ihn seit Jahren nicht gesehen. Wie geht's ihm?«

Mir war kurz entfallen, dass in Island jeder jeden kennt.

»Ihm … äh … ihm geht's gut«, druckse ich herum.

»Was steht ihr noch da draußen in der Kälte? Kommt rein, kommt rein!«

Wir folgen Sigurlína in die Küche. Von innen ist das Haus genauso gemütlich wie von außen niedlich.

»Setzt euch«, sagt sie. »Was kann ich euch anbieten? Ich habe mir gerade einen Pfefferminztee gemacht.«

Sigurlína benimmt sich nicht wie eine Frau, deren Sohn vermisst wird.

»Ich weiß was Besseres«, meint sie jetzt. »Ich mache euch einen heißen Kakao. So wie ihr ausseht, könnt ihr einen vertragen. Augenblick, ich hole schnell noch ein paar Zimtschnecken aus der Gefriertruhe und mache sie warm …«

»Danke, aber ich nehme gerne ein Glas Wasser.« Würde ich gar nichts annehmen, würde sie garantiert alles auftragen, was sie an Essbarem im Haus hat, und darauf bestehen, dass wir alles probieren. So sind sie, die Isländer.

»Für mich bitte auch ein Wasser«, wirft Kjarri ein. Anscheinend hat er sich fest vorgenommen, heute Vormittag in allem meinem Beispiel zu folgen.

Sigurlína füllt zwei Gläser mit Leitungswasser und setzt sich mit uns an einen Küchentisch, der aussieht wie aus einem Schnellrestaurant: cremefarbene Plastikbeschichtung, chromfarbene Ränder. Von Design und Zustand her würde ich schätzen, dass er aus den 1950er Jahren stammt. »Und, was kann ich für euch tun?«, fragt sie.

Auf einmal weiß ich nicht mehr, was ich sagen soll. Ich war darauf eingestellt, sie geschickt zum Reden bringen zu müssen, und jetzt rollt sie uns einfach den roten Teppich aus.

»Es geht um …« Schon bekomme ich ein schlechtes Gewissen. Was ist das für ein Job, der einen dazu zwingt, eine so nette Dame hinters Licht zu führen? *Ruhig, Hannah. Es geht nicht anders.* Kjarri hat recht: Manchmal heiligt der Zweck wirklich die Mittel.

»Es geht um deinen Sohn. Orri. Ich wollte dir nur ein paar Fragen stellen. Wir wollen die Vermisstenmeldung nämlich auf *IceNews* bringen und uns dafür ein genaueres Bild von ihm machen. Du weißt schon, dann stehen die Chancen besser, dass er schnell wieder auftaucht.«

Mir wird leicht übel. So gut es geht, schlucke ich den Ekel hinunter, den ich vor mir selbst empfinde. Dann bücke ich mich zu meiner Tasche und nehme ein Notizbuch und einen Stift heraus, beides frisch aus dem Büromaterialschrank in der Redaktion.

Zu meiner Überraschung zuckt Sigurlína bloß gleichgültig mit den Schultern. »Selbst wenn er nicht wieder auftaucht, heißt das noch lange nicht, dass er abhandengekommen ist.«

Ich schaue von der leeren Notizbuchseite auf. »Er ist also nicht weg?«

»War er denn je da?«

Mein Stift ist einen Zentimeter über der leeren Seite erstarrt.

Sigurlína trinkt einen Schluck Pfefferminztee. Die Tasse wirkt genauso alt wie der Tisch. »Seit er ins Teenageralter gekommen ist, war er es nicht mehr wirklich.«

Ich werfe einen Blick auf Kjarri. Vielleicht weiß er, was sie uns damit mitteilen will? Doch Kjarri guckt genauso perplex drein, wie ich mich fühle.

»Er war im metaphorischen Sinne nicht mehr da, will ich sagen«, erläutert Sigurlína und stellt ihre Tasse ab. Wie ich sehe, hat das Porzellan einen Riss, mitten durch einen ausgeblichenen Veilchenstrauß hindurch. »Er sagt, er weiß nicht, wer er ist. Er ist die ganze Zeit auf der Suche nach sich selbst. So kann man nicht wirklich anwesend sein, ohne dass man deswegen gleich abhandengekommen wäre.«

Was nun tatsächlich Sache ist, habe ich trotzdem noch nicht verstanden. »Also ist Orri jetzt verschwunden oder nicht?« Ganz konkret, meine ich. Weißt du, wo er sich aufhält?«

»Nein und nein.«

Allmählich kriege ich Kopfschmerzen. »Das heißt, er ist nicht verschwunden, aber du weißt auch nicht, wo er ist.«

»Genau.«

Ein Gespräch mit Sigurlína ist wie ein von Konfuzius höchstpersönlich erdachtes Sudoku-Rätsel. Ist es Absicht, dass man nie so genau kapiert, worauf sie hinauswill?

»Und wieso hat die Polizei dann eine Vermisstenmeldung rausgegeben?«

»Das weiß ich nicht. Wahrscheinlich wurde sie von seinen Freunden verständigt. Ich war's nicht.«

»Du machst dir gar keine Sorgen um ihn?«

Sigurlínas stoisches Elfengesicht wird von einer Unheil verkündenden Wolke verdunkelt und zum ersten Mal entspricht sie meinen Vorstellungen von der Mutter eines Vermissten. »Doch, natürlich. Seit Jahren wache ich über ihn und sorge ich mich um ihn. Aber er hat eine Mission, die Suche nach sich selbst, und dabei entfernt er sich nur immer weiter von sich.«

»Bei Orri war also nichts los, was dir Sorgen bereitet hätte, mal abgesehen von seinen Schwierigkeiten mit der Selbstfindung?«

»Na ja. Da war natürlich die Geschichte mit DataPsych. Ihr wisst doch bestimmt bestens über den Mord an Orris Chef Bescheid? An Mörður Þórðarson?«

Kjarri und ich nicken und wieder beißen sich die Schuldgefühle in mein Herz hinein. Es ist ein schreckliches Gefühl, Sigurlína unter falschem Vorwand auszufragen. *Der Zweck heiligt die Mittel, der Zweck heiligt die Mittel …*

»Bei DataPsych ist irgendetwas im Gange, lange schon, schon

seit vor dem Mord«, erzählt sie. »In den letzten Wochen war Orri so merkwürdig aufgedreht. Ist nur der Stress, hat er gesagt. Das Labor ist sehr gefragt bei Firmen aus aller Welt, da ist oft extrem viel zu tun. Aber ich hatte das Gefühl, dass das nicht alles ist. Vielleicht hat er Angst um seinen Job, falls er das Pensum nicht durchhält? Oder es hat mit Imogen zu tun – ich habe ein bisschen den Verdacht, dass sie ihm gefällt.«

Imogen. Endlich bewegen wir uns in die richtige Richtung. »Hast du Imogen mal kennengelernt?«

»Aber natürlich. Sie wohnt hier. Ich habe ihr Orris altes Zimmer vermietet. Am Abend ihrer Verhaftung hat die Polizei bei mir angeklopft, mit Durchsuchungsbeschluss und so weiter. Die haben das ganze Haus auf den Kopf gestellt.«

»Und haben sie etwas gefunden?«

»Sie haben Imogens Laptop und ein paar andere Sachen von ihr mitgenommen. Kleidung, ein bisschen Schmuck, nicht viel eigentlich.« Sigurlína schüttelt den Kopf. »Ich war ja dagegen, dass Orri bei DataPsych anfängt. Mir wäre es lieber gewesen, er hätte sich auf seine Doktorarbeit konzentriert. Aber er ist mein einziges Kind, deswegen ist es mir nie leichtgefallen, ihm Vorschriften zu machen. Hin und wieder kommt es mir vor, als wären wir eher gute Freunde als Mutter und Sohn … Wahrscheinlich hat er sich deshalb nach einer anderen Frau für die Mutterrolle umgesehen. So erkläre ich es mir jedenfalls, dass es ihm diese Sara von der britischen Botschaft derart angetan hat.«

»Sara. Das ist die Eventmanagerin dort, oder?«

»So was in der Art. Ich kann die Frau nicht ausstehen. Aber

Orri ist so etwas wie der offizielle Computertyp der Botschaft, und da haben sich die beiden irgendwie angefreundet. Ich bin mir ziemlich sicher, sie hat ihm den Floh ins Ohr gesetzt, dass er unbedingt hier ausziehen muss. Und sie hat ihm den Job bei DataPsych besorgt, damit er es sich überhaupt leisten konnte. Als wäre es ihr großes Ziel, ihn mir wegzunehmen.« Sigurlínas Gesicht hat sich gerötet. »Ihr haltet mich jetzt bestimmt für fürchterlich kaltherzig. Dass ich so über Sara rede, wo sie doch gerade ihren Mann verloren hat. Aber das ändert nichts an der Wahrheit: Sie ist eine dumme Kuh und Punkt. Als sie und Imogen neulich über diese Konferenz gesprochen haben, bei der Imogen auftreten soll, war sie total gemein zu ihr.«

In der Küche wird es still. Ich denke noch über die nächste Frage nach, da unternimmt Kjarri einen Versuch.

»Glaubst du, sie war's?«, fragt er ganz nüchtern, weder aggressiv noch zaghaft, sondern einfach wie ein Journalist bei der Arbeit. »Glaubst du, Imogen hat Mörður Þórðarson umgebracht?«

Kjarri macht mit. Er macht volle Kanne mit.

Sigurlína senkt den Blick. »Das kann ich nicht beurteilen.« Oh doch, sie weiß etwas. Sie hat eine Meinung dazu, an der sie uns aber nicht teilhaben lassen will.

»Orri war's nicht. Ich bin mir hundertprozentig sicher, dass er nichts damit zu tun hat«, bricht sie plötzlich hervor.

Nein, das ist mehr als eine Meinung. Es ist der schlimmste Verdacht, den eine Mutter haben kann.

Denn davon, dass Orri in den Mord verwickelt sein könnte, war nie die Rede.

Foto: Die Nahaufnahme eines Gesichts; keine Foundation auf der Haut, keine Tusche auf den Wimpern, alle Makel ausgestellt.
Filter: Clarendon

Bildunterschrift: Sei du selbst. Das kostet nichts.

♥ **374**

Wie die Bildunterschrift hätte lauten sollen …

Option 1: Einmal habe ich 5.000 Pfund dafür erhalten, mich auf Instagram in einer Bauch-weg-Hose zu zeigen. Meinen Followern habe ich gesagt, ich würde das Haus niemals ohne verlassen. Ich habe sie nie wieder angezogen.
Option 2: Muss ich mich jetzt schmutzig fühlen?

14

IMOGEN

Mit dem Telefon in der Hand und der Journalistin in der Warteschleife verlässt Imogen das *Kaffibarinn*. Draußen ist es dunkel geworden. Aus dem Nichts weht eine eisige Bö heran, so scharf, dass Imogen kaum noch Luft bekommt. Ihr ist zum Schreien zumute. Zum Heulen. Wieder einmal bestimmt das Monster über ihr Leben, hält sie davon ab, zu tun, was sie tun will, lenkt sie in eine andere Richtung. Trotzdem, das Gespräch ist wichtig. Es könnte all dem ein Ende setzen.

Von den vielen Restaurants, Bars, Clubs und Geschäften an Reykjavíks Haupteinkaufsstraße Laugavegur her ist der Lärm eines vergnüglichen Abends zu hören. Imogen schlägt die entgegengesetzte Richtung ein, auf der Suche nach Ruhe und Frieden, vor allem nach einer Ecke ohne andere Menschen.

Zwischen einer Reihe von Wohnhäusern entdeckt sie eine dunkle Gasse, eine Abkürzung zur Parallelstraße. Gemäß dem gesunden Menschenverstand sollte man dunkle Gassen meiden. Imogens Erfahrung nach kann einem am helllichten Tag und vor den Augen anderer ebenso gut etwas Schlimmes zustoßen.

Das Telefon am Ohr, geht sie zur Gasse.

Darin ist es stockfinster, die Graffiti an den Mauern sind nur schemenhaft zu erkennen. Es riecht nach Urin und am anderen Ende drückt sich eine Katze herum, ein dunkler Umriss vor den Lichtern der dahinter liegenden Straße.

»Können Sie jetzt ungestört sprechen?«, fragt die strenge Frauenstimme. Victoria King hört sich wie eine verärgerte Lehrerin an und sofort fühlt Imogen sich wie eine ungezogene Schülerin bei einem Pflichtbesuch im Rektorat.

»Ja«, sagt sie.

»Gut.«

Die Katze sieht Imogen an. Katzen sind ihr unheimlich. Imogen wendet sich ab. »Wie geht es jetzt weiter?«

»In Ihrer E-Mail haben Sie sich etwas unklar ausgedrückt. Fangen wir noch mal von vorne an: Wer sind Sie?«

Imogen hat keine Ahnung, wie man mit Journalisten spricht. »Ich heiße Imogen Collins.«

»Okay, das konnte ich anhand Ihrer E-Mail-Adresse und Signatur schon erahnen.«

Kann man sich einen lustigeren Abend vorstellen? Trotz der Kälte gerät Imogen ins Schwitzen. *Du schaffst das.*

»Ich bin 19 Jahre alt und Influencerin auf Instagram.« *Influencerin.* Auf einmal fühlt sich das Wort so schmutzig an. In Imogen ploppt ein Gedanke auf: *Was ich auf Instagram mache – ist das nicht fast das Gleiche wie das, was Mörður und London Analytica all den jungen Mädchen antun wollen?* Schon diese leise Ahnung ist nicht zu ertragen, Imogen darf sie nicht an sich heranlassen. »Ich habe in Cambridge Psychologie studiert, aber vor einem

Jahr damit aufgehört und stattdessen bei London Analytica angefangen.«

»Und das ist eine Marketingagentur?«

»Ja. Ms Kendrick, die Gründerin, glaubt, der Ansatz von London Analytica sei die Zukunft des Marketing. Wenn Sie mich fragen, könnte sie damit recht haben. Verhaltensbasiertes Targeting ist definitiv die Zukunft, aber es ist nicht die hübsche Utopie, von der Ms Kendrick immer unseren potenziellen Kunden erzählt. Es geht mehr in Richtung *Terminator* und *1984* und *Minority Report* und *Krieg der Welten* und *Blade Runner* und *Matrix* und-«

»Danke, ich kann es mir ungefähr vorstellen.«

Als die Katze miaut, kriecht ein Schauer über Imogens Rücken.

Im Hörer rumoren Hintergrundgeräusche, fremde Stimmen. »Abendessen ist da, Victoria!«, ruft jemand.

Da hat Imogen eine kleine Erleuchtung: Für sie selbst geht es hier um alles. Für Victoria King ist es ein Arbeitstag wie jeder andere.

Imogen weiß, was sie zu tun hat. So abstoßend, so gemein und geschmacklos es sich auch anhört – sie muss Victoria King ihre Geschichte als Horrorstory *verkaufen.*

Vom Journalismus versteht sie vielleicht nicht viel, doch sie arbeitet im Marketing und sie hat eine Million Follower auf Instagram. Wenn sie sich mit irgendetwas auskennt, dann damit, etwas richtig zu verpacken: ansprechend, interessant, verlockend. Und wenn Imogen sonst gar nichts ist, eine gute Verkäuferin ist sie definitiv.

Victorias Kaugeräusche sind deutlich zu hören. »Okay, erzählen Sie mal von diesem Slimline-Projekt. Inwiefern unterscheidet es sich von der sonstigen Tätigkeit London Analyticas?«

»Es gibt keinen Unterschied. Es ist genau das Gleiche. Im Grunde treten wir immer mit irgendeinem Produkt gezielt an diejenigen Personen heran, die als Käufer infrage kommen. Das Schwierige an diesem Projekt ist die Zielgruppe. Damit habe ich ein Problem.

Vor ein paar Monaten ist das Pharmaunternehmen Frexer auf uns zugekommen. Frexer stellt seit Jahren rezeptfreie Abnehmpillen her. Da der Absatz in letzter Zeit allerdings rückläufig ist, haben sie dem Produkt ein neues Image verpasst, mitsamt neuem Verpackungsdesign und neuem Namen: Slimline.

Passend zu diesem Rebranding wollten sie zielgerichtete Werbung schalten. Das ist ein ganz normaler Vorgang, man lässt ein Produkt in neuem Glanz erstrahlen und will es die richtigen Leute wissen lassen. Daran ist auch nichts auszusetzen. Das wirklich Widerwärtige an dieser Kampagne ist die Definition der Zielgruppe. London Analytica soll für Frexer – und ich zitiere wörtlich – 16- bis 24-jährige Mädchen ins Visier nehmen, die mit ihrem Körper unzufrieden sind und/oder eine Essstörung haben.

Natürlich läuft das alles unter strenger Geheimhaltung. Allein dafür, dass ich Ihnen davon erzähle, könnte ich hinter Gitter kommen. Wir Angestellten unterzeichnen für jedes Projekt eine Vertraulichkeitsvereinbarung. Aber das ist mir egal. Ich kann das nicht zulassen.«

Am anderen Ende wird geschwiegen. *Verdammt.* Imogen dachte, sie hätte so überzeugend gesprochen. Wie es aussieht, muss sie noch eins draufsetzen.

»Hören Sie«, sagt sie und schwenkt von offenkundiger Empörung auf ruhiges Argumentieren um. »Als Journalistin haben Sie bestimmt viel erlebt und gesehen. Kriege, Gewalt, Bankenkrisen, todkranke Menschen kurz vor dem Ende. Verglichen damit mag meine Geschichte nebensächlich erscheinen. Aber ich will Ihnen eine Frage stellen: Wenn Sie die Möglichkeit hätten, die gesamten Social Media in aller Welt nach Personen zu durchforsten, die im vergangenen Monat über Selbstmord nachgedacht haben – fänden Sie es dann in Ordnung, diese Menschen mit Werbung für einen Waffenladen zu bombardieren?«

Der schlimme Gedanke von eben drängt sich wieder in ihr Bewusstsein und erschwert ihr das Atmen. *Tue ich nicht genau das Gleiche?*

Als Influencerin wird sie dafür bezahlt, lächelnd ein bestimmtes Kleidungsstück, Make-up oder Accessoire zur Schau zu stellen. Bei genauerer Betrachtung ist sie nichts anderes als eine Werbetafel aus Fleisch und Blut. Hin und wieder konnte sie sich zwar einreden, sie wäre eher künstlerisch als geschäftlich tätig, denn die Fotos zu planen und zu produzieren ist tatsächlich eine kreative Herausforderung und beim Verfassen der Bildunterschriften hat sie manchmal fast das Gefühl, eine Kurzgeschichte zu schreiben. Und trotzdem macht sie sich damit nur etwas vor.

Imogen erinnert sich an ihr Date mit Callum in London. Wie lange ist das her? Ein halbes Leben mindestens. Er hatte sich darüber beschwert, dass es im Marketing immer nur darum gehe, die Leute erst fertigzumachen, um ihnen dann eine simple Lösung für ihr »Problem« zu verkaufen und so auf simpelste Weise Geld zu machen. Genauso bei Slimline: Die Schwachstellen der Zielgruppe sollen genutzt werden, um sie auszunehmen. Doch das ist noch nicht alles.

Mit jedem Werbebeitrag für ein Modelabel, ein Kosmetikprodukt oder eine Zahnpasta inszeniert Imogen ein Ideal, ein Muster, eine Vorstellung des angeblich perfekten Looks/Lebens/Menschen. Dadurch setzt sie ihren Followern ein Ziel. Sie ermutigt sie, nach dem zu streben, was Imogen verkörpert, darauf hinzuarbeiten, besser als die anderen sein zu wollen. Aber wie sollen sie dieses Ziel erreichen, wenn die Latte dermaßen hoch liegt? Das heißt, sie liegt nicht nur irrsinnig hoch – sie ist so fern jeder Realität, dass nicht einmal der echte Mensch Imogen Collins den Hauch einer Chance hat, tatsächlich ein Leben wie die Influencerin Imogen Collins zu führen.

Postet sie vielleicht deshalb in letzter Zeit nichts mehr auf Instagram?

Victoria Kings Schmatzen holt Imogen in die Gegenwart zurück. »Was haben Sie anzubieten?«, fragt die Journalistin, offensichtlich ohne vorher hinunterzuschlucken.

»Wie, anzubieten?«

»Wie wollen Sie das Ganze belegen?«

»Abgesehen davon, dass ich selbst an dem Projekt arbeite?«

»Behaupten Sie. Wenn ich der Geschichte weiter nachgehen soll, brauche ich etwas Konkretes. Einen Beweis dafür, dass dieses Projekt wirklich existiert. Ihnen glaubt doch sonst keiner. Ich brauche etwas Handfestes.«

Imogen traut ihren Ohren nicht. Sie lässt das Handy sinken. In ihrem Gehörgang pocht das Blut. Diese Worte. Die hat sie schon einmal zu hören bekommen. Seitdem ist ein Jahr vergangen, und sie haben sie nie losgelassen.

Dir glaubt doch keiner. Das hat Mörður zu ihr gesagt.

»Imogen. Imogen, sind Sie noch dran?«

Victoria Kings Stimme dringt dünn und blechern aus dem Lautsprecher, kriecht als hohles, heiseres Geisterecho durch die tunnelartige Gasse, zurückgeworfen von den Betonwänden und der gewölbten Decke, und versickert in der Nacht. Die Katze maunzt quengelnd, wie um sich über den Störenfried in ihrer Bleibe zu beklagen, und zischt ab.

Jetzt ist Imogen allein in dem Schlupfwinkel. Sie drückt das Telefon wieder ans Ohr, spürt das kühle Display auf der Haut.

Mag sein, dass Victoria King und das Monster recht haben. Dass ihr keiner glauben wird. Aber Imogen hat eine Mission. Komme, was wolle, sie wird für Gerechtigkeit sorgen – nein, anders: Sie wird Rache nehmen. Sie wird tun, was getan werden muss. Egal, was es sie kostet.

»Imogen? Imogen?«

»Keine Angst. Ich besorge Ihnen etwas Handfestes.«

Foto: Ein Zeitungsartikel.

Filter: Inkwell

Mögliche Bildunterschriften …

Option 1: Ich werde gedruckt #besterjobderwelt #eintraumwirdwahr

Option 2: Ich dachte, als Journalistin kann ich die Welt verändern. Jetzt schreibe ich über eine vermisste Katze …

Option 3: … und über das sogenannte Ungeziefer der Lüfte.

Option 4: Möwen sind meinetwegen nicht so hübsch wie Schwäne, aber haben sie denn kein Recht zu leben? Und was sollen eigentlich diese Dosen mit »delfinsicherem Thunfisch«? Es gibt doch auch keine, auf denen was von »thunfischsicherem Delfin« steht. Wieso eigentlich nicht? Weil Delfine hübsch und Thunfische potthässlich sind?

Tatsächliche Bildunterschrift …

Meine erste richtige Arbeit #erwachsen

♥ **37**

15

HANNAH

Bei der morgendlichen Redaktionssitzung wird mir ein so belangloses Thema zugeteilt, dass ich beim Schreiben nur mit Mühe die Augen offen halten kann. Mein Artikel handelt von einem Schwarm Möwen, der über Tjörnin hergefallen ist, den See im Stadtzentrum, an dem Familien mit Kindern gerne Enten füttern. Das dabei verteilte Brot hat nun eben diese Möwen angelockt, die in den Augen mancher eine Gefahr für die übrige Vogelwelt darstellen, weshalb derzeit im Stadtrat debattiert wird, ob man ihnen mit Gift oder Waffengewalt zu Leibe rücken sollte, um sie so – hoffentlich – ein für alle Mal zu verjagen.

Gähn.

Es gab auch spannendere Aufträge zu vergeben. Heiða zum Beispiel schreibt einen Hintergrundbericht über Imogen Collins. Sie hat Imogens Eltern angerufen, die zwar keinen Kommentar abgeben wollten, aber immerhin sagten, sie würden dem Wunsch ihrer Tochter entsprechend zumindest vorerst nicht nach Island fliegen. Anscheinend wurden sie von Imogens Anwalt informiert, dass Imogen sie ohnehin nicht sehen wollen würde, wenn sie hier auftauchen sollten, es hätte also überhaupt keinen Sinn. Zur Gerichtsverhandlung würden sie aber vielleicht trotzdem erscheinen.

Ich habe Dad angefleht, Kjarri und mich einen eigenen Bericht über den Mord für *IceNews* schreiben zu lassen. Er hat mich angeschaut, als hätte er in seinem ganzen Leben noch nie einen so albernen Vorschlag gehört. Ich gebe trotzdem nicht auf. Wenn ich ihm irgendeine brandheiße Info über den Mord servieren kann, die Heiða übersehen hat, einen richtigen Knüller, kann ich ihn vielleicht doch noch überzeugen, mich darauf anzusetzen.

Warum bin ich eigentlich so besessen von diesem Fall? Woher kommt dieses Gefühl, dass es meine Bestimmung ist, ihn zu lösen? Ein schlimmer Gedanke meldet sich: Ist das der Fluch? Ich gehe die Symptome durch: Wahnvorstellungen, Größenwahn, Stimmen im Kopf.

Nein.

Die Stimme, die mich zum Weitermachen drängt, ist meine eigene. Und dass Imogen mir das Handy zugeschoben hat, war keine Einbildung, es ist wirklich passiert. Es passiert alles wirklich. Ich bin nur ein bisschen paranoid.

Diese Schlussfolgerung gibt mir ein noch schlechteres Gefühl. Dieses Wort löst die nächste Angstattacke aus.

Paranoia ist ein Vorbote des Fluchs.

Aber das muss doch nichts heißen, sage ich mir, um gegen die aufkeimende Panik anzukämpfen. Manchmal kommt es mir vor, als wäre ich mit Luftpolsterfolie ausgestopft, mit diesen Plastiklappen aus Luftbläschen, die man mit den Fingern zerdrücken kann, nur dass sie in meinem Fall statt mit Luft mit Angst gefüllt sind, die bei jeder kleinen Detonation durch meinen ganzen Körper schießt.

Das muss doch nichts heißen. Das muss doch nichts heißen. Du bist nicht deine Mutter.

Ich muss mich ablenken. Ich muss meinen Kopf mit anderen Gedanken füllen und mein Gehirn auf Trab halten, sonst wird es früher oder später Erinnerungen heraufbeschwören, die ich tief in mir verscharrt habe wie Tote auf einem Friedhof. Vielleicht ist das die Erklärung für meine Besessenheit von Imogen Collins und dem Mord an Mörður Þórðarson: Sie hält meine Zombiegedanken auf Abstand.

Da kommt mir eine Idee. Ich greife zum Handy und öffne meine Kontakte. Ganz oben steht Alda. Einmal auf ihren Namen getippt und das Freizeichen ertönt.

»Hi, meine Liebe«, nuschelt eine heisere Stimme. Alda ist anzuhören, dass sie eine Zigarette im Mundwinkel hat.

Ich hole Luft. »Hast du heute Zeit fürs Mittagessen?«

»Für dich immer.«

»Wie ich sehe, hast du was mit deinen Haaren gemacht«, sagt Alda. Wir nehmen gerade in der Cafeteria vom Oddi Platz, dem Gebäude des Fachbereichs Sozialwissenschaften, beide mit einem in Plastikfolie eingewickelten Sandwich und einem Glas lauwarmen Leitungswassers. Aldas Büro ist im Árnagarður bei den Geisteswissenschaften, aber ich habe ihr gesagt, ich wolle lieber im Oddi essen, weil ich angeblich gehört habe, dass es hier besser schmecke.

»Ja, ich habe Rósas Angebot doch noch angenommen.« Die violette Strähne ist Geschichte, meine Haare sind wieder alle so rot wie von Natur aus. Das, was ich heute früh bei einem kurzen Blick in den Spiegel gesehen habe, hatte erschreckende Ähnlichkeit mit meiner Mum.

»Ich habe dein Interview mit diesem Internetmädchen gelesen«, meint Alda.

»Internetmädchen«, amüsiere ich mich.

»Ich kapiere das nicht.«

»Was kapierst du nicht?«

»Wieso alle unbedingt groß rauskommen, gesehen werden und Gesprächsthema sein wollen? Wieso will jeder berühmt werden?«

Ich packe mein Sandwich aus. »Weiß nicht. Wahrscheinlich, weil das Leben dann etwas bedeutet. Ich meine, das Ganze hier hat ja sowieso keine Bedeutung, aber wenn man berühmt ist, hinterlässt man wenigstens Spuren.«

»Was soll das heißen, das Ganze hier hat keine Bedeutung? So was Dummes habe ich ja noch nie gehört.«

»Bist du nicht Vizevorsitzende des Atheistenverbands?« Alda ist der einzige Mensch aus Dads Verwandtschaft, der Granny Jo kein Dorn im Auge ist, und meinem Gefühl nach ist gerade ihr geteilter Hass auf jede höhere Macht für dieses enge Band zwischen den beiden verantwortlich.

»Bedeutung hat doch nichts mit Religion zu tun«, sagt Alda. »Wenn das jemand wissen sollte, dann du.«

»Wieso ausgerechnet ich?«

»Weil du gerade erst mit der Endlichkeit des Daseins konfrontiert wurdest. Hör zu: Neulich habe ich etwas über unser Herz gelesen. Ein durchschnittliches menschliches Herz schlägt irgendwo zwischen 60 und 100 mal pro Minute. Das heißt, in einem ganzen Leben sind es ungefähr drei Milliarden. Jeder von uns kriegt drei Milliarden Herzschläge. Hört sich nach ziemlich wenig an, oder? Okay, du könntest deswegen jetzt natürlich in Depressionen verfallen. Oder du kannst jeden einzelnen Schlag voll ausschöpfen. Du hast drei Milliarden. Auf die Plätze, fertig, los.«

»Das zeigt mir vielleicht, wie knapp meine Zeit ist. Aber doch nicht, dass es auch etwas bedeutet.« Ich beiße in mein Sandwich. Der Belag besteht gefühlt zu 95 Prozent aus Mayonnaise, zu einem Prozent aus Shrimps und die restlichen vier Prozent sind Ei.

»Na gut«, sagt Alda und zerlegt ihr Thunfisch-Mayo-Sandwich. Der Belag hat sich zu einem Berg in der Mitte verklumpt. Alda verstreicht ihn gleichmäßig bis an den Rand der Brotscheibe. »Wieso wolltest du eigentlich hierher? Die Sandwiches können's nicht sein.«

»Brauche ich einen bestimmten Grund, um mit meiner Tante zu Mittag essen zu wollen?«

Alda baut ihr Sandwich wieder zusammen und beißt hinein. »Ich kann mir nicht vorstellen, dass wir aus purem Zufall in der Cafeteria des Gebäudes speisen, in dem deine Freundin, das ›Internetmädchen‹, gearbeitet hat.«

Bin ich so durchschaubar?

Mit einem Mal schießt Alda winkend in die Höhe. Sie meint

einen Typen mit pickeligem Gesicht, kahl rasiertem Kopf und brauner Lammfelljacke, der gerade an der Theke seinen Kaffee bezahlt.

»Máni!«, ruft sie. »Komm doch mal kurz rüber!«

Der Typ marschiert zu uns. Er ist auffällig groß und dünn und zieht die Schultern hoch, als würde er die ganze Zeit mit der Schwerkraft ringen, die seine Körpergröße nicht kampflos hinnehmen will.

»Das ist meine Nichte Hannah«, stellt Alda mich vor. »Sie ist gerade aus England hierhergezogen.«

Der Typ nickt mir zu. Ich nicke ebenfalls.

»Das ist Máni Jónsson. Er studiert Psychologie und hält mich freundlicherweise darüber auf dem Laufenden, was sich drüben bei den Gesundheitswissenschaftlern so tut.«

Máni lacht schnaubend. »So kann man es auch ausdrücken.« Er wendet sich an mich. »Deine Tante ist die Klatschkönigin der Geschichtsfakultät. Ihren Kollegen zufolge interessiert sie sich stärker für die Gegenwart, insbesondere für die aktuellen Entwicklungen auf den Universitätsfluren, als für die Vergangenheit. Ihr wurde bereits nahegelegt, zur Anthropologie zu wechseln.«

Darüber lachen die beiden herzhaft, warum auch immer. Diesen Humor versteht man wohl nur in Akademikerkreisen.

Alda beugt sich unter den Tisch und kramt in ihrer Tasche, bis sie einen Nikotinkaugummi herauszieht. »Hannah ist sehr begabt, sie schreibt fürs *Dagblaðið*. Bitte erzähl ihr doch, was du mir über Mörður Þórðarson erzählt hast. Was du ein paar Tage vor dem Mord beobachtet hast.«

Máni lässt sich nicht lange bitten. »Das war hier in der Cafeteria. Es war spät, die meisten Studenten waren schon zu Hause. Mörður hat mit einem Kerl Kaffee getrunken, den ich noch nie gesehen hatte – er hatte was von einem Schwein und seine Lederjacke war ihm viel zu groß. Sie haben Englisch gesprochen, aber der Typ hatte einen Akzent.

Urplötzlich stürmt Mörðurs Frau herein und stolpert schimpfend und heulend herum. Zuerst dachte ich, sie ist betrunken, aber ich glaube, sie war nur richtig, richtig wütend. Sie rennt also auf den Tisch zu, an dem Mörður und der Kerl sitzen, und zieht ihrem Mann ihre Laptoptasche über den Kopf, so ein großes Lederding. Mörður schreit vor Schmerz und springt auf, sie schleudert die Tasche auf den Boden und haut ihm eine runter. Und dann prügelt sie nur noch auf ihn ein und brüllt ihn an.«

Ich sehe zu Máni hoch. Ich habe kein einziges Mal geblinzelt. »Und was hat sie gesagt?«

»Ich bin nicht daraus schlau geworden: ›Du verdammtes Arschloch. Ich fasse es nicht, dass du mir das schon wieder antust‹ oder so ähnlich. Der Lederjackenkerl ist zwischen die Fronten geraten, er hat ihre Faust direkt aufs Auge gekriegt.«

»Und wie ist es ausgegangen?«

»Mörður hat sie an den Handgelenken gepackt und aus der Cafeteria geschoben, rüber ins DataPsych-Labor. Das war das letzte Mal, dass ich ihn gesehen habe.«

Feierliche Stille kehrt ein. Máni nippt an seinem Kaffee und schaut auf die Uhr. »War mir ein Vergnügen, mit den Damen zu plaudern, aber ich muss dann zum Seminar.«

Alda steht auf und umarmt ihn. »Grüß deine Mum von mir.«

»Mache ich«, sagt er und eilt davon.

»Das ist ein guter Junge«, meint Alda und setzt sich wieder. »Ich war mit seiner Mum auf der Schule, deshalb habe ich für sie ein Auge auf ihn.«

»Kanntest du Mörður?« Ich strenge mich nicht mehr an, meine wahren Beweggründe zu verschleiern. Alda weiß genau, was ich will, auch wenn sie längst nicht alles weiß.

»Kaum«, antwortet sie. »Wir haben uns ab und zu auf dem Flur gegrüßt, aber er hatte natürlich kein Interesse an einer längeren Unterhaltung mit mir.«

»Wieso nicht?«

»Wegen meiner Brüste. Die waren ihm zu klein. Er soll ein ziemlicher Frauenheld gewesen sein.«

Mein Handy summt. Es ist Daisy.

DAISY Du fehlst mir. Ruf an, wenn du von der Arbeit nach Hause kommst.

Alda beobachtet mich mit einem verschmitzten Lächeln. »Weiß dein Dad eigentlich, was du hier machst?«

»Ich mache gar nichts.«

»Na, wenn du meinst. Aber sieh dich bloß vor. Island ist ein Dorf. Wenn man in so einem verschworenen Haufen jemandem auf die Füße tritt, zieht man schnell den Zorn des ganzen Clans auf sich. Blut ist dicker als Wasser und in Island ist jeder mit jedem verwandt.«

Jetzt muss ich ihr die Frage stellen. Ich kann ihr dabei nicht in die Augen schauen. »Trinkst du noch einen Kaffee?«

»Weiß nicht. Ja, wahrscheinlich. Wieso?«

»Ich dachte nur, du könntest mir vielleicht einen Orangensaft mitbringen. Mein Blutzucker macht gerade ein bisschen schlapp.«

Alda steht auf. »Für meine Lieblingsnichte tue ich doch alles.«

Sobald sie mir den Rücken zugedreht hat, strecke ich die Hand nach unten, in die Tasche auf dem Boden, und krame blind darin herum, bis ich das Gesuchte ertastet habe. Schnell ziehe ich Aldas Uni-Ausweis heraus, den sie partout nicht um den Hals tragen will, schließlich sei sie kein Schaf und brauche deshalb kein Brandzeichen.

Alda ist gerade an der Theke angekommen, da richte ich mich schon wieder auf und schiebe den Ausweis dabei in die Jacke, die hinter mir über meinem Stuhl hängt.

Drüben nimmt Alda einen Orangensaft aus der Kühlung und stellt sich in die Schlange. Sie lächelt mich an. Ich fühle mich wie das größte Charakterschwein überhaupt, weil ich das getan habe – und weil ich noch mehr tun werde –, und dazu hallt mein Mantra singsangartig durch meine Gedanken: *Der Zweck heiligt die Mittel. Der Zweck heiligt die Mittel …*

Foto: Eine weiße Tür.

Filter: Willow

Bildunterschrift: Das ist die Tür zu meinem Büro. Eigentlich kein besonders Furcht einflößender Anblick, oder?

♥ **301**

Wie die Bildunterschrift hätte lauten sollen …

Option 1: Jeden Morgen diese Tür zu durchqueren ist ein Gefühl, als müsste ich Tag für Tag meine Seele schreddern.

Option 2: Letzte Nacht habe ich mich in den Schlaf geweint, weil ich solche Angst vor dem Morgen und dem nächsten Gang durch den Schredder hatte.

Option 3: Seit ich mit dem Monster in einem Büro sitze, durchlebe ich täglich aufs Neue, was er mir angetan hat. Mein Alltag ist wie der Film *Und täglich grüßt das Murmeltier* in Horror.

Option 4: Interessiert euch das eigentlich? Interessiert irgendwen, was bei mir los ist? Hallo, Werbepartner? Follower?

16

IMOGEN

Imogen sitzt allein im DataPsych-Labor. Mörður ist bei irgendeinem Meeting, Orri isst bei seiner Mum zu Mittag. »Jetzt tut es mir wieder leid, dass ich sie neulich so angeschrien habe«, hat er gesagt. »Ich muss das wiedergutmachen.« Die Einladung, ihn zu begleiten, hat Imogen abgelehnt. Eine solche Gelegenheit hat sie lange herbeigesehnt. Endlich ohne die anderen im Büro.

Nach Orris Abschied wartet Imogen noch ein bisschen ab. Er vergisst ständig irgendetwas, seinen Autoschlüssel, sein Handy, seine Jacke. Sobald sie sicher sein kann, dass er nicht wieder auftaucht, verlässt sie ihren Arbeitsplatz und macht sich auf den Weg zu Mörðurs Büro. Sie öffnet die Tür. Sofort schlägt ihr Mörðurs Geruch entgegen, im ganzen Raum hängt ein süßlicher Aftershave-Gestank mit übertrieben aggressiver Pfeffernote. Fast muss sie sich übergeben und nur der Gedanke an den Duft des Sieges bewahrt sie davor: *Blumen, Glück, Rache.*

Imogen setzt sich an Mörðurs Schreibtisch. Der Computer befindet sich im Ruhezustand. Gedankenverloren streicht sie mit den Fingern über die Löwentrophäe, bis sie sich zwingt, die Hand auf die Maus zu legen. Der Monitor flackert auf.

Mörður Rechner ist durch ein Passwort gesichert. Aber dafür ist Imogen gewappnet. Neulich hat Mörður sie gebeten, den Raum für eine Präsentation zur Arbeit des Labors vor Fakultätskollegen herzurichten. Als er sich zur Vorbereitung in seinen Computer eingeloggt hat, hat Imogen ihm über die Schulter geschaut und gut aufgepasst.

Jetzt tippt sie: *baz00ka.*

Der Cursor wird zu einem rotierenden Kreis. Ein kurzer Moment der Sorge: Hat Mörður das Passwort geändert?

Hat er nicht. Natürlich nicht. Wer ändert schon regelmäßig sein Passwort?

Imogen weiß nicht, wonach sie genau sucht. Nicht nach Beweisen, davon hat sie reichlich. Mörður hat kein großes Geheimnis aus dem Slimline-Projekt gemacht, für ihn ist es ein ganz normaler Kundenauftrag. Imogen und Orri mussten eine Vertraulichkeitsvereinbarung unterzeichnen, weil es ums Geschäft geht, nicht wegen irgendwelcher moralischer Bedenken. Der Kunde will schlicht nicht, dass Betriebsgeheimnisse an die Konkurrenz durchsickern. Die meisten Dokumente hat Mörður ihr daher einfach per E-Mail weitergeleitet, da Imogen sie für ihre Arbeit braucht.

Sie hat das ursprüngliche, mit dem DataPsych-Logo versehene und von Mörður unterzeichnete Angebotsschreiben, in dem geschildert wird, welche Leistungen DataPsych im Auftrag von Frexer für London Analytica erbringen soll. Darin werden die Kosten und der Umfang der Datenauswertung angegeben, die Zielgruppe eingegrenzt (16- bis 24-jährige Mädchen, die mit ihrem Körper unzufrieden sind und/oder eine Essstörung haben) und ein Liefertermin festgelegt.

Außerdem hat sie den E-Mail-Verkehr zwischen DataPsych und den Drittfirmen, die ihnen die auszuwertenden Datensätze zur Verfügung stellen sollen – für eine hohe finanzielle Gegenleistung, wie aus den Rechnungen zu ersehen war, die in Imogens Posteingang gelandet sind. Data-Mining ist offenbar der neue Goldrausch.

Und schließlich hat sie E-Mails von Ms Kendrick und Mark, in denen sie Imogen über das Projekt informieren und ihr Kundenwünsche zu Themen weiterleiten, die Mörður nicht sonderlich interessieren: das Design des Abschlussberichts, dessen Farbschema und Dateiformat – PDF? PowerPoint? Oder eine Cloud-Lösung? Imogen hat Ms Kendrick von der letzten Option überzeugt. »Sie wollen doch die Zukunft des Marketing sein, oder?«, hat sie gefragt und dann ihre helle Freude daran gehabt, wie kleinlaut und empfindlich Ms Kendrick reagiert hat, entweder wegen ihres Alters oder ihrer mangelnden technischen Kenntnisse, eins von beidem.

Mit all den Beweisen, die Imogen auf Knopfdruck liefern kann, könnte Victoria King also ohne Weiteres die Redaktion des *Herald* tapezieren. Und trotzdem fehlt etwas. Victorias Artikel soll nicht nur um moralisch fragwürdige Geschäftspraktiken kreisen. Es soll kein Bericht darüber werden, wie ein gesichtsloser Konzern namenlose Opfer ausnutzt. Das will Imogen nicht. Das Ganze muss einen persönlichen Dreh bekommen. Denn es geht um Personen.

Imogen öffnet auf Mörður*s* Desktop den Ordner *London Analytica*. Sie sucht nach einem Motiv. Nach einem, das über das Offensichtliche, Finanzielle hinausgeht, nach einem tiefer liegenden Antrieb. In Victorias Artikel muss eine kalte Absicht spürbar werden. Die Absicht, anderen wehzutun. Grausamkeiten auszuüben. Imogen braucht einen Beweis für Mörðurs Verdorbenheit und eine Garantie für seinen Untergang. Nicht nur in beruflicher Hinsicht, das wäre ihr zu wenig. Es muss für alle Zeiten ein dunkler Fleck auf seiner Weste zurückbleiben. Alle Welt soll den wahren Mörður zu Gesicht bekommen, das Monster.

Sie scrollt durch den Ordner. Mörður ist ein ziemlicher Chaot, das Verzeichnis quillt über vor Dokumenten mit nichtssagenden Namen wie *doc1.pdf* und *dataset5.xlsx*, daneben gibt es uneindeutig benannte Unterordner wie *Neuer Kunde* und *Marketing-Analyse*. Wie kann der Mann so arbeiten? Ein Wunder, dass das Labor überhaupt läuft. Und wie soll Imogen in diesem Tohuwabohu jemals fündig werden? Nicht dass sie damit gerechnet hätte, auf ein Dokument mit dem praktischen Namen *meine_finsteren_Pläne.docx* zu stoßen. Aber sie hatte darauf gehofft, ihre Suche auf einen Ordner beschränken zu können.

Eines hat sie immerhin schon gegen Mörður in der Hand: die E-Mail, die an Ms Kendrick gehen sollte, aber aus Versehen bei Imogen gelandet ist. Schon die Betreffzeile wirkt einigermaßen geschmacklos: *Jugend + Verunsicherung = scheiße viel Geld*. Darin kommt Mörðurs Rohheit gut zum Ausdruck. Gestern Abend, bevor sie die E-Mail in die ZIP-Datei kopiert hat, die sie für Victoria King zusammenstellt, hat Imogen sie sich noch einmal genau durchgelesen. Anscheinend handelt es sich um einen Nachtrag zu einer telefonischen Diskussion zwischen Mörður und Ms Kendrick über die technischen Möglichkeiten und Grenzen, die Mitglieder der von Frexer für die Abnehmpillen-Kampagne gewünschten Zielgruppe eindeutig zu identifizieren.

»Meinen vorläufigen Tests nach ist es ohne Zweifel machbar«, hat Mörður in der E-Mail berichtet. »Diese ganzen albernen Mädchen glauben, sie könnten ihr armseliges kleines Leben hinter Lippenstift, Filtern und hübschen Schnütchen verstecken, aber in den Daten kommt immer die Wahrheit zum Vorschein. Sie enthüllen den echten Menschen hinter dem künstlichen Lächeln.«

Die E-Mail ist viel wert. Sie ist der Beweis dafür, dass Mörður ein ekelhafter alter Sack ist. Aber Imogen braucht einen Beleg für seine ultimative Bosheit.

Hin und wieder fragt sie sich, was all die anderen denken, die an diesem Projekt arbeiten. Ms Kendrick. Mark. Die Leute vom Design. Die Datensammler. Sogar Mörður selbst. Die wissen alle, was hier gespielt wird. Sie wissen, dass sie die digitalen Weiten nach ihren schwächsten, verletzlichsten Bewohnern durchforsten, nach Menschen, die dringend Hilfe bräuchten, nur um an ihren Schwachstellen, ihren Störungen, ihren seelischen Qualen zu verdienen. Finden die das in Ordnung, weil Geschäft nun einmal Geschäft ist? Oder wenden sie bewusst den Blick ab und lassen es geschehen – so wie Samuel Pearce, als die alte Imogen gestorben ist?

Diese Überlegungen bringen Imogen nicht weiter. Ihr bleiben

keine 30 Minuten mehr, dann kehrt Orri vom Mittagessen zurück. Sie braucht eine andere Strategie.

Imogen geht wieder zu *Alle meine Dateien*, schiebt den Mauszeiger ins Suchfeld und tippt: *Jugend + Verunsicherung = scheiße viel Geld*. Keine Ergebnisse. Wenn sie doch nur genauer wüsste, wonach sie suchen soll. Was soll sie eingeben? Was?

Sie entscheidet sich für das Wort *Mädchen*. Eine ganze Liste von Ergebnissen erscheint, darunter etliche Excel-Dateien mit Daten für Forschungszwecke. Laut Mörður kommt in den Daten zwar immer die Wahrheit zum Vorschein, aber Imogen braucht keine Daten, die hat sie im Überfluss. Sie muss die Wahrheit – ihre Wahrheit – plastischer werden lassen. Also schließt sie alle Excel-Dateien aus der Suche aus. Übrig bleiben ein einziges Word-Dokument und einige JPEGs. Imogen markiert alles und klickt auf *Öffnen*.

Das Word-Dokument trägt den Titel *In tiefer Nacht*. Wie Imogen bald erkennt, ist es ein halb fertiger Roman, an dem Mörður nebenbei arbeitet. In ihr kocht die Wut hoch. Dass so ein Mensch Träume und Hoffnungen hat, das sollte verboten sein. Er hat ihr all das genommen. Sie würde so gerne auf *Löschen* klicken, doch nicht einmal damit könnte sie seinen Traum vernichten, wie er ihren zerstört hat. Es wäre nicht das Gleiche und selbst wenn, würde es nichts bringen: Sein Traum liegt als Back-up in der Dropbox.

Als sie den Roman schließt, zuckt Imogen zurück. Eines der JPEGs, die sie geöffnet hat, starrt ihr buchstäblich entgegen. Es ist ein Foto, zwei Mädchen lächeln sie an. Beide um die fünf Jahre alt, das eine etwas älter als das andere. Beide blond mit blauen Augen und als Prinzessinnen aus Disneys *Eiskönigin* verkleidet, die eine als Elsa, die andere als Anna. Das müssen Mörður's Töchter sein.

Imogen zittert. Tränen schießen ihr in die Augen. Die beiden sehen so glücklich aus. So unschuldig. Wie kann sie sich herausnehmen, das kaputt zu machen?

Nicht dein Problem, Imogen.

Aber darf sie so denken? Reden sich Ms Kendrick, Mark und die ganzen anderen, die am Slimline-Projekt beteiligt sind, nicht genau dasselbe ein? Nicht mein Problem. Was kann ich dafür.

Allerdings hat Imogen es nicht bewusst auf die beiden abgesehen. Anders als Mörður, der es auf Imogen abgesehen hatte. Anders als Frexer, die es auf junge Frauen abgesehen haben und sich dabei von London Analytica und DataPsych unterstützen lassen. Keine Tragödie ohne unschuldige Opfer. Auch Mörðurs Attacke auf Imogen hat unbeteiligte Dritte in Mitleidenschaft gezogen. Man muss nur ihre Eltern fragen.

Wenn sie ihre Mission zum Abschluss bringen will, muss sie stark bleiben. Imogen hat nicht die Absicht, unschuldigen Mädchen wehzutun. Dafür ist der Vater der beiden Kleinen zuständig. Jetzt muss er mit den Folgen leben.

Sie schließt das Foto und die übrigen JPEGs.

Zwanzig Minuten noch. Konzentrier dich, Imogen, konzentrier dich.

Sie gibt einen neuen Suchbegriff ein: *Jugend.*

Als Ergebnisse erscheinen ein paar Word-Dokumente und

eine einzige PowerPoint-Präsentation mit dem Dateinamen *Zwietracht_in_Reihen_der_Jugend_VERTRAULICH.pptx.*

Imogen öffnet sie.

Anscheinend eine Verkaufspräsentation. Auf der ersten Folie prangt das DataPsych-Logo, darunter steht:

Verhaltensbasiertes Targeting
und seine Anwendbarkeit auf das Erdölgeschäft

Präsentation Smertoil
VERTRAULICH

Imogen geht zur nächsten Folie.

Unser Angebot

- Psychografisches Targeting
- Zugriff auf ein einzigartiges Modell zur Bestimmung der Persönlichkeit von Nutzern sozialer Medien in Großbritannien und dem gesamten Westen
- Umgekehrte Nutzbarkeit des Modells als Persönlichkeits-Suchmaschine

Das kommt Imogen sehr bekannt vor. So und nicht anders preist London Analytica immer seine Dienste an – nur dass die Agentur hier mit keinem Wort erwähnt wird. Seltsam. DataPsych hat erst vor Kurzem einen Exklusivvertrag mit ihr abgeschlossen, in den nächsten fünf Jahren darf das Labor für keinen anderen Auftraggeber tätig werden.

Schnell geht Imogen die am linken Rand angezeigten Folien durch. Auf einer wird das FFM vorgestellt; auf einer wird erklärt, wie man anhand von Daten verschiedene Persönlichkeitstypen identifiziert; auf einer geht es um glänzende Erfolge aus DataPsychs Vergangenheit. So konnte etwa der Umsatz einer Modekette durch zielgerichtete Werbung und virales Marketing in nur drei Monaten um 40 Prozent gesteigert werden. An diese Kampagne kann Imogen sich gut erinnern. Sie wurde für Wareshop durchgeführt, einen der wichtigsten Kunden von London Analytica. DataPsych hat lediglich die Technik zur Verfügung gestellt.

Imogen geht wieder zur ersten Folie. Smertoil. Sie öffnet den Chrome-Browser und gibt den Namen in die Adresszeile ein, um auf Google zu suchen. Hunderte Ergebnisse. Sie entscheidet sich für einen Wikipedia-Artikel: *Smertoil ist ein russischer Energiekonzern mit Stammsitz in Moskau, der auf die Förderung, Raffination, den Transport und Verkauf von Erdöl spezialisiert ist.*

Wieso sollte eine russische Ölfirma mit personalisierter Werbung auf einzelne Verbraucher abzielen?

Imogen liest weiter. »Smertoil ist das zehntgrößte Unternehmen Russlands und einer der weltweit bedeutendsten Produzenten von Rohöl.«

Sie googelt »Rohöl«. Laut www.freedictionary.com handelt es sich dabei um *Erdöl, wie es aus dem Erdboden kommt, vor der Verarbeitung in einer Raffinerie.*

Bei allen Aufträgen, die Imogen bei London Analytica und

DataPsych miterlebt hat, sollten Produkte für Endverbraucher vermarktet werden. Wer kauft schon unverarbeitetes Erdöl? Um damit normale Menschen anzusprechen, müsste man vorher doch zumindest Benzin oder Diesel oder irgendetwas in der Art daraus machen. Wie kommt man auf die Idee, auf Facebook Rohöl verticken zu wollen?

Imogen klickt sich erneut durch die Präsentation. Bei der vorletzten Folie hält sie an.

DataPsych und Smertoil

Zusätzlich zu Beratung und Datenauswertung bietet DataPsych auch für komplexere Bedürfnisse unserer Kunden maßgeschneiderte Lösungen. Darunter:

- Verdeckte Kampagnen
- Desinformationskampagnen
- Verbreiten von sich selbst potenzierender Zwietracht innerhalb einer spezifischen Zielgruppe, definiert durch demografische (Geschlecht, Alter, Ethnie, Bildung), aber auch psychometrische (Intelligenz, Auffassungsgabe, Einstellungen, Persönlichkeitsmerkmale) Kriterien
- Politische Kriegsführung
- Manipulation von Großplattformen (Twitter, Facebook, YouTube, Instagram)

Imogen versucht, eins und eins zusammenzuzählen, aber was

sie auch unternimmt, die Rechnung will einfach nicht aufgehen. Wieso stellt Mörður einen Pitch für einen russischen Ölkonzern zusammen? Warum ist London Analytica nicht mit von der Partie? Wieso haben all die »Lösungen« auf dieser Liste nichts mit Marketing zu tun? Verdeckte Kampagnen, politische Kriegsführung, wie passt das zum Verkauf von Rohöl?

Sie geht zur letzten Folie.

Das Team

- Dr. Mörður Þórðarson, wissenschaftlicher Leiter und CEO von DataPsych Laboratories
- Orri Sigurlínuson, Doktorand und Dozent an der Fakultät für Informatik der Universität Island

Von Mörðurs Büro aus kann Imogen nicht hören, wie sich drüben die Labortür öffnet. In ihre Detektivarbeit vertieft, bemerkt sie weder die Schritte, die immer näher kommen, noch den Schatten, der kurz darauf über den Schreibtisch fällt.

»Imogen!«

Diese Stimme hört sie jeden Tag. Für gewöhnlich ist sie weich, unaufdringlich und beruhigend, als wären eine warme Decke, ein heißer Kakao, ein Sofa und eine Sitcom zu einem Klang verschmolzen. Jetzt, triefend vor Ärger und Aggression und voller Vorwurf, ist sie kaum wiederzuerkennen.

Imogen blickt auf.

Orris normalerweise so stoisches Gesicht zuckt vor Wut.

Diese Situation in dieser Umgebung – das triggert Imogen sofort. Ihr Körper schaltet auf Kampf oder Flucht. Ihr Herz beschleunigt, es zählt die Sekunden herunter, die ihr noch bleiben, bis die Entscheidung über Leben oder Tod fällt. Ihre Sinne übersteuern wie ein bis zum Anschlag aufgedrehtes Radio. Sie hört mit den Augen und sieht mit der Haut, spürt die Luft und wittert die Gefahr.

Imogen stößt ihre Handballen gegen die Schreibtischkante, ihr Bürostuhl rollt nach hinten. Sie springt auf und rennt, rennt, nur weg von Orri. Da prallt sie gegen die Wand. Sie sitzt in der Falle. Sie ist die Beute. Alles bricht wieder über sie herein: das Labor, die forschende Hand, das Kneifen. Ihre Haut platzt auf, ihre Seele stirbt.

Mit dem Rücken zur Wand steht sie da, vor sich Orri, der sich immer größer und größer aufbaut, sich auftürmt wie die Finsternis am Weltuntergang. Er knurrt, tobt und wütet, er wird zum Grizzly, zum Todesomen. So nehmen ihn Imogens übersteuerte Sinne in diesem Augenblick wahr.

Als er den Mund öffnet, kauert sie sich zusammen.

»Was soll das bitte werden?«

Foto: Eine Frostschicht auf einer Autoscheibe, eine Struktur wie Eiskristalle unter dem Mikroskop.

Filter: Clarendon

Mögliche Bildunterschriften …

Option 1: Jetzt am Feuer sitzen und Esskastanien rösten …

Option 2: #schön

Option 3: Scheiben kratzen, wenn man die Handschuhe im Büro vergessen hat – das sollte nach den Menschenrechtsgesetzen als Folter gelten.

Option 4: Ich habe so kalte Füße, dass ich meine Zehen nicht mehr spüre.

Tatsächliche Bildunterschrift …

Heißhunger auf Mince Pies mit Glühwein.

♥ **28**

17

HANNAH

Kaum vom Mittagessen mit Alda ins Büro zurück, wende ich mich an Kjarri: »Hast du heute Abend schon was vor?«

»Nicht das Geringste!«, erwidert er etwas zu euphorisch und dazu dieses hoffnungsvolle Glitzern in seinen Augen … Mir wird klar: Er glaubt, ich will mit ihm ausgehen.

Darauf war ich nicht gefasst. So habe ich eigentlich noch nie über ihn gedacht. Denkt er etwa so über mich?

Ich ersticke seine Hoffnungen lieber im Keim. »Du weißt doch noch, was du gesagt hast – dass der Zweck manchmal die Mittel heiligt?«

Kjarri sieht mich so perplex an, dass sein ganzes Gesicht erschlafft. Es ist ein hübsches Gesicht. Aber das ist jetzt nicht das Thema. Ich kann es mir jetzt eigentlich nicht leisten, über Kjarris Gesicht zu sinnieren. Über seine blauen, von feinen, verspielten grauen Schlieren durchzogenen Augen, seinen unfassbar sauber gestutzten Dreitagebart und über dieses Lächeln, das einen umfängt wie die Umarmung eines Teddybären …

Konzentrier dich, Hannah. Konzentrier dich.

»Du musst mir einen Gefallen tun, Kjarri.«

Kjarri und ich sind im Oddi angekommen, also am Fachbereich Sozialwissenschaften, wo ich mich erst vor einigen Stunden mit Alda getroffen habe. Ich spüre meine Zehen nicht mehr. Wieso habe ich keine Schuhe angezogen, die besser zum Wetter passen? Werde ich etwa zu einer waschechten Isländerin? Es ist nach elf, im Gebäude brennt kein Licht.

Langsam, unsere Handys als Taschenlampen in der Hand, steigen wir die Treppe zum obersten Stockwerk hinauf.

Ich muss an Alda denken. Hat sie schon bemerkt, dass ihr Uni-Ausweis verschwunden ist? Weiß sie, dass die Schlüsselkarte für die elektronischen Türen der Gebäude, zu denen sie Zugang hat, nicht mehr da ist? Wahrscheinlich nicht. Wahrscheinlich wird sie es erst bemerken, wenn sie morgen auf der Arbeit ankommt. Ob sie wohl gleich ahnen wird, wer sie entwendet hat?

Wir sind ganz oben angekommen. Kjarri richtet den Lichtstrahl seines Handys in einen Gang, der von weißen Türen gesäumt wird, eine wie die andere. Das heißt, eine unterscheidet sich doch vom Rest.

Vor Raum 4, dem DataPsych-Forschungslabor, spannt sich gelbes Polizeiabsperrband.

»Willst du das wirklich durchziehen?«, fragt er.

»Wenn du nicht willst, musst du ja nicht«, gebe ich zurück, hoffe insgeheim aber, dass er trotzdem mitmacht, obwohl er offensichtlich nicht will.

»Ist das nicht verboten?«

»Was denn?« Im Kopf gehe ich die ganzen möglicherweise verbotenen Dinge durch, die ich schon getan habe: meiner Tante die Schlüsselkarte klauen, im Schutz der Dunkelheit in ein Universitätsgebäude einbrechen …

»Eine polizeiliche Absperrung zu missachten«, stellt Kjarri klar.

»Keine Ahnung.«

»Also okay, es ist ja nur ein Plastikband. Wir brechen kein Stahlschloss auf oder so.«

»Stimmt, das wird der Richter sicher wohlwollend berücksichtigen.«

Kjarri lächelt. »Du bist doch verrückt.«

Anderen nehme ich dieses Wort übel, aber so wie Kjarri es ausspricht, hört es sich fast nach einem Kompliment an. Vielleicht ist es doch in Ordnung, einen Tick außerhalb dessen zu liegen, was als normal gilt.

Wir gehen zum Labor. Vor der Tür hebt Kjarri die Hand, um das Absperrband zu entfernen.

»Warte, ich mache das.« Sollte das hier wirklich eine Straftat sein, sollte ich sie begehen, nicht er. Schließlich war es meine Idee. Das Band haftet links und rechts am Türrahmen und lässt sich leicht ablösen. Auf dem Weg hierher haben wir einen Klebestift gekauft, um es bei unserem Abgang problemlos wieder ankleben zu können. Was sind wir nicht für ausgebuffte Ganoven.

Danach ziehe ich mein Handy hervor und suche nach dem Foto mit dem Türcode aus Imogens Inbox. Hoffentlich gilt ihr Zutrittsrecht noch.

Neben der Tür befindet sich ein silbernes Tastenfeld. Ich gebe ein: 375090.

Ein Klicken und wir sind drin.

Wir schließen die Tür hinter uns. Im Labor ist es stockdunkel. Wir werden mit unseren dürftigen Handy-Lampen auskommen müssen.

Die Hoffnung, auf die Schnelle etwas Nützliches zu finden, zerschlägt sich rasch. Die Computer sind alle weg. Vermutlich von der Polizei zur Untersuchung beschlagnahmt.

Kjarri sieht sich um. In dem Büroraum stehen nur noch Tische und Stühle. »Wir könnten auch ins Kino gehen«, sagt er. »Gibt einen neuen Film mit Keanu Reeves. Der wurde 1994 in *People* zum Sexiest Man Alive gewählt. Da kann man doch nicht Nein sagen, oder?«

»Das klingt zwar sehr verlockend, aber schauen wir uns lieber trotzdem kurz um, ja?«

Mit vorgestreckten Armen schiebe ich mich an den Möbeln vorbei und finde mich in einer kleinen Küchennische wieder, die eigentlich nur aus einem Tisch mit einer Schale gammeligem Obst und einem winzigen Kühlschrank besteht. Letzteren öffne ich. Abgesehen von ein paar Dosen Cola light ist er leer. Ich schließe ihn wieder.

Dann leuchte ich mit dem Handy ans andere Ende des Raums. »Da drüben ist noch eine Tür.«

Kjarri tastet sich stolpernd nach hinten und dreht am Knauf. »Abgesperrt.«

Was sonst.

Ich habe mich schon beinahe damit abgefunden, dass unsere Mission ein Riesenreinfall ist, doch da fällt mein Blick auf einen der kleinen Safes, die jeweils unter den Tischplatten angebracht sind. Sie sind aus Stahl und mit einem Zahlencode gesichert. Es ist weit hergeholt, aber was haben wir schon zu verlieren.

»Was glaubst du, welcher Tisch Imogens ist?«

Kjarri geht zwischen den Arbeitsplätzen hindurch und inspiziert sie nacheinander mit der Handy-Lampe. »Der hier wahrscheinlich nicht.« Er hält eine Yoda-Figur hoch.

»Nicht immer in Klischees denken«, erwidere ich. Dabei bin ich mir ziemlich sicher, dass er richtigliegt.

Auf einem anderen Tisch sehe ich ein Röhrchen liegen. Wenn das kein Lippenpflegestift ist. »Ich würde auf den hier tippen.«

»Nicht immer in Klischees denken«, sagt Kjarri.

Ich muss grinsen. »Erwischt.«

Meine Handy-Lampe auf das Tastenfeld des Safes gerichtet, hocke ich mich auf den Boden. »Kostet ja nichts …« Ich gebe 230464 ein, das Geburtsdatum von Imogens Mum.

Neben dem Tastenfeld leuchtet ein grünes Lämpchen auf.

»Ich glaub's nicht!«, rufe ich.

Kjarri rennt zu mir, bleibt dabei an einem Tischbein hängen und fällt beinahe der Länge nach hin.

»Mach auf«, japst er.

»Was denkst du denn, was ich vorhatte? Rumsitzen und staunen?«

Ich ziehe an der Tür. Mehrere Atemzüge lang bin ich überzeugt, dass der Safe schlicht und ergreifend leer ist. Dann entdecke ich doch noch das gefaltete DIN-A4-Blatt, das ganz allein darin herumliegt.

Kjarri greift sich das Blatt und faltet es auseinander.

Schnell beuge ich mich zu ihm. Das Dokument besteht nur aus Text. Kleine Schrift und damit mehr Inhalt, als man von einer einzigen Seite erwarten würde.

Oben steht ein Datum – von vor ein paar Wochen. Darunter eine Überschrift. Ich schnappe nach Luft.

Bericht über ein Verbrechen

Ich kann nicht anders. Ich reiße Kjarri das Blatt aus den Händen und lese.

Mein Name ist Imogen Collins. Dies ist ein Bericht über einen sexuellen Übergriff, den Mörður Þórðarson am 12. Juli des vergangenen Jahres auf mich verübt hat. Der Angriff ereignete sich im damaligen DataPsych-Forschungslabor an der Fakultät für Psychologie der Universität Cambridge; inzwischen wurde das Labor nach Island verlegt.

Das, was an diesem Tag geschehen ist, lässt mich bis heute nicht los. Es ist der Grund dafür, dass ich das Studium abgebrochen, den Kontakt zu meiner Familie und jegliche Kontrolle über mein Leben verloren habe.

Als Mörður Þórðarson versucht hat, mich zu vergewaltigen, ist ein Teil von mir gestorben. Im Folgenden schildere ich den entsprechenden Vorfall.

Foto: Wurstförmige Hundekacke auf dem Bürgersteig, auf der sich eine Schicht aus Eiskristallen gebildet hat.
Filter: Hudson

Bildunterschrift: Woher kommt dieses Bedürfnis, seine ganze Scheiße auf irgendeinem Menschen im Internet abzuladen?

♥ **174**

Wie die Bildunterschrift hätte lauten sollen …

Option 1: In den letzten paar Tagen wurde ich auf Instagram von Negativkommentaren überschwemmt. Ein gelegentliches »Stirb, du dumme Kuh« oder »Siehst du heute hässlich aus« bin ich gewöhnt, zumal das immer die Ausnahme war. Ich konnte es ausblenden. Aber jetzt scheint mich die ganze Welt zu hassen. Was ist los? Was habe ich falsch gemacht? Könnte mir bitte jemand erklären, was ich verbrochen habe, dass ihr alle dermaßen angepisst seid?
Option 2: Vielleicht sollte ich einfach den Rückzug antreten und meine ganzen Social-Media-Accounts schließen. Ich wollte nie Influencerin werden. Als ich mir damals diesen Hashtag ausgedacht habe, der dann viral gegangen ist – #freakyfashionfriday – , und meine

Followerzahl durch die Decke ging und alle Welt plötzlich Fotos von sich selbst beim Abspülen im Ballkleid oder beim Wochenendeinkauf im Pyjama gepostet hat, haben meine Freunde gesagt, ich sollte das Ganze zu Geld machen. Jetzt sollte ich vielleicht einfach aufhören.

18

IMOGEN

An die Wand gedrängt kauert Imogen am Boden. Ein schrilles Heulen, vielleicht von einer Sirene, bohrt sich schmerzhaft in ihre Ohren. Auf einmal erkennt sie: Es kommt von ihr selbst.

»Imogen. Imogen.« Irgendjemand schüttelt sie.

Es ist Orri.

»Alles in Ordnung, Imogen? Soll ich einen Krankenwagen rufen? Okay, ich hole jetzt den Krankenwagen.«

Vor seinen Augen hängt ein Schleier aus Furcht, wie eine weiße Frostschicht an einer Fensterscheibe. Er lässt Imogens Schultern los und zieht sein Handy aus der Tasche.

Die Sirene ist verstummt. »Nein.« Imogen braucht keinen Krankenwagen. Sie braucht eine Zeitmaschine. Sie muss sich in den Sommer des vergangenen Jahres beamen. Wenn sie doch nur die Zeit zurückdrehen und alles anders machen, ihre eigene Geschichte umschreiben könnte. Doch die Vergangenheit kann man nicht ändern. Und nichts zu tun, kommt ebenso wenig infrage. Wenn sie die Vergangenheit nicht überarbeiten kann, muss sie sich ihr stellen und aus der Konfrontation als Siegerin hervorgehen.

Imogen entwirrt ihre verkrampften, ineinander verknoteten Glieder. »Alles okay«, sagt sie. »Alles okay.«

Starr vor Schreck und Verunsicherung blickt Orri ihr ins Gesicht. »Was war das denn?«

Jetzt ist es ihr peinlich. Orri hält sie bestimmt für vollständig durchgeknallt.

»Nichts, nichts. Ich war nur …« Aber weiter kommt sie mit ihrem lahmen Erklärungsversuch nicht.

In den letzten Wochen sind Imogen und Orri zu guten Freunden geworden und gestern Abend im Pub hatte Imogen das Gefühl, als könnte aus ihrer Freundschaft bald noch etwas mehr werden. Das hat sie jetzt vergeigt.

Sie schaut Orri in die Augen. Wie kann es in einer so hässlichen und grausamen Welt etwas so Schönes geben? Und er ist genauso ruhig, freundlich und sensibel, wie es ein Blick in seine Augen erahnen lässt.

Imogen kann das nicht zulassen. Sie darf ihn nicht verlieren. Das Monster hat ihr alles genommen. Orri wird es ihr nicht nehmen.

Sie hat keine Wahl. Sie muss ihm die Wahrheit sagen.

Danach schweigt Orri eine ganze Weile und automatisch fragt Imogen sich: Ekelt er sich jetzt vor ihr?

Da nimmt er sie an den Händen und sagt: »Ich werde ihn töten.«

Sie lacht erleichtert auf. »Okay, aber stell dich hinten an.«

»Warum bist du danach nicht zur Polizei gegangen?«

Imogen denkt zurück an die Zeit nach dem Übergriff. Obwohl die Tage in der Erinnerung ineinander verschwimmen, versucht sie Orri zu erklären, wie es weitergegangen ist.

Sie weiß noch, dass sie nicht schlafen konnte, heulend im Bett lag oder am Schreibtisch saß und auf ihre Prüfungen lernen wollte, ohne sich konzentrieren zu können. Sie weiß noch, wie sie beim Abendessen ein gezwungenes Lächeln aufsetzte, als wäre nichts gewesen. Sie weiß noch, wie sie einmal von ihrer Schwester überrascht wurde, als sie im Bad vor der Toilette kniete und würgte. Ob alles in Ordnung sei, fragte ihre Schwester und Imogen antwortete: »Ja, ist nur der Prüfungsstress.« Und sie weiß noch, wie sie immer wieder vergeblich versuchte, das Problem durch Nachdenken aus der Welt zu schaffen, ihren Schmerz zu relativieren und auf diese Weise zu vertreiben: *Du hattest noch Glück. Du bist nicht verletzt. Du bist noch am Leben. Kein Blut, keine Knochenbrüche. Es hätte so viel schlimmer kommen können. Es ist doch eigentlich gar nichts passiert.*

Aber es war etwas passiert. Die blauen Flecken verblassten, ihre Seele blutete weiter. Sie fühlte sich beschmutzt und missbraucht, bis ins tiefste Innere niedergedrückt. Ihr Leben war aus der Spur geraten. In nur zwei Minuten war ihre ganze Zukunft in eine andere Richtung gelenkt worden. Sie trauerte, denn sie hatte etwas verloren. Ein Teil von ihr war gestorben. Sie würde nie mehr leben wie früher. Sie würde nie mehr dieselbe sein.

Noch dazu gab sie sich selbst die Schuld. Als Mörður ihr angeboten hatte, sie in sein Team aufzunehmen, hatte sie sich geschmeichelt gefühlt. Sie hatte seine Aufmerksamkeit genossen – allerdings nur als angehende Psychologin, nicht als Frau. Sie hatte sich darüber gefreut wie Mörður über seine goldene Löwentrophäe, die er auf einem Werbefestival in Cannes gewonnen hatte und auf die er so stolz war, dass sie immer auf seinem Schreibtisch stand, gut sichtbar für jeden Besucher. Hatte sie ihn irgendwie in Versuchung geführt? Versehentlich Interesse signalisiert?

Natürlich nicht. Sie wusste genau, dass sie sich nichts vorzuwerfen hatte. Und trotzdem konnte sie die Scham über das, was er ihr angetan hatte, nicht abschütteln.

Am ersten Prüfungstag meldete Imogen sich krank. Am zweiten ließ sie auch das bleiben. Sie ging einfach nicht hin. Was hatte das alles noch für einen Sinn?

Dann kam ein Anruf aus heiterem Himmel. Mörður. Er war gut gelaunt, richtig aufgedreht. »Eben hat sich London Analytica gemeldet – der Deal steht. Und übrigens suchen die gerade eine Social-Media-Kampagnenmanagerin. Ich habe ihnen dich empfohlen. Ich glaube, das wäre der perfekte Job für dich. So eine Gelegenheit kommt nicht alle Tage. Das wäre eine tolle Chance. Berufserfahrung ist inzwischen doch so wichtig. Damit hättest du einen echten Vorsprung und weiterstudieren kannst du später immer noch. Die Uni läuft dir nicht weg. Ach, und ich wollte dir auch noch sagen, dass ich dir für nächstes Jahr leider keinen Platz im Labor garantieren kann. Wir haben nur ein kleines Budget und auch andere Studenten sollten die Chance erhalten, die ich dieses Mal dir gegeben habe. Also, was soll ich den Londonern ausrichten? Machst du's? Nimmst du den Job an?«

Wieso eigentlich nicht? Sie würde sowieso durchfallen. Und Mörður machte Druck.

Als Imogen ihren Eltern mitteilte, dass sie das Studium abbrechen würde, verloren die beiden die Fassung. Es wurde gebrüllt, geheult, mit Türen geschlagen. Sie konnten nicht begreifen, dass ihre Tochter einfach so ihr Leben wegwarf.

Und sie konnte ihnen nicht erklären, dass sie in ihrem Leben nichts mehr zu sagen hatte. Sie war ein Laubblatt im Wind und nur der bestimmte darüber, in welche Richtung es sie wehte.

Erst als Orri sich vorbeugt und ihr eine Träne von der Wange tupft, merkt Imogen, dass sie weint.

»Es tut mir so leid, dass du das durchmachen musst«, sagt er. »Einer Freundin von mir ist so etwas Ähnliches passiert. Sie hat in den USA studiert und da wurde sie auf einer Party von einem Kommilitonen sexuell belästigt. Sie hat es den Schulbehörden gemeldet, die haben ihr einen Anwalt besorgt und eine Therapeutin vermittelt. Sie sollte einen detaillierten Bericht über den Vorfall schreiben. Das hat wehgetan, aber es war auch befreiend für sie, hat sie hinterher gesagt. Und es war vor allen Dingen wichtig, das Ganze genau zu dokumentieren, solange sie sich noch deutlich daran erinnert hat.«

Orri nimmt Imogens Hand.

»Hast du das, was du mir gerade erzählt hast, schon mal aufgeschrieben?«

»Nein.«

»Willst du das tun?«

Ja, begreift Imogen, sie will. Jetzt sofort. Sie steht auf und geht zu ihrem Schreibtisch. »Bleibst du so lange bei mir?«

»Natürlich«, sagt Orri.

Sie schreibt und sie weint und Orri legt ihr ohne einen Ton den Arm um die Schultern, ohne den Fluss der Worte zu unterbrechen, die sie so lange in sich eingeschlossen hat.

Am Ende speichert sie den Text nicht ab. Sie sitzt an ihrem Arbeitsrechner, Mörður soll nicht darauf stoßen. Stattdessen druckt sie das Dokument aus und legt es in den kleinen Safe unter der Tischplatte. Eines Tages wird sie vielleicht den Entschluss fassen, mit ihrer Aussage zur Polizei zu gehen.

Orri steht auf und bringt ihr ein Glas Wasser vom Tisch in der Ecke.

»Danke.« Sie weiß nicht, wie sie sich fühlt, jetzt da sie die Last ihrer Gedanken in Sätze verwandelt hat. Leer? Leichter?

Orri setzt sich wieder zu ihr. »Wonach hast du auf Mörðurs Computer gesucht? Nach irgendetwas, das du der Journalistin vom *Herald* schicken kannst?«

»Ja.«

»Und, hast du etwas gefunden?« In Orris Stimme schwingt eine neue Härte mit. Ob er wütend auf sie ist?

»Nicht wirklich«, sagt Imogen. »Eigentlich habe ich ja schon genug. Aber ich will trotzdem mehr. Es soll eine große Geschichte werden.«

»Ich habe gesehen, was du auf seinem Rechner gelesen hast. Ich würde sagen, du bist schon fündig geworden.«

»Smertoil?«

Orri nickt. »Das ist reiner Sprengstoff.«

»Im Ernst? Das wäre super.«

Er stützt die Ellenbogen auf den Schreibtisch und den Kopf in die Hände.

»Was ist?«, fragt Imogen.

»Dafür könnte ich richtig Ärger kriegen.«

»Hast du damit zu tun?«

»Mörður hat gesagt, er legt was obendrauf. Eine Menge.«

»Ich muss es ja nicht verwenden. Nicht, wenn es dir irgendwie schaden könnte. Ich lasse es einfach.«

Orri starrt auf die Tischplatte. »Doch. Mach's.«

»Ich brauche es nicht. Slimline ist mehr als genug.«

»Mach's trotzdem. Ist mir egal, wenn ich deswegen Ärger bekomme. Mörður soll in der Hölle schmoren. Er hat es nicht anders verdient.«

Um acht Uhr sitzt Imogen mit Orri im DataPsych-Labor und wartet auf Victoria Kings Videoanruf.

»Wie ist sie so?«, fragt Orri, offensichtlich nervös.

»Ich weiß nicht … wenn das Glas halb voll sein soll, würde ich sagen, sie ist pragmatisch. Wenn es halb leer ist, würde ich sagen, sie ist schroff.«

Auf Imogens Laptop klingelt es. Sie nimmt den Anruf entgegen. Auf dem Bildschirm erscheint das Gesicht einer Frau Mitte dreißig mit schulterlangem blondem Haar und rotem Lippenstift. Ihre Nase ist krumm wie der Schnabel eines Adlers, ihre Haut blass und makellos.

»Hi, Victoria.«

Wieder erweist sich die Journalistin als pragmatisch oder eben schroff – für Höflichkeiten hat sie keine Zeit. »Wer ist das?«, fragt sie mit einem Blick auf Orri. Ihre Augenbrauen, zwei messerscharfe Striche, ziehen sich zusammen.

Am Nachmittag hat Imogen ihr ihre gesammelten Dokumente zum Slimline-Projekt gemailt. Dabei hat sie auch auf einige Aspekte hingewiesen, die in dem Artikel unbedingt eine größere Rolle spielen sollen.

»Mörður«, hat sie in ihrer E-Mail geschrieben, »bezeichnet die Zielgruppe des Projekts als ›alberne Mädchen‹. Das zeigt, was für eine bodenlose Verachtung er jungen Frauen entgegenbringt.« Und um auch noch die letzten Zweifel an seiner Verdorbenheit auszuräumen, hat sie hinzugefügt: »Außerdem ist ihm zu 100 Prozent bewusst, dass er besonders gefährdete Personen ins Visier nimmt. In einer E-Mail, die versehentlich an mich ging und in der er sich über die Adressaten der Kampagne äußert, spricht er vom künstlichen Lächeln junger Mädchen, die glauben, ›sie könnten ihr armseliges kleines Leben hinter Lippenstift, Filtern und hübschen Schnütchen verstecken‹. Er weiß, was er tut. Er wird sich da nicht herauswinden können.«

Eine halbe Stunde später hat Victoria sich bei Imogen gemeldet und ihr zugesichert, die Story zu bringen. Für die Titelseite werde es zwar nicht reichen, aber als Artikel auf der Webseite des *Herald* könne sie, wenn sie viral gehen sollte, hohe Wellen in den Social Media schlagen.

Imogen hat ihr sofort geantwortet und um ein Gespräch per

Facetime gebeten. Sie habe ihr noch etwas zu erzählen, das sie aber lieber nicht schriftlich dokumentieren wolle. Jedenfalls vorerst nicht.

Als Orri neben ihr in seinem Stuhl versinkt, kann Imogen nur hoffen, dass er es sich nicht doch noch anders überlegt.

»Das ist mein Kollege von DataPsych«, erklärt sie, den Blick in die Laptop-Kamera gerichtet. »Orri Sigurlínuson.« Seinen Nachnamen korrekt auszusprechen, ist immer noch eine größere Herausforderung.

Victoria zieht eine Grimasse, als hätte sie höchstens die Hälfte verstanden.

Imogen dreht sich hilfesuchend zu Orri.

»Hi, ich bin Orri. Ich bin bei DataPsych für die Technik zuständig. Ich glaube, Sie liegen daneben. Das könnte eine Story für die Titelseite werden.«

Dass Orri ihr gleich zur Begrüßung einen Irrtum unterstellt, scheint Victoria nicht zu stören. »Ich höre.«

»Vor ein paar Monaten hat Mörður mich angespro …«

»Der CEO von DataPsych?«, unterbricht Victoria ihn.

»Ja. Er wollte mir einen Vorschlag machen. Ein neuer Kunde war direkt auf ihn zugekommen. Sonst gelangen wir meistens über Marketingagenturen an Aufträge wie bei dem Slimline-Deal, den hat uns London Analytica vermittelt. Aber dieser neue Kunde wollte so wenig Personen wie möglich einbeziehen und er bestand auf absoluter Diskretion.«

»Und dieser Kunde heißt …?«

Orri beißt sich auf die Unterlippe.

Wieder befürchtet Imogen, er könnte es sich anders überlegen. Doch er antwortet: »Smertoil.«

Im Videofenster ist zu sehen, wie Victoria tippt. »Noch nie gehört …«, murmelt sie. Klick, klack, klick. Sie starrt auf ihren Monitor und liest vor. »Das zehntgrößte Unternehmen Russlands und einer der weltweit bedeutendsten Produzenten von Rohöl?«

»Ganz genau«, bestätigt Orri.

Victoria blickt wieder in die Kamera. »Und was ist so ungewöhnlich daran, dass sich dieser Konzern um eine Marketingberatung bemüht?«

»Nichts, würde ich sagen. Nur dass es in der Anfrage, die die uns geschickt haben, überhaupt nicht um Öl ging.«

»Was soll das heißen?«

»Mit unserer Software kann man anhand von Persönlichkeitsmerkmalen nach bestimmten Personen suchen.«

»Ja, Imogen hat mir das FFM-Modell erklärt.«

»Bisher wurden unsere Dienste immer dazu genutzt, im Auftrag von Unternehmen in sozialen Netzwerken nach Personen zu suchen und diese mit auf ihre Persönlichkeit abgestimmten Marketing-Botschaften anzusprechen. Du bist gefrustet? Kauf dir diesen Schokoriegel. Du gehst gerne aus dir heraus, bekommst aber zu wenig Aufmerksamkeit? Mach einen Ausflug in diese Karaoke-Bar.«

»So weit kann ich folgen.«

»Aus technischer Sicht wollte Smertoil auch nichts anderes von uns. Es sollten Menschen mit einem spezifischen Persönlichkeitsprofil aufgespürt und angesprochen werden – laut Auftrag ungebildete, introvertierte Personen unter 30 ohne Berufsabschluss, in Großbritannien und im übrigen Westen, die sich abgehängt, missachtet und isoliert fühlen. Auf diese Personen sollte aber nicht mit normalen Marketing-Botschaften oder Werbeanzeigen gezielt werden. Nein, sie sollten mit Links zu Nachrichtenartikeln, Gag-Seiten und Tweets bombardiert werden. Ich habe eine beispielhafte Auswahl von Beiträgen gesehen, die mit unserer Unterstützung in der Zielgruppe viral gehen sollten, und für mich sah das nach lauter Fake News aus: Storys über Politiker, die sich einen Luxusurlaub auf Kosten des Steuerzahlers gönnen; gefälschte Zitate von Amtsträgern, in denen die Armen und Arbeitslosen als faul und dumm dargestellt werden; manipulierte Dokumente, frei erfundene ›Fakten‹ und immer so weiter. Es ging eindeutig in eine politische Richtung. Ich hatte das Gefühl, wir sollten für eine Desinformationskampagne mit eng umrissener Zielgruppe angeheuert werden. Es stand zwar nicht explizit im Auftrag, aber ich habe den Verdacht, dass wir dazu benutzt werden sollten, Unruhe zu verbreiten.«

Einen Moment überlegt Victoria. »Was für ein Interesse hat ein Ölkonzern am Verbreiten von Zwietracht?«, fragt sie dann.

Orri lehnt sich näher zum Bildschirm. »Das weiß ich nicht. Es ergibt keinen Sinn. Außer, dahinter steht gar kein Ölkonzern.«

»Aber Smertoil ist doch einer?«

»Was, wenn Smertoil unsere Dienste für irgendwen anders in Anspruch nehmen soll? Für eine Gruppe, die nicht dabei erwischt werden will, wie sie eine Desinformationskampagne in Auftrag gibt?«

Auf der anderen Seite wird es so still, dass Imogen für einen Augenblick denkt, die Verbindung wäre zusammengebrochen, das Bild eingefroren. Dann röten sich Victorias blasse Porzellanwangen und ihre schroffe – oder pragmatische – Art verwandelt sich durch einen Schuss Begeisterung fast in einen Fieberwahn. »Ich weiß, worauf Sie hinauswollen, und ich glaube, daraus könnte man etwas machen. Schicken Sie mir alles, was Sie haben.«

Orri wackelt auf seinem Stuhl herum, führt einen kleinen Freudentanz auf. Seine Anspannung ist verflogen, er wirkt direkt entzückt, als hätte er soeben einen Punkt in einem lustigen Spiel erzielt.

Imogen ist dagegen nicht in Siegesstimmung. »Sorry, aber habe ich etwas verpasst? Was ist mit der Slimline-Story?«

Victoria blättert in den Papieren auf ihrem Schreibtisch. In die Kamera blickt sie nicht mehr. Sie hat zu tun. »Die werden wir verschieben müssen. Ich will zunächst ganz auf die andere Geschichte setzen. Die wird einschlagen. Damit bekommen wir schnell die volle Aufmerksamkeit. Das könnte ein Riesending werden. Denken Sie mal darüber nach: Smertoil ist ein russisches Unternehmen. Ohne den Segen der Behörden wird man in Russland nicht so groß. Das heißt, Smertoil schuldet denen etwas. Und Russland führt einen weltweiten Informationskrieg. Das Land versucht, Einfluss auf politische Entscheidungen in anderen Staaten zu nehmen, sich in Wahlen einzumischen, generell Unruhe zu stiften. Und dabei scheint Smertoil ein wichtiges Puzzleteil zu sein. Daran anknüpfend könnten wir dann immer noch einen Bericht über das Slimline-Projekt und die Frauen bringen, die dabei rücksichtslos ins Visier genommen werden.«

Imogen starrt auf den Bildschirm. Sie muss sich sehr zusammenreißen, um eine Fassade der Ruhe und Seriosität aufrechtzuerhalten. »Weil Politik wichtiger ist?«

»Wie bitte?« Victoria notiert sich gerade etwas. Imogen hört sie offensichtlich kaum noch zu.

Eine Journalistin, hat Imogen geglaubt, würde das verstehen. Der ganze Sinn des Journalismus ist doch, denen da oben auf die Finger zu schauen und die normalen Leute zu beschützen. Aber Victoria King ist wie alle anderen. Sie ist wie Samuel Pearce, Mörðurs Doktorand. Auch ihr fällt das Wegschauen erstaunlich leicht.

Jetzt, da sie begriffen hat, dass sie ohnehin auf verlorenem Posten kämpft, kann Imogen es ihr ruhig und gefasst erklären. »Die Politik, haben Sie gerade gesagt, ist wichtiger als das Leben gefährdeter junger Frauen. Politische Machenschaften sind eine größere und bedeutendere Story als eine rücksichtlose Attacke auf Tausende von Mädchen.«

Victoria hebt geistesabwesend den Blick, zwei große Fragezeichen in den Augen.

Entweder hat sie nicht zugehört oder sie kapiert nicht, was Imogen ihr unterstellt.

»Okay, das genügt erst mal«, meint Victoria, als hätte Imogen keinen Ton gesagt. Als hätte sie keine Stimme. »Wenn Sie mir noch heute Abend alle Dokumente zukommen lassen könnten, also die Präsentation mit dem Angebot, das Auftragsschreiben und den gesamten sonstigen Schriftverkehr, melde ich mich schon morgen bei Ihnen.«

Das Videofenster wird dunkel. Erneut wendet sich ein Blick ab. Leise. Rücksichtslos. Mit Bedacht. Es ist die Macht der Gewohnheit.

Foto: In einem Spiegel sieht man ein Stück Hals, auf dem eine Silberkette mit schlichtem Herz-Anhänger ruht.
Filter: Amaro

Mögliche Bildunterschriften …

Option 1: #hübsch #juwelier #liebe #glück #instaschmuck #accessoires #instaneid #süß
Option 2: Diese Kette habe ich von meiner Mum zum 16. Geburtstag bekommen.
Option 3: Ich bin mir ziemlich sicher, dass Granny Jo sie gekauft und eingepackt und dann so getan hat, als wäre sie von meiner Mum. Sie hat es aber immer abgestritten.
Option 4: Zu meinem 16. Geburtstag hat Mum mir keinen Schokokuchen gebacken, obwohl ich mir so sehr einen gewünscht hatte. Sie hat lieber ein Sixpack Bier getrunken und ist danach auf dem Sofa eingepennt.

Tatsächliche Bildunterschrift …

Chic chic #bling

♥ **42**

19

HANNAH

Es ist drei Uhr nachts und ich liege hellwach im Bett. Imogens Bericht geht mir nicht aus dem Kopf.

Er drückte mich gegen die Wand.

Die Wörter wirbeln durch meine Gedanken wie ein tosender Schneesturm.

Seine Hand wanderte an meinem Körper hinauf.

Bevor wir das Labor verlassen haben, haben Kjarri und ich das Blatt wieder an seinen alten Platz gelegt. Vorher habe ich aber noch mehrere Fotos davon gemacht.

Seine Finger bohrten sich so tief in meine Haut, dass ich mich beinahe übergeben hätte.

Vielleicht hat Imogen ihn doch umgebracht. Sie hätte ein Motiv. Wenn einem so etwas angetan wurde – wer würde den Täter nicht töten wollen?

Er knöpfte meine Hose auf.

Plötzlich fällt mir etwas ein. Ich richte mich auf, schnappe mir mein Telefon und scrolle durch meine Bilder bis zu den Fotos von Imogens Handydisplay. Da ist sie. Die E-Mail von Sara Gunnarsdóttir.

Ich hoffe, dir ist klar, was du angerichtet hast. Ich hoffe, dir ist klar, dass du mein Leben zerstört hast. Bist du nur deshalb hierhergekommen? Dafür sollst du in der Hölle schmoren.

Und schon weiß ich, wie der nächste Schritt aussehen muss: Ich muss mit Mörðurs Witwe sprechen. Nur wie? Ich kann schlecht einfach so bei ihr anklopfen. Wenn Dad erfährt, dass ich ohne seine Erlaubnis als Vertreterin der Zeitung eine trauernde Witwe mit Fragen zu ihrem erst vor Kurzem tragisch aus dem Leben gerissenen Gatten belästigt habe …

Eine Möglichkeit hätte ich aber.

Ein Schlupfloch gäbe es.

Gleich am nächsten Morgen rufe ich in der Botschaft an und stelle mich als britische Staatsbürgerin vor, die konsularischen Beistand benötige.

Mir wird ein Termin in drei Wochen angeboten. Ich bettele um einen früheren, erkläre der Dame am Telefon, dass es sich um einen Notfall handele.

»Welche Art von Notfall?«, fragt sie.

»Meine Mutter. Sie ist britische Staatsbürgerin und sie ist gestorben.«

Ich bekomme einen Termin für den gleichen Tag, mittags.

Streng genommen war das nicht gelogen. Meine Mutter ist wirklich tot. Trotzdem fühle ich mich deswegen schrecklich schmutzig.

Schon um halb zwölf habe ich alle Aufgaben erledigt, die Dad mir bei der morgendlichen Redaktionssitzung zugeteilt hat.

Also besuche ich ihn in seinem Büro und erkundige mich, ob ich mir sein Auto leihen könne. Ich wolle in der Mittagspause zum Einkaufszentrum, um mir ein paar seriösere Klamotten für die Arbeit zu besorgen. Er gibt mir die Autoschlüssel und zwei Fünftausend-Kronen-Scheine. Die Schlinge aus Schuldgefühlen zieht sich immer enger um meinen Hals. *Ich bin ein schlechter, schlechter Mensch.*

Um mich aufzumuntern, gelobe ich innerlich, es wiedergutzumachen: Beim Abendessen mit der Familie heute Abend werde ich mir besonders große Mühe geben, mich tadellos zu verhalten. Rósa hat sich extra freigenommen, um eine sanft gegarte Lammkeule zuzubereiten, und als Dessert soll es einen dreischichtigen Käsekuchen geben. Alda kommt und Grandma Erla und Grandpa Bjarni sind auch angekündigt, mein erstes Aufeinandertreffen mit *Amma* und *Afi*, seit ich hierhergezogen bin. Es graut mir davor. Ich weiß nie, wie ich mit ihnen reden soll, und die beiden starren mich immer nur mit ratlosem Entsetzen an. Wie eine Außerirdische, die gerade aus dem Weltall auf die Erde geplumpst ist, weshalb sie sich nun fragen: *Woher kommt dieses Ding und musste es denn ausgerechnet bei uns im Wohnzimmer landen?*

Gestern Abend habe ich mit Granny Jo telefoniert. Ich wollte wissen, ob es so schlimm wäre, wenn ich es »leider nicht zum Abendessen mit der Familie schaffen« und stattdessen Kjarri ins Kino schleppen würde. Granny Jo hat gesagt, es wäre sogar sehr schlimm von mir. Und auf meinen Einwand, dass Amma und Afi mich hassen, hat sie erwidert: »Das tun sie nicht, Hannah. Als Großmutter kann ich dir versichern, dass man körperlich gar nicht in der Lage ist, ein Enkelkind zu hassen. Die müssen dich nur erst noch kennenlernen.«

Ich habe sie gefragt, ob sich diese Behauptung auch wissenschaftlich untermauern lasse.

In Dads Auto ist es eiskalt. Ich drehe den Zündschlüssel herum und die Heizung auf. In Island Auto zu fahren, finde ich sowieso schlimm und extremst schlimm ist es mit Dads Auto. Es ist ein Range Rover, weil jeder Isländer ab einem gewissen Status einen Range Rover fährt, und der steuert sich wie ein Panzer. Rósas kleiner, in gemütlichem Orange lackierter Wagen ist mir lieber. Aber von Autos habe ich ja keine Ahnung, für mich unterscheiden sie sich hauptsächlich in der Farbe. Eigentlich nur in der Farbe.

Die gute Nachricht zuerst: Es schneit nicht mehr. Die schlechte Nachricht: Die Sonne brennt nun mit der Gewalt des jüngsten Tages auf die Erde herab und ihre von der frischen, auf der ganzen Stadt ruhenden Schneedecke zurückgeworfenen Strahlen versengen einem derart die Augen, dass man kaum noch etwas sieht. Hoffentlich überfahre ich keinen Kollegen, der ein bisschen früher Hunger bekommen hat und sich deshalb schon jetzt aus dem Büro schleicht.

Ein Glück, dass die Straßen ziemlich leer sind. Alle sind noch auf der Arbeit und so brauche ich für die Fahrt von der hinterletzten Ecke der Stadt zur zentral gelegenen Botschaft nur 15 Minuten.

Einigermaßen schnell finde ich einen Parkplatz, bleibe aber noch kurz sitzen und atme ein paarmal tief durch, ordne meine Gedanken und lasse den Blick schweifen. Gegenüber steht ein Wagen mit laufendem Motor, ein kleiner grauer Kombi. Der Typ hinter dem Steuer schläft anscheinend. Ich hoffe für ihn, dass er nicht obdachlos ist und im Auto wohnt. In einer langen isländischen Winternacht kann so eine Behausung leicht zum Grab werden.

Ich steige aus und schlage die Tür zu. Durch den Knall scheint der Mann aufzuwachen. Er richtet sich im Sitz auf und blickt aus dem Fenster. Sein Gesicht ist nicht wirklich zu erkennen, er trägt eine Sonnenbrille und hat eine Kapuze über den Kopf gezogen. Aber ich glaube, er schaut mich an.

Eilig steige ich die Treppe zum Botschaftseingang hinauf. Die Kälte beschleunigt meine Schritte zusätzlich. Ich läute.

Aus einem Lautsprecher an der Wand dringt eine Stimme mit viel Hall. »Ja, bitte?«

»Ich habe einen Termin bei Sara Gunnarsdóttir.«

Die Dame vom Empfang begleitet mich. Sie führt mich zur ersten von etlichen geschlossenen Bürotüren in einem langen Gang und klopft an.

»Herein.«

»Dein 12-Uhr-Termin ist da.«

»Danke, Ester.«

Die Frau geht, ich trete ein.

»Setz dich doch.« Sara macht eine Handbewegung zu einem Stuhl und schenkt mir ein vorsichtiges, überraschend aufrichtiges Lächeln, jedenfalls kommt es so rüber.

Als ich auf der anderen Seite des Schreibtisches Platz nehme, kann ich sie hinter den ganzen Stapeln aus Papier, Mappen und Ordnern kaum noch sehen. Sie schiebt einen der Türme beiseite. Jetzt haben wir Blickkontakt.

»Du heißt Hannah, oder?«, meint sie.

Ich nicke.

»Also, was kann ich denn für dich tun, Hannah? Wenn ich dich richtig verstanden habe, gab es einen Todesfall in deiner Familie?«

»Ja.«

Ich weiß nicht, was ich sagen soll. Ich wollte einfach improvisieren, doch Saras ehrliche Herzlichkeit bringt mich aus dem Konzept. Ich war auf eine verknöcherte Beamtin eingestellt, auf eine Behandlung, die mehr mit monotoner Fließbandarbeit zu tun hat als mit einer Begegnung zwischen echten Menschen. Aber plötzlich geht es wirklich um mich.

»Ich, äh … ich … komme gerade nicht so richtig klar.«

Zwischen Saras Augenbrauen bildet sich eine tiefe Furche. Sie fühlt mit mir. »Ach, Süße. Erzähl mir doch, was passiert ist. Wer ist denn gestorben?«

»Meine Mum.«

»Ach, Schatz. Wann ist das passiert?«

Vor fünf Wochen, drei Tagen und acht Stunden. »Es ist ungefähr drei Monate her.«

Sara zuckt zusammen. Offensichtlich dachte sie, es wäre erst vor Kurzem gewesen.

Ich muss an der Mitleidsschraube drehen. »Sie fehlt mir so sehr.«

Tut sie das?

»Aber natürlich, Schatz. Es ist nur – mit so etwas kennen wir uns hier an der Botschaft nicht so gut aus. Wir kümmern uns mehr um das Organisatorische, um die Rückführung von Verstorbenen in ihre Heimat und … solche Sachen.«

»Bitte. Ich habe das Gefühl, ich stehe auf einer Klippe weit draußen im Meer und die Wellen schlagen über mir zusammen und ich bin ganz allein und es kommt auch niemand und ich weiß genau, es wird jetzt immer, immer so bleiben. Ich stehe ganz allein im Meer und versuche, irgendwie nicht hineinzufallen.«

»Ach, du arme Süße.«

»Ich will sie einfach nur wiederhaben.«

»Natürlich willst du das.«

Und wieder frage ich mich unwillkürlich:

Will ich das wirklich?

Die Schuldgefühle sind kaum auszuhalten.

Sara greift nach ihrem Handy. »Ich sage dir was. Eine Freundin von mir ist Therapeutin. Ich rufe sie schnell an und frage, ob sie dich heute noch terminlich einschieben kann, als Notfall. Sie rechnet stundenweise ab, aber ich werde sie überreden, uns einen Freundschaftspreis zu machen, und wir haben hier an der Botschaft ein kleines Budget für ›Bestechungsgelder‹, da kann ich einmal tüchtig hineingreifen und dir die ersten paar Sitzungen zahlen.«

Ich sehe sie ungläubig an. »Warum bist du so nett zu mir? Du kennst mich doch gar nicht.«

Ihr Blick verschwimmt. »Ich weiß, wie es ist, auf so einer Klippe zu stehen.«

Auf einmal schwingt die Bürotür auf. Im ersten Moment sehe ich nur einen Anzug mit Krawatte, dann auch den Menschen darin.

»Hast du Orris –«

Es ist der Botschafter. Ich kenne ihn von der Party.

Erst jetzt entdeckt er mich. Und verstummt.

»Entschuldigung. Ich wusste nicht, dass du Besuch hast.« Er spricht Englisch.

Ich wechsle schnell die Sprache. »Orri? Haben Sie nicht gerade von Orri gesprochen, Orri Sigurlínuson? Der arbeitet hier, oder? Er hilft Ihnen mit den Computern?«

Mit offenem Mund, als würde er an einem Wort würgen wie an einem verkanteten Essensbrocken, glotzt er mich an.

Sara eilt ihm zur Rettung. »Es ist furchtbar«, sagt sie und wischt sich mit dem Handrücken über die feuchten Augen. Jetzt wirkt sie nur noch halb so aufrichtig, die Fließbandarbeiterin kommt doch noch zum Vorschein. »Wir machen uns alle solche Sorgen um ihn. Er ist jetzt schon seit … wie lange ist er noch mal verschwunden, Gerald?«

Abrupt erwacht der Botschafter wieder zum Leben. »Seit drei Tagen.«

»Das ist Gerald Boothby«, stellt Sara ihn vor, »der Botschafter hier. Er sucht bestimmt nach Orris Handbuch. Stimmt doch, Gerald?«

Von Gerald kommt keine Antwort.

»Orri schreibt uns immer auf, was wir seiner Meinung nach alles über unser Computersystem wissen sollten, mit Anweisungen für wenn er mal nicht da ist. Ein sehr strukturierter junger Mann, muss man sagen.« Sie reckt sich nach einem strahlend blauen Ordner. »Bitte, Gerald.«

Gerald braucht einen Moment, um zu realisieren, dass sie ihm den Ordner reichen will. Dann läuft er umso schneller zum Schreibtisch und greift zu. Im letzten Moment erhasche ich aber trotzdem einen Blick auf den Rücken des Ordners: Auf dem Etikett steht *Rechnungen Catering-Service.* Warum sollte man ein Computerhandbuch so beschriften?

Der Botschafter flüchtet sich wieder zum Ausgang. »Schön, dich kennenzulernen«, sagt er, verlässt hastig das Büro und schlägt die Tür hinter sich zu.

Sara steht auf.

»Bitte entschuldige, aber ich muss unseren Termin leider abkürzen. Ich habe meinen Töchtern versprochen, sie heute früher von der Kita abzuholen. Ich will sie zu Mittag in die Eisdiele ausführen. Manchmal geht es ohne Eiscreme einfach nicht, manchmal braucht man das, damit es einem wieder besser geht, wenigstens für kurze Zeit. Kann ich nur empfehlen.«

Auch ich stehe auf und Sara bringt mich zur Tür.

»Der Empfang müsste deine Nummer haben. Ich schicke dir

dann eine Nachricht mit den Infos zu deiner ersten Therapiestunde.«

Ich will mich noch bei ihr bedanken oder aber versuchen, ihr noch irgendeinen Hinweis zu entlocken, doch ehe ich mich versehe, stehe ich wieder vor der Botschaft und friere und fröstele unter der grellweißen Mittagssonne über Island.

Das war komisch. Das war echt komisch.

Ich setze mich auf die Vortreppe. Ich brauche eine Verschnaufpause, ich muss nachdenken. Ich hatte gehofft, in der Botschaft auf irgendein Indiz für Imogens Unschuld zu stoßen. Ich wollte eine andere Verdächtige auftreiben. Doch Sara ist nicht die labile Psychopathin, die der Typ in der Mensa geschildert hat. Sie ist das genaue Gegenteil.

Meine Mission war eine einzige Pleite. Was will ich eigentlich? Ganz klar: Ich will beweisen, dass Imogen Collins die Wahrheit sagt. Ich will beweisen, dass sie Mörður Þórðarson nicht umgebracht hat.

Es ist schon komisch. Sie und ich haben rein gar nichts gemeinsam. Sie ist erfolgreich, hübsch und selbstbewusst, ich bin nichts davon. Und trotzdem habe ich irgendwie das Gefühl, wir sind Seelenverwandte.

Oder hat all das überhaupt nichts mit Imogen zu tun? Vielleicht kämpfe ich gar nicht um einen Freispruch für sie, sondern für mich selbst.

Bei meinem letzten Besuch im Krankenhaus habe ich Mum kaum wiedererkannt. Ihr Gesicht war so geschwollen, sie sah aus wie nach einer üblen Prügelei. Sie schnaufte und schrie immer wieder auf, wegen der Schmerzen. Ihre Finger waren blau angelaufen. Sie war noch am Leben und verwandelte sich doch schon in eine Leiche.

Einen Tag zuvor waren Granny und ich von einer Krankenschwester beiseitegenommen worden. Sie wollte wissen, ob es für uns infrage käme, meiner Mutter ihren letzten Wunsch zu erfüllen: sie noch einmal nach Hause mitzunehmen.

Granny sah mich an. Ich müsste erst zustimmen.

Ich nickte.

»Bist eine gute Tochter«, sagte Granny zu mir.

Das war ich nicht. Ich war eine schreckliche, eine verabscheuungswürdige Tochter und ich hätte es verdient, für alle Ewigkeit im Höllenfeuer zu rösten.

Denn ich wollte Mum nicht nach Hause mitnehmen. Ich wollte sie überhaupt nicht mehr in meinem Leben haben. Ich hatte keine Lust mehr, in jeder Sekunde jeden Tages auf sie aufpassen zu müssen. Ich wollte nicht mehr, dass sich alles immer nur um sie dreht. Ich hatte die Nase voll. An diesem letzten Tag im Krankenhaus wünschte ich mir etwas: dass sie einfach sterben würde.

Sie hielt sich daran.

Sie kam nicht mehr nach Hause.

Jetzt, auf den eisigen Stufen vor dem Botschaftsgebäude, erkenne ich, welcher Gedanke seit Mums Tod in mir gewachsen ist wie ihr Krebs, sich in meinem Unterbewusstsein ausgebreitet und endlich mein Gehirn erreicht hat: *Ich habe meine Mutter umgebracht.*

Ich stehe auf. Die Kälte hat meine Glieder steif werden lassen.

Auf das Geländer gestützt, stakse ich die Stufen hinunter. Die Sonne brennt mir in den Augen. Die Welt dreht sich.

Imogen Collins ist schuldig. Ich bin schuldig.

Ohne nach links und rechts zu schauen, überquere ich die Straße. Ich muss hier weg, nur schnell weg. Dann bin ich am Auto angekommen. *Schlüssel, Schlüssel, wo sind die Schlüssel?* Ich krame in der Jackentasche. *Da sind sie.*

Ich drücke den Knopf für die Zentralverriegelung. Im selben Augenblick, wie sich die Tür mit einem Klicken öffnet, trifft mich ein Schlag von hinten. Ich will mich noch umdrehen, werde aber fest gegen den Wagen gedrückt.

Eine Hand im Lederhandschuh schiebt sich vor meinen Mund, erstickt meinen Schrei. Instinktiv denke ich an Imogens Bericht und Panik überflutet mich.

»Steck deine Nase nicht in Dinge, die nichts angehen dich«, höre ich eine kratzige Männerstimme sagen.

Innerlich brülle ich mir die Seele aus dem Leib, doch es dringt kein Laut nach außen. Ich kann den Angreifer nicht abschütteln, er presst mich mit seinem vollen Gewicht gegen den Wagen und seine Hand schließt sich so fest um mein Gesicht, dass ich fast schon meinen Schädel knacken höre.

»Dumme kleine Mädchen. Du machst, was sage ich. Wenn nicht, es dir geht wie brave kleine Uniprofessor. Es eine große Spaß für mich wäre, dich zu füttern meine Gift – so wie ich Mörður habe gefüttert. Ich zugucken will, wie stirbst du. Langsam und qualvoll.« Der Mann spricht Englisch, aber mit starkem osteuropäischem Akzent.

Mit der Lederhand reißt er meinen Kopf nach hinten. Er wird mir das Genick brechen, ich bin mir sicher. Doch genauso plötzlich, wie er aufgetaucht ist, verschwindet er auch wieder.

Vornübergebeugt, auf die Knie gestützt, schnappe ich nach Luft. Nur irgendwie etwas Sauerstoff in die Lunge bekommen. Dann stemme ich mich hoch und reiße die Autotür auf, springe hinein und verriegele sämtliche Türen.

Der Mann geht. Obwohl er mir den Rücken zukehrt, erkenne ich, dass sich unsere Wege nicht zum ersten Mal gekreuzt haben.

Er trägt eine Lederjacke. Eine schwarze, schlecht sitzende Lederjacke. Diesen Typen habe ich auf der Party in der Botschaft gesehen. Und bei Imogens Vortrag in der Harpa.

An einem Auto bleibt er stehen. Es ist der kleine graue Kombi.

Ich habe meine Mutter nicht umgebracht. Man kann einen Menschen nicht zu Tode wünschen. Das weiß ich, das ist eine Tatsache. Und ich weiß noch etwas. Imogen Collins hat Mörður Þórðarson nicht getötet.

Dieser Mann da, das ist der Mörder. Nur: Wer ist das?

Foto: Eine einzelne hochgewachsene Birke ohne Blätterkleid, aber eingehüllt von einem zarten Schleier aus Schnee.
Filter: Rise

Bildunterschrift: Wintermantel.

♥ **241**

Wie die Bildunterschrift hätte lauten sollen …

Option 1: Ich kann mich nur auf mich selbst verlassen. Ich bin genauso allein auf der Welt wie diese Birke. Und euch geht es nicht anders.
Option 2: Kann sein, dass ich mich geirrt habe. Ja, die Social Media sind viel zu oft oberflächlich, grausam, sinnlos und erniedrigend. Es geht aber auch anders.
Option 3: Die große Gefahr geht nicht von den Social Media aus. Sondern vom Schweigen.
Option 4: Sie wollen, dass du schweigst. Sie wollen, dass du deine Grenzen kennst. Du behauptest etwas, er behauptet das Gegenteil – also ist es praktisch nie passiert. Wenn im Wald ein Baum umstürzt und niemand hört ihn fallen, verursacht er dann ein Geräusch? Scheiß auf den Baum. Ich habe eine Stimme.

20

IMOGEN

Aus Imogens Sicht ist es eine mittlere Katastrophe, dass Sara ist, wie sie ist: herzlich, offen, witzig und nett. Jetzt fühlt Imogen sich wegen ihrer Hintergedanken noch schlechter.

Sie sitzen in Saras Wohnzimmer, trinken jeweils einen frisch gebrühten Flat White und naschen dazu Kakao-Dattelbällchen. Imogen kommt sich vor, als wäre sie plötzlich wieder in einem trendigen Café in Shoreditch gelandet.

Ursprünglich wollten sie sich in der Botschaft treffen, um über Imogens Auftritt auf der Cool-Britannia-Konferenz zu sprechen. Dann kam aber ein Anruf von Sara, dass ihre Kinder krank geworden seien und nicht in die Kita könnten, sie müsse also einen Home-Office-Tag einlegen.

»Vielen, vielen Dank, dass du extra hierhergekommen bist«, sagt Sara und schiebt die goldfarbene Schachtel mit den einzeln eingewickelten, angeblich auch noch gesunden Himmelshappen über den Tisch. Imogen hatte schon zwei davon und hält es kaum für möglich, dass etwas so Leckeres tatsächlich gut für den Körper sein soll. *Einfach – natürlich – gut*, steht auf der Verpackung.

»Wir hätten auch einen neuen Termin machen können, aber ich konnte es kaum erwarten, dich besser kennenzulernen und ein bisschen mit dir zu plaudern. Nicht als Stalkerin eines Internetstars natürlich«, sagt Sara und zieht die Mundwinkel nach unten, »sondern aus ehrlichem Interesse. Neue Leute kennenzulernen und etwas über ihr Leben zu erfahren, das ist sozusagen mein Hobby. Ich bin so neugierig, was dich hierhergeführt hat. Wer ist Imogen Collins? Was treibst du hier so? Tut mir leid, ich rede immer so viel. Ich bin ein Plappermaul. Das ist mein anderes Hobby – sagt jedenfalls mein Mann.«

Der Hinweis auf Mörður lässt Imogen erschaudern. Sie versucht, sich nichts anmerken zu lassen.

»Vielen Dank für das Angebot, bei der Konferenz mitzumachen«, erwidert Imogen. »Das ist eine tolle Gelegenheit, ich freue mich wirklich sehr darüber.«

Noch vor 24 Stunden wäre das eine glatte Lüge gewesen. Imogen wollte nie bei dieser Konferenz mitmachen. Sie hat sich richtig über sich selbst geärgert, nachdem sie spontan zugestimmt hatte. Seit der furchtbaren Panne bei der Präsentation kurz vor ihrem Abschied aus London spricht sie nur ungern vor anderen und generell wollte sie hier nie die Öffentlichkeit suchen. Doch dann hat ihr das Universum eine Lektion erteilt: Auf dieser Welt ist jeder und jede auf sich allein gestellt. Letzten Endes können wir uns alle nur auf uns selbst verlassen und auf niemanden sonst.

Als Victoria King gesagt hat, man *könnte* die Slimline-Story, die doch die Hauptsache sein sollte, eventuell noch *anknüpfend* an die andere Geschichte bringen, kam es Imogen vor, als sollte ihr Trauma kleingeredet werden. Mörður ist über sie hergefallen – na und? So was kommt vor. So ist das Leben. So sollte es aber nicht sein.

Deshalb hat sie eine Entscheidung getroffen. Sie verlässt sich nicht mehr auf andere. Sie nimmt die Sache selbst in die Hand. Bei ihrem Vortrag in der Harpa wird sie dem Publikum den wahren Mörður zeigen. Natürlich könnte sie es auch jetzt gleich erledigen, auf Instagram oder per YouTube-Video – ihre Enthüllung soll aber nicht nur eine von unzähligen im Internet verbreiteten Anschuldigungen sein, die später als Kurzmeldung in der Randspalte der *Daily Mail* gedruckt wird. Sie soll nicht nur in der Filterblase widerhallen, in der sich all die bewegen, die sind wie Imogen und die längst wissen, dass die Strukturen der Macht gegen sie ausgerichtet sind und dass man ihnen, die sie weder reich sind noch Macht haben, nie Gehör schenken wird. Ihre Wahrheit soll über die Echokammern hinaus hörbar sein. Sie soll bis an die Ohren derer dringen, die den Anblick der harten Realität jenseits ihres hübschen Doppelhaushälftenlebens nicht gewohnt sind.

Cool Britannia wird eine Menge Gäste anlocken. Die ehrbaren Bürger. Das Establishment. Die Elite. Auch die Medien werden da sein. Ihnen allen wird Imogen das Slimline-Projekt vorstellen. Und dann wird sie ihnen erzählen, was Mörður ihr angetan hat. Es ist beinahe unheimlich, wie gut das eine zum anderen passt.

Imogen wird dafür sorgen, dass ihre Geschichte in die etablierten Massenmedien katapultiert wird, wo ihr niemand mehr entkommt. Sie setzt auf maximale Reichweite, nur so kann sie Rache nehmen und nur dazu ist sie hier. Selbstverständlich wird sie ihren Vortrag zusätzlich aufzeichnen und ins Internet stellen: ein Video auf YouTube, einige Fotos und ein kurzer Text auf Instagram. Und danach wird sie das Land verlassen und nie wieder zurückkehren. Gestern Abend hat sie ihren Flug nach London gebucht, für den Tag nach dem Vortrag. Sie hat Anna eine Nachricht geschrieben, um sie wissen zu lassen, dass sie nach Hause komme. In Imogens Abwesenheit hat eine Freundin von Steph in ihrem Zimmer gewohnt. Anna hatte offenbar kein Problem damit, ihr mitzuteilen, dass sie sich etwas anderes suchen sollte.

Darum muss das Treffen mit Sara glattgehen. Es ist von entscheidender Bedeutung. Imogen muss ihr Honig ums Maul schmieren. Sie braucht den Auftritt auf der Konferenz.

»Wo sind deine Mädchen?«, fragt Imogen. Sie hatte mit totalem Chaos gerechnet, mit herumrennenden Kindern und überall Spielzeug. Irrtum. Es ist ruhig. Sie sitzen in einer kleinen, aber schicken Dachgeschosswohnung in einem von Wind und Wetter gezeichneten Apartmentgebäude in der alten Weststadt. Von hier zu Sigurlína ist es nicht weit. Dieses Viertel, hat Sigurlína ihr erzählt, sei am schnellsten gewachsen, als Reykjavík im späten 19. Jahrhundert vom Dorf zur Stadt geworden sei. Sanftes Licht fällt auf Teakholzmöbel, in der Ecke steht ein abgewetztes Chesterfield-Sofa und die ganze Wand unter der Dachschräge wird von einem mit Schallplatten vollgestopften Regal eingenommen. Eine gemütliche Wohnung, aber durchaus trendy im Sinne von: Früher war es doch auch ganz schön.

»Die Mädchen schlafen beide noch«, sagt Sara. »Fieber. Da liegt man flach.« Sie runzelt die Stirn. »Woher wusstest du, dass ich Töchter habe?«

Imogen weicht ihrem forschenden Blick aus. Die Fotos der kleinen Anna und der kleinen Elsa, die sie beim Herumschnüffeln auf Mörðurs Computer entdeckt hat, haben sich in ihr Gedächtnis eingebrannt.

Da wirft Sara die Hände hoch. »Aber was frage ich denn! Mörður hat dir von ihnen erzählt. Ich hatte fast vergessen, dass du für ihn arbeitest. Er erzählt nie von der Arbeit. Manchmal vergesse ich sogar, dass Orri im Labor arbeitet. Das sind quasi zwei getrennte Welten. Es gibt den Orri, der die Computer in der Botschaft in Ordnung bringt, und den Orri, der mit meinem Mann im Büro sitzt.« Sie nippt hektisch an ihrem Kaffee. »Und, wie geht es dir hier so?«

»Gut, danke.«

»Ist bestimmt nicht leicht, sich an einem neuen Ort einzugewöhnen, wo man niemanden kennt. Glaub mir, ich kenne das. Ich hoffe, du fühlst dich nicht allzu allein hier. Es gibt Forschungsergebnisse, dass sich Einsamkeit sehr stark auf die Gesundheit auswirken kann. Bis hin zu einem erhöhten Herzinfarktrisiko, Krebs, Schlaganfall, Schwermut bis hin zu Depressionen … Du bist doch nicht schwermütig, oder? Also wenn du mal down bist, du kannst mich jederzeit anrufen.

Ich werde dich meinen Freundinnen vorstellen. Du brauchst ein Netzwerk, das dich unterstützt. Und meine Freundinnen würden dich in deiner Zeit hier bestimmt liebend gerne bemuttern, dich mit selbst gebackenem Brot und dem neuesten Klatsch versorgen. Oh mein Gott! Eine Kollegin aus der Botschaft hat eine Tochter in deinem Alter, die in Island ein riesiger Star auf Snapchat ist! Ich besorge dir auf jeden Fall ihre Nummer. Ihr Mädchen könntet doch mal was zusammen machen. In den Club gehen oder was ihr jungen Leute heutzutage so treibt.

Neulich habe ich einen Artikel gelesen, dass Millenials so irre vernünftig sind: Sie trinken nicht, sie rauchen nicht, sie sparen ihr Geld für später … außer bei Avocadotoast, da machen sie eine Ausnahme, dafür legen sie ein Vermögen hin. Kannst du mir erklären, was das soll? Avocadotoast ist doch total langweilig, das schmeckt doch nach nichts. Aber egal. Also ich finde, auch wenn du ein Millenial bist, solltest du mal ein bisschen Spaß haben. Man ist doch nur einmal jung.«

Sara ist wie ein Bulldozer und eine extrafeste Umarmung in einem, wie eine Welle der Wärme, die unaufhaltsam auf Imogen zurauscht. Und Imogen genießt es. Sie wünschte, sie könnte sich mitreißen und forttragen lassen, sich hineinschmiegen in der Gewissheit, dass für sie gesorgt wird. Denn sie *ist* einsam, sie *ist* traurig und schwermütig. *Bitte,* würde sie am liebsten flüstern, *halt mich fest.*

Imogen wünschte, sie könnte sich Sara gegenüber öffnen. Sie braucht jemanden, dem sie sich anvertrauen kann, und wer, wenn nicht Sara? Es wundert sie nicht, dass Orri so angetan von ihr ist, sich in so vielem auf sie verlässt. Wenn sie ihr doch nur alles erzählen könnte: von der Attacke, von dem Studium, das sie deswegen abgebrochen hat, von ihren Eltern, zu denen sie den

Kontakt verloren hat, von ihrem Hass auf sich selbst, weil sie den Übergriff zugelassen hat – dabei weiß sie, wie dumm das ist und dass man ihr nach keiner Logik der Welt einen Vorwurf machen kann.

All das muss sie Sara verschweigen. Imogen ist nicht auf der Suche nach einem rettenden Engel. Sie will Saras Leben zerstören.

Doch zuerst muss sie sie für sich einnehmen.

Sara gähnt. »Oh Gott, bitte entschuldige. Wie unhöflich von mir. Nimm das bitte nicht persönlich, ja? Ich war die ganze Nacht auf. Die Mädchen sind andauernd aufgewacht. Und dann haben Mörður und ich uns heute Morgen auch noch schlimm gefetzt. Der hat nämlich seelenruhig weitergeschnarcht und kein einziges Mal nach den beiden gesehen! Er kann ein richtiger Idiot sein. Spar dir das Heiraten. Hab lieber Spaß. Würde ich dir raten.« Sie lacht. Ihr Lachen füllt das Wohnzimmer aus wie der Duft eines Apfelkuchens, der an einem kalten Wintertag im Ofen backt.

Imogen antwortet mit einem Lächeln, das hoffentlich Mitgefühl ausdrückt.

»Du hast gesagt, du kennst das.«

»Wie bitte?«

»An einem neuen Ort zu sein. Ganz allein.«

»Ach, stimmt. Mein Mann und ich haben ein paar Jahre in Cambridge gelebt. Hatte ich dir das nicht erzählt? Erst vor einem Jahr sind wir wieder zurück nach Island. Mörður hat in Cambridge seinen Doktor gemacht und danach ein paar Semester dort unterrichtet. Ist nicht leicht, an einem neuen Ort Fuß zu fassen.«

»Wieso seid ihr wieder zurück?« Imogen versucht, einen unverfänglichen Ton anzuschlagen, ohne irgendeinen Vorwurf in der Stimme.

Jetzt ist es Sara, die den Blick abwendet. Ihre Augen zucken zu einer geschlossenen Tür, der ersten am schmalen Durchgang zur Küche. Dahinter liegt vermutlich das Zimmer der Mädchen.

»Das sollte ich dir wahrscheinlich nicht erzählen, aber …« Sara schaut in ihre Kaffeetasse, dann sieht sie wieder auf. »Ich fand es toll in Cambridge. Ich habe ein paar Monate gebraucht, um mich einzuleben, aber als ich erst mal einen Job und ein paar Freundinnen hatte, war es für mich das Paradies auf Erden.

Ich hatte eine Teilzeitstelle in der Verwaltung der Uni, da hat man viele Studenten kennengelernt. Ich habe unglaublich gern mit jüngeren Leuten zu tun. Das hält einen auf Zack. Ich habe mit ihnen am College Kaffee getrunken, habe ihnen hier und da unter die Arme gegriffen und wenn sie Heimweh hatten, haben sie sich bei mir ausgeheult.

Eines Tages kam eine Studentin zu uns in die Verwaltung, ein Mädchen, ich kannte sie, aber wir waren jetzt keine besten Freundinnen. Sie fragte, ob wir mal unter vier Augen reden könnten. Ich dachte, dass sie Schwierigkeiten mit dem Studium hat, mit irgendetwas nicht zurechtkommt.

Wir setzten uns auf eine Bank an der Straße vor einem Unigebäude. Es war ein schöner Tag, sonnig, aber noch angenehm kühl.

Sie hat mir erzählt, dass Mörður mich betrügt. Ich war so überrumpelt, dass ich erst mal nur gelacht habe. Ich konnte es nicht glauben. Wir waren so glücklich. Mörður hatte Spaß an seinen Seminaren, ich mochte meinen Job. Am Wochenende erforschten wir zusammen eine tolle neue Stadt, wir probierten Restaurants aus, gingen auf Konzerte und in Museen, verliefen uns in palastartigen Buchhandlungen. Was will man mehr?

Das Mädchen sagte, sie und zwei andere wären zufällig dazugekommen, als Mörður und eine Kollegin von der Psychologie-Fakultät in einem leeren Kursraum Sex hatten. Falls ich ihr das nicht glauben sollte, könnte sie mir die Namen ihrer Kommilitonen geben. Die würden es bestätigen. Ich hätte ein Recht, das zu wissen, sagte sie. Ich wäre doch so ein netter Mensch und hätte das nicht verdient.«

Imogen spürt, wie ihr der Schweiß ausbricht.

»Am Abend, als Mörður nach Hause kam, stellte ich ihn zur Rede. Ich freute mich fast schon darauf, mit ihm darüber zu lachen. Weil das Ganze nur ein dummes Missverständnis war oder ein Streich von irgendeinem Witzbold. Ich war sogar bei *Marks & Spencer* vorbeigefahren und hatte Wein und zwei Edel-Fertiggerichte für einen schönen Abend zu zweit besorgt.

Aber er hat es nicht abgestritten. Er hatte eine Affäre, seit Monaten. Ich konnte es nicht fassen. Wir waren seit unserem ersten Semester zusammen. Er war nicht nur mein Mann. Er war mein bester Freund.

Da wurde mir erst klar, wie einsam man in so einem fremden Land ist. Ich hatte dort keine Familie, die mich hätte unterstützen können. Ich konnte nicht zu meinen alten Freundinnen, um mit ihnen zu beraten, wie es weitergehen sollte. Ich war ganz allein. Und er war auch noch da.

Er flehte mich an, ihm zu verzeihen. Ich sagte, ich gebe ihm noch eine Chance. Aber wenn so etwas noch einmal vorkommen sollte, würde ich ihn auf der Stelle verlassen. Eine Weile war die Stimmung zwischen uns sehr angespannt. Doch mit der Zeit fanden wir wieder zueinander. Ich wurde mit Ella schwanger, meiner ersten Tochter – nächsten Monat wird sie fünf. Und Ella war erst ein Jahr alt, da hat sich auch schon Sylvia angemeldet.

Es lief wunderbar. Mörður machte seinen Abschluss und konnte tatsächlich die Finanzierung für das neue Forschungslabor zusammenkratzen. Und vor einem Jahr ging es dann von vorne los.«

Seit ein paar Minuten hat Imogen Atemprobleme. Ihr ist leicht schwindelig. »Wie hast du diesmal davon erfahren?«

»Eines Tages ist Mörður ganz rot im Gesicht und aufgekratzt von der Arbeit nach Hause gekommen, und er hat nach Coco Mademoiselle gerochen. Den Duft erkenne ich zehn Meter gegen den Wind, das ist mein Lieblingsparfum. Aber bei seinem miesen Verdienst waren wir ziemlich pleite, wo wir doch zwei kleine Kinder hatten, deshalb hatte ich mir seit über zwei Jahren kein Fläschchen mehr gegönnt.

Ich fragte ihn geradeheraus: ›Hast du eine Affäre?‹ Diesmal leugnete er es. Aber ich glaubte ihm nicht.

Er brach in Tränen aus. Er sagte, eine Studentin von ihm wäre total verknallt in ihn. Dass sie ihm immer hinterherlaufen und im Labor ganz dicht neben ihm stehen, ihn ›aus Versehen‹ anrempeln und antatschen würde. Und an diesem Tag hätte sie sich auf ihn gestürzt und einfach drauflosgeküsst.«

Der Schmerz bohrt sich in Imogens Herz. Als würden die scharfen Klauen des Monsters, das sie seit einem Jahr jeden Tag und in jeder einzelnen Minute jagt und plagt, einmal mehr ihr tiefstes Inneres, ihre Seele zerfetzen.

Lügner.

Doch sie darf ihre Gefühle nicht zeigen. Sie muss die Kraft ihrer Wut nutzen, um sich zu beherrschen. Sie wird sich im Griff behalten. Sie wird es nicht vermasseln.

Sara schluckt angestrengt hinunter.

»Ich hatte ihm gesagt, wenn das noch mal vorkommt, verlasse ich ihn. Aber ich hatte zwei kleine Kinder, um die musste ich mich kümmern, ich hatte dort kein Netzwerk aus Freundinnen oder Familie und ich konnte nicht arbeiten gehen. Ich hatte nicht die Kraft, konsequent zu sein. Ich bestand nur darauf, dass wir nach Island zurückziehen, sonst würde ich mich scheiden lassen. Damit diese Cambridge-Flittchen nicht weiter um ihn herumschwirren.«

In Saras Augen schimmern Tränen. »Aber in letzter Zeit …« Sie zögert. »In letzter Zeit habe ich das Gefühl, dass wieder etwas nicht stimmt. Seit ein paar Monaten ist es irgendwie komisch. Mörður ist so nervös, so abwesend. Er kommt spät nach Hause und fährt früh in die Arbeit. Ich habe solche Angst, dass es wieder losgeht. Und wenn ja … ich glaube, damit würde ich nicht klarkommen. Es hat Spuren hinterlassen. In meiner Psyche.

Wenn er mir das noch mal zumutet, kann ich nicht sagen, wozu ich fähig wäre.«

Sara streicht sich mit dem Zeigefinger unter den Augen entlang, um die von Wimperntusche geschwärzten Tränen zu entfernen.

»Schau nur, wie ich aussehe. Ich sollte stärker sein. Ich will stärker sein.« Auf einmal erklingt ihr warmes Apfelkuchenlachen. »Das tut mir so leid. Ich wollte dich nicht runterziehen. Du solltest doch denken, dass man mit mir richtig Spaß haben kann – das war der Plan. Tja. Aber das geht schon in Ordnung. Es gibt nichts umsonst. Ich habe die Erfahrung gemacht, wenn man sich jemandem öffnet, dann öffnet sich der andere auch. Und das finde ich schön.«

Imogen hat das Gefühl, Sara trösten zu müssen, aber sie bringt es nicht über sich. Es wäre geheuchelt. Schließlich wird sie das Leben dieser Frau schon bald endgültig zerstören.

Selbsthass überkommt sie. Woher nimmt sie das Recht, Sara wehzutun? Was will sie hier? Sie sollte aufstehen und gehen. Sie sollte Sara sagen, dass Mörður keine Affäre hat, sondern nur wegen eines Nebenprojekts bis tief in die Nacht auf der Arbeit bleibt. Die unappetitlichen Details würde sie ihr ersparen und so könnten die beiden bis ans Ende ihrer Tage glücklich und zufrieden leben.

Aber was dann? Wem würde Imogen durch ihr Schweigen schaden? Was Mörður ihr angetan hat … was, wenn demnächst eine andere dran wäre?

Nein. Ein Rückzieher kommt nicht infrage.

Sara setzt ein Lächeln auf. »Apropos Spaß: Sollen wir dann ein bisschen über deinen Vortrag in der Harpa plaudern? Als ich meinen Freundinnen erzählt habe, dass du bei meiner Konferenz mitmachst, sind sie total ausgeflippt. Die wollen alle kommen. Worüber du sprichst, ist natürlich allein deine Entscheidung, aber ich dachte mir, es wäre doch ganz interessant, die Leute an deinen Erfahrungen teilhaben zu lassen, ihnen von dem Weg zu erzählen, der hinter dir liegt. So viele andere würden es dir gerne nachmachen und sich daher sehr über ein paar Tipps freuen.« Ein Zögern. »Mir ist übrigens aufgefallen, dass du gerade nicht mehr so viel postest. Legst du eine Pause ein?«

»Offiziell nicht«, antwortet Imogen, »in letzter Zeit war einfach ein bisschen viel los. Es stimmt schon, es ist wirklich mühsam, sich an einem ganz neuen Ort zu orientieren. Und im Labor bin ich auch gut beschäftigt. Ich arbeite mit einer neuen Software, DataJuice. Die ist wirklich sehr innovativ, aber sich in einem neuen Programm zurechtzufinden, das strengt einen geistig genauso an wie eine neue Stadt. Okay, das Programm ist mir nicht zu 100 Prozent neu, ich hatte schon in Cambridge damit zu tu-«

»Stimmt ja«, sagt Sara, »du hast da studiert.«

»Nur ein Jahr lang. Aber wenn ich will, könnte ich immer noch in Psychologie und Verhaltensforschung wieder einsteigen und meine Prüfungen ablegen.« Imogen sollte nicht zu ausführlich aus ihrem Leben berichten, das ist ihr bewusst. Doch es sprudelt nur so aus ihr heraus, weil … ja, weil sie Sara beeindrucken will.

»In Cambridge haben bei DataPsych keine Computerspezialisten gearbeitet, nur Psychologen und Psychologiestudenten, daher war ich zuständig für –«

»Du hast in Cambridge in Mörður s Labor gearbeitet?«

Sofort begreift Imogen, dass sie sich verplappert hat. Das liegt an Sara, sie hat offenbar eine gewisse Wirkung auf andere Menschen. Sie hat es sogar selbst gesagt: Wenn man sich jemandem öffnet, dann öffnet sich der andere auch.

Sara wusste nicht, dass Imogen in Cambridge für Mörður gearbeitet hat. Woher auch? Wie Imogen eben erfahren hat, erzählt er nie von der Arbeit, von diesem Teil seines Lebens.

Als Erste findet Sara die Sprache wieder. »Wann warst du denn in Cambridge?«

Es gibt keinen Ausweg mehr. »Ich habe vor zwei Jahren angefangen«, antwortet Imogen.

»Und wann hast du aufgehört?«

»Letzten Sommer.«

»Wann bist du nach Island gekommen?«

»Vor ein paar Monaten.«

Sara wird still. Sie kaut nachdenklich auf der Unterlippe. Sie trägt sehr roten Lippenstift. Blutrot.

Imogen hat Mühe mit dem Atmen. Sie ist nervös. Wieso eigentlich? Ja, sie hat an der University of Cambridge studiert. Ja, sie hat für Mörður gearbeitet. Aber wie soll man daraus auf ihr Geheimnis schließen? Wieso sollte Sara deswegen gleich Verdacht schöpfen oder gar darauf kommen, aus welchem Grund Imogen wirklich ist, wo sie ist – in Island, bei Sara, in dieser Situation?

Draußen wird es ganz allmählich hell. Ein paar grelle, harte Strahlen zwängen sich durch das kleine Dachfenster ins Wohnzimmer. In der kalten Jahreszeit sind die Tage in Island kurz. Obwohl es auf 10 Uhr vormittags zugeht, zeigt sich die Sonne erst jetzt. Der Herbst weicht der Winterdunkelheit, die bis Ende Dezember immer weiter anwachsen wird, bis zum finstersten Tag des Jahres, an dem sich bereits nach vier Stunden Sonnenschein wieder Nacht über das Land legt.

Plötzlich blickt Sara auf. Die Morgensonne entzieht ihrem Gesicht jegliche Farbe – in Island bricht der Tag mit einem gespenstisch weißen, leicht blaustichigen Leuchten an. Die Farbe einer erkalteten Leiche.

Sara lehnt sich langsam nach vorne, zu Imogen hin.

Imogen wagt nicht, sich zu bewegen.

Sara schnuppert. Ihr blasses Gesicht ist durchzogen von Fältchen, Bruchstellen in einer Kruste aus Schnee.

Was macht sie da?

Sara verzieht den Mund. Ein neuer Ausdruck tritt in ihre Augen: Ekel. »Du …« *Schnüff. Schnüff.* »Du trägst doch nicht Coco Mademoiselle?«

Ah. Imogen erkennt, wie weit sie danebenlag: Dass Sara die verschiedenen Indizien so kombinieren könnte, dass sie zur Wahrheit gelangt, sollte nicht ihre Sorge sein. Viel schlimmer wäre es, wenn sie die Puzzleteile auf der Suche nach der richtigen Lösung falsch zusammensetzt.

Natürlich hat es keinen Sinn, es abzustreiten. Sie stinkt nach Coco Mademoiselle und schlechtem Gewissen.

»Es ist nicht, wie du denkst«, bettelt Imogen trotzdem. Ihre Stimme bricht. Jeden Moment kommen die Tränen.

Sara schießt aus ihrem Sessel hoch, der prompt umkippt und auf den Holzboden kracht.

»Raus aus meiner Wohnung!«

Imogen bleibt sitzen. »Bitte, ich kann das erklären.«

Sara packt sie an den Schultern ihres Chiffonkleids, will sie aus dem Sessel zerren. Imogen rührt sich nicht. Da gibt etwas nach, die Naht unter ihrem Arm platzt auf und ein klaffender Riss zieht sich durch den ganzen Ärmel.

»Raus, verdammt noch mal, oder ich erwürge dich hier und jetzt mit bloßen Händen.«

Von Sara erwürgt zu werden, das fände Imogen halb so schlimm. In diesem Augenblick hat sie nur einen Wunsch: dass man ihr glaubt. »Es ist nicht, wie du denkst.«

»Ich fasse es nicht. Du bist ihm hierher gefolgt.«

»Bin ich nicht.«

»Was stimmt eigentlich nicht mit dir? Ich werde ihn umbringen.«

»Ich flehe dich an, hör mir zu. Lass es mich erklären.«

Sara macht einen Schritt auf sie zu.

Im Angesicht ihres Zorns schrumpft Imogen zusammen.

Sara beugt sich vor. »Lass es nicht darauf ankommen. Lass es ja nicht darauf ankommen oder ich zeige dir, wozu ich fähig bin. Und jetzt … raus!«

Hinter ihnen ertönt ein leises Knarren, das sie beide zusammenzucken lässt. Langsam öffnet sich die Tür im schmalen

Durchgang. Wie ein Soundeffekt im Horrorfilm fräst sich das Knirschen der Scharniere in Imogens Seele.

Ein blasses Gesichtchen erscheint. Wirres blondes Haar. Blaue, zusammengekniffene Augen. Ein pinkfarbenes Nachthemd mit Einhorn darauf. Und mit schlaftrunkener Piepsstimme, wie die aus dem Schlummer gerissene Unschuld persönlich, fragt das Mädchen: »Was ist los, Mummy?«

Imogens Lippen zittern. Ihre Augen werden feucht. Durch die Tränen verschwimmt die Außenwelt vor ihr.

Ihr blutet das Herz. Es blutet für das kleine Mädchen, es blutet für Sara, es blutet für Imogen selbst, es blutet für alle Frauen auf dieser Welt.

Foto: Ein Durcheinander aus schmutzigem Geschirr und Krümeln, das Tischtuch bespritzt mit Soße und besudelt von den Hinterlassenschaften im Zorn gespuckter Worte.
Filter: Gingham

Mögliche Bildunterschriften …

Option 1: #hauptsachespaß
Option 2: Schöne Bescherung.

Tatsächliche Bildunterschrift …

Das Leben ist eine Party.

♥ **31**

21

HANNAH

Ich bin noch am Leben.

Auf meinem gehetzten Weg zur Redaktion, die Treppe hinauf, ballen sich diese Worte in meinem Kopf zum Tornado zusammen und die Windhose reißt alle anderen Gedanken mit sich und schleudert sie durch das Chaos meines Gehirns.

Ich muss mit Dad reden. Ich muss ihn umarmen. Ich muss ihm sagen, dass ich beinahe draufgegangen wäre. Ich muss ihm sagen, dass ich noch am Leben bin. Ich muss ihm sagen, dass ich nichts gegen Rósa habe, sondern dass ich weiß, wie viel Mühe sie sich gibt. Ich muss ihm sagen, dass ich die Zwillinge besser kennenlernen will. Ich muss ihm sagen, dass ich weiß, wer Mörður Þórðarson umgebracht hat. Ich muss ihm sagen, dass ich nicht weiß, wer Mörður Þórðarson umgebracht hat. Ich muss ihm sagen, dass es mir leidtut und danke, danke, danke. Dafür, dass ich noch am Leben bin.

Die Tür zu Dads Büro steht offen. Ich will schnell hineinschlüpfen, doch es ist, als wäre ich gegen eine Mauer gerannt: Heiða ist bei ihm. Alle meine Gedanken klatschen leblos auf den Boden. Ich bleibe auf dem Gang stehen.

Die Leiterin des Investigativressorts spricht ungewohnt lebhaft. »Ich habe gerade einen Tipp von einer Quelle bei den Cops bekommen. Letzte Nacht wurde die Tatwaffe gefunden.«

Dad sitzt hinter seinem Schreibtisch. Mich haben die beiden offenbar nicht bemerkt.

»Es ist eine Trophäe«, fügt Heiða hinzu.

»Eine Trophäe?«

»Ja. Eine dicke, fette, goldene Löwenstatue.«

»Im Ernst?«

»Ich habe mich kundig gemacht. Diese goldenen Löwen sind in der Werbebranche anscheinend eine ganz große Nummer. Sie werden auf einem jährlichen internationalen Festival in Cannes vergeben, wo alle unterwegs sind, die mit PR, Werbung und Ähnlichem zu tun haben, und der Hauptpreis sind eben diese goldenen Löwenstatuen.«

»Und wessen goldener Löwe ist es?«

»Der des Opfers. Er hat ihn für ein Projekt mit einer Londoner Marketingagentur bekommen, London Analytica. Mit der arbeitet DataPsych offenbar häufiger zusammen. Es war eine Auszeichnung für technische Innovation.«

Dad lehnt sich zurück und fährt sich durch die Haare. »Niedergestreckt mit der eigenen Trophäe, mit dem Sinnbild seines glorreichsten Moments …« Seine Mundwinkel zucken nach oben. *Ist das ein Grinsen?* »Denkst du schlecht von mir, wenn ich dir gestehe, dass ich das ein kleines bisschen amüsant finde?«

Heiðas Nase kräuselt sich. »Wenn du nicht schlecht von mir denkst, denke ich nicht schlecht von dir.«

Darüber lachen die beiden herzhaft wie alte Freunde beim Kaffeeklatsch.

Schau ihn dir nur an. Schau nur, wie wohl er sich mit Heiða fühlt. Schau nur, wie sie auf einer Wellenlänge sind. *Warum ist er mit mir nie so? Warum ist er zu Hause nie so?*

Das Gelächter lässt nach, weicht kumpelhaftem Schweigen.

»Also«, sagt Dad. »Glaubst du, sie war's? Glaubst du, die kleine Imogen ist schuldig?«

Heiða lässt sich auf den großen Ledersessel in der Ecke des Büros fallen. Auf dem entspannt Dad, wenn es auf der Arbeit ein bisschen später wird. Das ist sein Refugium, dort darf niemand sonst sitzen. Heiða anscheinend schon.

»Ja.« Sie versinkt in den Polstern. »Ganz ohne Zweifel, wenn du mich fragst. Es heißt, die beiden hätten eine Vorgeschichte gehabt. Imogen und Mörður kannten sich, schon bevor sie nach Island gekommen ist. Außerdem hat man ihre Fingerabdrücke auf der Tatwaffe gefunden.«

»Sie ist ihm hierher gefolgt?«

»Das weiß ich nicht. Würde mich aber nicht wundern.«

»Alle Zweifel sind damit aber noch nicht ausgeräumt.«

»Das war's noch nicht. Wart's nur ab. Meine Quelle bei der Polizei hat mir gesteckt, dass Imogen am Tag des Mordes ein Auto gemietet hat. Zum ersten Mal in all den Monaten, die sie hier war. Sie wohnt in der Nähe der Universität und kann zu Fuß zur Arbeit gehen. Der Wagen wird gerade untersucht, aber es ist anzunehmen, dass darin die Leiche transportiert wurde. Außerdem interessieren sich die Cops für eines der Handtücher, in die der Tote eingewickelt war, als er in der Felsspalte gefunden wurde: ein Produkt in Luxusqualität, bestickt mit dem goldenen Monogramm I.C.«

Dad massiert sich das stoppelige Kinn. »Dann war sie's wohl.«

Heiða klappt die eingebaute Fußstütze des Sessels hoch und macht es sich noch gemütlicher. »Dann war sie's wohl.«

»Mit seiner Trophäe«, sagt Dad und legt die Beine auf den Tisch. Wieder lachen beide prustend los.

Ich weiche weiter in den Gang zurück. Ich dachte, ich kann Dad einen echten Scoop liefern, ihn darüber aufklären, wer Mörður ermordet hat und wie. Der Mann, der mich vor der Botschaft überfallen hat, hat mir gedroht, mir sein Gift zu füttern, wie er es Mörður gefüttert hat. Ich war mir so sicher, dass er es war. Dass er Mörður vergiftet hat.

Wie es scheint, habe ich voreilige Schlüsse gezogen. Und das, was ich Dad so dringend sagen wollte? All das, was mir noch vor ein paar Minuten durch den Kopf gegangen ist, was ich gefühlt habe, hat sich in Luft aufgelöst.

Die Stimmung am Esstisch passt perfekt zu Rósas Eis-und-Schnee-Deko: ein Tischtuch von reinstem Weiß, bestreut mit silbernen Schneeflocken, deren Farbe nicht von ungefähr der der Serviettenringe entspricht.

»Reichst du mir mal die Butter, Eiríkur?«, durchbricht Aldas Stimme die alles dominierenden Kaugeräusche.

Grandma Erla und Grandpa Bjarni haben mir keine einzige Frage gestellt. Weder »Was machst du so? Wie war der Umzug?«

noch »Wie läuft es auf der Arbeit?« oder »Wie geht es dir ohne deine Mutter?« Dafür wird umso ausdauernder betreten geschwiegen.

»Dieses sanfte Garen ist doch nur eine Mode«, verkündet Grandma Erla aus dem Nichts. »Es gibt keinen Grund, eine Lammkeule so lange im Ofen zu lassen. Dieses Breiige sagt mir überhaupt nicht zu. Lammfleisch sollte stets rosa auf den Tisch kommen. So haben wir es immer gehalten.« Seufzend wendet sie sich an Grandpa Bjarni. »Bjarni, hörst du bitte auf, die Soße zu schlürfen?«

Das überhört Grandpa. »Da muss mehr Salz dran.«

Grandma schüttelt den Kopf. »Für dich muss an alles mehr Salz dran. Hast du deinem Arzt nicht zugehört? Zu viel Salz bringt einen um.«

Alda bestreicht eine kunstvoll hauchdünn geschnittene Baguettescheibe zentimeterdick mit Butter. »Wenn das so ist, immer her mit dem Salzstreuer«, murmelt sie in sich hinein.

Ich verkneife mir ein Lachen. Zu viel Heiterkeit könnte die Schneekönigin, die ich zur Großmutter habe, zum Schmelzen bringen.

Die legt gerade die Gabel ab. »Hast du nicht nötig. Eine solche Menge an Butter dürfte zum selben Ergebnis führen.«

Verdutzt von dieser Retourkutsche glotze ich Grandma an. War das ein Scherz? Oder nur eine kritische Anmerkung?

Rósa streckt sich nach der asymmetrischen Milchglasschale mit dem Grünzeug. »Nimm doch noch ein paar Zuckerschoten, Erla.«

»Nein, danke.«

Vor Enttäuschung fällt Rósas Gesicht in sich zusammen. Sie hat den ganzen Tag in der Küche gestanden. »Ich dachte, du magst Zuckerschoten?«

»Ja, aber nicht, wenn sie mit diesem roten Zeug bestreut sind.«

»Das ist doch nur eine Prise Granatapfelkerne.«

»Wieso braucht es heutzutage zu allem eine Prise irgendwas?«

Alda schnaubt. »Du könntest jedenfalls eine Prise Lebensfreude vertragen, Mutter.«

»Prise hier, Prise da – es tut mir leid, aber mit diesem ganzen neumodischen Zeug kann ich nichts anfangen.«

Rósa packt ihr volles Weinglas und kippt in einem Zug die Hälfte davon hinunter.

So und nicht anders habe ich mir den Abend vorgestellt: Es ist eine Tortur. Um ihr wenigstens in Gedanken zu entkommen, blicke ich hinüber zum Fenster, in den Garten hinter dem Esszimmer. Der Mond ist aufgegangen. Sein Leuchten spiegelt sich im zarten Puderschnee auf den kahlen Büschen wie in einem weihnachtlichen Werbespot, der versehentlich eine Spur in Richtung Halloween gekippt ist.

Ein Ast erzittert. *War da was?* Schnee fällt herunter und gleitet zu Boden. Die entblößten Zweige ragen dunkel empor, als würden sich Knochenfinger aus der Erde hervorgraben.

Seit dem Vorfall an der Botschaft stehe ich unter Strom. Auf der Heimfahrt habe ich überall dieses Auto gesehen, den kleinen grauen Kombi. Ich weiß, das ist bloß die Paranoia, aber wie sagt man so schön? *Nur weil du paranoid bist, heißt das nicht, dass sie nicht hinter dir her sind.* Oder wäre das schon wieder doppelte Paranoia?

Erst wollte ich Dad erzählen, was passiert ist, dann habe ich mich doch wieder dagegen entschieden – aus Angst, er könnte glauben, ich würde mir das alles nur einbilden. Weil der Fluch ausgebrochen ist.

Da kratzt ein Zweig über das Glas und gegen meinen eigenen Willen springe ich auf, ich kann nicht anders. »Habt ihr das gesehen? Da, gerade eben? Schaut doch hin!«

Ich zeige zum Fenster. Aber keiner sieht hinüber. Alle sehen mich an.

Also noch mal. »Da! Schaut!«

Dad starrt mich an, sein Gesicht eingefroren zwischen Ärger und Enttäuschung, Grandma Erla und Grandpa Bjarni verströmen eine Aura stiller Scham und den Zwillingen ist ausnahmsweise das hämische Grinsen vergangen.

Ach so. Alles klar. Ich erkenne es an ihren Blicken. Woran sie denken. Wie so oft denken sie an den Fluch.

Wieder registriere ich eine Bewegung im Garten. Ein Schatten streicht an der Scheibe vorüber.

»Was ist denn los mit euch? Das ist doch eine ganz einfache Bitte. Was glaubt ihr denn, was passiert, wenn ihr euch zum Fenster dreht? Denkt ihr, ich kippe euch Soße über den Kopf? Oder dass ich mich nackt ausziehe und auf dem Tisch tanze?«

Alda steht auf. »Ich gehe eine rauchen. Komm doch mit, Hannah. Schnappen wir ein bisschen frische Luft.«

Es würde nichts bringen, mich zu wehren oder es zu erklären.

Die anderen haben ihr Urteil gefällt. Sie glauben zu wissen, wer ich bin: die Tochter meiner Mutter.

Ich will nicht vor die Tür gehen. Ich weiß, da ist jemand, da versteckt sich irgendwer zwischen den Skelettsträuchern im Garten. Aber drinnen bleiben will ich auch nicht und mit Alda kann mir nichts passieren. Gedemütigt folge ich ihr zur Haustür. Ich fühle mich ganz klein. Klein wie ein Floh. Ein lästiger Plagegeist, das bin ich für die anderen. Ungeziefer, das sich in ihrem hübschen, perfekten Leben eingenistet hat.

Alda zerrt eine Daunenjacke von der Garderobe und hält sie mir hin. Es ist Rósas. Ich schlüpfe trotzdem hinein.

Wir treten in die klare, eisige Nacht hinaus und Alda steckt sich eine Zigarette an.

Mein Herz rast. In meinem Kopf schrillt eine Sirene. Geht es jetzt wirklich los? Liegen die anderen richtig? Bin ich genau wie sie?

Dad, da bin ich mir ziemlich sicher, ist der Meinung, dass ich nur deswegen der Schule verwiesen, dass ich nur deswegen hierhergeschickt wurde, weil ich zu Mum werde.

Von der Kälte tränen mir die Augen. Ich sehe Alda an, die gerade einen langen Zug von ihrer Zigarette nimmt.

»Wieso hassen Grandma Erla und Grandpa Bjarni mich?«

Sie stößt ein trockenes Lachen aus. »Die hassen dich nicht. Das sind nur Isländer der alten Schule. Die Kälte hat sie innerlich abgetötet.«

Ich muss kichern.

»Die öffentliche Zurschaustellung von Gefühlen ist ihnen

nicht geheuer – sie halten sich lieber durch Meckern warm. Mich machen die beiden auch wahnsinnig, aber alles in allem sind sie gute Menschen. Glaub mir, wenn es ernst wird, kannst du auf sie zählen.«

In meiner Tasche summt mein Handy. Ich ziehe es hervor. Eine neue Nachricht von Daisy.

> Gehe zum Abendessen mit Mum und Dad zu KFC, Take-away holen. Rufe dich danach an.

Ich antworte nicht. Weil ich so kalte Finger habe, sage ich mir, aber das ist bloß eine Ausrede. So sehr ich sie auch liebe, manchmal bin ich einfach eifersüchtig auf Daisy. Ihre Familie ist perfekt.

Wenn ich als Kind meine Freundinnen zu Hause besuchte, fiel mir jedes Mal auf, wie anders es dort war – wie ordentlich, ruhig und friedlich und immer, ohne jede Abweichung, gleich. Gelegentlich versuchte ich dann in einem Anfall von Optimismus, das Leben von mir, Mum und Granny in ähnliche Bahnen zu lenken, indem ich für uns alle ein schönes Abendessen zubereitete. Als könnte ich unserer problematischen Hausgemeinschaft durch die Macht des Kochlöffels so etwas wie Stabilität verleihen. *Wie dumm.*

Alda hat aufgeraucht, sie lässt den Stummel fallen und tritt ihn aus. Wenn Dad den findet, kriegt er die Krise. Sie drückt mich einmal fest an sich. »Sollen wir dann wieder?«

Durch Aldas kurze Umarmung fühle ich mich ein bisschen

besser. Ich sollte nicht so streng mit Grandma Erla und Grandpa Bjarni sein. Vielleicht hassen sie mich ja doch nicht.

Zurück im Wohnzimmer, stellen wir fest, dass Rósa schon den Tisch abräumt. Niemand hilft ihr dabei.

»Appetit auf Nachtisch?«, sagt sie und wirft mir ein etwas steifes Lächeln zu, das aber vermutlich nett gemeint sein soll.

Sie gibt sich Mühe.

Ich lächle zurück und sammle die Teller ein.

Gabríel zielt mit einem Stück Baguette auf den Brotkorb am anderen Ende des Tisches. Knapp daneben.

»Gabríel!«, bellt Dad.

Dads Bellen konnte Gabríel noch nie beeindrucken. »Kann ich mit dem iPad spielen?«, fragt er.

»Wenn Gabríel mit dem iPad spielt, will ich auch«, fordert Ísabella mit der einzigartigen Nölstimme einer Zwölfjährigen.

Rósa streckt sich nach der Schale mit den Zuckerschoten.

»Ich kann nicht verstehen, dass du die beiden so viel mit diesem Ding spielen lässt, Rósa«, sagt Grandma Erla, als wären die Kinder wie Jesus Christus aus einer Jungfrauengeburt hervorgegangen und Dad deshalb fein raus. »Liest du keine Zeitung? Hast du nicht davon gehört, wie sehr ihnen das schaden kann?«

Alda schnaubt. »Mum, weißt du noch, als ich zwölf war? Da durften Eiríkur und ich einen ganzen Abend allein zu Hause verbringen, mit der *Shining*-VHS aus der Videothek und zwei Stangen Toblerone zum Abendessen, weil du ein Treffen mit deinen Freundinnen geplant hattest und Dad mit seinen Kumpels auf Angelausflug war und der Babysitter abgesagt hatte …«

»Das ist frei erfunden.«

»Ist es natürlich nicht. Frag Eiríkur. Er hatte solche Angst vor Jack Nicholson, dass er sich eingepinkelt hat.«

»Stimmt doch gar nicht«, sagt Dad. Aber er lächelt.

Das Telefon klingelt.

»Ich gehe schon«, kreischt Rósa in der verzweifelten Hoffnung, so der leibhaftigen Spanischen Inquisition, sprich: meiner Großmutter, entkommen zu können.

»Hallo?«, fragt sie. Schweigen. »Ja, sie wohnt hier.« Schweigen. »Könnte ich erfahren, worum es geht?« Wieder Stille.

Rósa lässt das Telefon sinken. Sie blickt mich an, die geschminkten Augen so weit aufgerissen, dass sie aussieht wie eine herausgeputzte Retro-Porzellanpuppe.

»Es ist für dich, Hannah. Die Polizei.«

Und damit geht auch noch meine letzte Chance flöten, den anderen zu beweisen, dass ich doch nicht das schwarze Schaf der Familie bin.

Foto: Ein Mädchen mit langem dunklem Haar; es trägt einen Bleistiftrock aus schwarzem Leder, einen roten Kaschmir-Pullover mit Rundhalsausschnitt und einen Lippenstift im Ton *Hope*.
Filter: Valencia

Bildunterschrift: Dies ist kein bezahlter Beitrag. Das bin nur ich.

♥ **387**

Wie die Bildunterschrift hätte lauten sollen …

Option 1: Ich will, dass es mir egal ist, was ihr über mich schreibt. Wie ihr über mich denkt.
Option 2: Es ist mir aber nicht egal.

22

IMOGEN

In diesem Zustand kann Imogen nicht ins Labor zurückkehren. Auf ihren Wangen sind Tränen und Wimperntusche verlaufen, ihr Kleid ist zerfetzt, sie zittert am ganzen Leib. Von ihrem Treffen mit Sara geht sie deshalb direkt nach Hause. Am Küchentisch sitzt Sigurlína, löffelt eine Schale Müsli und liest Zeitung.

Shit. Imogen hatte gehofft, dass sie draußen in ihrem Schuppen ist. Sie will allein sein.

Ihr Handy piept. Eine E-Mail. Sara. Imogen öffnet sie.

> **Ich hoffe, dir ist klar, was du angerichtet hast. Ich hoffe, dir ist klar, dass du mein Leben zerstört hast. Bist du nur deshalb hierhergekommen? Dafür sollst du in der Hölle schmoren.**

Zum ersten Mal seit einer gefühlten Ewigkeit schaltet Imogen ihr Handy ab.

»Wie war dein Treffen?«, fragt Sigurlína, ohne von der Zeitung aufzublicken. Das tut sie erst, als sie den Satz zu Ende gelesen hat. »Oh Gott! Was ist passiert?«

Sigurlína eilt zu Imogen, fasst sie an den Schultern und mustert sie von Kopf bis Fuß, immer wieder, nimmt fieberhaft jeden Zentimeter ihres Körpers in Augenschein.

»Hattest du einen Unfall? Hat dir jemand etwas angetan? Diese Sara vielleicht?«

Imogen bringt kein Wort über die Lippen. Sie steht unter Schock. Oder sie ist blockiert. Oder sie hat einfach aufgegeben. Da ist sie sich nicht so sicher. Sie spürt bloß Kälte und Taubheit und sie weiß nur noch, dass sie sich hinlegen und hundert Jahre schlafen will wie die Prinzessin aus *Dornröschen*. Aber vielleicht wäre es besser, nie wieder aufzuwachen.

Sigurlína dreht Imogen sanft herum und führt sie ins Wohnzimmer, setzt sie aufs Sofa und nimmt neben ihr Platz.

»Willst du darüber reden?«, fragt sie.

Imogen hat keine Ahnung, was sie will und was sie nicht will.

Sigurlína zieht sie an sich heran und lehnt sich zurück. Imogen lässt den Kopf auf ihre Schulter sinken.

Sigurlínas Morgenmantel riecht nach Parfüm und Waschmittel. Und stark, sehr stark nach Lavendel. Imogen schließt die Augen und atmet tief ein. Ihre Mutter hat eine Vorliebe für Lavendel.

Als Imogen klein war, machten sie hin und wieder zu zweit einen Spaziergang zu einem Lavendelfeld etwas außerhalb von Cambridge und zu Hause stellten sie dann in jedes Zimmer eine kleine Vase mit lilafarbenen Blüten. Dad musste davon immer niesen, er beschwerte sich aber nicht. Für Imogen duftet Lavendel nach Glück.

In ihren Augen brennen Tränen. Sie schluchzt auf, wimmert, weint, heult wie ein Tier. Es sind Laute, die ihr fremd sind, die sie noch nie gehört hat. Es klingt nicht nach ihr. Es klingt nicht einmal nach einem Menschen.

Sigurlína drückt sie enger an sich.

Die Tränen fließen über Imogens Wangen und von dort auf Sigurlínas goldenen Morgenmantel. Sie heult und heult und Sigurlína hält sie bloß fest. Sie stellt keine Fragen und verlangt keine Erklärung. Sie lässt Imogen einfach weinen, geborgen in ihren Armen.

Um sieben Uhr abends klopft Sigurlína an die Tür von Imogens Zimmer.

Seit sie zu weinen aufgehört und beschlossen hat, sich kurz hinzulegen, bevor sie wieder zum Labor geht, schläft Imogen tief und fest. Sigurlínas Ansicht nach konnte sie in dieser Verfassung aber sowieso unmöglich arbeiten, sie meinte, Imogen müsse jetzt auf sich selbst achten und deshalb werde sie Orri eine Nachricht schreiben, er solle ihrem Chef sagen, dass Imogen heute nicht mehr reinkommt.

Jetzt steckt Sigurlína den Kopf durch den Türspalt. »Wie geht es dir?«

Imogen richtet sich auf. Draußen ist es dunkel geworden. »Besser. Viel besser. Danke dir. Für alles.«

Sigurlína lächelt. »Gehört selbstverständlich zum Service.« Dann macht sie wieder eine ernste Miene. »Wenn du reden willst, kannst du immer zu mir kommen. Das weißt du, oder?«

»Ja, danke.«

Als Sigurlína die Tür weiter öffnet, sickert gelbes Licht ins Zimmer und drängt die Dunkelheit zurück. »Um zu etwas Erfreulicherem überzugehen – Orri ist auf dem Weg hierher. Ich habe uns einen kleinen Lammeintopf gemacht. Und danach will er dich ins Kino einladen. Ihr könnt mein Auto nehmen. Natürlich kannst du auch Nein sagen, aber ich glaube, es würde dir guttun, mal ein bisschen unterwegs zu sein und für ein paar Stunden auf ganz andere Gedanken zu kommen. Was meinst du?«

Imogen blickt sich um. Sie fühlt sich, als wäre sie aus einem hundertjährigen Schlaf erwacht und nun so munter wie noch nie. Heute Abend wird sie sicher nicht zu einer vernünftigen Zeit ins Bett gehen. Und das heißt, sie muss die Stunden irgendwie herumbringen. »Lammeintopf und Kino hört sich doch super an.«

Sie wirft Sigurlína ein Lächeln zu. Es geht ihr besser. Ihre Seele hat sich beruhigt, ihre Gedanken haben sich aufgeklart. Sie hat einen Plan und an den wird sie sich halten. Davon kann sie auch das Treffen mit Sara nicht abbringen. Sollte Sara sie aus dem Konferenzprogramm streichen, wird sie einen anderen Weg finden, Mörður bloßzustellen. Jetzt will sie aber ein bisschen Spaß haben. Jetzt will sie einfach mal ein bisschen leben.

Imogen zieht ihren schwarzen Leder-Bleistiftrock und ihren roten Kaschmir-Pulli an. Sie macht sich hübsch, weil sie Orri gefallen will. Als ihr das bewusst wird, kreiselt ein warmes Gefühl durch ihren Bauch.

Sigurlínas Lammeintopf ist köstlich, die Gesellschaft aber fast noch besser. Orri und seine Mutter zeigen sich von ihrer besten Seite. Sie necken einander, lachen gegenseitig über ihre Scherze. Obwohl sie nicht immer einer Meinung sind, haben sie sich offensichtlich sehr lieb.

Am Ende gibt Sigurlína ihm die Autoschlüssel, während Imogen in ihre kniehohen Lederstiefel steigt und ihre graue Wickeljacke mit Kunstfellkragen überzieht. Fürs Kino ist sie womöglich leicht overdressed, aber das ist ihr egal. Zum ersten Mal seit ewigen Zeiten fühlt sie sich fabelhaft.

Mit einer Umarmung verabschiedet sie sich von Sigurlína. »Danke, dass du heute so für mich da warst«, flüstert sie ihr ins Ohr. Ein bisschen melodramatisch vielleicht, aber auch das ist ihr egal.

»Bleibt nicht zu lange weg, Kinder.« Von der Tür aus winkt Sigurlína ihnen. »Und tut nichts, was ich nicht auch tun würde!«

Orri schnaubt. »Wovor würdest du denn bitte zurückschrecken, Mutter?«

»Vor irgendetwas bestimmt … ich hab's! Ich würde niemals der Konservativen Partei beitreten. Niemals!«

»Okay, dann werden wir uns das heute noch mal verkneifen.«

»Habt einen schönen Abend.«

Imogen und Orri steigen in Sigurlínas grünen Volvo. Der Wagen hat mehrere Beulen und der Lack blättert ab. Könnte ungefähr so alt sein wie Orri.

»Ich muss noch kurz beim Labor vorbeifahren«, sagt er. »Habe meine Brille vergessen. Ich trage sie zwar nicht immer, hast du ja bestimmt schon gemerkt, aber Kino geht ohne nicht.«

Beim dritten Versuch gelingt es ihm, den Motor anzulassen.

»Hat dir deine Mum irgendwas erzählt?«, fragt Imogen. »Wieso ich heute nicht auf der Arbeit war?«

Da lacht Orri sarkastisch. »Meine Mutter ist die Königin der Geheimniskrämerei. Sie hat keinen Pieps gesagt. Sie hat mir nur mitgeteilt, dass du nicht ganz auf dem Damm bist und Ruhe brauchst, und sollte unser Chef der Meinung sein, dass das kein Grund für einen freien Tag wäre, dann würde sie persönlich vorbeikommen und ihm aufs Dach steigen.«

Imogen lächelt. Hätte man sie dazu herausgefordert, hätte Sigurlína ihren Worten ziemlich sicher Taten folgen lassen.

»Ich hatte heute Vormittag mein Treffen mit Sara.«

»Ah. Und, wie ist es gelaufen?«

Imogen zögert nicht einmal kurz. Sie erzählt Orri alles, bis zu dem Moment, als Sara sie aus der Wohnung befördern wollte und dabei ihr Kleid zerrissen hat.

»Sie denkt, Mörður und ich haben eine Affäre.«

»Wow. Wie falsch kann man eigentlich liegen?«

»Es war so furchtbar.«

»Hast du ihr erzählt, wie's wirklich ist?«

»Nein. Ich konnte nicht.«

Sie sind am Campus angekommen. Auf dem Parkplatz direkt vorm Oddi stellt Orri den Wagen ab, neben ein paar wenigen anderen Autos.

Sie steigen aus. Es ist ein ruhiger, kühler Abend. Der Mond steht über ihnen und am Nachthimmel schweben die Nordlichter. *Wow.* Imogen hält inne und starrt, sie muss einfach. Über ihr führt eine grüne Lebenskraft einen Freudentanz auf, so sieht es für sie aus. Irgendwie muss sie an Sigurlína und ihre wilde, unbefangene Art denken.

Orri ist schon drüben an der Tür. Er ist nicht stehengeblieben, um das Schauspiel zu bewundern – wie bringt er das fertig? Wenn man mit ihnen aufwächst, sind die Polarlichter vielleicht Alltag. Wenn sie bei jedem Blick in den Himmel über einem hängen, ganz selbstverständlich.

Imogen holt ihn ein, als er gerade die schwere Holztür aufschiebt.

Ihr Handy piept. Sie zieht es heraus. Es ist eine Textnachricht.

»Komisch«, sagt Imogen.

»Was?«

»Victoria King hat mir geschrieben. Sie will die Story nicht mehr bringen.«

»Ernsthaft? Warum!?«

»Hier steht's …« Imogen liest die Nachricht vor:

> Wir bringen die Story nicht. Würde dazu raten, die Sache auf sich beruhen zu lassen. Es ist das Risiko nicht wert. Ich hoffe, Sie hören auf meinen Rat. Sollten Sie sich anders entscheiden, seien Sie vorsichtig.

»Scheiße«, sagt Orri.

»Ich antworte ihr sofort«, meint Imogen.

Während er ihr die Tür aufhält, tippt sie eine dringende Bitte, es sich noch einmal durch den Kopf gehen zu lassen.

»Schätze, wir finden auch jemand anderen«, sagt Orri.

»Schätze auch.« Imogen drückt auf Senden. »Aber darüber können wir morgen immer noch nachdenken. Lass uns einfach den Abend genießen.«

Im Oddi herrscht schummriges Licht, die Gänge sind verwaist. Ohne die Studenten, ohne ihr aufgekratztes Plappern, ihr unschuldiges Lachen und ihre Hoffnungen auf eine blendende Zukunft ist die Stimmung eine ganz andere.

Nebeneinander steigen Imogen und Orri die Treppe hinauf. Die Mensa ist geschlossen, die Tür zum Labor verriegelt. Orri gibt auf dem Tastenfeld seinen Code ein. Drinnen ist es dunkel. Doch als sie eintreten, bemerken sie ein schwaches Licht, es dringt aus Mörðurs einen Spaltbreit geöffneter Bürotür. Und sie hören eine Stimme von dort, die aufgeregte, aggressive Wortsalven abfeuert.

Es ist Mörðurs Stimme. Ohne Frage. Imogen wird wieder von der alten Angst gepackt. Mit wem redet er? Eine kurze Pause, dann keift er erneut los. Es hört sich an, als ob er ins Telefon schreit.

Imogen sieht Orri an. Er soll entscheiden, was zu tun ist. Aber er steht nur verunsichert da.

Mörður spricht Englisch.

»Noch einmal: Ich weiß nicht, wie irgendwer davon erfahren haben soll.«

Stille.

»Die Bedeutung des Wortess *Diskretion* ist mir bewusst.«

Stille.

»Nein, ich kann mich jetzt nicht darum kümmern. Ich bin gerade nicht im Büro. Es muss warten.«

Orri räuspert sich.

Er hat beschlossen, Mörður auf die ungebetenen Gäste aufmerksam zu machen.

Imogen wäre es beinahe lieber gewesen, er hätte sich einfach zu seinem Schreibtisch geschlichen und sich seine Brille geschnappt. So hätten sie sich verdrücken können, ohne es mit Mörður zu tun zu bekommen.

Jetzt ist Mörður verstummt. Sekunden vergehen. Mörðurs Bürotür öffnet sich.

Im Türrahmen erscheint seine Gestalt.

»Oh. Hi.« Er wirkt ein wenig durcheinander, mit den Gedanken woanders. »Was macht ihr hier?«

»Habe meine Brille vergessen«, antwortet Orri.

Mörðurs Blick gleitet zu Imogen. »Ich hoffe, dir geht es wieder besser?«

Imogen weiß nicht, was sie sagen soll. Hat er mit Sara gesprochen? Hat sie ihm irgendetwas über ihr Treffen am Vormittag erzählt? Könnte auch sein, dass er noch gar nicht zu Hause war. Ihr fällt eine Schramme auf seinem Gesicht auf, von der Schläfe bis zu den Lippen. Gestern hatte er die noch nicht.

»Danke, viel besser«, erwidert sie, sieht ihn aber nicht direkt an. Soweit möglich, sieht sie ihn nie direkt an.

Orri huscht zu seinem Schreibtisch, um seine Brille zu holen. *Na endlich.* Gleich können sie von hier verschwinden.

»Wir wollen ins Kino«, sagt Orri, wohl um die gequälte Stille zu überbrücken. »Und ohne Brille sieht George Clooney für mich aus wie ein unförmiger Klecks.« Er kramt auf seinem Tisch.

So dunkel, wie es hier ist, kann er wahrscheinlich kaum etwas erkennen. Imogen ist schon halb auf dem Weg zum Lichtschalter an der Tür, als Orri ruft: »Hab sie!«

Exakt im selben Moment geht das Licht an. Für eine Sekunde ist Imogen verwirrt. *War ich das?* Dann lacht sie innerlich darüber. Was für ein absurder Gedanke.

Da stürzt Mörður aus seinem Büro hervor und erst jetzt begreift Imogen: Sie haben Gesellschaft bekommen.

»Stan«, sagt Mörður und hetzt an ihr vorbei. »Was machst du hier? Ich habe dir doch gesagt, es muss warten.«

Nach und nach gewöhnen sich Imogens Augen an das unbarmherzige Licht der Neonröhren. Langsam verziehen sich die wabernden Flecken aus ihrem Blickfeld und sie sieht die Gestalt, die in der Labortür aufgetaucht ist.

Der Mann kommt ihr bekannt vor: ein stämmiger Typ mit rundem Gesicht, der eine ausgebeulte Lederjacke und eine ausgewaschene Jeans trägt, wie sie in den 1980ern Mode gewesen wären. Und plötzlich erinnert sie sich. An ihrem ersten Tag im Labor hat Mörður gerade einen Termin mit einem offensichtlich verärgerten Mann zu Ende gebracht, der Englisch mit osteuropäischem Akzent sprach. Das war der da.

Mörður legt ihm einen Arm um die Schultern und schiebt ihn sanft, aber bestimmt in Richtung Flur. »Stan, um diese Uhrzeit redet man doch nicht übers Geschäft. Warum kommst du nicht morgen wieder? Dann haben wir auch geöffnet.«

Mit einer verblüffend schnellen Bewegung wischt der Mann seine Hand weg.

Die unerwartet heftige Reaktion bringt Mörður aus dem Gleichgewicht und er stolpert nach hinten.

»Ihr macht hier kleine Party, was?«, ruft Stan in seinem gebrochenen Englisch. »Ein Glück, dass ich habe mitgebracht Freund.«

Ein weiterer Mann tritt ein – ein großer, massiger, glatzköpfiger Typ mit leerem Blick, gehüllt in eine dicke schwarze Daunenjacke mit Fellkapuze. Er verschränkt die Arme vor der Brust.

Und mit einem Schlag wird Imogens Verwunderung über die bizarre Situation vom Schrillen einer Alarmglocke verdrängt. »Vorsicht! Der hat eine Pistole!«

Auf dem Unterarm des Neuankömmlings ruht eine silberne Handfeuerwaffe, in die Daunen geschmiegt wie der Tod bei einem Nickerchen in einem gemütlichen Bett. Sein Zeigefinger ist um den Abzug gekrümmt.

Stans wütende Grimasse hellt sich auf, wird zu einem wütenden Grinsen. »Das ist Nikita Iwanow.«

Mörður hebt die Hände, die Innenseiten nach außen gekehrt, wie um einen tollwütigen Hund zu beruhigen. »Das muss doch nicht sein. Unterhalten wir uns morgen, ja? Bei Tageslicht besehen wird sich alles aufklären.«

»Willst du nicht mich vorstellen deine Freunde?«

»Ich bitte dich, Stan.«

Der Mann mit der Waffe lockert die verschränkten Arme. Bereits diese kleine Geste bringt Mörður zum Einknicken. »Das ist Orri. Und das ist Imogen. Orri, Imogen, das ist Stanislaw Chruschtschow. Er kommt aus Russland und ist Kunde von DataPsych. Ein sehr geschätzter Kunde.«

Stans Grinsen verschwindet. »Du lügst.«

»Bitte?«

»Du sagst, ich bin geschätzte Kunde.«

»Bist du auch.«

»Warum dann du nicht hältst deine Wort?«

Mörður wendet sich ab. Wie er so in seinem infantilen Joker-Shirt vor dem grobschlächtigen Kerl mit der Lederjacke steht, gibt er ein armseliges, lächerliches Bild ab. Auge in Auge mit Stan wirkt er mit seinen strahlend weißen Adidas-Turnschuhen und seinem modischen, mit übertriebener Sorgfalt gestutzten Bart beinahe wie ein Kind. »Ich habe kein Wort gesagt. Du kannst mir vertrauen.«

»Warum dann ich bekomme Anruf von Boss in Russland, dass Journalistin in England fragt nach Geheimprojekt, für das Smertoil hat angeheuert DataPsych?«

Als sie das hört, fühlt Imogen sich, als hätte sie einen Schlag in die Magengrube bekommen.

Hilflos fuchtelt Mörður mit den Händen. »Ich weiß es nicht. Das musst du mir glauben.«

Imogen wirft einen Blick auf Orri. Er steht bei seinem Schreibtisch und die einsetzende Erkenntnis zeichnet ihm rote Flecken auf die Wangen. Er fühlt sich schuldig.

Was haben wir getan? Scheiße, was haben wir getan?

Stans Gesicht ist zu einer Fratze des Zorns erstarrt, wie in Stein gemeißelt. »Hast du was zu trinken?«

Aus Mörðurs Kehle dringt ein zittriges Wispern. »W… was?«

»Was zu trinken!«, knurrt Stan ungeduldig. »Zu trinken. Für in Mund zu tun. Und in Magen zu schlucken.«

»Aber selbstverständlich.« Mörður hastet zu dem Minikühlschrank in der Ecke und nimmt eine Cola light heraus.

Stan folgt ihm und reißt ihm die Dose aus den Händen.

Ein scharfes Knacken, ein Zischen. Er hat die Dose geöffnet. Imogen schlägt das Herz bis zum Hals – eine halbe Sekunde lang dachte sie, die Pistole wäre losgegangen. Als sie Orris blasses Gesicht sieht, weiß sie, sie war nicht die Einzige.

Stan stellt die Cola auf den Küchentisch und zieht ein Plastiktütchen mit gelblich-weißem Pulver aus der Innentasche seiner Jacke. Er öffnet den Ziploc-Verschluss und schüttet das Pulver in die Dose. Und reicht sie Mörður.

»Hier. Du trinken.«

Mörður weicht erschrocken zurück. »Was? Nein!«

»Ich habe meine Befehle.«

Mörður blickt über die Schulter zur Labortür.

Der bewaffnete Mann macht einen Schritt darauf zu, schließt und verriegelt sie.

Mörður dreht sich wieder zu Stan. »Das muss doch wirklich nicht sein. Wir können doch über alles reden. Die Sache klären.«

»Ich habe meine Befehle. Ich mich halte an Befehle. Ich nicht bin wie du. Ich nicht breche Versprechen.«

»Ganz im Ernst, wir müssen uns doch irgendwie einigen können. Ich bitte dich. Lass noch mal Gnade walten. Ich habe Familie. Ich habe zwei kleine Töchter.«

»Nichts da Gnade. Gnade bringt Illoyalität. Wir müssen machen Exempel. So etwas nicht noch mal vorkommen darf. Und jetzt trinken.«

Mörður rümpft die Nase. Er wird wieder zum Kind. »Das mache ich nicht. Und du kannst mich nicht zwingen.«

Als Stan den Kopf dreht, bleibt sein Doppelkinn auf halbem Weg hängen, wie ein Reifen klebt es ihm am Hals. Die borstigen Augenbrauen hochgezogen nickt er seinem Begleiter zu. »Nikita.«

Imogen bekommt kaum mit, wie sich der Arm um ihren Oberkörper legt, doch auf einmal drückt er sie mit der jäh zuschlagenden Kraft einer Kobra an sich, während sich der Pistolenlauf in ihre Schläfe bohrt.

»Du trinkst oder er tötet Mädchen.«

Sie kann sich nicht losreißen. Sie ist zur gelähmten Beute im Würgegriff der Schlange geworden. Sie kann nicht mal ihren kleinen Finger rühren.

Doch Orri schnellt nach vorne.

Der kühle Druck verschwindet von Imogens Schläfe. Nikita hat die Waffe auf Orri gerichtet.

Der bleibt abrupt stehen.

»Jetzt trinken.«

Mörðurs Schultern sacken nach unten. Sein ganzer Körper verkrümmt sich zu einem Fragezeichen.

Orri schreit ihn an. »Tu was!«

Mörður wimmert.

»Das bist du ihr schuldig, du feiges Arschloch!«

Mörður drückt die Hände aufs Gesicht, brüllt hinein. »Gaaa-arrrhhhh!«

»Trinken! Trinken!«, befiehlt Stan.

Wieder schreit Orri. »Tu was! Jetzt tu doch was!«

»Trinken! Trinken!«

»Tu was! Tu was!«

»Trinken! Trinken!«

»Tu was! Tu was!«

Die Stimmen ergänzen einander wie ein Chor aus kreischenden Martinshörnern.

»Gaaaarrrhhhh!« Hinter Mörðurs Fingern kommt sein rotes, aufgedunsenes Gesicht zum Vorschein. Er streckt die Hand nach der Dose aus, nimmt sie entgegen.

Der Pistolenlauf gräbt sich wieder in Imogens Schläfe.

Stan lächelt. »Jetzt trinken.«

In Mörðurs Augen flackert die Verzweiflung. »Ich kann das nicht. Ich kann nicht. Meine Familie, meine Mädchen … Ella, Sylvía, meine Frau … meine liebe Sara. Ich liebe sie so sehr.«

Stan verliert die Geduld. Er dreht sich auf dem Absatz um, stampft zu Nikita hinüber, nimmt ihm die Pistole ab und kehrt damit zur Küchennische zurück.

Imogen spürt, wie sich Nikitas Griff um ihren Oberkörper lockert, und sie nutzt die Gelegenheit. Sie macht sich los und rennt zu Orri, er schließt sie in die Arme und drückt sie mit aller Kraft an sich.

Drüben hebt Stan die Waffe und richtet sie auf Mörður.

»Trinken.«

Mörður führt die Dose zum Mund. Ihm zittern die Hände. Tränen fließen über sein Gesicht. Aus seinen Lippen kommen Laute, die man sonst nur aus dem Tierreich kennt. Er jault, heult, winselt und bellt, er brüllt wie ein angeschossenes Tier. Wie ein Tier, das stirbt.

Diese Laute sind Imogen vertraut. Heute Vormittag, an Sigurlínas Schulter gekuschelt, hat sie ganz ähnliche ausgestoßen, als sie dachte, es gäbe kein Morgen mehr. Jetzt dringen sie aus Mörðurs Mund und trotzdem kann sie innerlich nicht triumphieren.

Mörður trinkt einen kleinen Schluck Cola light. »Aaaahhh!«

»Mehr«, befiehlt Stan.

»Bitte, lass mich gehen.«

Stan drückt ihm den Pistolenlauf gegen die Stirn. »Mehr.«

Wieder setzt Mörður die Dose an die Unterlippe, öffnet den Mund und kippt das Behältnis an, schüttet dunkle, sprudelnde Flüssigkeit in sich hinein. Ein jaulendes Aufheulen. Er hat sie hinuntergeschluckt.

Stan nickt, im Gesicht ein hässliches, zufriedenes Grinsen.

Jeder Schluck lässt Mörðurs Gesicht weiter aufquellen. Der Schweiß strömt ihm aus den Poren, rinnt tropfenweise an seinen Schläfen hinab und vereint sich mit seinen Tränen. In seinen Mundwinkeln schäumt die Kohlensäure, der Bart wird schmutzig von seinem dunklen, süßen Lieblingsgetränk, das ihm nun den Tod bringen soll.

Endlich hat er die Dose geleert.

Noch ein Schrei und er zerdrückt das Blech in der Hand. Seine

Faust läuft blau an. Bebt. Das Zittern wandert durch seinen ganzen Körper. Er lässt die Dose los, hohl klappernd landet sie auf dem Boden.

Für einen Moment steht Mörður noch da, den Kopf gesenkt wie ein Angeklagter nach einem vernichtenden Urteil. Dann schlottern seine Beine und er knickt zusammen, sinkt in die Knie, wiegt sich in der Hocke vor und zurück. Sein Blick verliert sich im Nichts.

Vom Küchentisch zieht Stan sich einen Plastikklappstuhl herüber und setzt sich. »In acht Stunden das Sterben beginnt.«

Foto: Ein kleines Glas Wasser auf einem Edelstahltisch.

Filter: Lark

Mögliche Bildunterschriften …

Option 1: Das ist ein Glas Wasser.

Option 2: Das ist nicht *nur* ein Glas Wasser ….

Option 3: Nein, das ist kein Luxusglas von Marks & Spencer.

Option 4: Das ist ein Glas Wasser in einem Gefängnis.

Tatsächliche Bildunterschrift …

#knasti

♥ **19**

23

HANNAH

Ich will jetzt sofort ins Büro. Ich will jetzt sofort mit der Arbeit loslegen. Wieso braucht Dad so lange fürs Einparken? Das dauert ja ewig.

Wir bleiben stehen, er stellt den Motor ab.

Na endlich. Ich fasse nach dem Türöffner. Dad hat direkt vor dem Eingang des *Dagblaðið*-Hauptquartiers geparkt und ich bin drauf und dran, einfach loszusprinten.

»Warte.«

Bitte nicht. »Was?«, schnauze ich ihn an.

Upps. Ich sollte ihn nicht verärgern. Heute nicht. Also versuche ich, meinen Tonfall durch ein Lächeln auszugleichen. Er soll es sich bloß nicht anders überlegen.

Wie sich herausgestellt hat, hat die Polizei gestern Abend doch nicht angerufen, weil ich in der Klemme stecke. Zum Beispiel, weil sie, wie ich befürchtet hatte, von meinem Einbruch im Oddi erfahren hatte. Nein, sie hat mich im Auftrag von Imogen Collins kontaktiert, die im Gefängnis Hólmsheiði am äußersten Rand Reykjavíks untergebracht ist und um einen Besuch von mir gebeten hat.

Dads Antwort kam wie aus der Pistole geschossen: Das komme nicht infrage, meine Besessenheit von diesem Fall sei sehr ungesund und hätte mich schon jetzt fast in ernsthafte Schwierigkeiten gebracht. *Wie gut*, dachte ich mir, *dass ich ihm nichts von dem Vorfall an der britischen Botschaft erzählt habe.* Doch niemand anderes als Rósa überredete ihn schließlich dazu, mir den Ausflug zu Imogen zu gestatten. »Wenn Hannah sich wie eine Erwachsene benehmen soll«, sagte sie, »musst du sie auch so behandeln.«

Ohne mich anzusehen, fängt Dad zu sprechen an. »Kjarri wird dich begleiten.«

»Was? Warum?« Für so erwachsen hält er mich also. Für eine Erwachsene, die nicht auf sich selbst aufpassen kann.

»Ich traue dir nicht«, antwortet er.

»Was soll ich im Besucherraum eines Gefängnisses denn so Schlimmes anstellen?«

»Es geht nicht darum, dass du etwas anstellen könntest.«

»Worum dann?«

»Darum, dass du nie mit mir redest. Hannah, ich trage die Verantwortung für dich. Ich muss wissen, was du treibst. Ich muss wissen, wo du bist. Ich muss wissen, was in deinem Leben vor sich geht. Und ich darf auf keinen Fall zulassen, dass du in einen Mordfall verwickelt wirst.«

Dad reibt sich das Gesicht. Die Müdigkeit ist ihm anzusehen. Gestern Abend sind wir alle spät ins Bett gekommen, erst die Diskussion über Imogen Collins, dann musste auch noch Rósas Festtafel abgeräumt werden.

»Ich verstehe einfach nicht, wieso du dich dermaßen in diesen Fall verbissen hast«, fährt Dad fort. »Die Geschichte ist nicht einmal besonders interessant. Sie ist nur tragisch, mehr nicht. Bestenfalls etwas für die Klatschspalte. Ich will, dass Kjarri dabei ist, weil ich mich nicht darauf verlassen kann, später von dir zu erfahren, was sich wirklich in diesem Besucherraum abgespielt hat.«

Ich entscheide mich bewusst dagegen, darauf einzugehen. Vor allem weil er absolut recht hat. »Sollen wir dann?«

Seufzend öffnet Dad die Fahrertür.

Vielleicht kann ich mich aus dem Büro schleichen, bevor er Kjarri über unseren gemeinsamen Ausflug informieren kann. Zum Gefängnis komme ich auch ohne Dads Wagen. Ich werde einfach ein Taxi nehmen.

Schon beim ersten Schritt ins Redaktionsgebäude sehe ich Kjarri am Empfang warten, ein übertrieben seriöser Auftritt mit schwarzem Sakko, smartem Strickpullover und weißem Hemd darunter. Und mir wird klar, dass Dad mir einen Schritt voraus ist. Er hat längst mit Kjarri gesprochen.

Von der Redaktion zum Gefängnis ist es nicht weit. Zehn Minuten lang fahren wir still durch eine frostüberzogene Graslandschaft, die weit hinten, an den Schatten der gigantischen Berge, abrupt zu enden scheint. Mir ist es wichtig, die ganze Zeit zu schmollen.

Der funkelnagelneue Gefängnisflachbau schmiegt sich eng an das platte, von Gestrüpp bewachsene Land. Er besteht aus etlichen mit rostfarbenem Stahl verkleideten Flügeln, wie die Arme eines Kraken strecken sie sich durch Gräser und zugeschneites Lavagestein.

Wir durchqueren ein Tor im Stahlzaun und parken.

Vor dem Gebäude – wir warten gerade darauf, dass jemand den Türöffner drückt – meint Kjarri: »Keine Sorge. Ich sage deinem Dad nichts, was ich ihm nicht sagen soll.«

Schön, dass ich mich nicht mehr wie die Bürgerin eines autoritären Überwachungsstaats aus einer finsteren Zukunftsvision fühlen muss. Ich lächele ihn an. »Danke.«

Im Vorraum des Gefängnisgebäudes durchlaufen wir einen Sicherheitscheck wie am Flughafen, danach werden wir von einer Frau in schwarzer Hose und schwarzer Bluse mit schwarzer Krawatte schweigend durch einen strahlend weiß gestrichenen Korridor geführt. Vor einer weißen Stahltür mit runder Fensteröffnung bleibt sie stehen, zieht die Tür auf und winkt uns hinein.

Wir betreten einen engen Raum mit einem einzigen großen Fenster, hinter dem weitläufige Wildnis zu sehen ist. Ein hübsches Zimmer, also für ein Gefängnis.

An einem runden Edelstahltisch sitzt Imogen, die Hände auf der Platte verschränkt und starrt in ein kleines, trauriges Glas Wasser.

Hinter uns schließt sich die Tür.

Imogen hebt den Blick.

Ihr Gesicht ist viel, viel blasser als bei unserer letzten Begegnung. Was nicht nur daran liegt, dass sie kein Make-up aufgelegt hat. Ihre Wangen wirken eingefallen, selbst aus ihren Lippen ist die Farbe verschwunden. Die langen dunklen Haare hat sie sich zum Pferdeschwanz gebunden und sie trägt einen schlichten hellgrauen Pulli. Und trotz alledem kann das Gefängnis ihrer natürlichen Schönheit nichts anhaben. Die Haft verleiht ihr nur den zusätzlichen Glanz geheimnisvoller Tragik.

Imogen begrüßt uns mit einem Lächeln, das allerdings vor ihren Augen Halt macht.

»Danke für deinen Besuch, Hannah«, sagt sie. Erst dann sieht sie Kjarri an. »Tut mir leid, wie war noch mal dein Name?«

Kjarri wird rot. »Kj...Kja...Kjarri.«

Er ist nervös. Oder peinlich berührt. Das Stottern kehrt zurück.

Ich setze mich gegenüber von Imogen auf einen schwarzen Plastikstuhl. Kjarri nimmt den daneben.

Auf einmal muss ich nach Worten suchen. Vor lauter Feuereifer, so schnell wie möglich hierherzufahren und mich in das große Mysterium des Mordfalls Mörður Þórðarson zu stürzen, habe ich mich selbst überholt und kein einziges Mal darüber nachgedacht, wie man eine Gefängnisinsassin eigentlich begrüßt. »Wie geht's?« wäre unter diesen Umständen zu kumpelhaft, und wieso sollte ich diese Frage stellen, wenn die Antwort doch auf der Hand liegt? »Guten Morgen« wäre aber wieder zu formell, denn weder bin ich Imogens Anwältin noch habe ich vor, sie einer Leibesvisitation zu unterziehen.

Imogen rettet mich aus dieser verzwickten Lage. »Du fragst dich wahrscheinlich, was du hier sollst.«

»Schon irgendwie.« Mir fällt auf, dass ich ihr vielleicht etwas hätte mitbringen sollen: Blumen? Pralinen? Darf man Häftlingen überhaupt etwas schenken? Halt, ich hab's: *Zigaretten.* Das kriegen Gefängnisbewohner im Fernsehen immer spendiert.

Imogen blickt mir fest in die Augen. »Ich werde mich schuldig bekennen.«

Da falle ich fast vom Stuhl. »Was? Warum?«

»Weil es keine andere Lösung gibt.«

Ich starre sie an. Sie verzieht keine Miene. Als würden wir über irgendwelche Belanglosigkeiten reden, etwa über das Wetter: *Weißt du zufällig, ob es heute regnen soll? Ja, leichter Nieselregen haben sie in den Nachrichten gesagt. Ach, und übrigens wandere ich demnächst für den Rest meines Lebens hinter Gitter.*

Wie kann sie derart ungerührt so etwas sagen? Das ist doch seltsam. Da stimmt doch was nicht. Sie sitzt vor mir wie ein gehirngewaschenes Sektenmitglied, das nur noch die paar wenigen Worte herunterleiert, die ihm brutal eingebläut wurden. Oder sehe ich bloß, was ich sehen will?

Ich schüttele den Kopf. »Das geht nicht. Du warst es nicht. Du warst es doch nicht, oder?«

Im stumpfen Sektentonfall antwortet Imogen: »Das tut nichts zur Sache.«

Wie kann sie das behaupten? »Das tut alles zur Sache.«

»Die Wirklichkeit ist nicht so schwarz und weiß.«

Was labert die für einen Müll? Ich würde am liebsten über den Tisch springen und sie am Pulloverkragen aus ihrer Trance schütteln. Wer ist diese Frau?

Aber irgendwie muss ich trotzdem aus ihrem wirren Gerede

schlau werden. *Die Wirklichkeit ist nicht so schwarz und weiß.* Was soll das bitte heißen?

Imogens Schulterzucken sagt so viel wie: Mir doch egal.

Ich drehe mich zu Kjarri. »Ein bisschen Unterstützung, bitte?«

Er lehnt sich auf den Tisch und sieht Imogen von unten her an: »Haben sie dir einen Deal angeboten? Machst du das, weil du Chancen auf einen Deal hast?«

»Es könnte zu einem Deal kommen.«

Ich atme tief ein. »Aber du warst es nicht. Du hast Mörður nicht umgebracht.«

»Ja, was das angeht … Meinetwegen habe ich nicht selbst abgedrückt. Aber ich war nicht unbeteiligt.«

»Das ergibt keinen Sinn.«

Imogen fährt den Robotermodus leicht zurück. Ihre Wangen röten sich etwas. »Ich habe gehört, was dir gestern Mittag an der britischen Botschaft passiert ist.«

Wie das? Ich werfe einen Blick auf Kjarri. Ich habe niemandem von dem Vorfall erzählt. Dad darf auf keinen Fall davon erfahren.

»Ich wollte dich sehen, weil ich mich bei dir entschuldigen muss. Ich hätte dich da nicht reinziehen dürfen. Ich hätte dir nie mein Handy geben dürfen.«

Von den ganzen vagen Andeutungen und offenen Fragen tut mir schon der Kopf weh. »Warum hast du's dann gemacht?«

Imogen senkt den Blick. »Je weniger du weißt, desto besser.«

Ich schlage mit den flachen Händen auf den Tisch. Ganz automatisch, es überkommt mich einfach und diese Wut macht mir

Angst. Ich habe sie nicht im Griff. »Du hast mich da längst reingezogen. Das kannst du nicht mehr rückgängig machen.«

Kjarri berührt mich an der Schulter. »Komm mal wieder runter«, sagt er wie ein lässiger Typ im Gangsterfilm.

Ich schüttele ihn ab. »Wer hat ihn umgebracht? Wer hat Mörður getötet?«

»Das ist ja das Problem«, sagt Imogen. »Ich weiß nicht so genau, wer sie sind.«

»Wer, *sie*?«

»Wir hatten ein paar zwielichtige Kunden bei DataPsych. Vielleicht kommen sie vom russischen Militärgeheimdienst oder sie gehören zu einer kriminellen Bande oder zur osteuropäischen Mafia. Auf jeden Fall ist das Ganze schiefgegangen und Mörður musste sterben.« Nun sieht sie mich wieder an, ein entnervter oder flehender Blick. »So. Du hast den Fall aufgeklärt. Jetzt hak ihn ab.«

»Ich kapiere das nicht.« Ich kann den Fall unmöglich abhaken. »Wieso hast du mir dein Handy gegeben? Wenn da irgendein Beweis für deine Unschuld drauf ist, warum hast du es nicht lieber bei der Polizei abgeliefert?«

»Weil ich mich nur schützen konnte, indem ich den Mund halte. Mich und Orri.«

»Und was auf deinem Handy hätte mir verraten sollen, dass du unschuldig bist?«

»Ein Anhang in meinen gesendeten E-Mails. Ich habe alle Dokumente über den Deal mit diesen Kunden an eine britische Journalistin geschickt. Davon haben die anscheinend Wind bekommen und deshalb musste Mörður dran glauben. Aber Mörður hatte nichts ausgeplaudert. Das war ich. Wenn man so will, habe ich ihn also doch umgebracht.«

Auch das erzählt sie mit bemerkenswerter Ruhe und Gelassenheit. Als wäre ihr erstens egal, dass Mörður tot ist, und zweitens, dass sie dabei ihre Finger im Spiel hatte. Als würde sie bloß die Fakten zusammenfassen. Was aber auch wieder verständlich ist. Angesichts dessen, was er ihr angetan hat, wieso sollte sie noch um ihn trauern?

»Das mit dem Handy tut mir so leid«, meint Imogen. »Es tut mir so leid, dass ich dich in Gefahr gebracht habe. Als bei meinem Vortrag in der Harpa plötzlich die Polizei zur Tür hereingekommen ist, habe ich Panik gekriegt. Ich habe dich in der Menge entdeckt und ganz kurz dachte ich, es gibt vielleicht doch noch einen Ausweg.« Sie macht eine Pause. »Ich konnte der Polizei nicht von diesen undurchsichtigen DataPsych-Kunden erzählen. Hätte ich die Wahrheit gesagt, hätten sie mich wieder entlassen und fünf Minuten später wäre ich tot gewesen. Und Orri auch. Aber in dem ganzen Irrsinn dachte ich, wenn jemand anderes herausfindet, wie es wirklich war, eine Außenstehende, die keine Verbindung zu mir hat und es deswegen nicht von mir erfahren haben kann … dann könnte ich den ganzen Mist doch noch heil überstehen. Dann müsste ich nicht als Mörderin ins Gefängnis und Orri und ich würden überleben.«

Ich lasse mir ein paar Sekunden Zeit und denke nach. Ja, doch, ihre Geschichte geht auf. Sie ist glaubwürdig. Und ein konkreter Anhaltspunkt spricht auch dafür: Der Mann, der mich an der

Botschaft angegriffen hat und den ich sowieso im Verdacht hatte, in den Mordfall verwickelt zu sein, hat sich nach einem Russen angehört und laut Imogen kommen die seltsamen Kunden möglicherweise vom russischen Militärgeheimdienst.

Imogen lächelt. Wieder legt sich die Milde der gehirngewaschenen Sektenanhängerin über ihr Gesicht. »Aber jetzt wird alles gut«, sagt sie. »Euch kann nichts mehr passieren. Wenn ich den Mord gestehe, wird die Akte geschlossen. Und sobald sich unsere durchgeknallten Kunden keine Sorgen mehr machen müssen, dass sie deswegen noch Probleme kriegen könnten, fliegen sie einfach wieder nach Hause, wo auch immer das ist. Ende.«

»Wie kannst du dir da so sicher sein?«

»Mein Anwalt hat es mir erklärt. Wie solche Konstrukte funktionieren, Nachrichtendienste, das organisierte Verbrechen und so weiter. Disziplin und Loyalität werden durch Gewalt aufrechterhalten. Mörður musste sterben, um allen anderen Kontakten zu signalisieren, dass Verrat nicht toleriert wird und Plappermäuler bestraft werden. Wer loyal ist und schweigt, dem geschieht nichts. So wird dort vorgegangen. Wenn ich mich schuldig bekenne, hat mir mein Anwalt versichert, zeige ich mich loyal und bin dadurch außer Gefahr. Wenn ich mich schuldig bekenne, sind auch alle anderen Mitarbeiter von DataPsych und ihre Familien außer Gefahr. Sollten die Ermittlungen noch länger andauern, könnten noch so viele andere darunter leiden.«

Ich kann den Blick nicht von Imogen abwenden. Wie sie da vor mir sitzt, mit geradem Rücken und einer an Wahnsinn grenzenden Entschlossenheit in den Augen.

»Wer zum Beispiel?«

»Es sind so viele. Sara zum Beispiel. Sara Gunnarsdóttir und ihre Töchter.«

»Entschuldigung?« Ich habe mich wohl verhört. »Die Frau des Mannes, der dich sexuell missbraucht hat? Ich habe gelesen, was sie dir geschrieben hat. Das war schrecklich.«

Imogens stoische Ruhe gerät nur kurz ins Wanken. »Ich will ihr nichts Böses. Sie ist ein Opfer der Umstände, so wie ich.«

Da taucht in mir eine ganz andere Frage auf. Sie trifft mich wie ein Schlag ins Gesicht. »Woher wusstest du, dass ich gestern an der Botschaft angegriffen wurde?«

Kjarri kreischt erschrocken auf. »Du wurdest angegriffen?«

Ich ignoriere ihn. Das erkläre ich ihm später.

»Woher wusstest du das?«, bestehe ich auf einer Antwort.

Imogens Mund zuckt zur Seite, sie zieht eine nachdenkliche Schnute. »Jemand hat das Ganze beobachtet.«

»Aber mir hat keiner geholfen. Auch danach hat niemand aus der Botschaft nach mir gesehen.«

Jetzt runzelt sie die Stirn. *Aus Ärger? Oder aus Sorge um jemanden?* »Er konnte nicht.«

»Er konnte nicht?«

»Er konnte nicht raus zu dir.«

»Was?«

»Hätte er gekonnt, hätte er dir geholfen. Orri ist der liebste Mensch, den ich kenne.«

»Orri …« Ich erinnere mich an meinen Besuch bei Sara. »Oh Gott. Er versteckt sich in der Botschaft, oder?«

Imogen sinkt in sich zusammen. »Bitte, halt ihn da raus. Nur dort ist er in Sicherheit. Bitte, erzähl niemandem davon. Ich flehe dich an.«

»Seid ihr beide ein Paar?«

Sie blickt auf den Tisch. »Ich weiß nicht, was wir sind. Ich weiß nur, dass ihm nichts passieren darf. Er war während der ganzen Geschichte immer so fürsorglich zu mir. Er war bei jedem einzelnen Schritt für mich da. Ohne die Briefe, die er mir schreibt, wäre ich hier drinnen schon lange wahnsinnig geworden. Jedes Mal, wenn mich mein Anwalt oder der Botschafter besuchen, bringen sie mir einen neuen mit. Aber jetzt hatte ich seit vier, fünf Tagen keinen Besuch mehr und inzwischen verzehre ich mich richtig nach einem Brief von ihm. Ist das nicht lächerlich?«

Ich habe keine Zweifel mehr, dass Imogen bei ihrem Plan bleiben und sich schuldig bekennen wird. Nur: Wie soll das funktionieren?

»Aber um dich schuldig zu bekennen, müsstest du doch ganz genau wissen, wie der Mord begangen worden ist. Du müsstest doch exakt schildern, was du gestehst, oder? Und wie willst du das machen, wenn du's doch nicht warst?«

»In den Zeitungen wurde ausführlich berichtet.«

»Du willst also einfach vortragen, was in der Zeitung stand?«

»Nicht ganz. Ich darf hier drinnen keine Zeitung lesen. Der Botschafter hat bei seinen Besuchen aber das eine oder andere erwähnt und ansonsten hält Orri mich in seinen Briefen immer auf dem Laufenden, was es Neues gibt.« Imogen lehnt sich zurück. »Etwa dass die Polizei davon ausgeht, dass Mörður im Labor getötet wurde, die Leiche dann aber mit dem Auto aus Reykjavík raus geschafft und in der Felsspalte deponiert wurde. Oder dass er ein T-Shirt mit dem Joker drauf anhatte. Oder dass er an den Folgen einer Kopfverletzung durch einen Schlag mit einem stumpfen Gegenstand gestorben ist und dass es sich bei der Tatwaffe um Mörðurs heiß geliebte Löwentrophäe aus Cannes handelte –«

»Wie bitte?«, falle ich ihr ins Wort.

»Die Mordwaffe war eine Löwenstatue. Das stand in der Zeitung.«

Kjarri zappelt aufgeregt auf seinem Stuhl herum. »Das stimmt. Es stand sogar in *unserer* Zeitung. Das hatten wir exklusiv«, sagt er mit dem Stolz des Anhängers einer siegreichen Fußballmannschaft. »Die Trophäe wurde in einem Müllcontainer hinter dem Hauptgebäude der Universität gefunden.«

Ich kann Kjarris Stolz nicht so ganz teilen und bin eher irritiert. Das passt alles nicht zusammen. Ich sehe Imogen an. »Du hast gesagt, der letzte Brief von Orri ist vier oder fünf Tage her.«

»Ja.«

»Wie kannst du dann wissen, was gestern vor der Botschaft los war?«

»Orri hat angerufen, als ich im Fitnessraum war, und beim Aufseher eine Nachricht hinterlassen. Sie war kurz und knapp: *Hannah hat Stan kennengelernt. Habe es durchs Fenster gesehen. Wir müssen etwas tun.*«

»Und nichts weiter? Das war's?«

»Ja, wieso?«

Ich senke den Blick. Ich kann das nicht. Ich kann Imogen nicht das Einzige wegnehmen, was sie in ihrem Leben noch hat. Einem Menschen, der alles verloren hat, kann man nicht auch noch den letzten Hoffnungsschimmer kaputt machen.

»Nichts, nichts«, weiche ich aus.

Aber es ist nicht nichts. Es ist einiges. Die Polizei ist erst vor zwei Tagen auf die Tatwaffe gestoßen. Es sieht ganz danach aus, als wäre Imogens herzensguter Freund nicht der, der er zu sein scheint.

Foto: Der Schatten einer Hand.

Filter: Reyes

Bildunterschrift: Wo Schatten ist, ist auch Licht.

♥ **257**

Wie die Bildunterschrift hätte lauten sollen …

Option 1: Wenn ich das Licht doch nur finden könnte …

Option 2: Ich suche und suche nach dem Licht …

24

IMOGEN

Es ist sechs Uhr morgens und Mörður ist noch am Leben.

Es läuft offensichtlich nicht nach Plan. Vor einigen Stunden noch hat Stan hämisch grinsend abgewartet wie ein hungriger Geier, der das allmähliche Ausbluten seiner Beute beobachtet. Doch von Minute zu Minute ist es ihm schwerer gefallen, die Rolle des hartgesottenen Gangsters aufrechtzuerhalten, und mit jedem bisschen Selbstvertrauen, das ihm abhandengekommen ist, ist Mörður weiter aufgelebt. Seine Tränen sind getrocknet, sein Gesicht ist höchstens noch leicht aufgequollen. An die Wand gelehnt sitzt er am Boden, den Rücken gerade, ein hoffnungsvolles Schimmern in den Augen.

Stan wirft einen Blick auf seine Uhr, eine furchtbar hässliche, mit Diamanten besetzte Rolex mit Leoparden-Armband. Zur Ablenkung starrt Imogen seit einer Stunde dieses Ding an, versunken in die Betrachtung jedes Details, und rätselt, ob es echt oder gefälscht ist. Noch ist sie zu keinem Urteil gekommen.

Jetzt steht Stan von seinem Küchenstuhl auf. »Ich nicht verstehe.« Er sieht seinen Freund an. »Das Abrin bisher immer hat funktioniert.«

Von Stans rundem Gesicht ist das Böse, Harte abgefallen. Nun blickt er drein wie ein kleiner Junge, dem unbegreiflich ist, warum seine Mami ihn nicht von der Schule abgeholt hat.

»Nikita.«

Stans Kumpel sitzt auf einem Bürostuhl an der Tür, um Fluchtversuche zu unterbinden. Die Pistole ruht auf seinem Schoß.

»*Da*«, antwortet er.

Stan sagt etwas in einer anderen Sprache. Russisch, schätzt Imogen.

Nikita richtet sich auf der Sitzfläche auf, schiebt die Waffe in die Innentasche der Daunenjacke, die er nie abgelegt hat, und erhebt sich.

Stan zieht seine Lederjacke vom Küchentisch, wirft sie sich über und marschiert sichtlich beleidigt zur Tür.

Nikita öffnet ihm.

Sie gehen. Imogen kann es nicht glauben. *Es ist vorbei. Es ist tatsächlich vorbei.*

Wenn das kein ernüchternder Schlusspunkt ihres zweitschlimmsten Erlebnisses aller Zeiten ist, denkt Imogen – da dreht Stan sich in der Tür noch einmal um.

Er sieht jeden und jede von ihnen an. Ein vergiftetes Lächeln huscht über seine Lippen und legt seine gelblichen Zähne frei. Man könnte meinen, er hätte Imogens Gedanken gelesen. »Es nicht ist vorbei.«

Damit knallt er die Tür zu.

Imogen hat keine Ahnung, wie lange sie danach noch dasitzen, ohne sich zu rühren oder ein Wort zu sagen.

Bis Mörður plötzlich in die Höhe schnellt. »Das wart ihr beide, oder?« Sein Gesicht ist feuerrot angelaufen, wutentbrannt spuckt er ihnen die Worte entgegen. Ein Vulkan, der ohne Vorwarnung ausgebrochen ist. »Ihr beide habt diese Journalistin kontaktiert!«

Imogen und Orri kauern immer noch am Boden, vor der Heizung aneinandergedrängt. Am Oberarm spürt Imogen den Druck von Orris Hand und als sie ihn anblickt, ist ihm das schlechte Gewissen überdeutlich anzusehen. Leugnen wäre sinnlos.

»Ihr verdammten Idioten«, flucht Mörður. »Ihr dummen Babys. Habt ihr auch nur einen Schimmer, was ihr angestellt habt? In was für eine Gefahr ihr uns alle gebracht habt? Ihr blöden kleinen Millennials mit euren naiven Ideen und hochtrabenden Moralvorstellungen. Als Kind ist es ja auch kein Problem, Prinzipien zu haben! Wenn man keine hungrigen Mäuler stopfen muss, wenn man unter keiner Hypothek ächzt, wenn einem nicht immer diese Schlinge um den Hals liegt, die sich Realität schimpft. Ihr faulen, nichtsnutzigen, weinerlichen Snowflakes, ihr wurdet doch immer nur in Watte gepackt, ihr mit eurem Avocadobrei und eurem fairen Kaffee und eurer furchtbaren Angst vor der großen, echten Welt –«

Orri lässt Imogen los und springt auf. »Halt's Maul, Mörður! Halt dein dreckiges Maul! Wenn hier einer schuld ist, dann du! Du hast uns in diese Scheiße reingezogen!«

»Du musst gerade reden!«, entgegnet Mörður. »Wenn ich mich recht entsinne, warst du dem Zusatzverdienst nicht gerade abgeneigt! Du bist auch nicht anders als ich.«

Ohne Übergang rennt Orri auf Mörður zu, packt ihn am Kragen und knallt ihn brüllend gegen die Wand. »Ich bin nicht wie du! Ich behandle Frauen nicht wie du! Du krankes Arschloch ekelst mich an!«

Mörður sieht ihm starr ins Gesicht, die Augen geweitet, als würde er mitten auf der Fahrbahn dem heranrauschenden Verkehr entgegenblicken.

»Wie konntest du ihr das antun?«, schreit Orri weiter. »Wie kann man so etwas tun?«

Stille.

Endlich fängt Mörður sich wieder etwas. »Du bist doch nur ein dummer Junge. Als wüsstest du, wovon du da redest. Wenn überhaupt, hat sie sich an mich rangemacht. Wie sie mich immer angelächelt und über jedes Wort von mir gelacht hat, und dann immer diese tief ausgeschnittenen T-Shirts, damit ich auch ja ihren BH sehe. Sie wollte es. Sie hat mich geradezu herausgefordert.«

Mit der Schnelligkeit eines Tigers reißt Orri den Kopf zurück, um ihn dann mit Karacho gegen Mörðurs Stirn zu rammen.

Vor Schmerz brüllt Mörður los.

Imogen rappelt sich auf. »Lass das, Orri. Nicht jetzt. Wir müssen überlegen, was wir machen sollen. Die kommen wieder. Wir müssen die Polizei rufen.«

Orri feuert einen letzten angewiderten Blick auf Mörður ab, dann lässt er ihn widerwillig los.

Mörður reibt sich die Stirn. »Wir können die Polizei nicht einschalten.«

Hat er Schmerzen? Imogen hofft es. »Natürlich können wir das«, entgegnet sie. »Wen sollen wir sonst einschalten?«

»Das ist zu groß für die Polizei.«

»Was kann denn bitte ›zu groß für die Polizei‹ sein?«

»Das sind keine normalen Kriminellen.«

»Und Smertoil ist kein Ölkonzern?«

»Smertoil ist ein Ölkonzern und auf dem Papier ist Smertoil auch unser Kunde.«

»Und in Wirklichkeit?«

»Ich bin mir nicht so sicher. Aber ich habe mir meine Gedanken gemacht und ich würde darauf tippen, dass die Typen vom GRU kommen.«

»Was ist das?«

»Der russische Militärgeheimdienst.«

Orris Finger krampfen sich in seine Haare. »Wir müssen die Polizei rufen.«

Jetzt schreit Mörður ihn an. »Kapierst du das nicht? Die isländische Polizei tickt ungefähr wie die putzigen britischen Landsheriffs aus irgendwelchen Kitschkrimis! Man könnte genauso gut die Hinterwäldler-Cops aus Suffolk bitten, sich um den Kalten Krieg zu kümmern! Die haben weder die technischen Mittel noch das Know-how. Wenn wir die einschalten, ist die Wahrscheinlichkeit höher, dass wir draufgehen, als dass die uns effektiv schützen können.«

Imogen hält sich die Ohren zu.

Sie kann es nicht mehr hören.

»Wir müssen ruhig bleiben«, sagt Orri, auf einmal merklich

besonnener. »Wir müssen uns zusammensetzen und eine Lösung suchen. Das ist unsere einzige Chance.«

Mörður verzieht das Gesicht wie ein kleines Kind. »Wir können nichts tun. Die sind überall. Die haben bestimmt auch in der osteuropäischen Mafia ein gewichtiges Wort mitzureden. Wenn uns jemand schützen kann, dann nur jemand, der auf Augenhöhe mit denen spielt, sprich: ganz, ganz oben. Eine Regierung also. Aber nicht die isländische, die kann man genauso vergessen wie die Polizei.«

Orri stößt ein einziges Wort aus. »Sara!«

»Was ist mit meiner Frau?«, fragt Mörður.

»Sara arbeitet doch in der britischen Botschaft. Du musst sie anrufen. Sie soll den Botschafter überreden, uns zu helfen. Sie soll ihn dazu bringen, sofort hierherzukommen.«

Mörður zieht bereits sein Handy aus der Tasche. Er drückt hektisch auf dem Display herum und hält es ans Ohr.

Leise hallt das blecherne Echo von Saras Stimme durchs Labor, ohne dass einzelne Wörter auszumachen wären.

Mörður schaltet auf Isländisch um. »Ich bin auf der Arbeit«, übersetzt Imogen im Kopf. Inzwischen versteht sie die Sprache recht gut, doch weil es am flüssigen Sprechen noch hapert, realisieren die anderen nie, dass sie sehr wohl einiges mitbekommt.

Orri setzt sich wieder neben sie und dolmetscht Mörðurs Fragen und Antworten im Flüsterton.

»Ja, sie ist hier«, sagt Orri leise.

Nur für einen Sekundenbruchteil zuckt Mörðurs Blick zu Imogen. Das reicht, um seinen Hass zu spüren.

»Es ist nichts passiert.«

Sara brüllt irgendetwas.

»Nein, wir haben keine Affäre!«, schreit Mörður zurück. »Sara, wenn du mir bitte kurz –«

Er kommt nicht dazu, den Satz zu beenden.

»Hör mir zu, Sara«, unternimmt er einen zweiten Anlauf. »Das ist ein Notfall. Wir wurden angegriffen. Ich wurde angegriffen. Die wollten mich umbri…«

Seine Lippen beben. Er schüttelt sich.

»Ich kann jetzt nicht ins Detail gehen, aber erinnerst du dich an den Deal mit Smertoil? Der ist ein bisschen heikel. Er ist äußerst heikel.«

Wieder wird gebrüllt.

»Hast du nicht selbst gesagt, dass wir ein eigenes Haus brauchen? Hast du nicht selbst von einem Zweitwagen gesprochen? Und von Klavierunterricht für die Mädchen?«

Gebrüll.

»Dafür haben wir jetzt keine Zeit, Sara. Es geht um Leben und Tod. Oder ist es dir egal, ob ich sterbe? Wenn diese Arschlöcher es doch noch hingekriegt hätten, mich zu töten, hättest du dann überhaupt um mich getrauert?«

Mörður nimmt das Telefon vom Ohr. Entweder um seinem Trommelfell eine weitere Schreiattacke zu ersparen oder weil er die Antwort nicht hören will.

So ist Saras Reaktion allerdings für alle zu verstehen. »Ich weiß es nicht, Mörður. Ich weiß gar nichts mehr.«

Eine Zeit lang schweigt Mörður. Dann presst er das Handy

wieder ans Ohr. »Sara. Ich brauche deine Hilfe. Wir alle brauchen deine Hilfe. Orri ist auch hier. Bitte. Rufst du für uns bei Gerald Boothby an? Und bittest ihn, hierherzukommen? So schnell wie möglich hierherzukommen?«

Sara sagt etwas.

»Danke. Ich liebe dich.«

Ein Klicken.

Sie hat aufgelegt.

Mörður lässt den Kopf hängen. Und hebt ihn wieder. »Sie ruft ihn an. Sie sagt uns gleich Bescheid.«

Nach nicht einmal zwei Minuten summt Mörðurs Telefon. Eine Nachricht von Sara. »Er ist jetzt unterwegs«, liest Mörður laut vor.

Sie sitzen zu dritt um den Küchentisch und warten. Mörður macht Kaffee. Imogen gibt Orri einen Keks vom Keksteller und nimmt sich selbst einen.

Eine halbe Stunde später klopft es an der Tür.

Mörður öffnet sie.

Der Botschafter stürmt herein. Mörður streckt ihm die Hand entgegen, doch Boothby lässt ihn mit langen Schritten stehen und geht auf Orri zu. »Alles in Ordnung mit dir?«

»Mir geht's gut.«

Mörður dackelt dem Botschafter hinterher. »Orri kennen Sie ja schon. Das ist Imogen Collins.«

»Ja, wir haben uns kurz kennengelernt«, antwortet Gerald Boothby mit einem vagen Lächeln in ihre Richtung.

Imogen würde es gerne erwidern, doch unter diesen Umständen will ihr die aufgesetzte Freundlichkeit nicht gelingen, nicht einmal aus reiner Höflichkeit.

Boothby dreht sich zu Mörður. Er trägt Jeans und Winterjacke, seine dunklen Haare stehen wirr ab. Anscheinend hat ihn Saras Anruf aus dem Bett geholt. Er zieht seine dicken Augenbrauen immer weiter nach unten, bis knapp über seine blau glimmenden Augen. »Was zur Hölle ist hier los?«

Vor Schreck weicht Mörður ein Stück zurück. Dann lässt er sich auf einen Küchenstuhl sinken und packt aus.

Während er ausführlich berichtet, beobachtet Imogen den Botschafter aufmerksam. Boothby sagt zwar kein Wort, doch seine mit jeder Enthüllung blassere Gesichtsfarbe und immer weiter aufgerissenen Augen verraten, wie ernst er die Situation nimmt. Das ist die letzte Bestätigung: Es ist genauso schlimm wie gedacht.

»Als sie gegangen sind«, kommt Mörður zum Ende, »haben sie noch versprochen, dass sie zurückkommen.« Dabei sieht er Boothby bittend an, wie um ihm offiziell die Zügel zu überlassen.

Der Botschafter lässt sich ein paar Sekunden Zeit. Die Neuigkeiten haben ihn erkennbar mitgenommen. Doch auf einmal glättet sich sein Gesicht – er macht dicht, als würde eine Tür verriegelt. »Mir sind die Hände gebunden.«

»Was?«, kreischt Mörður.

Boothby gibt sich sichtlich Mühe, mit Bedacht zu antworten, in kühlem und professionellem Ton. Er empört sich aber mehr und mehr, bis er das, was man noch als lautes Sprechen bezeichnen könnte, um einige Dezibel übertrifft. »Wieso sollte die britische Regierung einer Person zur Seite springen, die gemeinsame Sache mit dem russischen Propaganda-Apparat macht? Ihnen muss doch bewusst gewesen sein, was die von Ihnen wollen? Ihnen muss doch bewusst gewesen sein, dass Sie Zwietracht säen und das Vertrauen in unser politisches System untergraben sollen! Im Grunde genommen haben die Russen Sie dafür angeheuert, bei uns im Vereinigten Königreich Unruhe zu stiften. Wir sind im Krieg und Sie kämpfen auf der falschen Seite.«

Mörður schweigt. Natürlich wusste er genau, was er tut.

»Bitte«, sagt er nur. Er sieht aus wie kurz vor dem Heulen.

Doch seine Chancen, Boothby so etwas wie Mitgefühl zu entlocken, stehen gleich null. »Sie haben das Geld gerne genommen. Jetzt müssen Sie mit den Folgen leben.«

Da stürzt Mörður sich auf ihn, packt ihn an der Winterjacke. »Ich kann der britischen Regierung Informationen liefern.«

Der Botschafter stößt ihn weg. »Was Sie wissen, weiß der MI6 schon lange.«

»Dann helfen Sie uns doch einfach aus Menschlichkeit. Können Sie nicht um humanitäre Visa für uns bitten oder so?«

Boothbys Brust pumpt sich auf. Imogen wappnet sich für schallendes Gelächter, aber stattdessen schleudert er Mörður nur kalte Verachtung entgegen. »Sie dummer, dummer Mensch. Glauben Sie im Ernst, die britische Regierung würde um Ihretwillen einen diplomatischen Zwischenfall riskieren? Glauben Sie im Ernst, sie würde ihr ohnehin schwieriges Verhältnis zu Russland weiter verkomplizieren, nur um einen geldgierigen Universitätsdozenten aus einem fernen Land vor Unheil zu bewahren? Die würden Sie nicht mal mit der Kneifzange anfassen.«

Der Botschafter sieht Imogen und Orri an und auf seinem Gesicht zeichnet sich Kummer ab. »Es tut mir leid.«

Dann dreht er sich um, geht zur Tür und verlässt das Labor, ohne sich zu verabschieden oder ihnen auch nur viel Glück zu wünschen.

Zurück bleibt eisiges Schweigen.

Nach einer Weile rührt Mörður sich wieder. »Ich habe eine Idee.« Er hastet in sein Büro und kehrt mit seiner Jacke zurück. »Saras Eltern haben eine Hütte am Þingvallasee. Sehr abgeschieden.«

»Das ist in einem Nationalpark ungefähr 40 Kilometer nordöstlich von hier«, erläutert Orri.

»Das Grundstück ist eingezäunt und nur über eine Privatstraße zu erreichen. Nicht dass die Typen sich davon abhalten lassen würden, aber wir würden sie wenigstens kommen sehen. Da können wir uns verstecken, bis Gras über die Sache gewachsen ist oder uns etwas Besseres einfällt.«

Bei dieser Vorstellung bleibt Imogen die Luft weg. »Ich gehe sicher nicht mit dir in eine Hütte.«

Die Stirn in verächtliche Falten gelegt, fragt Mörður: »Willst du lieber sterben?«

Imogen fröstelt. *Zwischen diesen beiden Optionen soll ich mich entscheiden?*

»Wir finden schon ein eigenes Versteck«, meint Orri und fasst nach ihrer Hand.

Mörður schlägt die Faust auf den Küchentisch. »Wie kann man nur so vernagelt sein?«

»Was interessiert es dich eigentlich, ob wir mitkommen oder nicht?«, erwidert Orri knurrend.

»Je mehr, desto besser. Außerdem können wir dann zusammen einen Plan schmieden. Wir haben alle unsere Connections. Wenn wir die kombinieren, haben wir bessere Chancen, jemanden zu finden, der uns wirklich helfen kann.«

Orri sieht Imogen in die Augen.

»Was denkst du?«

Haben wir denn eine Wahl?

»Ich würde dir keine Sekunde von der Seite weichen«, verspricht Orri.

»Na gut«, flüstert Imogen und sagt sich: *Geht der Horrortrip also weiter.*

»Ich schlage vor, wir nehmen meinen Wagen.« Mörður knöpft seine Jacke zu. »Habt ihr zufällig eine Waffe?«

Orri schnauft. »Was!?«

»Auch kein Problem«, meint Mörður. »Ich habe ein Gewehr für die Schneehuhnjagd. Das nehme ich mit.«

Er blickt auf die Uhr, ein supertrendiges Daniel-Wellington-Teil mit blau-grün gestreiftem Stoffarmband. Keine Uhr für den Überlebenskampf. Eine Uhr für Krisen, die sich um Farbpaletten, Logos, Schriftgrößen und Bildauflösungen drehen und die sich jederzeit durch Karottensticks und Hummus, frisch gebrühten Flat White und das eine oder andere Gläschen Weizengrassaft abfedern lassen. »Es ist kurz vor acht«, stellt Mörður fest.

»Fahren wir vielleicht doch erst mal alle nach Hause und packen eine Tasche. In einer Stunde treffen wir uns wieder hier.«

Wie Roboter, die auf synchrone Aktionen programmiert sind, stehen Imogen und Orri auf.

»Ich muss mich hier noch um ein paar Sachen kümmern«, meint Mörður. »Fahrt ihr schon, ich brauche nicht lange.«

Sie verlassen das Labor.

»Eine Stunde!«, hören sie Mörður noch rufen. »Seid ihr dann nicht da, breche ich ohne euch auf.«

»Arschloch«, murmelt Orri.

Sigurlínas Auto steht immer noch vorm Oddi. »Ich bringe dich zu meiner Mum«, sagt Orri zu Imogen. »Dann gehe ich nach Hause, packe schnell und hole dich wieder ab.«

Er entriegelt den Volvo, sie steigen ein.

Im Auto ist es eiskalt. Den Motor zum Laufen zu bringen und auf verschlungenen Wegen zur Ausfahrt des immer volleren Parkplatzes zu steuern, kostet sie ganze zehn Minuten. Es ist schon einiges los.

Obwohl es draußen noch schwarz wie die Nacht ist, ist der morgendliche Berufsverkehr in vollem Gang. Imogen starrt in die vorüberrollenden Wagen. So wie die Fahrer dreinblicken, scheinen der dunkle Himmel und die Aufgaben und Pflichten des Tages schwer auf ihnen zu lasten. Wenn die wüssten, was für ein Glück sie haben. Niemand weiß die glorreiche Banalität des Alltags zu schätzen, bis sie einem genommen wird.

Schließlich kommen Imogen und Orri bei Sigurlína an. Sie haben die ganze Strecke schweigend zurückgelegt.

Orri hält, ohne den Motor abzustellen, und dreht sich zu Imogen.

Sie sieht ihn an. Orri mit seinen wässrig blauen Augen, die so klar sind wie ein See an einem ruhigen Morgen und so unendlich tief, voller unerforschter Geheimnisse. Sie wünschte, sie könnte darin eintauchen. Dass sie diejenige sein könnte, die unter die Oberfläche blicken darf. Es gäbe bestimmt manche Überraschungen zu entdecken.

Wenn doch nur alles anders wäre. Wenn sie sich doch nur unter anderen Umständen kennengelernt hätten, ganz normal eben. Vielleicht als Studenten in derselben Vorlesung. Es hätte so einfach sein können: Hallo, was trinken, Abendessen.

Doch zwischen ihnen kann nichts einfach sein. Dass sie sich begegnet sind, wird immer ein und denselben Grund haben: das, was das Monster ihr angetan hat. Wie sollen sie aus diesem Schatten entkommen? Können sie das überhaupt schaffen?

Orris Hand krallt sich noch immer um die Handbremse zwischen den Sitzen. Imogens ruht neben ihrem Oberschenkel. Jetzt spreizt Orri den kleinen Finger ab und streicht ihr damit über den Handrücken.

Die Berührung lässt Wärme in Imogens Herz strömen und Licht in ihren Geist. Es ist eine kleine Geste und der größte Funken Hoffnung, den sie sich vorstellen kann. Die unendlichen Möglichkeiten des Frühlings und die Hitze des Sommers, beides ist darin enthalten und die Botschaft lautet: Dies ist nicht die letzte Seite ihrer Geschichte.

Kann sein. Kann sein, dass man den Schatten doch verjagen

kann. Kann sein, dass Imogen später, wenn alles vorbei ist, ihre Zukunft nicht mehr am schlimmsten Tag ihrer Vergangenheit ausrichten muss. Noch weiß sie nicht, wie Orri und sie die ganze Misere hinter sich lassen sollen. Aber sie werden einen Weg finden. Sie werden sich zusammensetzen, in der Hütte, und einen Plan schmieden. Vielleicht wird doch noch alles gut.

Foto: Ein kleines rotes Haus in einer ruhigen Straße. Auf dem Dach liegt Schnee.

Filter: Slumber

Mögliche Bildunterschriften …

Option 1: Hübsch.

Option 2: Weihnachtlich.

Option 3: Ein glückliches Heim.

Option 4: Sicherheit. Oder?

Tatsächliche Bildunterschrift …

Das schöne Reykjavík.

❤ **14**

25

HANNAH

In Sigurlínas Küche riecht es nach verkohltem Toast. Sie freut sich nicht übermäßig, Kjarri und mich zu sehen. Mit einem lauten Rumms knallt sie einen dreckigen Topf in die Spüle.

Kjarri wirft mir einen Blick zu.

»Kann ich helfen?«, frage ich in der verzweifelten Hoffnung, die Stimmung irgendwie aufzulockern.

Da setzt Sigurlína sich an den Küchentisch. »Tut mir leid. Ich bin ein Morgenmuffel.«

Es ist fast Mittag.

»Also.« Sie wickelt ihren goldenen Morgenmantel noch enger um den Körper. Ist ja auch eiskalt hier. »Was kann ich diesmal für euch tun?«

Sigurlína empfängt uns ungefähr so herzlich, wie man eine schlimme Grippe willkommen heißt. »Eigentlich nichts. Wir waren gerade im Gefängnis Hólmsheiði. Wir haben Imogen besucht.«

Ich warte auf ihre Antwort. Es kommt keine. Sigurlína will nicht wissen, wie es Imogen geht. Sie fragt nicht, was wir bei ihr wollten.

Stattdessen schießt sie abrupt in die Höhe. »Tut mir leid, aber ich brauche einen Kaffee. Möchtet ihr auch einen? Wir können dazu ein Plunderteilchen essen.«

Aus einer Papiertüte auf der Küchentheke zieht sie ein längliches, in Zucker, Vanillecreme und Schokolade getränktes Gebäckstück und aus einer Schublade holt sie ein Tranchiermesser. Uns hat sie den Rücken zugekehrt. »Zum Kaffee brauche ich immer etwas Süßes. Im Leben muss ein Gleichgewicht herrschen. Yin und Yang –«

Ich falle ihr ins Wort.

»Imogen will sich schuldig bekennen.«

Wie in Zeitlupe dreht Sigurlína sich zu uns, immer noch das Messer in der Hand. Auf der Klinge blitzen die grellen Strahlen der Mittagssonne.

»Verstehe«, sagt sie.

Ich versuche, ihren Gesichtsausdruck zu entschlüsseln. Ist sie aufgewühlt? Überrascht? Oder hat sie schon damit gerechnet?

»Aber sie war es doch nicht!« Nichts zu machen – Sigurlínas Gedanken sind mir ein Rätsel. »Sie ist keine Mörderin.«

»Es kommt vor, dass der Schein trügt.«

»Das ist mir klar. Aber es passt einfach nicht zu dem, was wir wissen. Ich habe mir alles genau angesehen und ich würde sagen, ich kenne den wahren Mörder.«

Sigurlína macht keinen Mucks. Sie steht bloß da. Mit dem Messer in der Hand und einem eigenartigen Funkeln in den Augen. Kann sein, dass es nur am Koffeinmangel liegt oder so, aber mit ihrem Elfenhaar und ihrer Elfenrobe und dieser Klinge, mit der man problemlos ein Spanferkel zerlegen könnte, wirkt sie ein bisschen beängstigend.

Auf der Fahrt hierher haben Kjarri und ich uns furchtbar gestritten. Er wollte vom Gefängnis direkt zur Polizei. Ich wollte vorher noch einen Zwischenstopp einlegen.

»Imogen hat Mörður nicht umgebracht«, hat er mich angebrüllt, als wäre mir das neu gewesen. »Und diese Russen waren's auch nicht. Orri war's. Das ist doch sonnenklar. Du hast es selbst gesagt. Nur der Mörder konnte von der Tatwaffe wissen, bevor die Polizei darauf gestoßen ist.«

Irgendwann hat Kjarri dann aber doch eingewilligt, vor der Polizei noch bei Sigurlína vorbeizufahren.

Ich strecke mich zu dem Rucksack neben meinem Stuhl. Hole den Brief heraus. Halte ihn Sigurlína hin. »Den soll ich dir geben, von Imogen.«

Sie fasst nicht gleich danach. Mein Blick zuckt zu dem Umschlag in meiner Hand.

Imogen hatte ihn offen gelassen. »Damit du es dir selbst durchlesen kannst«, hat Imogen erklärt. »Du sollst nicht denken, dass ich dich schon wieder in Schwierigkeiten bringen will. Das will ich wirklich nicht. Ich will mich nur richtig verhalten. Allen gegenüber.«

Endlich nimmt Sigurlína den Umschlag. Ich sehe zu, wie sie ihn langsam und zögerlich öffnet, als fürchte sie sich vor seinem Inhalt.

Kjarri und ich haben den Brief im Auto vor dem Gefängnis gelesen. Das steht drin:

Meine liebe, liebe Sigurlína,

ich hoffe, es geht dir gut. Ich hoffe, nach der Aufregung der letzten Wochen kehrt in deinem Leben allmählich wieder ein bisschen Ruhe ein.

Ich weiß nicht, was du von mir denken wirst, wenn du das hier liest. In der Zeitung standen bestimmt viele schlimme Dinge über mich, etliches, was kein gutes Licht auf mich wirft. Manches davon entspricht vermutlich der Wahrheit, manches andere vielleicht nicht.

Doch ich schreibe dir aus einem anderen Grund. Ich schreibe dir nicht, weil ich um Verzeihung bitten will. Es geht mir nicht darum, Buße zu tun. Es geht eigentlich überhaupt nicht um mich. Es geht um dich. Und um Orri.

Ich bin nicht so gut darin, meine Gefühle auszudrücken. Ich habe sie so lange weggesperrt, dass ich jetzt kaum noch weiß, wie ich sie wieder freilassen soll. Aber ich hoffe, das unbeholfene Geschreibsel, das auf dich zukommt, kann dich zumindest davon überzeugen, dass ich es ernst meine.

Ich muss dir drei Dinge sagen (es tut mir leid, wenn ich mich wie eine Excel-Tabelle anhöre. Mit Zahlen habe ich mich schon immer leichter getan als mit Worten.) Also los:

1. Ich will dir danken. Auch wenn es dir wahrscheinlich nicht bewusst war - ich habe es dir ja nie gesagt -, warst du doch an einem der absoluten Tiefpunkte meines Lebens für mich da. Als ich niemanden sonst hatte, hast du mich bei dir aufgenommen, mir Hackbällchen gemacht, mich beim Netflix gucken an dich kuscheln lassen. Du warst wie eine Mutter für mich. Im Herzen wirst du immer bei mir sein.

2. Es tut mir so leid, dass ich dein Leben durcheinandergebracht habe. Ich wollte dir nie Kummer bereiten. Bitte, hass mich nicht deswegen.

3. Orri hat dich lieb. Und er braucht dich. Ich weiß, er zeigt es dir nicht immer, aber es ist so. Das kannst du mir glauben - ich spreche aus Erfahrung. Selbst wenn man nicht mehr miteinander redet, selbst wenn Tausende Meilen und ein ganzes tiefes Meer zwischen

einem selbst und den Eltern liegen, hat man sie doch immer lieb und braucht man sie doch immer. Also gib ihn bloß nicht auf.

Das war es dann. Zeit für meinen Abgang, für den letzten Vorhang.

Wenn ich kurz vor meinem Tod auf diese Zeit zurückblicke, dann werdet ihr, du und Orri, zwei strahlende Lichter auf einem dunklen Weg sein, der ansonsten mit nichts als Kummer gepflastert ist. Ihr seid meine hellen Sterne am Nachthimmel.

Danke, dass du auf meiner Seite bist.

Für immer deine
Imogen

Sigurlína lässt den Brief sinken.

Da sie lange nichts sagt, beschließe ich irgendwann, dass genug geschwiegen wurde und endlich zur Sprache kommen sollte, was wir hier wollen. »Ich glaube, dein Sohn hat Mörður Þórðarson umgebracht und lässt jetzt zu, dass Imogen dafür büßt. Kjarri und ich fahren gleich zum Polizeirevier, um eine umfassende Aussage zu machen. Ich wollte vorher nur fragen, ob du einen Kommentar für die Zeitung abgeben willst.«

Plötzlich zittert Sigurlína. Tränen kullern über ihre Wangen und ich habe keine Ahnung, wie ich mich verhalten soll. Ich habe keine Ahnung, wie man mit einer heulenden Fremden umgeht. Kjarri hat eine Ahnung. Er steht auf, holt ein Glas aus einem Küchenschrank, füllt es mit Wasser und reicht es Sigurlína, legt ihr dabei einen Arm um die Schultern.

Sie trinkt in kleinen Schlucken. Ohne den Brief abzulegen, wischt sie sich mit dem Rücken derselben Hand über die nassen Augen. Dann nimmt sie ein abgegriffenes Handy von der Küchentheke und wählt eine Nummer.

Foto: Ein mit blauen Blüten verzierter Porzellanteller, darauf ein Stück Pizza.
Filter: Aden

Bildunterschrift: #hunger.

♥ **312**

Wie die Bildunterschrift hätte lauten sollen …

Option 1: Statt ein Foto davon zu machen und zu posten, während mein Pizzastück kalt wird, sollte ich es einfach essen und genießen.
Option 2: Doch manchmal tut man nicht, was man sollte.
Option 3: Manchmal ist das Sinnlose nicht sinnlos – wenn es Spaß macht.

26

IMOGEN

Seit 40 Minuten stehen Imogen und Orri draußen auf dem Parkplatz vorm Oddi. Mörður verspätet sich.

Sie sollten sich unauffällig verhalten, bloß keine Aufmerksamkeit erregen.

Orri ist jedoch so nervös, dass er auch gleich ein Schild in die Höhe recken könnte: HIER GEHT ES NICHT MIT RECHTEN DINGEN ZU.

»Alles klar?«, fragt Imogen.

»Glaubst du, er ist ohne uns gefahren?«, fragt Orri und zieht sich bibbernd zusammen.

Die Antwort kommt Imogen allzu leicht über die Lippen. »Ich würde es ihm zutrauen.«

»Ich weiß übrigens, wieso er nicht tot ist.«

Sie zuckt zusammen. »Wie bitte?«

»Mörður. Ich weiß, wieso er nicht gestorben ist.«

»Okay?«

»Erinnerst du dich, was Stan gesagt hat? ›Das Abrin bisher immer hat funktioniert.‹ Ich habe das gegoogelt. Abrin ist ein tödliches Gift aus der sogenannten Paternostererbse. So ähnlich wie

Rizin. Es gibt kein Gegenmittel. Normalerweise hätte Mörður sterben müssen.«

»Und warum ist er nicht gestorben?«

»Weil er ein Riesenglück hatte. Beim Googeln bin ich über einen alten Artikel aus der *Times* gestolpert – es ging um eine Tochter, die ihre kontrollsüchtige Mutter loswerden wollte. Sie hat sich im Darknet Abrin besorgt, das Gift in die Cola light ihrer Mutter gemischt und zugeschaut, wie die Mutter es trinkt. Und darauf gewartet, dass sie stirbt. Aber es ist nichts passiert. Deswegen dachte sie, die Dosis wäre zu niedrig gewesen, und wollte noch mehr besorgen, dabei wurde sie aber erwischt und kurz darauf festgenommen. Und es kam heraus, dass es gar nicht an der Dosis lag. Es lag an der Cola light. In Cola light ist eine Säure enthalten, die die Wirkung von Abrin neutralisiert.«

Imogen fehlen die Worte. Dass der Zufall über das Leben bestimmt, weiß sie aus Erfahrung. Über den Tod aber anscheinend auch.

Orri blickt auf die Uhr. »Ich probiere es noch mal bei ihm.«

Mörður geht nicht ran.

Das Herumstehen ist nicht mehr auszuhalten. »Ich schaue im Büro nach, vielleicht ist er ja da«, sagt Imogen.

Am Labor angekommen, ist die Tür nur angelehnt, doch der Raum dahinter ist leer. Imogen geht zu Mörðurs Büro, das aber abgeschlossen ist. Wenn Mörður geht, schließt er sein Büro immer ab.

»Und?«, fragt Orri, als er Imogen zurückkehren sieht.

»Da drin ist er jedenfalls nicht.«

Orri hebt die Augenbrauen. »Und … was machen wir jetzt?«

»Ich weiß nicht.«

»Wäre wahrscheinlich wirklich eine gute Idee, eine Weile von der Bildfläche zu verschwinden.«

»Ja, wahrscheinlich.«

»Vielleicht sogar für ein paar Tage die Stadt zu verlassen.«

»Und wohin sollen wir?«

»Wir könnten uns etwas mieten. Ein abgelegenes Ferienhäuschen auf dem Land. Das finden wir auf Airbnb bestimmt.«

»Das wäre doch schon mal was.«

Orri zückt sein Handy. »Ich suche uns was, du mietest in der Zwischenzeit ein Auto.«

»Was ist mit dem Wagen deiner Mum? Würde sie uns den nicht leihen?«

»Das ist eine Rostlaube. Mit dem Ding schaffen wir es wahrscheinlich kaum aus dem Zentrum heraus und nie im Leben bis über die Stadtgrenze.«

Imogen hat online schon eine Autovermietung gefunden. Das wäre geschafft.

»Hier wäre ein günstiges Ferienhaus am Hvalfjörður«, sagt Orri. »Soll ich den Besitzer anschreiben, ob es frei ist?«

»Klar.«

»Erledigt. Ich dachte mir gerade, ob meine Mum vielleicht auch mitkommen sollte? Wer weiß, wozu diese Typen fähig sind, und was, wenn sie auf der Suche nach uns bei ihr anklopfen?«

»Da hast du recht.« Imogen schließt den Mietvertrag ab. »Setz mich doch bei der Autovermietung ab – das ist nicht weit von hier, Flugvallarvegur 5 – und dann treffen wir uns bei deiner Mum.« Sie zeigt ihm die Adresse auf dem Handydisplay.

»Ahhh, Flugvallarvegur«, sagt Orri.

»Habe ich doch gesagt.«

Er lächelt. »Hast du nicht.«

Bei der isländischen Aussprache kann man nichts richtig machen. Aber irgendwann wird Imogen schon den Dreh raushaben. Wegen Orri. Wenn das alles vorbei ist, soll er weiter eine Rolle in ihrem Leben spielen. Eine große.

Sie kehren zu Sigurlínas Wagen zurück. Eigentlich wollten sie ihn vorm Oddi stehen lassen und Sigurlína später per Textnachricht darüber informieren. Das ist jetzt nicht mehr nötig.

Kurz darauf lässt sich Imogen an der Autovermietung absetzen.

Sie unterzeichnet ein paar Formulare und schon kann es losgehen.

Es ist eine Herausforderung, auf der gefühlt falschen Straßenseite zu fahren. Imogen muss sich so stark konzentrieren, dass es ihr fast den Schädel sprengt. Immerhin hat sie dadurch keine Kapazitäten mehr, sich Sorgen zu machen – über ihre beschissene Situation und die vielen Fragen, die ununterbrochen in ihrem Kopf kreisen: *War ich der Auslöser für das alles? Ist es meine Schuld? Wie kommen wir da wieder raus? Sollte ich Victoria King noch mal anschreiben?* Wenn sie erst einmal in ihrem Versteck sind, hat sie mehr als genug Zeit, sich das Hirn zu zermartern.

Es dauert eine Weile, einen Parkplatz in der Nähe von Sigurlína zu finden, und noch länger, dort einzuparken.

Bereits beim ersten Schritt ins Haus hört sie die Stimmen aus der Küche: Sigurlína, Orri und eine dritte Person, die sie nicht kennt.

Für einen Moment erstarrt Imogen. Sind die Typen etwa schon da? Haben sie sie gefunden? Instinktiv dreht sie sich um. Sie muss hier weg. Hier raus. Dann hält sie inne. Sie kann Orri und Sigurlína nicht im Stich lassen. Gut möglich, dass die beiden in Gefahr sind.

Die Tür zu ihrem Zimmer, das genau zwischen Haustür und Küche liegt, steht einen Spaltbreit offen. Auf Zehenspitzen macht Imogen sich auf den Weg und schiebt sich mit genügend Abstand zur Tür hinein, damit diese nicht knarrt. Dann schmiegt sie sich an die Wand, das Ohr dicht am Spalt. Sie muss herausfinden, was hier vor sich geht.

Sigurlína sagt etwas. Sie spricht Englisch. Und sie klingt wütend. »Was willst du, Gerald?«

Gerald?

Welcher Gerald?

»Es tut mir leid, Sigurlína. Es dauert auch nicht lange. Aber ich muss mit Orri sprechen.«

Imogen hat sich geirrt. Sie hat diese Stimme doch schon einmal gehört. Nur wo?

»Dann mach«, erwidert Sigurlína.

»Unter vier Augen.«

Darauf antwortet Orri. »Wenn es um das geht, worüber wir im Labor geredet haben, kann Mum ruhig dabei sein.«

Es ist der Botschafter!

»Ich habe ihr alles erzählt«, fährt Orri fort. »Imogen und ich wollen aus der Stadt verschwinden und für ein paar Tage untertauchen, bis Gras über den ganzen Wahnsinn gewachsen ist. Und gerade wollte ich Mum überreden mitzukommen. Nur für alle Fälle, Sie wissen schon.«

»Eine Weile auf Tauchstation zu gehen ist sicher keine schlechte Idee«, meint der Botschafter. »Genau deswegen bin ich hier. Ich will, dass du mich zur Botschaft begleitest. Ich will, dass du dort bleibst, bis sich alles aufgeklärt hat. Da kommt niemand an dich heran. Das Gebäude ist gut gesichert. Und nach dem Wiener Übereinkommen über diplomatische Beziehungen genießen wir besonderen Schutz. Niemand, auch nicht die örtliche Polizei oder das Militär, darf das Gelände ohne Erlaubnis des Botschafters betreten.«

Ein paar Sekunden Stille, dann antwortet Orri. »Wow. Danke. Das ist ja cool. Das ist eindeutig besser als das Ferienhaus, das ich uns besorgt habe. Ich rufe gleich Imogen an und sage ihr Bescheid.«

»Nein«, entgegnet der Botschafter schnell. »Nur du.«

»Nur ich?«

»Gut, Sigurlína kann wohl auch mitkommen.«

»Mit diesem Mann gehe ich nirgendwohin«, zischt Sigurlína.

»Ich verstehe das nicht.« Die Verwirrung ist Orri anzumerken. »Warum darf Imogen nicht mit?«

»Es steht nicht in meiner Macht, Orri. Meine Vorgesetzten haben mir dafür keine Freigabe erteilt.«

»Aber wieso darf ich dann mit?«

Ein hämisches Lachen von Sigurlína. »Ja, *Gerald,* warum darf er mit?«

»Vertrau mir einfach«, antwortet der Botschafter hörbar aufgebracht. »Bitte.«

»Sie sagen mir jetzt, was los ist, oder ich komme nicht mit«, entgegnet Orri.

Eine halbe Ewigkeit ist aus der Küche kein Wort zu vernehmen.

Bis der Botschafter endlich antwortet. »Orri … Ich bin dein Vater.«

»Was?« Orris schriller Aufschrei lässt fast die Fensterscheiben klirren.

»Deine Mum und ich haben uns vor gut zwanzig Jahren kennengelernt. Ich war mit Freunden für ein Wochenende in Island, wir waren alle kurz davor, das Studium abzuschließen oder unseren ersten echten Job anzutreten, und wollten ein letztes Mal einen draufmachen, bevor der Ernst des Lebens losgeht. Deiner Mum bin ich auf einem Blur-Konzert begegnet. Daraufhin habe ich meine Kumpels sitzen gelassen und das ganze Wochenende mit ihr verbracht.«

»Aber wieso jetzt? Nach so langer Zeit?«, stößt Orri schnaufend hervor. »Oh Gott. Du wusstest nichts von mir. Du hast gerade erst von mir erfahren!«

»Ich wusste von dir.«

»Oh.«

»Ich habe mich gezielt hierher versetzen lassen. Damit ich dich kennenlernen kann.«

»Wie geht's Valerie?«, mischt Sigurlína sich mit vor Verachtung triefender Stimme ein.

»Gut. Glaube ich. Wir haben uns getrennt.«

Auf einmal klingt Orri ganz aufgeregt. »Habe ich Geschwister?«

»Nein. Wir wollten immer Kinder, aber dann hat sich herausgestellt, dass das nicht möglich ist.«

Sigurlína faucht wie eine Löwin, die ihr Junges verteidigt. »Und deshalb willst du dir jetzt hier deinen Trostpreis abholen.«

»Mum!«, fährt Orri sie an. »Sei nicht so.«

»Ich kann sein, wie ich will«, erwidert sie. »Dieser Mann, mein Lieber, hat nicht nur dich kaputtgemacht.«

Der Botschafter verfällt in einen unterwürfigen Ton. »Du wusstest von meiner Verlobung mit Valerie. Du wusstest, wie meine Beamtenkarriere unter einem unehelichen Kind gelitten hätte. Wenn man in dieser Welt vorankommen will, muss man in gewisser Hinsicht den Erwartungen entsprechen – es muss zumindest danach aussehen. Du hast gesagt, du schaffst das auch ohne mich. Du hast gesagt, du willst nicht, dass ich deswegen den Kürzeren ziehe. Du hast gesagt, es wäre schade, wenn ich meine Zukunft, meine Erfolgsaussichten drangeben müsste.«

»Du hast gesagt, du hast gesagt … mag sein. Man sagt vieles, wenn der Tag lang ist. Aber stell dir vor: Ich habe trotzdem gehofft, dass du bleibst. Dass du bleiben willst. Und es war trotzdem nicht in Ordnung, diesen Joker auch einzusetzen, diese Du-kommst-aus-dem-Gefängnis-frei-Karte. Es war trotzdem nicht in Ordnung, deinen Sohn ohne Vater aufwachsen zu lassen.«

Erneut wird es still.

»Ich muss zurück ins Büro«, sagt der Botschafter, ohne auf Sigurlínas Anschuldigung einzugehen, seinetwegen jahrzehntelang gelitten zu haben. »Bitte, Orri, komm mit.«

Orri antwortet mit ungewohnt klarer und fester Stimme. »Ich komme nur mit, wenn Imogen auch mitkommen darf.«

Imogens Herz macht einen Hüpfer. Sie klammert sich an die Tür, die prompt knarrt, was aber niemand mitzubekommen scheint. Am liebsten würde sie in die Küche rennen, Orri in die Arme schließen und ihn nie wieder loslassen.

»Wer? Dieses Mädchen?« Der Botschafter seufzt. »Das würde meine Lage zusätzlich verkomplizieren.«

»Um Himmels willen, Gerald«, stöhnt Sigurlína. »Denk doch einmal in deinem Leben nicht nur an dich. Dein Sohn ist verliebt. Soll sich seine Freundin hier draußen allein durchschlagen, während diese Brutalos frei herumlaufen, nur weil deine ach so tolle Karriere mal wieder wichtiger ist?«

»Na schön.« Die Stimme des Botschafters verhärtet sich. »Sie kann mitkommen.«

Drüben kratzt ein Stuhl über den Boden. Orri ist aufgestanden. »Pack deine Sachen, Mum. Imogen und ich sind schon startklar.«

»Es tut mir leid, Orri, aber ich kann nicht mitkommen. Ich bin zu wütend. Ich habe zwanzig Jahre lang für diesen Mann geschwiegen, selbst als wir beide deswegen unsere Probleme hatten. Ich brauche Zeit. Ich fahre für ein paar Tage zu dem Ferienhaus, du hast es ja schon gebucht. Mir passiert bestimmt nichts.«

Jetzt, sagt Imogen sich und tritt aus ihrem Zimmer. Noch bevor sie auf sich aufmerksam machen kann, wird sie vom Knarren der Bodendielen angekündigt.

Orri dreht sich um. Er strahlt. »Das ist mein Dad.«

Auch Imogen lächelt. Orri sieht so glücklich aus. Wie ein neuer, ein ganzer Mensch. »Das habe ich schon mitbekommen.«

»Er lässt uns für eine Weile in der Botschaft wohnen.«

Imogen mustert den Botschafter.

Er weicht ihrem Blick aus. Er will sie nicht dabeihaben.

»Vielen Dank«, sagt sie.

Der Botschafter nickt lediglich, immer noch an Orri gewandt. »Sollen wir dann aufbrechen?«

»Oh, Moment.« Gerade ist Imogen etwas eingefallen. Eines muss sie noch erledigen – sonst ist jeder Versuch, die Vergangenheit hinter sich zu lassen und einen ersten Schritt in eine schönere Zukunft zu tun, von vornherein zum Scheitern verurteilt. »Mein Vortrag in der Harpa.«

»Ach, stimmt«, seufzt der Botschafter. »Morgen ist der Start von Cool Britannia. Auch das noch.« Er nickt. »Wir sagen den Vortrag einfach ab. Gar kein Problem. Ich kann gleich unsere PR-Agentur anrufen, dass die sich eine Ausrede ausdenken sollen. Die Grippe, ein Notfall in der Familie …«

»Nein«, erwidert Imogen. »Der Vortrag muss sein.«

Der Botschafter schüttelt den Kopf. »Wenn ihr einmal drin seid, seid ihr drin. Ihr könnt nicht nach Belieben kommen und gehen. Eine Botschaft ist kein Hotel.«

»Der Vortrag. Muss. Sein.«

Orri hat es begriffen. Er dreht sich zu seinem Dad und sieht ihn fest an. »Der Vortrag muss sein.«

Sonderlich erfreut wirkt der Botschafter nicht, doch wie es aussieht, ist ihm jedes Mittel recht, Orri zum Botschaftsasyl zu überreden. »Wenn ihr heute noch alle hierbleibt, kann ich wahrscheinlich ein paar Leute von unserer Sicherheitsabteilung organisieren, um das Haus über Nacht überwachen zu lassen … Morgen kommt ihr aber direkt nach dem Vortrag zur Botschaft.«

Sigurlína verlässt ihren Platz am Küchentisch und geht auf Orri und Imogen zu. Den einen Arm schlingt sie um ihn, den anderen um sie. »Eine letzte Nacht in Freiheit also. Sie sieht erst Imogen an, dann Orri. »Macht was draus.«

Orri verdreht die Augen.

Sigurlína gibt ihm einen dicken Schmatz auf die Wange.

»Das ist doch peinlich, Mum«, jammert er.

»Ich bestelle uns Pizza zum Abendessen«, sagt Sigurlína. »Ihr jungen Leute entspannt euch einfach und macht euch so wenig Sorgen wie möglich.«

Sie lässt Imogen und Orri los.

Imogen spürt, wie sich seine Finger mit ihren verschränken. Die Berührung wärmt sie, beruhigt sie.

Hand in Hand gehen sie in Imogens Zimmer. Schließen die Tür hinter sich, um alle Gefahren auszusperren. Für kurze Zeit gibt es nur sie und ihn und diesen Moment.

Foto: Eine gelb angelaufene Porzellantasse, verziert mit blauen, aber verblassenden, bald ganz im Nichts aufgegangenen Veilchen.
Filter: Clarendon

Mögliche Bildunterschriften …

Option 1: Eine Tasse Pfefferminztee.
Option 2: #erfrischend
Option 3: Menschen können so grausam sein.
Option 4: Oder liegt die Grausamkeit in den Umständen?
Option 5: Eines steht fest: Das Leben kann grausam sein.

Tatsächliche Bildunterschrift …

Ein Tässchen Tee, und schon ist alles wieder in Ordnung … okay, fast alles.

❤ **9**

27

HANNAH

Ich bekomme mit, dass Sigurlína direkt bei der Mailbox landet.

»Hier spricht Orri. Bitte hinterlass eine Nachricht.«

Sigurlínas Körper verkrümmt sich, zieht sich zusammen. »Orri. Es tut mir leid. Es tut mir so leid. Ich habe es versucht. Für dich. Aber ich kann diese Last nicht tragen. Ich kann einfach nicht. Bitte verzeih mir. Ich hab dich lieb.«

Sie legt das Handy auf den Tisch.

»Und jetzt zu deinem Kommentar«, sagt sie und starrt mich an, als wäre ich und nur ich schuld an allem. »Es war ein Verbrechen aus Liebe.«

Was sonst! Der sexuelle Übergriff, Imogen und Orri ein Paar … und aus Rache ermordet Orri Mörður?

»Setzt euch«, fügt Sigurlína im Befehlston hinzu. »Wenn ihr schon zur Polizei wollt, solltet ihr wenigstens keinen Unsinn erzählen.«

Wir nehmen alle am Küchentisch Platz. Sigurlína vergräbt das Gesicht in den Händen. »Solange ich mir einreden konnte, dass es nur für kurze Zeit ist, war es nicht so schlimm, mir Imogen im Gefängnis vorzustellen …«

Ich drehe mich zu Kjarri und sehe den Ekel in seinem Blick, er kann ihn nicht verbergen. Sie wusste Bescheid. Sie wusste die ganze Zeit Bescheid und hat den Mund gehalten.

»Ich dachte, sie kommt vielleicht einfach so wieder frei. Ich dachte, sie hat eine Chance, aus Mangel an Beweisen oder so. Aber jetzt will sie sich schuldig bekennen … wie soll ich mir das da noch einreden?«

Kjarri kann nicht anders, es muss raus: »Sie sitzt unschuldig im Gefängnis. Wie konntest du das zulassen?«

»Das verstehst du erst, wenn du selber Kinder hast.«

»Red doch keinen Müll«, schnauzt er sie speichelsprühend an.

»Ich musste an meinen Sohn denken. An seine Zukunft.«

Ich werfe Kjarri einen strengen Blick zu. Er muss sich in den Griff kriegen. Er ist Journalist, es sollte ihm um die Fakten gehen, nicht um sein Gefühl für Richtig und Falsch. Ich ziehe mein Handy hervor. »Hast du etwas dagegen, dass ich unser Gespräch mitschneide?«

Auf Sigurlínas Gesicht zeichnet sich keine Emotion ab. »Nur zu. Ich habe die ganzen Geheimnisse satt. Die Lügen. Es wird Zeit, dass die Wahrheit ans Licht kommt.«

»Dann fang am besten am Anfang an.«

»Orri und Imogen sind zu mir gekommen und haben mir eine verrückte Geschichte erzählt – dass wegen ihrer Arbeit bei DataPsych irgendwelche Russen hinter ihnen her sind … oder die Mafia? Ich weiß es nicht mehr genau. Wie auch immer. Sie haben dann den britischen Botschafter kontaktiert und um Asyl gebeten. Er hat abgelehnt. Später ist er aber noch mal hier aufgetaucht.«

»Hier? Bei dir?«

»Ja. Er wollte Orri anbieten, in der Botschaft unterzuschlüpfen.«

»Nur Orri.«

»Nur Orri. Weil Gerald Boothby Orris Vater ist.«

Sein Vater?, denke ich. *Im Ernst?* Es wird immer seltsamer.

»Am Ende hat Gerald sich aber doch breitschlagen lassen, beide aufzunehmen, Orri und Imogen«, fährt Sigurlína fort. »Alles war geklärt. Und dann ist alles schiefgegangen.«

Sie setzt neu an. »Orri und Imogen waren gerade erst außer Hörweite, da packt Gerald mich an der Hand. So fest, ich dachte, er bricht mir die Finger. Und er flüstert mir ins Ohr: ›Du musst mir helfen. Mörður ist tot.‹ Ich schreie vor Schreck auf. Er sagt, ich soll still sein, sonst hören Orri und Imogen uns noch. Also frage ich ihn, was passiert ist, und er sagt: ›Mörður liegt in seinem Labor. Ich habe ihn umgebracht.‹«

Mein Mund klappt auf. »Was? Der Botschafter? Der Botschafter hat Mörður umgebracht?«

Sigurlína nickt und erzählt weiter: »Gerald hat am ganzen Körper gezittert. Es war ein Unfall, hat er gesagt, er wollte das nicht.

Mörður, Orri und Imogen hatten ihn ja um Hilfe gebeten. Er hat abgelehnt, ist dann aber noch mal zum Labor gefahren, um mit Orri zu sprechen. Dort ist er aber nur auf Mörður getroffen. Gerald wollte sich ein genaueres Bild von der Lage machen. Er wollte wissen, wer diese Leute sind, vor denen sie solche Angst hatten.

Doch Mörður hat ihn nur überheblich angemotzt. Das Ganze

geht Gerald nichts an, hat er gemeint. Da hat Gerald Klartext geredet. Es geht ihn sehr wohl etwas an, hat er gesagt, und zwar seit Mörður seinen Sohn in seine schmutzigen Geschäfte hineingezogen hat.

Mörður hat angefangen zu lachen. Als wäre es irgendwie witzig, dass Orri in Lebensgefahr ist. Als würde er das Ganze überhaupt nicht ernst nehmen. Er hat immer weiter gelacht. Völlig außer sich wie ein Verrückter.

Gerald hat mir erzählt, er weiß nicht, was in ihn gefahren ist, er war einfach so wütend und hatte solche Angst. Er hatte seinen Sohn gerade erst kennengelernt und wollte ihn nicht schon wieder verlieren. Und auf Mörðurs Tisch hat er diese kleine Statue entdeckt, einen goldenen Löwen. Den hat er sich geschnappt und Mörður über den Kopf gezogen. Er wollte ihm bloß einen Schrecken einjagen, er wollte nur, dass er zu lachen aufhört. Er wollte ihm das Maul stopfen. Aber das hat schon gereicht. Der eine Schlag.«

Sigurlína schaut auf, sieht uns an. »Ich glaube ihm, dass er das nicht wollte. Gerald ist kein gewalttätiger Mann. Und ich glaube ihm, dass er unseren Sohn lieb hat. Aber jeder muss mit den Folgen seines Tuns leben. Ich habe ihm gesagt, er soll zur Polizei gehen. Er hat geantwortet, er kann das nicht, denn aus dem Gefängnis heraus könnte er Orri nicht mehr beschützen.

Die britische Regierung, hat er gesagt, könnte beschließen, seine diplomatische Immunität aufzuheben und ihn der isländischen Justiz zu übergeben. Und selbst mit diplomatischer Immunität könnte er des Landes verwiesen werden und dadurch all seinen Einfluss hier verlieren. Dann könnte er nichts mehr für Orri tun.«

Da hellt sich Sigurlínas Gesicht auf, scheint ein sanftes Licht zu verströmen. »Als Gerald ihm gesagt hat, dass er sein Dad ist, war Orri so glücklich. Ich weiß, wie er sich gefühlt hat. Er war endlich ein ganzer Mensch. Das konnte ich ihm nicht wegnehmen. Ich konnte ihn nicht unglücklich machen. Nicht schon wieder. Nie wieder. Ich hatte keine Wahl. Ich musste Gerald helfen.«

Ich habe so lange den Atem angehalten, dass ich jetzt, da ich Luft hole, schnaufe wie nach einem langen Tauchgang. »Du musstest ihm helfen? Wie?«

»Wir sind zum Labor gefahren. Gerald hatte es nicht zugemacht, damit er wieder dorthin zurückkehren und aufräumen könnte, aber Mörðurs Büro hatte er mit einem Schlüssel von Mörðurs Schreibtisch verriegelt.

Ich hatte noch nie eine Leiche gesehen und ich wollte nicht, dass sich das Gesicht eines Toten in mein Gedächtnis einbrennt und mich mein Leben lang verfolgt. Deshalb habe ich Gerald gesagt, er soll erst mal allein in Mörðurs Büro gehen und ihn in Badehandtücher und Müllsäcke einpacken. Dass eines der Handtücher, die ich dafür mitgenommen hatte, Imogen gehört – das hatte ich nicht gemerkt.

Wir wollten die Leiche mit meinem Wagen fortschaffen, aber der ist in dieser Nacht einfach nicht angesprungen. Also haben wir stattdessen Imogens Mietwagen genommen.

Weder Gerald noch ich wussten, wie man eine Leiche entsorgt. Wir dachten, es ist am besten, wenn Mörður einfach nie gefunden wird. Ohne Leiche kein Mord. Und ich hatte die Idee, dass sich doch die Natur darum kümmern könnte. Wie viele unschuldige Menschen sind nicht schon von unserer kalten, brutalen Insel, von dieser gefräßigen Bestie verschlungen und nie wieder gesehen worden?

Wir sind also aus der Stadt raus gefahren, haben den Wagen irgendwo abgestellt und sind immer geradeaus gelaufen, bis wir auf eine tiefe Felsspalte gestoßen sind. Darin konnten wir die Leiche versenken. Ich dachte mir, ich kann doch die Elfen, die in dem großen Fels hinten im Garten leben, darum bitten, auf die Natur zuzugehen, dass sie mein Geheimnis bewahren soll.

Und das war's. Es war getan. Auf die Idee, dass Imogen wegen Mordes verhaftet werden könnte, bin ich nie gekommen.«

Kjarri steht auf. »Ich finde, wir sollten die Polizei verständigen.«

Dagegen hat Sigurlína nichts einzuwenden. »Nur zu.«

Er wählt die Nummer.

Also hat doch nicht Orri Mörður umgebracht. Nicht Orri hat Imogen dafür hinter Gitter wandern lassen. Nicht Orri hat ihr von der Tatwaffe erzählt. Hinter all dem steckt der Botschafter. Gerald Boothby.

»Orri hatte keine Ahnung von nichts«, sagt Sigurlína. »Er dachte, Mörður wäre von diesen zwielichtigen russischen DataPsych-Kunden ermordet worden.«

Kjarri spricht mit der Polizei. Er gibt ihnen Sigurlínas Adresse.

Was sie getan hat, war schlimm. Trotzdem tut sie mir leid. »Bereust du das alles jetzt?«

»Für ihren Sohn würde eine Mutter alles tun«, antwortet Sigurlína.

Kjarri beendet das Telefongespräch. Eine ganze Weile sitzen die beiden schweigend am Tisch.

Es klingelt an der Tür. Sigurlína rührt sich nicht. »Könnt ihr vielleicht kurz aufmachen?«, fragt sie dann. »Ich mache mir noch rasch eine letzte Tasse Pfefferminztee.«

Foto: Ein schneebedecktes Lavafeld, so weit das Auge reicht.

Filter: Moon

Bildunterschrift: Neuanfang.

♥ **146**

28

IMOGEN

Das letzte Mal ist Imogen hier kurz nach der Landung in Island vorbeigefahren. An diesem Tag waren die kargen grauen Lavafelder zwischen Flughafen und Hauptstadt von zartem Grün gesprenkelt gewesen, fast zögerlich hatte sich die Vegetation durch das harte Gestein gekämpft, eine Prise Hoffnung in einer grenzenlosen Einöde. Jetzt, auf dem Weg zum Flughafen, ruht eine unberührte Schneedecke auf der Landschaft wie ein weißes Blatt Papier, das nur darauf wartet, eine neue Geschichte in sich aufzunehmen. Tabula rasa. Die leere Seite. Alles auf Anfang.

Genau wie in Imogens Leben.

Wie sie so auf der Fahrt zum Flughafen aus dem Taxifenster schaut, fühlt Imogen sich fast wie damals auf der Bühne der Harpa. Als sie auf das Publikum hinausblickte, glaubte sie, der Freiheit so nahe zu sein wie noch nie. Mit jedem Wort, das sie sagte, machte sie einen Schritt hinaus aus dem Schatten des Monsters und hin zu einem neuen, hellen Tag. Doch diese Reise endete jäh. Die Chance, vor aller Augen die Wahrheit zu enthüllen und sich dadurch von der Vergangenheit zu befreien, wurde ihr verwehrt. Ganz hinten im Saal öffneten sich die Türen. Schwarz gekleidete Gestalten rauschten die Stufen hinab und auf Imogen zu wie eine unaufhaltsame Flutwelle und wieder einmal versank sie in erstickender Finsternis.

In ihrer letzten Erinnerung an diesen Abend dreht sie sich zu Orri, der vor der Bühne hinter der Kamera steht – sie wollten den Vortrag aufnehmen und bei YouTube hochladen – und ruft ihm zu: »Geh zu ihm. Geh zu deinem Dad. Du musst sein Angebot annehmen. Bitte, bring dich in Sicherheit. Sei frei. Sei ein ganzer Mensch.«

Imogen hat ihn nie wiedergesehen.

Nach ihrer Entlassung aus dem Gefängnis hat Orri sich nicht bei ihr gemeldet und so hat sie sich auch nicht bei ihm gemeldet. Sie geht davon aus, dass er ihr böse ist. Sie geht davon aus, dass er ihr vorwirft, ihm den Vater, den er gerade erst gefunden hatte, wieder weggenommen zu haben – den Vater, den er sein ganzes Leben lang gesucht hat, das Puzzleteil, das ihm immer gefehlt hat. Der Preis für ihre Freiheit, so empfindet er es vermutlich, war der Verlust seines Vaters. Wenn man unbedingt will, kann man es so sehen.

Schuldzuweisungen. Sie treffen selten die Richtigen.

Auch mit Sigurlína hat Imogen nicht gesprochen. Weil Sigurlína wütend auf Imogen ist, die eine solche Unruhe in ihr Leben gebracht hat? Oder andersherum, weil Imogen wütend auf Sigurlína ist, die die ganze Zeit wusste, was wirklich geschehen war, und sie trotzdem für das Verbrechen eines anderen in der Zelle sitzen ließ? Imogen ist sich nicht sicher. Sie kann Sigurlínas

Verhalten nachvollziehen. Aber ob sie ihr jemals wird verzeihen können, weiß sie nicht.

Imogens Blick gleitet über die weißen Schneefelder. Irgendwo da draußen wurde Mörðurs Leiche deponiert. Sie spürt nichts. Nicht einmal einen Anflug von Mitleid.

Später, nach dem Mord, kam Stan auf Imogen und Orri zu. Auf der Cocktailparty in der Botschaft, vor dem Vortrag. Er forderte sie auf, mit dem Smertoil-Projekt weiterzumachen. Angeblich waren seine Bosse bisher äußerst zufrieden mit den Ergebnissen. Er hatte ihnen sogar einen unterschriftsfertigen Vertrag mitgebracht. »Es viel Geld gibt«, sagte er mit einem hässlichen Grinsen. »Und so ihr könnt zeigen, dass ihr seid loyal.« Wollte er dadurch nur ihr Schweigen erkaufen oder hatte er tatsächlich die Absicht, die Zusammenarbeit fortzusetzen? Imogen wusste es nicht und wollte es auch nicht wissen. Ob Stan seine Befehle nun vom russischen Militärgeheimdienst erhielt oder von sonst wem, sie wollte damit nichts zu tun haben.

Imogens Telefon piept. Sie sitzt im Taxi hinten. Zu Beginn wollte der Fahrer noch etwas Small Talk in Gang bringen: »Haben Sie hier Urlaub gemacht?« Imogen hat den Versuch schnell abgewürgt. Jetzt zieht sie ihre Tasche vom leeren Nachbarsitz herüber und holt ihr Handy heraus.

Es ist eine WhatsApp von Anna.

ANNA Hi, Süße. Gerade kam eine Nachricht von einer, die sich für dein Zimmer interessiert. Sicher, dass du ausziehen willst? Ohne dich ist es so einsam hier.

IMOGEN Ganz sicher. Sie kann es haben.

Bis zu Annas Nachricht hat Imogens Handy den ganzen Morgen lang keinen Mucks gemacht. Keine Benachrichtigungen von Social-Media-Apps. Keine Kommentare. Keine Aufträge. Kein Geld. Abgesehen von ein paar aggressiven E-Mails von sensationslüsternen Journalisten, die durch Imogens Trauma und Schmerz ihre Auflage steigern wollen, und dem einen oder anderen Twitter-Troll war es ruhig.

Diese Stille genießt Imogen. Alles weg. Ihre Werbepartner. Ihre Fans. Die Bewunderung. Nicht dass irgendetwas davon real gewesen wäre. Es war Einbildung. Dieses ganze Bild von ihr war ein Fake. Die Bewunderung war fake. Eine Wolke aus Nichts.

Sie hat darüber nachgedacht, ihren Instagram-Account zu löschen, sich letztlich aber dagegen entschieden. Denn obwohl ihr nicht wohl dabei ist, bei diesem Geschäft mitgemacht, andere Menschen fertiggemacht zu haben, ist ihr etwas aufgegangen: Richtig eingesetzt, können Social Media auch Gutes bewirken. Wer weder Ansehen noch Geld noch irgendetwas zu sagen hat in der Welt, kann durch Social Media dennoch etwas erreichen. Denen, die keine Stimme haben, verleihen sie eine. Wer weiß – wäre sie nicht durch die Festnahme daran gehindert worden, auf der großen Bühne zu enthüllen, wie London Analytica an der Ausbeutung gefährdeter junger Frauen verdienen will, wäre der Videoclip ihres Vortrags womöglich viral gegangen und hätte die Agentur samt ihren Auftraggebern, diesen Verfechtern unmoralischer Geschäftspraktiken, in den Abgrund gezogen.

Nein. Imogen wird ihren Account nicht löschen. Damit würde sie sich nur geschlagen geben. Sich knebeln lassen. Sie wird es anders machen. Sie wird sich die Zeit nehmen, ihre wahre Stimme zu finden.

Imogen kann es nicht erwarten, nach Hause zu kommen. Gleich nach der Landung wird sie ihre Eltern anrufen. Die beiden haben sich nach ihren Wünschen gerichtet. Sie sind nach ihrer Verhaftung nicht nach Island geflogen. Imogens Anwalt hatte ihnen telefonisch mitgeteilt, dass sie sich fernhalten sollten. Was die beiden wahrscheinlich persönlich genommen haben. Wahrscheinlich glauben sie, ihre Tochter hätte einen Hass auf sie und wollte nichts mehr mit ihnen zu tun haben. Dabei hätte Imogen damals, allein im Gefängnis, für einen Besuch von ihren Eltern, für eine Umarmung von ihnen alles gegeben. Doch sie wollte sie nicht in Gefahr bringen. Ihre Eltern sollten nicht auch noch in die Geschichte verwickelt werden.

Jetzt kann sie ihnen endlich alles erklären. Vom Flughafen Heathrow wird sie geradewegs nach Cambridge fahren und ihnen alles erzählen.

Ganz überstanden ist es allerdings noch nicht. Die Wahrheit ist immer noch nicht ans Licht gekommen. Für nächste Woche hat Imogen ein Interview mit einer Website vereinbart. Dort wird sie von der Slimline-Kampagne, die London Analytica am Montag starten will, berichten.

Heute früh hat Imogen per E-Mail ihren Job gekündigt. Noch ist darauf keine Reaktion gekommen. Ms Kendrick und Mark ist es vermutlich ohnehin egal. Die haben Imogen wahrscheinlich abgeschrieben, kaum dass sie von ihrer Verhaftung wegen Mordes erfahren hatten.

Hinter sich hört Imogen ein lautes Hupen. Die Isländer sind grauenhafte Autofahrer: Am Zebrastreifen bleibt kein Mensch stehen, das Tempolimit gilt nur in der Theorie, jeder klebt dem Vordermann an der Stoßstange und es wird aus Prinzip niemand vorbeigelassen.

Noch ein Hupen. Imogen dreht sich um. Wahrscheinlich hat es nur irgendein Arschloch besonders eilig.

Oh. Moment. Es ist ein grauer Kombi. Eher klein. Wieso kommt es ihr vor, als wäre dieser Wagen plötzlich überall? Am Tag ihrer Entlassung hat sie ihn vor dem Gefängnis stehen sehen, da ist sie sich ziemlich sicher. Und heute Morgen hat sie ihn vor ihrem Hotel entdeckt, da ist sie sich auch sicher.

Hör auf mit dem Quatsch, sagt sie sich. Das ist nur die Paranoia. Wenn man bedenkt, was sie durchgemacht hat, ist das doch ganz normal, oder? Das da hinten ist bloß irgendein graues Auto. Es ist so grau wie die allermeisten Autos in Island. Es hat nichts zu sagen.

Imogen dreht sich wieder nach vorne. Es hat angefangen zu schneien. Still und leise schweben die Schneeflocken zu Boden, um sich dort ohne viel Aufhebens, geräuschlos, rückstandslos aufzulösen und mit dem Untergrund zu vereinigen – sie sind keineswegs verschwunden, aber nicht mehr zu sehen. Die Schneeflocken wirken so hübsch, so unschuldig, beinahe aufreizend zart. Doch das täuscht. Von außen betrachtet mögen sie weich und harmlos wie Wattebällchen erscheinen, tatsächlich sind sie das Gegenteil davon. Schneeflocken bestehen aus Kristallen mit harten, messerscharfen Kanten und in großer Zahl können sie zur Gefahr werden. Zur tödlichen Gefahr.

Imogen ist wie diese Schneeflocken. Von außen betrachtet mag sie zart, schwach, unbedeutend erscheinen. Doch sie hat begriffen: Das stimmt nicht. Sie ist stark. Sie kann es schaffen. Trotz allem hält sie sich noch immer auf den Beinen. Sie wird diese Krise überstehen und sie wird sicherstellen, dass ihre Geschichte nicht im Getöse untergeht, weder ihre noch die der vielen anderen Schneeflocken da draußen, die so oft als zu klein, zu unwichtig, als irrelevant befunden werden. Als Zielgruppe, die es auszubeuten gilt, als Körper, den man benutzt und danach wegwirft.

Ihre Geschichte wird einschlagen. Dafür wird Imogen sorgen.

Wieder dieses Hupen.

Das nächste Arschloch will sie beiseiteschieben, um seinen eingebildeten Anspruch auf noch mehr Platz auf dieser Welt durchzusetzen. Soll er doch hupen. Imogen rührt sich nicht vom Fleck. Sie hat genauso ein Recht auf ihren Platz wie er, auf dieser Straße und auf der Welt. Daran wird er sich gewöhnen müssen.

Imogen lehnt sich zurück und beobachtet das ruhige, friedliche Herabschweben der Schneeflocken, ihre verborgene Schärfe und unbeirrbare Eleganz, auf ihrem geraden Weg in die ungewisse Zukunft.

Foto: Ein Mädchen mit schulterlangem rotem Haar – kein glattes Haar, aber auch keine Locken – blickt in den Spiegel. Der eine Mundwinkel krümmt sich nach oben, der andere nach unten. Ihr Gesichtsausdruck lässt sich ebenso wenig deuten wie das Muster ihrer Sommersprossen.
Filter: Normal

Mögliche Bildunterschriften …

Option 1: *Will the real me please stand up.*
Option 2: Gibt es überhaupt ein einziges wahres Ich?
Option 3: Die kommt mir irgendwie bekannt vor. Wie unheimlich.
Option 4: Das sind ich und mein Päckchen auf dem Weg ins Licht.

Tatsächliche Bildunterschrift …

Und los …

♥ **21**

29

HANNAH

Heute ist mein erster Schultag. An der MR, dem Reykjavíker Gymnasium, ist unverhofft ein Platz frei geworden. Rósa ist mit mir shoppen gegangen, um mir ein neues Outfit zu besorgen: Skinny-Jeans, Stiefel von Timberland, ein grellgrüner Pulli aus grobem Strick und eine schwarze Daunenjacke. Normal mit einem Quäntchen Ich, das soll mein Look in diesem neuen Kapitel meines Lebens sein.

Dad fährt mich zur Schule. Rósa hat angeboten, das zu übernehmen, aber er hat sich nicht davon abbringen lassen, obwohl er dadurch ein paar Minuten zu spät zur Arbeit kommen wird. An meinem ersten Tag, hat er gesagt, wolle er mich selbst begleiten. Ich weiß nicht, ob das wirklich nett gemeint ist oder ob er sicherheitshalber mit eigenen Augen sehen will, wie ich die Schule betrete.

Morgen und das restliche Jahr über werde ich den Bus nehmen. Dann kann ich mir wenigstens selbst aussuchen, was ich auf der Fahrt höre. Gerade dreht Dad das Radio noch weiter auf, irgendeinen Song, der dem Knistersound nach zu urteilen etwa so viele Jahre auf dem Buckel hat wie Granny und Grandpa.

Glaube aber nicht, dass Dad so sehr auf dieses Lied steht. Gleich ist es 9 Uhr und die Nachrichten hört er immer in einer Lautstärke knapp unter Lärmfolter.
Mein Handy summt. Eine Nachricht von Daisy.

DAISY Viel Glück für deinen ersten Tag! Hab dich lieb!

Daisy und ich haben gestern Abend eine Stunde lang telefoniert. Es gab schlechte Neuigkeiten: Ihre Eltern lassen sich scheiden. Ich kann das immer noch nicht fassen. Für mich waren sie die rundum perfekte Familie. So eine Familie zu haben, das war mein Traum. Aber anscheinend ist nichts, wie es scheint. Unter der Oberfläche tummeln sich alle möglichen Geschichten. Etwas nur von außen zu beurteilen, kann nur schiefgehen.

Langsam wird mir klar: Kein Mensch ist wirklich heil. Daisy und ihre Familie waren nie so perfekt, wie sie mir vorkamen. Und Imogen Collins – ja, ja, ich habe Dad versprochen, mich nicht mehr ständig mit ihr zu beschäftigen – hatte offenbar auch gewaltige Probleme, die bloß hinter dem Schleier ihres Social-Media-Auftritts verschwanden.

So makellos ein Lächeln auch wirken mag, dahinter verbirgt sich oft das größte Chaos.

Die arme Imogen. Es tut mir im Herzen weh, was ihr passiert ist. Sie konnte zwar gut überspielen, was Mörður ihr angetan hatte, aber niemand sollte so viel körperliches und seelisches Leid durchmachen müssen.

Apropos Mörður Þórðarson: Sigurlína ist zur Polizei gegangen und hat eine vollständige Aussage gemacht. Der Botschafter wurde beim Einkaufen festgenommen. Gerüchteweise soll er trotzdem nicht wegen Mordes vor Gericht gestellt werden. Es heißt, er genieße nach wie vor diplomatische Immunität, womöglich werde er also einfach zurück nach Großbritannien geschickt, ohne je im Gefängnis zu landen.

Sollte es so weit kommen, gäbe es einen Aufschrei in ganz Island. Die Inselbewohner sind eine kleine Gemeinschaft und stößt einem aus ihren Reihen etwas zu, bricht die Hölle los. Sie sind wie eine Familie. Sie kabbeln sich pausenlos, aber sobald es ums große Ganze geht, halten sie zusammen.

So wie meine Familie.

Letzte Woche stand ich wieder als Autorin eines Artikels in der Zeitung. Okay, zusammen mit Heiða. Wir hatten über die Festnahme des Botschafters und über Sigurlínas Beteiligung an der Vertuschungsaktion geschrieben. Als ich meinen Namen das erste Mal über einem relevanten Bericht sah, packte mich ein merkwürdiges, irgendwie irritierendes Gefühl. Das war Stolz. Und es ging noch weiter: Ísabella kam auf mich zu. »Wie du das gemacht hast«, sagte sie, »dass du einfach so einen Mord aufgeklärt hast, das war schon ziemlich cool.«

Im Überschwang der Gefühle besaß ich dann sogar die Frechheit, meinen Dad zu fragen, ob ich am Wochenende nicht nebenbei für die Zeitung arbeiten könnte. Er holte mich ratzfatz zurück auf den Boden der Tatsachen. Seine Antwort lautete kurz und knapp: Nein.

Familie. Das ist mehr als ein Wort. Aber was es genau ist, da bin ich mir noch nicht so sicher. Daran muss ich noch ein bisschen herumknobeln.

Heute Morgen sind Grandma Erla und Grandpa Bjarni ohne Vorankündigung bei uns vorbeigekommen. Um mir viel Glück für meinen ersten Schultag zu wünschen, meinten sie, und sie hatten sogar ein Geschenk dabei: eine wunderschöne Ledertasche aus echter Handarbeit mit meinem Namen darauf, gut versteckt auf die Innenseite der Klappe graviert. Hannah Eiríksdóttir. Ich sinnierte schon darüber, ob sie mich eventuell doch nicht hassen, da strich Grandma Erla mir vorsichtig über den Kopf und sagte: »Wusstest du, dass rotes Haar eine genetische Abweichung ist?«

In ihren Augen bin ich abnormal. Aus ihrer Sicht hat sich eine sonderbare Mutantin, quasi eine von den X-Men, in ihre Familie eingeschlichen. Eine normale Enkeltochter wäre ihr lieber gewesen.

Normal. Was bedeutet das?

Wenn man sich mein Instagram so anschaut, könnte man Folgendes über mich denken:

Ich habe glattes, glänzendes rotes Haar und makellose Haut.
Ich feiere große Erfolge in meinem fantastischen Job.
Ich fahre einen Range Rover.
Meine Familie ist mein Fels in der Brandung.
Ich bin normal.

Nichts davon wäre wahr. Oder etwa doch?

Normal, hat Granny Jo einmal gesagt, sei ein hässliches Wort.

Ich habe ihr nicht zugestimmt. Normal zu sein war mein vielleicht größtes Ziel im Leben. Und auch jetzt würde ich ihr nicht hundertprozentig zustimmen. Was soll an dem Wort *normal* so hässlich sein? Doch vielleicht bringt uns dieser Begriff nicht unbedingt weiter.

Normalität ist wie eine Latte, die zu hoch gelegt wurde. Aus irgendwelchen Gründen kratzt die Normalität inzwischen an der Perfektion. Aber perfekt ist niemand. Wir alle sind angeschlagen, ramponiert, kaputt. Und das heißt: Wir müssen unsere Auffassung von Normalität ändern. Die »Norm« ist eben nicht eindeutig definiert. Das Normale umfasst ein ganzes Spektrum wie ein Regenbogen. Lauter verschiedene Farben ohne Richtig und Falsch. Das Normale hat immer auch Macken und Fehler. Jeder hat sein Päckchen zu tragen. Wie gut wir unseren Weg durch die Welt trotz dieses Päckchens oder Pakets finden, danach sollte man beurteilen, wie wir uns schlagen, und nicht danach, wie schnell wir unsere Last abschütteln können. Im Leben geht es ums Glück *trotz* allem und nicht, weil alles so toll ist.

Solange wir der Perfektion hinterherhecheln, kann das Gute, Schöne nicht zu uns durchdringen. Solange lassen wir zu, dass der Schatten des Schlechten das Licht überlagert – wenn schlecht ist, was nicht ganz und gar gut ist. Wie bei mir und meiner Mum. Sie war nicht heil. Sie war kaputter als viele andere. Und trotzdem hatte sie ihre eigene Normalität. Wir hatten auch schöne Zeiten. Zum Beispiel als ich klein war und sie stundenlang mit mir auf dem Spielplatz war, mich dort als Katze herumscheuchte; oder als sie vom Einkaufen mit der riesengrößten Leinwand der Welt nach Hause kam, weil ich verkündet hatte, dass ich später einmal Malerin werden wolle, sodass wir dann den ganzen Tag zusammen an einem Familienporträt von uns beiden und Granny Jo pinselten; oder die vielen Abende, an denen wir auf dem Sofa Coco Pops futterten und Zeichentrickfilme guckten, während meine Freundinnen bestimmt irgendetwas Vernünftiges essen mussten, Kohleintopf mit Rind oder so, und dabei mit ihren Eltern einer öden Seifenoper im Radio lauschten. Doch die schlechten Erinnerungen schieben sich viel zu leicht vor die guten, so wie die Dunkelheit das Licht auslöscht und die Nacht den Tag verdrängt.

Damit ist jetzt Schluss. Die Dunkelheit wird nicht siegen. Nicht mit mir. Kann sein, dass der Fluch auch auf mir liegt. Oder eben nicht. So oder so werde ich auf meinen verschlungenen Pfaden immer nach den vereinzelten Flecken aus Licht Ausschau halten. Im Leben ist der Weg das Ziel und wir können nur hoffen, dass wir ihn uns jeweils gut ausgesucht haben und dass er genügend Interessantes und Aufregendes bereithält.

Ich hatte meine Mum sehr lieb. Und auf meine Weise vermisse ich sie. Solange ich lebe, wird sich daran auch nichts ändern.

Es ist 9 Uhr. Zeit für die Nachrichten. Die erste Meldung dreht sich um einen Beschluss des Stadtrats von Reykjavík, demzufolge die Möwen am Stadtsee doch nicht dezimiert werden sollen.

Der Job bei der Zeitung wird mir fehlen. Aber ich werde Dad immer weiter bearbeiten, mich doch noch in Teilzeit anzuheuern. Früher oder später kriege ich ihn schon klein.

Gestern Abend hat mich Kjarri angerufen. Er wollte nur mal hören, wie es so geht. Und er hat gesagt, wir könnten uns ja mal treffen, er könne mir ein paar Tipps für den Start in meiner neuen Schule geben. Heute Abend gehen wir zuerst Burger essen und dann ins Kino. Man könnte fast meinen, das wäre ein Date. Ist es aber nicht. Glaube ich jedenfalls. Egal. Ich werde mich einfach treiben lassen und dann werde ich schon sehen, wohin mich das Leben führt.

Auf einmal verstummt der Nachrichtensprecher.

Dad streckt sich nach dem Lautstärkeregler, als könnte er den Mann damit wieder in Gang bringen.

»Und nun zu einer Vermisstenmeldung: Die Polizei sucht nach der neunzehnjährigen Imogen Collins, die zuletzt am Dienstagmorgen gesehen wurde, wie sie in ein Taxi stieg. Ms Collins hat lange dunkle Haare, graublaue Augen und ist von schlanker Statur. Wer Informationen zu ihrem Verbleib hat, wird gebeten, sich an die Hauptstadtpolizei zu wenden.«

Was?

Wir bleiben stehen. Die Ampel vor uns ist rot.

Dad rückt näher an mich heran. »Lass es. Du hast es mir versprochen. Du hast gesagt, du hast damit abgeschlossen.«

Ich tue empört, als hätte ich so viel Misstrauen nun wirklich nicht verdient. »Habe ich doch auch«, brumme ich ihn an.

Ganz ehrlich, ich will damit abschließen. Ich will diesen Neuanfang unbedingt. Ich werde zur Schule gehen, ich werde Freunde finden, ich werde gute Noten schreiben, ich werde nebenbei für die Zeitung arbeiten und ich werde meinen Platz in dieser

Familie einnehmen – neulich haben mich die Zwillinge nach einem Weihnachtswunsch gefragt, woraus ich schließe, dass sie nicht mehr auf meinen baldigen Abgang wetten. Ich werde vernünftig sein, rücksichtsvoll und brav. Wenn man die Normalität als Farbspektrum auffasst, werde ich mich beim Grau einordnen.

Ich blicke aus dem Fenster. Die weiße Decke, die sich vor ein paar Tagen über die Stadt gelegt hat, schmilzt zu einem schmutzig grauen Brei. Seitdem hat es nicht mehr geschneit, doch jetzt fällt eine einzige Flocke vom Himmel, bleibt für eine Sekunde auf dem Seitenspiegel liegen und gleitet dann am Glas hinab, zu einer Träne zerlaufen.

Du hast damit abgeschlossen, Hannah.

Die Ampel schaltet auf Grün. Es geht weiter.

Wem will ich hier eigentlich was vormachen? Ich bin, wie ich bin. Ich kann es nicht ändern. Als hätte ich jemals damit abgeschlossen.

DANK

Wieso gibt es eigentlich nur so wenige Superheld*innen*? Diese Frage geht mir in letzter Zeit im Kopf herum, und inzwischen habe ich eine Theorie: Tag für Tag vollbringen Frauen bemerkenswerte körperliche, geistige und seelische Leistungen. Im Lauf der Jahrhunderte sind diese Leistungen aber zur Selbstverständlichkeit geworden, die Gesellschaft betrachtet sie als nicht weiter ungewöhnlich. Sie könnte kaum weiter danebenliegen.

Ein Hoch also auf meine Gang aus berufsmäßigen Superheldinnen. Ohne eure einzigartigen Kräfte hätte dieses Buch nie das Licht der Welt erblickt. Vielen Dank an meine Agentin der Sonderklasse Sophie Hicks, an meine wunderbare, einfühlsame Lektorin Polly Lyall Grant, an die kreative Naturgewalt Michelle Brackenborough, an meine mörderisch gute PR-Könnerin Sarah Jeffcoate, an die Marketingmaschine Natasha Wherity und an Charlie Wilson, diese wandelnde Enzyklopädie der englischen Sprache.

Ihr seid alles andere als gewöhnlich!

ISBN 978-3-7855-8780-5